GÓTICO

GÓTICO

SILVIA MORENO-GARCIA

minotauro

Obra editada en colaboración con Editorial Planeta – España

Título original: *Mexican Gothic*

© 2020, Silvia Moreno-Garcia
All rights reserved

Publicado en EE.UU. por Del Rey, un sello de Random House,
una división de Penguin Random House LLC, Nueva York.

© 2021, Traducción: Alexander Páez García
Traducción revisada y aprobada por la autora

© 2021, Editorial Planeta, S. A. – Barcelona, España

Derechos reservados

© 2021, Editorial Planeta Mexicana, S.A. de C.V.
Bajo el sello editorial MINOTAURO M.R.
Avenida Presidente Masarik núm. 111,
Piso 2, Polanco V Sección, Miguel Hidalgo
C.P. 11560, Ciudad de México
www.planetadelibros.com.mx

Primera edición impresa en España: junio de 2021
ISBN: 978-84-450-0981-9

Primera edición en formato epub en México: julio de 2021
ISBN: 978-607-07-7830-8

Primera edición impresa en México: julio de 2021
Quinta reimpresión en México: agosto de 2023
ISBN: 978-607-07-7801-8

Impreso en los talleres de Impresora Tauro, S.A. de C.V.
Av. Año de Juárez 343, Colonia Granjas San Antonio, Iztapalapa
C.P. 09070, Ciudad de México.
Impreso en México –*Printed in Mexico*

Para mi madre

1

Las fiestas en la casa de los Tuñón siempre terminaban tarde, y dado que los huéspedes disfrutaban las fiestas de disfraces en particular, no era extraño ver chinas poblanas, con las faldas tradicionales y listones en el cabello, llegar en compañía de un arlequín o de un vaquero. Los choferes, en vez de esperar fuera de la casa de los Tuñón inútilmente, habían sistematizado las noches. Se marchaban a comer tacos en un puesto callejero o incluso visitaban a alguna de las criadas que trabajaban en las casas de alrededor, un cortejo tan delicado como los melodramas victorianos. Algunos de los choferes se juntaban para intercambiar cigarrillos e historias. Unos pocos se echaban una siesta. Al fin y al cabo, todos sabían de sobra que nadie se marchaba hasta pasada la una de la madrugada.

Por lo tanto, la pareja que salió de la celebración a las diez de la noche interrumpió la costumbre. Y lo que era peor, el conductor se había marchado para cenar algo y no estaba por ninguna parte. El joven parecía incómodo, e intentó dilucidar qué hacer a continuación. Vestía una cabeza de caballo de papel maché, una decisión que ahora le pesaba, ya que para regresar tenían que cruzar toda la ciudad con aquel voluminoso atrezo a cuestas. Noemí le había advertido que quería ganar el concurso de disfraces, estar por delante de Laura Quezada y de su prometido, y por lo mismo él se había esforzado tanto en vano ya que su compañera no se había vestido como dijo que lo haría.

Noemí Taboada le prometió que pediría prestado un traje de jinete, con fusta incluida. En teoría iba a ser una idea inteligente y escandalosa, porque había escuchado que Laura vendría vestida de Eva, con una serpiente alrededor del cuello. Sin embargo, Noemí acabó por cambiar de parecer. El disfraz de jinete era horrendo y le causaba comezón, así que en su lugar optó por un vestido largo y verde con un bordado de flores. No se tomó la molestia de avisar a su pareja del cambio.

—¿Y ahora qué?

—A tres manzanas de aquí hay una gran avenida. Allí encontraremos un taxi —le dijo a Hugo—. Oye, Hugo, ¿tienes un cigarrillo?

—¿Un cigarrillo? Ni siquiera sé dónde dejé la cartera —dijo Hugo, mientras tanteaba la chaqueta con la mano—. Además, ¿no traes siempre cigarrillos en el bolso? Si no te conociera, pensaría que eres una tacaña y que no tienes ni para comprarlos.

—Es mucho más divertido cuando un caballero le ofrece a una dama un cigarrillo.

—Ni siquiera puedo ofrecerte un caramelo de menta esta noche. ¿Habré dejado la cartera en la casa?

Ella no contestó. A Hugo le costaba cargar con la cabeza de caballo bajo el brazo. Casi la tiró al llegar a la avenida. Noemí levantó un brazo esbelto y llamó a un taxi. Una vez estuvieron dentro del vehículo, Hugo colocó la cabeza de caballo en el asiento.

—Por otro lado, podrías haberme avisado de lo innecesario de traer esto —murmuró.

Se fijó en la sonrisilla del conductor y asumió que este se lo estaba pasando en grande a su costa.

—Eres adorable cuando te enojas —dijo ella, mientras abría el bolso y sacaba los cigarrillos.

Hugo tenía el aire de un joven Pedro Infante, lo cual era su mayor atractivo. Noemí no había pensado mucho en el resto: personalidad, estatus social e inteligencia. Cuando deseaba algo, lo quería y ya, y aquellos días había deseado a Hugo, aunque ahora que gozaba de su atención era probable que lo dejara de lado.

Cuando llegaron a su casa, Hugo se acercó a ella agarrándole la mano.

—Dame un beso de buenas noches.

—Tengo prisa, pero puedes quedarte con un poco de mi lápiz labial —dijo ella, y le puso el cigarrillo en la boca.

Hugo se reclinó en la ventana del taxi y arrugó el entrecejo mientras Noemí se apresuraba a entrar a casa. Cruzó el patio interior y se dirigió al despacho de su padre. Al igual que el resto de la casa, la oficina estaba decorada con un estilo moderno, que parecía reflejar el nuevo poder adquisitivo de los propietarios. El padre de Noemí nunca había sido pobre, pero había convertido un modesto negocio de colorantes químicos en una fortuna. Sabía lo que le gustaba y lo mostraba sin pudor: colores atrevidos y líneas claras. Sus sillas tenían un acabado rojo vibrante, y en cada sala había exuberantes plantas que añadían un toque de verdor.

La puerta del despacho estaba abierta, así que Noemí no se molestó en llamar. Entró con soltura, con los tacones repicando en el suelo de madera maciza. Con la punta de los dedos acarició una de las orquídeas en su cabello y se acomodó en una silla frente a la mesa de su padre. Soltó un sonoro suspiro, al tiempo que dejaba el bolso en el suelo. Ella también sabía lo que le gustaba, y no era precisamente que la llamaran para que volviese a casa tan pronto.

Su padre le había hecho una seña para que entrase; esos tacones eran tan escandalosos que sin duda habían anunciado su llegada de forma mucho más evidente que cualquier saludo en voz alta. Sin embargo, su padre no se había dignado a echarle ni una mirada, ocupado como estaba en examinar cierto documento.

—No puedo creer que me hayas llamado por teléfono a casa de los Tuñón —dijo mientras se quitaba uno de los guantes blancos a tironcitos—. Ya sé que no ves con buenos ojos que Hugo...

—No se trata de Hugo —la interrumpió su padre.

Noemí frunció el ceño. Sujetó uno de los guantes en la mano derecha.

—Ah, ¿no?

Le había pedido permiso para asistir a la fiesta, pero no había llegado a especificar que iría acompañada de Hugo Duarte. Sabía bien lo que su padre pensaba del chico. Le preocupaba que Hugo se atreviese a pedir su mano, y aún más que ella aceptase la proposición. Noemí no tenía la menor intención de casarse con Hugo, y así se lo había dicho a sus padres, pero ellos no se lo habían creído. Como buena chica de la alta sociedad, Noemí siempre iba de compras al Palacio de Hierro, se ponía lápiz labial de Elizabeth Arden, tenía un par de buenos abrigos de piel y hablaba inglés con notable fluidez, cortesía de las monjas del Anglo; un colegio privado, por supuesto. Asimismo, se esperaba de ella que dedicase todo su tiempo a las actividades gemelas del ocio y la búsqueda de marido. Por ello, su padre entendía que cualquier tipo de actividad mínimamente agradable debía tener como meta la adquisición de un esposo. En otras palabras, Noemí jamás podría disfrutar del ocio por el ocio, sino para acabar desposada. Esto último ni siquiera le habría molestado tanto, si su padre hubiese visto con buenos ojos a Hugo. Por desgracia, Hugo no era más que un arquitecto recién graduado, y su padre esperaba que Noemí tuviese miras más altas.

—No, no es por Hugo, aunque de eso tendremos que hablar más tarde —dijo, lo cual confundió aún más a Noemí.

En la fiesta, un camarero la había interrumpido con unas palmaditas en el hombro mientras bailaba. Le había dicho que tenía una llamada del señor Taboada a la que podía responder desde el despacho. Aquello había arruinado toda la velada. Noemí había asumido que su padre se había enterado de que estaba allí con Hugo, y que la llamada tenía como objetivo arrancarlo de sus brazos y servir de advertencia. Sin embargo, ahora descubría que no se trataba de eso. Así pues, ¿a qué venía tanta molestia?

—No se trata de nada malo, ¿verdad? —preguntó en otro tono.

Cuando se enfadaba, su voz adquiría un timbre agudísimo, muy de niña, en lugar del tono modulado que había llegado a perfeccionar en los últimos años.

—No lo sé. No puedes contarle a nadie lo que voy a decirte ahora. Ni a tu madre, ni a tu hermano, ni a ninguno de tus amigos. ¿Me entiendes? —le advirtió su padre.

Le clavó la mirada hasta que Noemí acabó por asentir.

Su padre se echó hacia atrás en la silla y unió las manos frente al rostro. Asintió en un gesto reflejo del de Noemí.

—Hace unas semanas recibí una carta de tu prima Catalina. En la carta, Catalina hacía unas afirmaciones de lo más escandalosas sobre su marido. Le escribí a Virgil para intentar llegar a la raíz del asunto.

»Virgil me contestó y me dijo que Catalina se había estado comportando de un modo muy extraño y ciertamente inquietante, si bien pensaba que había empezado a mejorar. Intercambiamos algunas cartas más, en las que le insistí que, si Catalina se encontraba en ese estado que él mencionaba, quizá lo más conveniente sería traerla a la Ciudad de México para que pudiese verla un profesional. Virgil contestó que no sería necesario.

Noemí se quitó el otro guante y lo dejó en su regazo.

—Nos encontrábamos en un punto muerto. No pensaba que Virgil llegase a ceder, pero anoche recibí un telegrama. Aquí está, léelo si quieres.

Su padre agarró la hoja de papel que descansaba en el escritorio y se la tendió. Iba dirigida a ella y la invitaban a ir a visitar a Catalina. El tren no pasaba a diario por su pueblo, pero los lunes hacía parada. Podían enviar a un chofer a la estación a alguna hora concreta para recibirla.

—Me gustaría que fueras, Noemí. Virgil dice que Catalina ha preguntado por ti. Creo que es mejor si estos asuntos los trata una mujer. Puede que resulten ser poco más que exageraciones y problemas matrimoniales. No se puede negar que tu prima tiene cierta tendencia al melodrama. Quizá no sea más que una llamada de atención.

—Pero, de ser así, ¿qué nos han de importar a nosotros los problemas matrimoniales y los melodramas de Catalina? —preguntó ella, aunque en realidad no le parecía muy justo que su padre etiquetase a Catalina como melodramática.

La pobre había perdido a sus padres cuando era joven. Después de algo así, cualquiera podría esperar un poco de drama.

—Catalina envió una carta de lo más extraña. Afirmaba que su marido la estaba envenenando, e incluso decía tener visiones. Yo no soy ningún experto en medicina, pero desde luego consiguió que preguntara por algún psicólogo de confianza por aquí.

—¿Tienes la carta?

—Sí, aquí está.

A Noemí le costó bastante entender la letra, y más aún darle un sentido a lo que decían aquellas frases. La escritura de Catalina parecía haberse vuelto inestable, descuidada.

... está intentando envenenarme. La casa está infestada hasta los cimientos, llena de manchas de podredumbre, rebosante de todo tipo de sentimientos crueles y malvados. He intentado mantener la calma, de mantener la corrupción a raya, pero cada vez me cuesta más mantener la concentración y el sentido del paso del tiempo. Por favor. Por favor. Son crueles, agresivos, y no piensan dejarme marchar. Cada noche cierro mi puerta con llave, pero aun así vienen por mí, me susurran. Me embarga el pavor hacia estos muertos impenitentes, estos fantasmas, estas criaturas descarnadas. La serpiente que devora su propia cola, el putrescente suelo bajo nuestros pies, los rostros falsos con falsas lenguas, la red sobre la que camina la araña haciendo vibrar los hilos. Soy Catalina, Catalina Taboada. CATALINA. Cata, Cata, ven a jugar. Echo de menos a Noemí. Rezo por que llegue el día en que vuelva a verte. Tienes que venir, Noemí. Tienes que salvarme. Ya me gustaría ser

capaz de salvarme sola, estoy atada a este lugar, hilos fuertes como el hierro atraviesan mi mente y mi piel. Está ahí. En las paredes. No afloja su presa sobre mí. Por eso te pido que vengas a liberarme, que cortes estas ataduras, que los detengas ya. Por el amor de Dios...
    Date prisa.

Catalina

En los márgenes de la carta, su prima había garabateado más palabras, números y círculos. Aquello era del todo desconcertante.

¿Cuándo había sido la última vez que Noemí habló con Catalina? Debía de haber sido hacía meses, quizá incluso un año. Ella y su marido se habían ido de luna de miel a Pachuca. Catalina la había llamado por teléfono desde allí y le había enviado un par de tarjetas postales. Después de aquello habían tenido poca comunicación, aparte de los habituales telegramas de felicitación de cumpleaños a los miembros de la familia cuando lo mandaba la ocasión. Noemí creía que también había enviado una carta por Navidad, porque desde luego habían recibido regalos. ¿O quizá había sido Virgil quien había escrito la carta por Navidad? En cualquier caso, había sido una misiva de lo más anodina.

Todos habían supuesto que Catalina estaba disfrutando de aquella nueva época de recién casada y no había tenido muchas ganas de escribir. Noemí también creía recordar algo de que su nueva casa no tenía teléfono, cosa que no era del todo desacostumbrada en la campiña y, de todos modos, Catalina no era de las que escribían muchas cartas. Noemí, ocupada con sus propios compromisos sociales y con los estudios, se limitó a suponer que Catalina y su marido acabarían por venir tarde o temprano a la Ciudad de México para visitarlos.

La carta que ahora sostenía en las manos era por lo tanto una rareza en todos los sentidos. Estaba escrita a mano, a pesar de que Catalina siempre había preferido la máquina de escribir. Además, era errática, cuando Catalina solía ser muy precisa al comunicarse por escrito.

—Todo esto es muy extraño —admitió Noemí.

En un primer momento se había inclinado por pensar que su padre exageraba, o bien que pretendía usar aquel incidente como excusa para apartarla un poco de Duarte. Sin embargo, no parecía ser el caso.

—Extraño como mínimo, sí. Supongo que entiendes que, tras recibir la carta, le escribí a Virgil para pedirle una explicación. Su respuesta no pudo ser más pasmosa: me acusaba de ser un entrometido.

—¿Qué fue lo que le escribiste? —preguntó ella, pues temía que su padre se hubiese expresado en su carta con términos poco civilizados.

Su padre era un hombre muy sobrio, y a veces mostraba una cierta brusquedad sin mala intención que podía desconcertar a la gente.

—Debes entender que no me hace ninguna gracia tener que ingresar a una sobrina mía en un lugar como La Castañeda…

—¿Eso dijiste? ¿Que la ibas a meter al manicomio?

—Lo mencioné como una mera posibilidad —replicó el padre. Tendió la mano y Noemí le devolvió la carta—. No es el único lugar al que podría ir, pero allí tengo algunos conocidos. Puede que Catalina necesite cuidados profesionales, cuidados que, desde luego, no va a encontrar en una casa de campo. Me temo que somos los únicos que pueden asegurarse de que todo se lleve a cabo por su propio bien.

—No confías en Virgil.

Su padre dejó escapar una risita seca.

—Tu prima se casó muy pronto, Noemí. Hay quien diría que sin pensarlo mucho. A ver, yo seré el primero en admitir que Virgil Doyle parece un hombre encantador, pero, por otro lado, quién sabe si realmente se puede confiar en él.

No le faltaba razón. La rapidez del compromiso de Catalina había rayado en lo escandaloso. Apenas habían tenido oportunidad de hablar del novio. Noemí ni siquiera estaba segura de cómo se habían conocido, cuando de repente, Catalina empezó a mandar invitaciones de boda a las pocas semanas. Hasta aquel momento, Noemí ni siquiera se había enterado de que su prima tuviese novio. Si no la hubiesen invitado en calidad de testigo ante el juez civil que los casó, Noemí ni siquiera estaba segura de que se hubiese llegado a enterar de la boda de Catalina.

Tanto secretismo y tantas prisas no le sentaron nada bien al padre de Noemí. Había organizado un desayuno de boda para la pareja, pero Noemí sabía que el comportamiento de Catalina lo había ofendido, lo cual suponía otra razón por la que Noemí no se había molestado en preocuparse por la escasa comunicación que Catalina empezó a tener con la familia. Su relación, al menos en aquel momento, se había vuelto fría. Noemí supuso que las cosas volverían a su cauce con el paso de los meses, y que cuando llegase noviembre Catalina vendría a la Ciudad de México con todas las compras de Navidad planeadas. Entonces todo el mundo quedaría satisfecho. Tiempo, pues; no era más que cuestión de tiempo.

—Entonces tú crees que Catalina dice la verdad. La está maltratando —concluyó Noemí.

Intentó recordar qué le había parecido el novio. Guapo y educado eran las dos primeras palabras que se le ocurrían, aunque, a decir verdad, apenas habían intercambiado unas cuantas frases.

—En su carta, Catalina asegura no solo que la está envenenando, sino que hay fantasmas que atraviesan las paredes. Dime, hija, ¿te parece acaso un relato fiable?

Su padre se puso en pie y se acercó a la ventana. Miró al exterior, con los brazos cruzados. Desde el despacho se veían las preciosas buganvillas de su madre, una explosión de color que en aquel momento estaba rodeada de oscuridad.

—Lo único que sé es que Catalina no está bien. También sé que, si Catalina se divorciase, Virgil se quedaría sin un centavo. Cuando se casaron, a todo el mundo le quedó claro que las arcas de su familia estaban agotadas. Sin embargo, mientras estén casados, Virgil tiene acceso a la cuenta bancaria de Cata. Le conviene mantenerla en casa, aunque lo mejor para ella sea estar en la ciudad, o al menos con nosotros.

—¿Te parece que Virgil pueda ser un interesado? ¿Que sea capaz de preocuparse más por sus finanzas que por el bienestar de su esposa?

—No lo conozco lo suficiente, Noemí. Ninguno de nosotros lo conoce. He ahí el problema. Es un extraño. Dice que la está cuidando y que Catalina ha mejorado, pero, que nosotros sepamos, podría tenerla atada a la cama y estar dándole atole para comer.

—¿Y dices que Catalina es la melodramática? —preguntó Noemí.

Examinó el ramillete de orquídeas y dejó escapar un suspiro.

—Sé lo que puede suponer tener un pariente enfermo. Mi propia madre tuvo un ataque y tuvo que permanecer en cama durante años. También sé que a veces las familias no saben sobrellevar estos asuntos de la mejor manera.

—¿Y qué quieres que haga, pues? —preguntó, mientras apoyaba las manos en el regazo con gesto delicado.

—Quiero que vayas a evaluar la situación de cerca. Que decidas si hay que llevar a Catalina a la ciudad y, de ser ese el caso, que convenzas a Virgil de que es lo mejor para ella.

—¿Y cómo voy yo a conseguir tal cosa?

Su padre esbozó una media sonrisilla. Justo en esa mueca, así como en aquellos ojos astutos y oscuros, residía el parecido entre padre e hija.

—Eres muy caprichosa, hija. Siempre estás cambiando de opinión sobre una cosa y la otra. Primero querías estudiar historia, luego teatro y, ahora, antropología. Has probado todos los deportes imaginables y no te has decidido por ninguno. Sales con un chico dos veces y no vuelves a llamarlo tras la tercera cita.

—Eso no tiene nada que ver con mi pregunta.

—Déjame acabar. Eres caprichosa, pero también eres terca cuando se trata de todas las cosas incorrectas. Ha llegado el momento de emplear esa terquedad y esa energía en una tarea que sea útil. Aparte de las lecciones de piano, no te has comprometido con nada en tu vida.

—También me he comprometido con las lecciones de inglés

—replicó Noemí, pero no se molestó en negar el resto de las acusaciones de su padre, porque era bien cierto que mariposeaba entre admiradores de forma regular y que era muy capaz de llevar cuatro atuendos distintos el mismo día.

«Pero bueno, no es que una tenga que tener una opinión férrea sobre todo con apenas veintidós años», pensó. Decirle eso a su padre no serviría de nada. Su padre se había puesto al frente del negocio familiar a los diecinueve años. Según la vara de medir de su padre, Noemí se encontraba en una lenta travesía sin destino alguno.

Su padre le lanzó una mirada afilada. Ella suspiró.

—De acuerdo. Estaré encantada de ir a visitarla dentro de unas cuantas semanas...

—El lunes, Noemí. Por eso he interrumpido tu fiesta. Tenemos que empezar a preparar el viaje para que puedas ir en el primer tren que salga para El Triunfo el lunes por la mañana.

—Pero... es que tengo recital —replicó ella.

Era una excusa de lo más débil. Ambos lo sabían. Noemí tomaba clases de piano desde los siete años de edad, y solía dar un pequeño recital dos veces al año. Tocar un instrumento ya no era uno de esos requisitos indispensables entre la alta sociedad, como sí había sido en la época de la madre de Noemí. Pero era una de esas agradables aficiones que tanto se apreciaban en su círculo de amistades. Además, le gustaba el piano.

—El recital. No será más bien que habías planeado ir con Hugo Duarte y que no quieres que vaya con otra mujer. No será más bien que no quieres dejar pasar la oportunidad de llevar un vestido nuevo. Lo siento mucho, pero esto es más importante.

—Para que lo sepas, ni siquiera he comprado un vestido nuevo. Iba a usar la falda que me puse en la fiesta de Greta —dijo Noemí. En realidad, era una verdad a medias, porque sí había planeado ir al recital con Hugo—. Mira, lo cierto es que el recital no es lo que más me preocupa. Dentro de unos días empiezan mis clases. No puedo irme así como así. Me van a suspender —añadió.

—Pues que te suspendan. Ya retomarás las clases más adelante.

Estaba a punto de protestar ante aquella frase tan despreocupada cuando, de pronto, su padre se giró y la miró a los ojos.

—Hace tiempo que no dejas de hablar de ir a la Universidad Nacional. Si haces esto por mí, te daré mi permiso para inscribirte.

Los padres de Noemí le habían permitido inscribirse en la Universidad Femenina de México, pero cuando ella les había dicho que pretendía seguir estudiando una vez obtenido su diploma, se habían negado rotundamente. Noemí quería cursar una maestría en antropología, lo cual requería inscribirse en la Nacional. Su padre consideraba que aquello eran tanto una pérdida de tiempo como una idea del todo inapropiada, sobre todo con tanto jovencito por los pasillos de la universidad dispuesto a llenarle la cabeza a cualquier chica con ideas estúpidas y libidinosas.

La madre de Noemí también se había mostrado impertérrita ante las ideas modernas de su hija. Se suponía que las chicas debían seguir un ciclo vital más sencillo, que fuera de jovencita a esposa. Prolongar sus estudios solo supondría retrasar dicho ciclo, seguir siendo una crisálida dentro de un capullo. Aquella diferencia de opiniones las había hecho chocar en media docena de ocasiones. En una astuta maniobra, su madre había acabado por decir que Noemí no iría a la universidad a menos que lo permitiese su padre, mientras que este no había hecho el menor atisbo de consentir en tal cosa.

Por lo tanto, aquella frase de su padre la sorprendió al tiempo que le ofrecía una oportunidad de lo más inesperada.

—¿Hablas en serio? —preguntó Noemí con cautela.

—Por supuesto. Se trata de un asunto serio. No quiero que los periódicos empiecen a hablar de divorcios en nuestra familia, pero tampoco quiero que nadie se aproveche de nosotros. Además, estamos hablando de Catalina —dijo su padre en tono más suave—. Ya ha pasado por suficientes desgracias. Quizá le venga bien tener cerca a una amiga. Quizá sea eso lo único que necesita.

La calamidad ya se había abatido sobre Catalina en varias ocasiones. En primer lugar, la muerte de su padre, seguida por la boda de su madre con un padrastro que solía hacerla llorar a menudo. Un par de años después, la madre de Catalina también falleció, y la chica se mudó a la casa de la familia de Noemí. Para entonces el padrastro ya se había esfumado. A pesar del cálido recibimiento de los Taboada, tantas muertes habían tenido un efecto devastador en ella. Más adelante, cuando ya era toda una muchachita, Catalina había pasado por una ruptura de compromiso que había supuesto muchas trifulcas y mucho dolor.

Asimismo, también había habido un joven algo simplón que había intentado hacerle la corte a Catalina durante varios meses. Ella parecía tenerle mucho cariño, pero el padre de Noemí había acabado por ahuyentar al chico, pues no le impresionaba el joven. Tras aquel romance interrumpido, Catalina debía de haber aprendido la lección, pues su relación con Virgil Doyle fue el paradigma absoluto de la discreción. O quizá había sido Virgil quien se había comportado de forma más taimada y le había pedido a Catalina que cerrase el pico sobre su relación hasta que fue demasiado tarde como para impedir la boda.

—Supongo que podría avisar que me voy a ir unos días —dijo Noemí.

—Bien. Le mandaremos un telegrama a Virgil para que sepa que estás de camino. Lo que necesito de ti es discreción e inteligencia. Virgil es su marido y tiene todo el derecho a tomar decisiones en nombre de Catalina, pero no podemos ser indiferentes si él es inconsiderado.

—Te voy a pedir que pongas por escrito eso de la universidad.

Su padre volvió a tomar asiento tras el escritorio.

—Soy incapaz de romper mi palabra. Vamos, quítate esas flores del pelo y ponte a hacer las maletas. Ya sé que tardarás una eternidad en decidir qué empacar. Por cierto, ¿de qué estás disfrazada? —preguntó su padre, sin ocultar lo poco que le gustaba aquel vestido, que le dejaba los hombros al aire.

—Voy de Primavera —replicó ella.

—Hace frío al lugar al que vas. Si pretendes ir ahí con semejante ropa, más vale que lleves un suéter —dijo en tono seco.

Normalmente, Noemí le habría contestado con alguna frase

incisiva. Ahora, sin embargo, guardó un desacostumbrado silencio. Se le acababa de ocurrir, ahora que había accedido a aquella empresa, que sabía muy poco del sitio al que iba a ir y de la gente con la que se iba a encontrar. Aquello no era ni un crucero ni un viaje de placer. Sin embargo, se tranquilizó a sí misma diciéndose que su padre la había elegido a ella, y no a otra persona, para aquella misión, y que habría de llevarla a cabo. ¿Caprichosa? Bah. Le demostraría a su padre el nivel de dedicación que esperaba de ella. Quizá, una vez tuviese éxito, pues ni se le pasaba por la cabeza la posibilidad de fracasar, su padre empezaría a verla como una mujer más madura y digna de otros menesteres.

2

Cuando Noemí era pequeña y Catalina le leía cuentos de hadas, siempre solía mencionar «el bosque», el lugar por el que Hansel y Gretel dejaron el rastro de migajas, o donde Caperucita se encontró con un lobo. Al haber crecido en una gran ciudad, Noemí no llegó a darse cuenta hasta mucho después de que los bosques eran lugares reales, sitios que podían encontrarse en un atlas. Su familia solía ir de vacaciones a Veracruz, a la casa de su abuela junto al mar, donde no había ni un árbol verdaderamente alto a la vista. Incluso después de que llegó a la edad adulta, el bosque seguía siendo para ella una suerte de imagen que se atisbaba en los libros de cuentos infantiles, un contorno al carboncillo con brillantes manchas coloridas en el interior.

Por ello, le costó un poco darse cuenta de que se dirigía al interior de un bosque, pues El Triunfo se encontraba en la ladera de una empinada montaña alfombrada de flores silvestres y llena de una tupida mata de pinos y robles. Noemí alcanzó a ver ovejas que pastaban y cabras que saltaban por escarpadas laderas rocosas. Aquella región se había hecho rica con la plata, pero era el sebo de aquellos animales lo que había servido para iluminar el interior de las minas. Y había muchas, muchas minas. Todo aquel paraje era precioso.

Sin embargo, cuanto más ascendía el tren y más se acercaban a El Triunfo, más cambiaba el bucólico paisaje. Noemí empezó a verlo con otros ojos. Profundos desfiladeros atravesaban la tierra. Por la ventana se veían escarpadas crestas. Lo que en un principio habían sido encantadores riachuelos se convirtieron en ríos caudalosos de fuertes corrientes que auguraban la perdición a cualquier incauto que se dejase arrastrar por sus aguas. En las faldas de las montañas, los granjeros cuidaban de pequeños bosquecillos o de campos de alfalfa, pero allí, en la parte superior, no había tales cultivos. Lo único que pasaba por aquellos lados eran las cabras que saltaban por los riscos. Aquella tierra ocultaba sus riquezas en la oscuridad. Allí no crecían árboles frutales.

El aire mismo adoptó una cualidad más fina a medida que el tren ascendía montaña arriba. Por fin, aminoró la marcha hasta detenerse.

Noemí tomó sus maletas. Había llevado dos, y se había sentido tentada a empacar también su baúl favorito, pero al final le había parecido que sería demasiado engorroso. A pesar de aquella concesión, las maletas ya eran de por sí lo bastante grandes y pesadas.

No había mucho ajetreo en la estación de tren. De hecho, apenas podía considerarse una estación. Más bien era un solitario edificio de forma cuadrada con una mujer medio dormida, sentada tras el mostrador de la taquilla. Tres chicos jugaban juntos, persiguiéndose unos a otros alrededor de la estación. Noemí les ofreció algunas monedas si la ayudaban a sacar sus maletas. Lo hicieron encantados. Parecían algo desnutridos, tanto así que Noemí se preguntó cómo subsistirían los habitantes del pueblo ahora que la mina estaba cerrada y la única posibilidad de comercio residía en las cabras.

Noemí venía preparada para el frío de la montaña. Lo que no esperaba era la fina niebla que la recibió en medio de aquella tarde. La contempló con curiosidad, mientras se ajustaba el sombrero azul claro tocado de una única pluma larga y amarilla. Echó un vistazo a la calle en busca del chofer. No le resultó difícil identificarlo; era el único automóvil frente a la estación, un vehículo de unas dimensiones ridículamente grandes que le hizo pensar en estilosas estrellas del cine mudo de hacía dos o tres décadas. Era el tipo de automóvil que su padre podría haber conducido en su juventud para hacer gala de su riqueza.

Sin embargo, el vehículo que tenía delante estaba sucio y anticuado. Necesitaba una mano de pintura. Así pues, tampoco era del todo el tipo de automóvil que conduciría una estrella de cine aquellos días. Más bien parecía una reliquia que alguien hubiese desempolvado sin mucho esfuerzo y que hubiesen arrastrado hasta la calle.

Pensó que el conductor haría juego con el coche. Esperaba encontrar a un anciano al volante, pero salió un jovencito de su edad vestido con una chaqueta de pana. Era rubio y pálido. Noemí no pensaba que nadie pudiese ser tan pálido. Por Dios, ¿se habría puesto alguna vez al sol? Tenía ojos inciertos y una boca estirada en una sonrisa de bienvenida.

Noemí les pagó a los chicos que la habían ayudado a sacar su equipaje y, a continuación, dio un paso al frente y extendió la mano.

—Soy Noemí Taboada. ¿Lo envía el señor Doyle? —preguntó.

—Sí, el tío Howard me ha dicho que la reciba aquí —replicó él mientras le daba un débil apretón de manos—. Soy Francis. ¿Ha tenido buen viaje? ¿Son estas sus cosas, señorita Taboada? ¿Me permite que le ayude? —Lanzó una pregunta detrás de otra en rápida sucesión, como si prefiriese preguntar a formular afirmaciones.

—Puedes llamarme Noemí. Señorita Taboada suena muy quisquilloso. Ese es todo mi equipaje, y sí, me encantará que me ayudes.

El chico agarró las dos maletas y las metió en la cajuela. A continuación, rodeó el coche y le abrió la puerta. El pueblo, tal y como se veía por la ventana, estaba lleno de callejones retorcidos, casitas coloridas con macetas en las ventanas, robustas puertas de madera, largas escalinatas, una iglesia y todos los demás detalles que cualquier guía de viajes denominaría como «pintoresco».

A pesar de ello, estaba claro que El Triunfo no aparecía en ninguna guía de viajes. Tenía el aire enrarecido de un lugar que se ha echado a perder. Las casas eran coloridas, sí, pero la pintura se había descascarillado en la mayoría de las paredes, algunas de las puertas estaban descolgadas y casi todas las plantas en los maceteros estaban marchitas. Había pocas señales de actividad en el pueblo.

No resultaba en absoluto inusual. Muchas de las minas de las que se habían extraído oro y plata durante la Colonia habían dejado de operar una vez estalló la Guerra de la Independencia. Luego llegaron los ingleses y los franceses durante el tranquilo periodo del Porfiriato, y se llenaron los bolsillos con las riquezas minerales de la región. Sin embargo, la Revolución acabó con aquella segunda ola de prosperidad. Había muchas aldeas parecidas a El Triunfo, en las que se podía apreciar las preciosas capillas construidas en las épocas de bonanza económica y población creciente; lugares en los que la tierra no volvería a derramar riquezas de sus entrañas.

Y, sin embargo, los Doyle habían permanecido en aquella tierra, mientras que otros muchos se habían marchado. Quizá, pensó Noemí, habían llegado a amarla, a pesar de que a ella no se le antojaba gran cosa, pues el paisaje era demasiado abrupto y empinado. No se parecía en nada a las montañas de los libros de cuentos de su infancia, en las que los árboles tenían un aspecto precioso y las flores crecían junto al camino. No se parecía en nada al lugar encantador en el que Catalina había dicho que iba a vivir. Al igual que el viejo coche que había recibido a Noemí, el pueblo se aferraba a los restos de un esplendor pasado.

Francis condujo por un estrecho camino que ascendía aún más hacia lo alto de las montañas. El aire era cada vez más crudo y la niebla se espesaba. Noemí se frotó las manos.

—¿Falta mucho? —preguntó.

Una vez más, Francis pareció dubitativo.

—No mucho —dijo con lentitud, como si discutiesen un asunto al que debía dedicarse una buena cantidad de atención y cuidado—. El camino está muy mal, de lo contrario iría más rápido. Hace mucho tiempo, cuando la mina estaba funcionando, las carreteras estaban en perfectas condiciones, incluso cerca de High Place.

—¿High Place?

—Así llamamos nosotros a nuestra casa. Por detrás está el cementerio inglés.

—¿De verdad es inglés? —preguntó ella con una sonrisa.

—Sí.

Agarraba el volante con ambas manos, con una fuerza que Noemí no habría sospechado a juzgar por aquel apretón de manos tan debilucho.

—Ah, ¿sí?

—Ya lo verás. Todo tiene un aire muy inglés. Así es como lo quiso el tío Howard. Un pedacito de Inglaterra. Trajo incluso tierra europea hasta aquí.

—¿Crees que se deba a un caso extremo de nostalgia?

—Así es. Más vale que te diga ya que en High Place no hablamos español. Mi tío abuelo no habla una palabra, Virgil lo habla muy mal y mi madre ni siquiera se molesta en componer una sola frase. ¿Hablas… hablas bien inglés?

—He recibido clases diarias desde que tenía seis años. —Noemí cambió al instante del español al inglés—. Seguro que no supondrá un problema.

Los árboles se espesaron aún más. Bajo sus ramas campaba la oscuridad. Noemí no estaba hecha para la naturaleza, al menos no la de verdad, la salvaje. La última vez que se había acercado a un bosque había sido en una excursión al Desierto de los Leones, cuando decidieron salir a cabalgar y a su hermano y sus amigos les apeteció hacer prácticas de tiro con latas. Eso había sido hacía dos o quizá incluso tres años. Aquel lugar no podía compararse con esto. El bosque aquí era muchísimo más agreste.

Noemí se sorprendió a sí misma preguntándose qué tan altos serían los árboles y qué tan profundas serían aquellas barrancas.

Le pareció que en ambos casos la respuesta era considerable. La niebla se volvió aún más densa. Noemí se sobresaltó, pues temía que acabasen despeñándose por la montaña si daban la vuelta por el lugar equivocado. ¿Cuántos mineros ansiosos de encontrar plata habrían caído por aquellos acantilados? Las montañas ofrecían riquezas minerales, pero también una muerte rápida. Francis, sin embargo, parecía conducir seguro, por más que sus palabras titubeasen. A Noemí no solían gustarle los hombres tímidos, de hecho, la irritaban, pero qué más daba. No había venido a verlo a él, ni a ninguno de los miembros de su familia.

—Bueno —preguntó para apartar de su cabeza ideas de barrancas profundas y coches estrellados contra árboles invisibles—, ¿tú quién eres?

—Francis.

—Sí, ya, me refería a que si eres el primo pequeño de Virgil, o un tío lejano. ¿Hay alguna otra oveja negra en la familia que deba conocer?

Noemí había hablado en el tono desenfadado que tanto le gustaba, el mismo que utilizaba en las fiestas y que siempre solía funcionarle tan bien con la gente. Francis reaccionó tal y como ella esperaba: con una pequeña sonrisa.

—Primo hermano. Virgil es un poco mayor que yo.

—Nunca he entendido eso de los primos hermanos, lejanos y demás. ¿Quién se fija en esas cosas? Siempre he supuesto que, si vienen a mi fiesta de cumpleaños, es que somos familiares y ya está. No hace falta echar mano del árbol genealógico.

—Con ese sistema es más sencillo, sí —dijo él.

Ahora la sonrisa era sincera.

—¿Eres un buen primo? Cuando yo era pequeña, odiaba a mis primitos. Siempre me metían la cabeza en el pastel durante la fiesta, por mucho que yo me negase a jugar a la mordida.

—¿Mordida?

—Sí. Se supone que hay que dar una mordida al pastel antes de que lo corten, pero lo normal es que alguien le meta a una la cabeza dentro cuando lo intenta. Supongo que no tienen ustedes nada similar en High Place.

—En High Place no hay muchas fiestas.

—Ese nombre debe de ser literal —murmuró ella, porque no dejaban de ascender.

¿Acaso aquella carretera no tenía fin? Las ruedas del coche aplastaron los restos de una rama caída, y a continuación otra más.

—Sí.

—Nunca he visitado una casa con nombre propio. ¿Quién hace algo así estos días?

—Somos muy tradicionales —murmuró él.

Noemí le lanzó una mirada escéptica al joven. Su madre habría dicho que le faltaba comer más alimentos con hierro, así como una buena tajada de carne. A juzgar por el aspecto de esos dedos, debía de alimentarse de miel y gotitas de rocío. Su tono de voz tendía más bien al susurro. Virgil le había parecido mucho más físico que aquel chico, mucho más presente. También mayor, como Francis bien había indicado. Virgil tenía treinta y tantos, Noemí no recordaba la edad exacta.

Golpearon una roca o algún tipo de bache en el camino.

—Ay —se quejó Noemí con tono irritado.

—Disculpa —se excusó Francis.

—No es tu culpa. ¿El camino siempre tiene este aspecto? —preguntó—. Parece que estemos conduciendo dentro de un tazón de leche.

—Esto no es nada —dijo él con una sonrisa.

Bueno. Al fin parecía más relajado.

De repente, emergieron a un claro y ahí estaban. La casa pareció saltar desde la niebla para recibirlos con brazos ansiosos. ¡Qué extraña era! Su estructura parecía del todo victoriana, con sus tejas rotas, su recargada decoración, sus ventanales mugrientos. Noemí jamás había visto nada igual en la vida real. Era del todo diferente de la moderna casa de su familia, de los apartamentos de sus amigos y de las casas coloniales con fachadas de tezontle.

La casa se cernía sobre ellos como si de una gárgola enorme y silenciosa se tratase. Podría haber evocado imágenes funestas de fantasmas y lugares embrujados, pero lo cierto es que el lugar tenía un aspecto más bien cansado: a algunas contraventanas les faltaban listones y el porche de ébano pareció soltar un quejido mientras subían los escalones hasta la puerta. Un aldabón de plata con forma de puño colgaba de un aro.

Noemí se dijo que parecía el caparazón abandonado de un caracol. Pensar en caracoles la hizo acordarse de su infancia, cuando jugaba en el patio de su casa y se dedicaba a apartar macetones en busca de aquellas cochinillas que intentaban escurrirse hasta algún escondite seguro. O cuando les daba terrones de azúcar a las hormigas, a pesar de las advertencias de su madre de que no lo hiciera. O bien aquel dulce gatito atigrado que dormía bajo las buganvillas y siempre dejaba que los niños pasasen las horas muertas acariciándolo. Noemí se imaginaba que no habría gato alguno en aquella casa, ni canarios que cantasen alegres en sus jaulas, a los que pudiera dar de comer por las mañanas.

Francis sacó una llave y abrió la pesada puerta. Noemí entró en el recibidor, desde el que se veía de inmediato una imponente escalera de caoba y roble con un vitral redondo en el segundo rellano. Aquel ventanal arrojaba sombras rojizas, azuladas y amarillentas sobre la alfombra de un verde desgastado. Sendas tallas de ninfas, una al principio de las escaleras junto al poste, la otra junto a la ventana, se alzaban como silenciosas guardianas de la casa. En una de las paredes del recibidor debía de haber colgado un cuadro o un espejo, ahora ausente. Solo quedaba el contorno ovalado contra el papel tapiz de la pared, como una solitaria huella dactilar en la escena de un crimen. Sobre sus cabezas colgaba una lámpara de araña de nueve brazos, sus lágrimas de cristal nubladas por el paso del tiempo.

Una mujer descendió las escaleras; su mano izquierda se deslizaba por la barandilla. No era una mujer mayor; si bien en su pelo se apreciaban algunos trazos plateados, su cuerpo se veía demasiado erguido y ágil para una señora de edad avanzada. Sin embargo, el sobrio vestido gris y la dureza que asomaba a sus ojos añadían años que aún quedaban por sumarse a su cuerpo en el futuro.

—Madre, te presento a Noemí Taboada —dijo Francis, al tiempo que empezaba a cargar con las maletas de Noemí escaleras arriba.

Noemí fue tras él, con una sonrisa. Le tendió la mano a la mujer, quien compuso una expresión como si Noemí le acabase de tender un pescado de la semana pasada. En lugar de estrecharle la mano, la mujer giró sobre sus talones y volvió a subir las escaleras.

—Encantada de conocerla —dijo sin volverse a mirarla—. Soy Florence, la sobrina del señor Doyle.

Noemí se mordió la lengua para no soltar un comentario incisivo. Se limitó a pasar junto a Florence, caminando a su mismo ritmo.

—Gracias.

—Yo soy quien administra todo en High Place, así que, si necesita algo, ha de venir a preguntarme a mí. Aquí hacemos las cosas de una cierta manera; espero que sea capaz de obedecer las reglas.

—¿Cuáles son esas reglas? —preguntó ella.

Pasaron junto al vitral. Ahora Noemí se dio cuenta de que dibujaba una flor brillante y estilizada. Los pétalos se habían fabricado con óxido de cobalto. Era el tipo de cosas de las que Noemí entendía. El negocio de la pintura, como le decía su padre, le había proporcionado todo tipo de conocimientos acerca de la química. En general prefería ignorar toda aquella información, pero de alguna manera se empeñaba en quedarse en su cabeza como una molesta canción que no deja de repetirse.

—La regla más importante es que somos muy tranquilos y apreciamos nuestra intimidad —decía en aquel momento Florence—. Mi tío, el señor Howard Doyle, es muy anciano y pasa la mayor parte del tiempo en su habitación. No habrá usted de molestarlo. En segundo lugar, yo me encargo de los cuidados de su prima. Tiene que descansar mucho, así que no deberá usted molestarla si no es necesario. No se aleje de la casa usted sola; es fácil perderse y toda la región está atestada de barrancos.

—¿Algo más?

—No solemos ir al pueblo. Si tiene usted que hacer algo ahí abajo, pídame permiso y yo le diré a Charles que la lleve en coche.

—¿Quién es Charles?

—Un miembro de nuestro servicio. En estos momentos no tenemos a mucha gente, apenas tres. Llevan muchos años sirviendo a la familia.

Recorrieron un pasillo alfombrado. Decoraban las paredes retratos al óleo ovales y oblongos. Los rostros de los Doyle muertos largo tiempo atrás contemplaron a Noemí a través del tiempo; mujeres con bonetes y pesados vestidos, hombres con chistera que llevaban guantes y expresiones adustas. El tipo de gente que le daba importancia al escudo de armas de la familia. Pálidos, de pelo rubio, tal y como Francis y su madre. Facciones similares que pasaban de una persona a otra sin apenas cambios. Noemí no habría sido capaz de diferenciarlos ni aunque los hubiera inspeccionado con atención.

—Aquí está su habitación —dijo Florence una vez llegaron a una puerta con un decorativo pomo de cristal—. Le advierto que no está permitido fumar en la casa, en caso de que participe usted de ese vicio en particular —añadió con una mirada al elegante bolso de mano de Noemí, como si pudiera atravesarlo con la vista y descubrir el paquete de cigarrillos que llevaba.

«Vicio», pensó Noemí. Se acordó de las monjas que habían supervisado su educación. Había aprendido lo que era la rebelión al tiempo que murmuraba el rosario.

Noemí entró en el dormitorio y contempló la cama con dosel, que parecía sacada de un cuento gótico. Incluso tenía cortinajes que podían cerrarse a los laterales y aislar a la durmiente del mundo. Francis dejó las maletas junto a una estrecha ventana, el cristal desprovisto de color alguno. Al parecer el extravagante vitral de la entrada no se extendía a las habitaciones privadas. Florence señaló un armario que contenía toda una reserva de cobijas extra.

—Estamos en lo alto de la montaña. Aquí llega a hacer mucho frío —dijo—. Espero que haya traído un suéter.

—Tengo un rebozo.

La mujer abrió un baúl a los pies de la cama y sacó unas cuantas velas, así como el candelabro más feo que Noemí hubiese visto jamás. Era de plata, con un querubín que sostenía la base. A continuación, cerró el baúl y depositó lo que había sacado encima de la tapa.

—Instalaron luz eléctrica en la casa en mil novecientos nueve. Justo antes de la Revolución. Sin embargo, en las cuatro décadas que han pasado desde entonces no ha habido muchas mejoras. Tenemos un generador que produce suficiente energía para la nevera y para encender un puñado de bombillas. Pero no es suficiente como para abastecer toda la casa. Por ello, usamos velas y lámparas de aceite.

—No tengo la menor idea de cómo se enciende una lámpara de aceite —dijo Noemí riéndose entre dientes—. Jamás he ido de acampada.

—Hasta un tonto podría entender la mecánica básica —dijo Florence, y siguió hablando, sin darle a Noemí la oportunidad de responder—. A veces la caldera se vuelve un poco obstinada, aunque, en cualquier caso, los jóvenes no deberían ducharse con agua muy caliente. Con un baño templado le bastará. En esta habitación no hay chimenea, pero tenemos una grande en el piso de abajo. ¿Se me olvida algo, Francis? ¿No? Muy bien.

La mujer contempló a su hijo, pero tampoco le dejó espacio para responder. Noemí dudaba de que nadie tuviese mucha oportunidad de pronunciar palabra alguna cerca de ella.

—Me gustaría hablar con Catalina —dijo Noemí.

Florence debía de haber dado su conversación por acabada, porque ya se encontraba en la puerta con una mano en el pomo.

—¿Hoy? —preguntó la mujer.

—Sí.

—Ya casi es la hora de su medicina. En cuanto la tome, se dormirá.

—Quiero verla unos minutos.

—Madre, ha venido desde muy lejos para verla —dijo Francis.

Su intervención pareció tomar por sorpresa a la mujer. Florence enarcó una ceja en dirección al joven y juntó las manos con gesto brusco.

—Está bien, supongo que en la ciudad se miden los tiempos de otra manera, corriendo todo el día de aquí para allá —dijo—. Si quiere usted verla de inmediato, será mejor que venga conmigo. Francis, ¿qué te parece si vas a ver si el tío Howard quiere cenar con nosotros esta noche? No quiero ninguna sorpresa.

Florence llevó a Noemí por otro largo pasillo hasta una habitación con otra cama con dosel, así como un vestidor recargado, un espejo de tres cuerpos y un armario lo bastante espacioso como para dar cobijo a un pequeño ejército. El papel tapiz era de un tono azul desvaído con motivos florales. De las paredes colgaban cuadros paisajistas, imágenes costeras de grandes acantilados y playas solitarias, aunque no debían de ser paisajes locales. Seguramente se trataba de Inglaterra, preservada allí en óleo y marcos de plata.

Junto a la ventana había una silla. Catalina se sentaba en ella. Miraba al exterior, y no movió un músculo cuando las dos mujeres entraron en el cuarto. Tenía el pelo color caoba recogido en la nuca. Noemí se había preparado para la visión de una extraña destrozada por la enfermedad, pero lo cierto era que Catalina no parecía muy diferente de cuando vivía en la Ciudad de México. Quizá el entorno amplificaba un poco su aire ya de por sí soñador, pero el cambio se reducía apenas a eso.

—Tiene que tomarse la medicina dentro de cinco minutos —dijo Florence tras consultar su reloj de pulsera.

—Me quedo con esos cinco minutos.

La mujer mayor no parecía nada contenta, pero acabó por marcharse. Noemí se acercó a su prima. La chica no la había mirado siquiera. Estaba extrañamente inmóvil.

—¿Catalina? Soy yo, Noemí.

Colocó una mano en el hombro de su prima con gesto suave. Fue entonces cuando Catalina la miró. Esbozó una lenta sonrisa.

—Noemí. Viniste.

—Sí —asintió frente a Catalina—. Mi padre me ha enviado para comprobar cómo estás. ¿Qué tal te encuentras? ¿Qué sucede?

—Me encuentro fatal. He tenido fiebre, Noemí. Tengo tuberculosis, pero ahora me siento mejor.

—¿Recuerdas que nos escribiste una carta? En ella decías muchas cosas de lo más extrañas.

—La verdad es que no recuerdo lo que escribí —dijo Catalina—. Tenía la fiebre muy alta.

Catalina tenía cinco años más que Noemí. No era una diferencia de edad enorme, pero sí lo bastante como para que Catalina hubiese adoptado un rol más materno con ella cuando eran niñas. Noemí recordaba muchas tardes dedicadas a hacer manualidades con Catalina, a cortar vestidos para sus muñecas de papel, a ir al cine o a escuchar cómo le contaba cuentos de hadas. Verla así ahora le resultaba extraño. Catalina estaba apática, dependía de otros, cuando antes todo el mundo había dependido de ella. Aquello no le gustó nada a Noemí.

—Tu carta inquietó muchísimo a mi padre —dijo.

—Lo siento mucho, querida. No debería haberos escrito. Seguramente tienes muchos compromisos en la ciudad. Tus amigos, tus clases... y ahora estás aquí porque yo garabateé cualquier tontería en un trozo de papel.

—No te preocupes por nada. Quería venir a verte. Hace milenios que no nos vemos. Si soy franca, pensé que a estas alturas ya habríais venido de visita.

—Sí —dijo Catalina—. Sí, yo también lo pensaba. Pero es imposible salir de esta casa.

Catalina se mostraba pensativa. Sus ojos, estanques castaños de aguas estancadas, se volvieron más opacos. Su boca se entreabrió como si fuese a decir algo, pero no dijo nada. En cambio, lo que hizo fue tomar aire, mantenerlo en los pulmones. A continuación, giró la cabeza y tosió.

—¿Catalina?

—Es hora de la medicina —dijo Florence mientras entraba al paso en la habitación con una botella de cristal y una cuchara en la mano—. Vamos.

Catalina, obediente, se tomó una cucharada de su medicina. A continuación, Florence la ayudó a llegar hasta la cama y la tapó con las cobijas hasta el cuello.

—Vamos —dijo Florence—. Necesita descansar. Ya hablarán mañana.

Catalina asintió. Florence acompañó a Noemí de regreso a su habitación, y aprovechó para darle una breve descripción de la casa: la cocina estaba en aquella dirección, la biblioteca en aquella otra. Le dijo que la llamarían para la cena a las siete. Noemí deshizo la maleta, puso su ropa en el armario y fue al baño a refrescarse un poco. Había una bañera antiquísima, un pequeño armario y rastros de moho en el techo. Muchas de las baldosas alrededor de la bañera estaban agrietadas, pero, por otro lado, habían dejado toallas limpias en una sillita de tres patas. La bata de baño, que colgaba de un gancho, parecía limpia.

Noemí probó el interruptor de la luz en la pared, pero no sucedió nada. En su habitación, en cambio, no fue capaz de localizar una sola lámpara con bombilla, aunque sí había enchufe. Supuso que Florence no bromeaba cuando dijo que tendría que usar velas y lámparas de aceite.

Abrió el bolso y rebuscó hasta dar con sus cigarrillos. Una taza decorada con angelitos semidesnudos que había en la mesita de noche le hizo las veces de cenicero improvisado. Tras dar un par de caladas, se acercó a la ventana, no fuera a ser que Florence se quejase de la peste a tabaco. Sin embargo, la ventana no se abría.

Noemí se quedó allí, de pie, contemplando la niebla en el exterior.

3

lorence vino por ella a las siete en punto, tal y como había indicado. Llevaba una lámpara de aceite en la mano para iluminar el camino. Bajaron las escaleras y fueron hasta un comedor sobre el que colgaba una lámpara de araña de dimensiones monstruosas, muy parecida a la de la entrada, que, sin embargo, estaba apagada. Había una mesa lo bastante grande como para una docena de personas, con su correspondiente mantel de damasco blanco. Habían colocado varios candelabros en la mesa. Aquellas velas espigadas y blancas hicieron que Noemí pensase en una iglesia.

Las paredes estaban ribeteadas de gabinetes repletos de porcelana, encajes y, sobre todo, cubertería de plata. Tazas y platos que llevaban orgullosos la inicial de la familia, aquella D estilizada y triunfante de los Doyle. También había bandejas y jarros vacíos, que en su día debían de haber resplandecido bajo el brillo de las velas, pero que ahora se veían empañados y opacos.

Florence señaló una silla. Noemí tomó asiento. Francis ya estaba sentado frente a ella. Florence se sentó al lado del chico. Una criada de cabellos grises entró en la sala y colocó frente a cada uno de ellos tazones con sopa aguada. Florence y Francis empezaron a comer.

—¿No cena nadie más con nosotros? —preguntó Noemí.

—Su prima está dormida. Puede que el tío Howard y el primo Virgil bajen más tarde —dijo Florence.

Noemí se colocó la servilleta en el regazo. Tomó algo de sopa, pero no mucha. No estaba acostumbrada a comer a aquella hora. Las comidas pesadas no estaban hechas para la noche; en casa solían tomar pan y café con leche. Se preguntó si le sentaría bien el cambio de costumbre. *À l'anglaise*, tal y como solía decir su profesora de francés. *La panure à l'anglaise*, repitan conmigo. ¿Tomarían el té a las cuatro? ¿O era a las cinco?

Retiraron los tazones en silencio, y en silencio trajeron el plato principal, pollo con una salsa blancuzca y cremosa muy poco atractiva y salpicada de champiñones. El vino que escanciaron era oscuro y muy dulzón. No le gustó.

Noemí empujó un poco los champiñones por el plato con el tenedor mientras intentaba atisbar qué más contenían aquellos sombríos gabinetes al otro lado del comedor.

—Aquí casi todas las cosas son de plata, ¿no? —dijo—. ¿Es plata de sus minas?

Francis asintió.

—Sí, de la que sacábamos antaño.

—¿Por qué cerró la mina?

—Hubo varias huelgas, y luego... —empezó a decir Francis, pero entonces su madre alzó la cabeza y le clavó la mirada a Noemí.

—No se habla durante la cena.

—¿Ni siquiera para pedir la sal? —preguntó Noemí en tono ligero, al tiempo que jugueteaba con el tenedor.

—Ya veo que se considera usted terriblemente divertida. No se habla durante la cena. Así son las cosas. En esta casa apreciamos el silencio.

—Vamos, Florence, seguro que podemos permitirnos un poco de conversación. En honor a nuestra invitada.

Quien había hablado era un hombre vestido con un traje oscuro que acababa de entrar en la habitación. Se apoyaba en Virgil para caminar.

Describirlo como «viejo» habría sido inadecuado. Más bien era antiquísimo. Su rostro estaba plagado de arrugas. Apenas un par de cabellos escasos seguían pegados a su cráneo. También era muy pálido, como si de una criatura subterránea se tratase. Algo como una babosa. Las venas se marcaban en aquella piel pálida; finas líneas de color púrpura y azulado.

Noemí vio cómo el hombre se acercaba al frente de la mesa y tomaba asiento. Virgil también se sentó, a la derecha de su padre, con la silla dispuesta en un ángulo tal que la mitad de su cuerpo quedaba envuelto en sombras.

La criada no trajo plato para el anciano, solo un vaso de aquel vino oscuro. Quizá ya había comido y había decidido bajar para conocerla.

—Señor, soy Noemí Taboada. Encantada de conocerlo —dijo ella.

—Y yo soy Howard Doyle, el padre de Virgil. Aunque supongo que ya lo habrá adivinado.

El anciano llevaba un anticuado pañuelo al cuello, la piel escondida bajo aquel montículo de tela decorado con un alfiler de plata. En su dedo índice se apreciaba un anillo de ámbar de buen tamaño. Le clavó la mirada a Noemí. Todo su cuerpo parecía blanquecino, pero los ojos eran de un tono azul casi alarmante, unos ojos que ni las cataratas ni la edad habían conseguido empañar. Aquellos ojos ardían con fuego frío en su rostro antiguo y exigían toda la atención de Noemí. Se sintió diseccionada bajo aquella mirada.

—Tiene usted la piel mucho más oscura que su prima, señorita Taboada —dijo Howard tras haber acabado su escrutinio.

—¿Discúlpeme? —preguntó ella, creyendo que no lo había oído bien.

El anciano la señaló.

—Tanto de piel como de pelo. Mucho más oscura que Catalina. Supongo que tiene que ver con su herencia india, más que con la sangre francesa. Tiene usted algo de india, ¿no? Como la mayoría de mestizos de por aquí.

—Quien venía de Francia es la madre de Catalina. Mi padre es de Veracruz y mi madre de Oaxaca. Tengo sangre mazateca por parte de mi madre. ¿Le molesta? —preguntó a las claras.

El anciano sonrió. Una sonrisa de labios cerrados, sin dientes. Noemí se imaginó aquellos dientes, amarillentos y rotos.

Virgil le había hecho un gesto a la criada, quien no tardó en traerle otro vaso de vino a él. Los demás habían vuelto a comer en silencio. Aquello, pues, iba a ser una conversación entre dos personas.

—Ha sido una mera observación. Dígame, señorita Taboada, ¿cree usted, tal y como afirma Vasconcelos, que es la obligación, o más bien el destino del pueblo de México forjar una nueva raza que comprenda todas las razas? ¿Una raza «cósmica»? ¿Una raza de bronce? ¿Incluso a pesar de las investigaciones de Davenport y Steggerda?

—¿Se refiere usted a las investigaciones que han llevado a cabo en Jamaica?

—Espléndido. Catalina estaba en lo cierto, se interesa usted por la antropología.

—Sí —dijo ella, pues no quiso contestarle con más de una única palabra.

—¿Y qué piensa de la mezcolanza de tipos superiores e inferiores? —preguntó él, ignorando su malestar.

Noemí sintió que todas las miradas de la familia confluían en ella. Su presencia era una novedad, una alteración de los patrones conocidos. Un organismo introducido en un entorno hostil. Esperaban a oír lo que iba a decir para analizar sus palabras. Bueno, pues que vieran que sabía mantener la calma.

Tenía experiencia a la hora de tratar con hombres irritantes. Ninguno de ellos había conseguido intimidarla. Gracias a muchas fiestas y cenas en restaurantes, había aprendido que mostrar cualquier tipo de reacción a sus comentarios groseros no hacía más que envalentonarlos.

—En cierta ocasión leí un artículo de Gamio en el que afirmaba que ha sido la selección natural lo que ha permitido que sobrevivan los pueblos indígenas de este continente, y que los europeos bien podrían beneficiarse de mezclar su sangre con la de ellos —dijo, mientras sentía el frío metal del tenedor contra la punta de los dedos—. Semejante idea le da una vuelta de campana a los conceptos de razas superiores e inferiores, ¿verdad? —preguntó.

La pregunta sonaba del todo inocente y, al mismo tiempo, mordaz.

El anciano de los Doyle pareció satisfecho con aquella respuesta. Su rostro se animaba cada vez más.

—No se enfade conmigo, señorita Taboada. No pretendía insultarla. Su compatriota, Vasconcelos, menciona los misterios del «gusto estético» que ayudarían a formar dicha raza de bronce. Creo que es usted un ejemplo perfecto de ese tipo.

—¿De qué tipo?

El anciano volvió a sonreír, esta vez con los labios desplegados y los dientes a la vista. No eran amarillos, como había imaginado, sino blancos como la porcelana, perfectos. Sin embargo, las encías, que Noemí veía claramente, tenían un repugnante tono púrpura.

—De ese tipo de nueva belleza, señorita Taboada. El señor Vasconcelos afirma que los poco agraciados no procrearán. La belleza atrae a la belleza y engendra belleza. Es un modo de selección natural, ¿entiende? Le estoy haciendo un cumplido.

—Un cumplido de lo más extraño —alcanzó a decir ella, al tiempo que se tragaba la repulsión.

—Debería aceptarlo, señorita Taboada. No los dispenso con facilidad. Pero bueno, estoy un poco cansado. Me voy a retirar, aunque no dude de que esta conversación me ha resultado muy vigorizante. Francis, ayúdame a levantarme.

El joven ayudó a levantarse a aquella estatua de cera. Ambos salieron de la sala. Florence dio un sorbo a su vino, con el fino borde de la copa apoyado contra los labios. Un silencio opresivo se instaló entre ellos. Noemí pensó que, si prestaba suficiente atención, podría oír cómo le latía el corazón a cada uno de los presentes.

Se preguntó cómo podía vivir Catalina en un lugar así. Catalina siempre había sido una muchacha dulce, siempre la responsable que cuidaba de los más pequeños con una sonrisa en los labios. ¿De verdad la habían obligado a sentarse a aquella mesa en el más absoluto de los silencios, con las cortinas cerradas, a la mortecina luz de aquellas velas? ¿Había intentado aquel anciano mantener semejantes conversaciones repugnantes con ella? ¿Había llorado alguna vez Catalina? En las cenas familiares en la Ciudad de México, su padre solía plantear acertijos y premiar a los niños que los resolvían.

La criada volvió para llevarse los platos. Virgil, que no había dado muestra alguna de ver a Noemí, por fin dirigió su atención a ella. Sus ojos se encontraron.

—Me imagino que tendrá muchas preguntas que hacerme.

—Sí —dijo ella.

—Vamos al salón.

Echó mano de uno de los candelabros de plata de la mesa y la acompañó por el pasillo hasta un enorme aposento con una chimenea igual de enorme y una repisa tallada en madera de castaño y decorada con motivos florales. Sobre la chimenea colgaba una naturaleza muerta de frutas, rosas y delicadas viñas. Un par de lámparas de queroseno, dispuestas en sendas mesas gemelas de ébano, proveían de más iluminación a la sala.

En un extremo de la habitación descansaban dos sillones de terciopelo verde y desvaído. Junto a ellos había tres sillas cubiertas con otros tantos antimacasares. Jarrones blancos acumulaban polvo, lo cual indicaba que aquel lugar se había empleado antaño para recibir y entretener a los visitantes.

Virgil abrió las puertas de un aparador con bisagras de plata y superficie de mármol. Sacó un decantador con un tapón tallado con una curiosa forma parecida a una flor. Llenó dos vasos y le tendió uno a Noemí. A continuación, se sentó en una de las señoriales y rígidas poltronas de reposabrazos con brocados de oro que descansaban junto a la chimenea. Ella lo imitó.

Puesto que aquella sala estaba bien iluminada, Noemí pudo echarle un buen vistazo a Virgil. Se habían conocido en su boda con Catalina, pero había sido un encuentro muy breve, y ya había pasado un año. Noemí no recordaba del todo su aspecto.

Tenía el pelo rubio y los ojos azules de su padre. Su rostro, que parecía esculpido, estaba teñido de arrogancia. El traje de pecho cruzado que llevaba era liso y de color grisáceo, con un estampado de espiguillas. Todo muy sobrio, aunque su corbata estaba torcida y el último botón de la camisa, desabrochado. Casi como si intentase imitar una cierta despreocupación que en él parecía imposible de alcanzar.

Noemí no estaba muy segura de cómo debía dirigirse a él. Le resultaba fácil halagar a los chicos de su edad, pero Virgil era mayor que ella. Tenía que ser más seria, controlar sus coqueteos habituales para que no pensase que era una idiota. En aquel sitio, el sello de autoridad le correspondía a Virgil, aunque Noemí no estaba exenta de autoridad. Era una enviada especial.

Los mensajeros que el Kublai Khan enviaba por todo su reino solían llevar su propio sello en piedra. Quienquiera que maltratase a aquellos mensajeros recibía la pena de muerte. Había sido Catalina quien le había contado aquella historia, entre los muchos cuentos reales e imaginados que le solía relatar.

Así pues, que Virgil comprendiese que llevaba una piedra invisible en el bolsillo.

—Me alegro de que haya podido venir usted con tan poca antelación —dijo Virgil, aunque en tono seco. Cortesía, pero no calidez.

—Era mi obligación.

—¿De verdad lo era?

—Mi padre estaba preocupado —dijo ella.

Ahí estaba la piedra, por más que el sello de Virgil lo rodease, impreso en su casa y en sus pertenencias. Noemí era miembro de la familia Taboada. El mismísimo Leocadio Taboada la enviaba.

—Tal y como intenté decirle, no hay motivo alguno de alarma.

—Catalina dijo que tiene tuberculosis, pero no creo que eso baste para explicar la carta.

—¿Leyó usted la carta? ¿Qué era lo que decía, exactamente? —preguntó Virgil, al tiempo que se inclinaba hacia delante. Su tono seguía siendo seco, pero ahora parecía más alerta.

—No la memoricé, pero mi padre me pidió que viniera a visitarla.

—Ya veo.

Virgil jugueteó con el vaso entre las manos. El fuego de la chimenea le arrancaba destellos y chispas al cristal. Virgil se volvió a reclinar sobre el respaldo de la poltrona. Era guapo, como una estatua. Aquel rostro, más que carne y hueso, podría haber sido una máscara mortuoria.

—Catalina no se encuentra bien. Tuvo fiebre. Esa carta la mandó cuando estaba muy grave.

—¿Quién la ha visto?

—¿Disculpe? —replicó él.

—Debe de haberla visto algún médico. Florence... es su prima, ¿verdad?

—Sí.

—Bueno, su prima Florence le está dando medicinas. Algún doctor debe de haberlas recetado.

Virgil se puso en pie y agarró el atizador de la chimenea para remover un poco los troncos. Una brasa voló por el aire y aterrizó en un azulejo ennegrecido por el paso del tiempo, con una grieta que lo atravesaba justo en el centro.

—Hay un médico, sí. Se llama Arthur Cummins. Es nuestro médico de familia desde hace muchos años. Todos confiamos por completo en el doctor Cummins.

—¿Y no le parece al doctor Cummins que el comportamiento de Catalina ha sido inusual, incluso con la tuberculosis?

Virgil esbozó una sonrisa.

—Inusual. ¿Sabe usted algo de medicina?

—No. Pero mi padre no me habría enviado si creyera que todo esto es *usual*.

—No, su padre me mencionó la palabra «psiquiatras» en cuanto tuvo oportunidad. No deja de escribir sobre eso, una y otra vez —dijo Virgil en tono resentido.

A Noemí la irritó oírlo hablar en ese tono de su padre, como si se tratase de un hombre terrible e injusto.

—Voy a hablar con el médico de Catalina —replicó Noemí,

quizá en un tono algo más forzado del que debería haber empleado, porque Virgil colocó el atizador en su soporte con un rápido manotazo.

—¿Somos un poco exigentes, no?

—Exigente no es la palabra que yo usaría. Preocupada, más bien —dijo y se aseguró de sonreír para demostrarle que en realidad aquello no era más que una minucia que se podía resolver al momento.

Debió de salirle bien, porque Virgil asintió.

—Arthur viene por aquí una vez a la semana. El jueves pasará para ver a Catalina y a mi padre.

—¿Su padre también está enfermo?

—Mi padre es viejo. Tiene los achaques que el tiempo les otorga a todos los hombres. Si puede usted esperar hasta entonces, podrá hablar con Arthur.

—No tengo intención alguna de marcharme.

—Dígame, ¿cuánto tiempo planea quedarse con nosotros?

—Espero que no sea mucho. Solo lo bastante como para asegurarme de que Catalina no me necesita. Si soy mucha molestia, estoy segura de que podré encontrar alojamiento en el pueblo.

—Es un pueblo muy pequeño. No hay hotel, ni siquiera pensión. Por supuesto que no, puede usted quedarse aquí. No pretendo echarla. Supongo que preferiría que estuviera aquí por otras razones.

Noemí no había pensado que fuera a haber hotel alguno, aunque enterarse de que había uno le habría supuesto una alegría. Aquella casa era pavorosa, al igual que todos sus ocupantes. No le extrañaba que cualquier mujer enfermase enseguida dentro de un lugar así.

Dio un sorbo a su vino. Era el mismo vino viejo y oscuro que habían tomado en el comedor, dulzón y fuerte.

—¿Está la habitación a su gusto? —preguntó Virgil en tono algo más cálido, más cordial.

Quizá Noemí no fuese su enemiga, a fin de cuentas.

—Está bien. No contar con electricidad es un poco raro, pero no creo que nadie se haya muerto por falta de bombillas hasta ahora.

—Catalina dice que la luz de las velas es romántica.

Noemí supuso que Catalina podría decir algo así. Era el tipo de imagen que impresionaría a su prima: un viejo caserón en lo alto de una colina, entre niebla y luz de luna, como salido de una novela gótica. *Cumbres borrascosas* y *Jane Eyre*, eran el tipo de libro del que disfrutaba Catalina. Páramos y telarañas. Castillos, madrastras malvadas que obligaban a las princesas a comer manzanas envenenadas. Hadas oscuras que maldecían a las doncellas y hechiceros que convertían a hermosos nobles en bestias. Noemí prefería saltar de fiesta en fiesta cada fin de semana y conducir un convertible.

Así pues, quizá aquella casa no fuera tan mala para Catalina. ¿Podría reducirse todo a que había tenido algo de fiebre? Noemí sujetó el vaso entre las manos y pasó el pulgar por el costado.

—Deje que le sirva más vino —dijo Virgil, en el papel del anfitrión atento.

A aquella bebida se le acababa apreciando el gusto. Ya se sentía medio dormida. Parpadeó al oír la voz de Virgil. La mano del hombre acarició la suya, hizo ademán de volver a llenar el vaso, pero ella negó con la cabeza. Conocía bien sus límites y los respetaba con firmeza.

—No, gracias —dijo.

Dejó el vaso aparte y se puso en pie. La poltrona había resultado más cómoda de lo que había parecido en un primer momento.

—Insisto.

Noemí negó con la cabeza en un gesto encantador, un truco ensayado y comprobado que solía funcionar para reafirmar la negativa.

—Por el amor de Dios, no. Mejor me voy a meterme en la cama bajo las sábanas.

El rostro de Virgil aún le parecía lejano, aunque ahora estaba imbuido de más vitalidad. El hombre la escrutó de cerca. En sus ojos había una cierta chispa. Acababa de reconocerla como un elemento interesante; quizá alguno de sus gestos o de sus palabras se le habían antojado una novedad. Noemí pensó que lo que le había divertido había sido aquella negativa. Con toda seguridad Virgil no estaba acostumbrado a las negativas. Como muchos otros hombres, por otro lado.

—La acompaño a su habitación —se ofreció, tranquilo y cortés.

Subieron las escaleras. Virgil sostenía una lámpara de aceite pintada a mano con motivos de viñas. La luz que emitía tenía un tono esmeralda que imprimía un tinte extraño en las paredes. Las cortinas de terciopelo parecían verdosas. En otro de sus relatos, Catalina le había contado que Kublai Khan ejecutaba a sus enemigos ahogándolos entre almohadas de terciopelo, para que no hubiera sangre. Pensó que aquella casa, con todas sus telas y alfombras y borlas, podía ahogar a un ejército entero.

4

Le trajeron el desayuno en bandeja. Gracias al cielo, aquella mañana no tenía que sentarse a comer con toda la familia, aunque quién sabía qué pasaría por la noche en la cena. La oportunidad de estar a solas le hizo saborear aún más la avena, el pan tostado y la mermelada. Para beber le habían traído té, cosa que no le gustaba. Ella era más bien de beber café, preferiblemente solo. Aquel té tenía un vago aroma frutal.

Tras darse una ducha, Noemí se pintó los labios y se delineó los ojos con lápiz negro. Sabía que tanto sus ojos oscuros como sus labios generosos se contaban entre sus mejores herramientas, y solía usarlos con resultados excelentes. Se tomó su tiempo en repasar toda la ropa que tenía, hasta decidirse por un sedoso vestido de tafetán con falda plisada. Era demasiado elegante para llevarlo durante el día; hacía ocho meses había celebrado el inicio de mil novecientos cincuenta con un vestido similar. En cualquier caso, Noemí tenía tendencia a la opulencia. Además, quería lanzar un desafío a los tonos lúgubres que la rodeaban. Decidió que así, la exploración de la casa le resultaría más entretenida.

Y desde luego, había muchos tonos lúgubres. La luz del día no mejoraba el aspecto de High Place. Paseó por la planta baja y abrió un par de puertas, para encontrarse en cada ocasión con la fantasmal visión de varios muebles cubiertos con sábanas blancas en habitaciones de cortinas cerradas. En aquellas estancias en las que se colaban los rayos de sol, se podían ver las motas de polvo que bailaban en el aire. En los pasillos, por cada candelero eléctrico con bombilla solía haber otros tres vacíos. Estaba claro que la mayor parte de aquella casa no se usaba.

Noemí había supuesto que los Doyle tendrían un piano en alguna parte, aunque estuviese desafinado, pero no encontró ninguno. Tampoco fue capaz de hallar alguna radio o un gramófono. Cómo le gustaba la música. Apreciaba todo, desde Lara hasta Ravel. También adoraba bailar. Qué pena que allí careciesen de música.

Entró en la biblioteca. Rodeaba la habitación un estrecho friso de madera con patrones de hojas de acanto, dividido por pilastras y alineado con altas estanterías empotradas, llenas de volúmenes encuadernados en cuero. Alcanzó un libro al azar y lo abrió para ver que había sido arrasado por el moho y estaba perfumado con el dulce aroma de la podredumbre. Cerró el libro de golpe y lo volvió a dejar en su sitio.

Las estanterías también tenían ejemplares de revistas antiguas, incluyendo «Eugenesia: Revista para la Mejora de la Raza» o la «Revista Americana de Eugenesia».

«Qué apropiado», pensó al recordar las ridículas preguntas de Howard Doyle. Se preguntó si tendría en algún sitio un calibrador para medir las dimensiones del cráneo de sus huéspedes.

En una esquina solitaria había un globo planetario con nombres desfasados de países. Junto a la ventana descansaba un busto de mármol de Shakespeare. En medio de la habitación habían colocado una alfombra circular de buen tamaño. Al contemplarla, Noemí se dio cuenta de que en ella se dibujaba una serpiente negra que se mordía la cola, sobre un fondo carmesí ribeteado de pequeñas flores y viñas.

Debía de ser una de las estancias mejor mantenidas de toda la casa. Seguramente era de las más usadas, a juzgar por la falta de polvo. Aun así, parecía un poco desgastada. El color de las cortinas se había desvaído hasta adoptar una fea tonalidad verdosa. Muchos libros estaban plagados de moho.

En el otro extremo de la biblioteca, una puerta llevaba a un despacho de considerables dimensiones. En el interior, tres cabezas de ciervo colgaban de una pared. Un armario para rifles con cristaleras talladas descansaba en una esquina, si bien vacío. Alguien de aquella casa había abandonado la afición a la caza. Noemí encontró más revistas sobre investigación eugenésica en un escritorio de nogal negro. En una de ellas había una página marcada. La leyó.

La idea de que un mestizo mexicano herede las peores características de sus progenitores resulta errada. Si dichos mestizos son considerados una raza inferior, no es sino por falta de modelos sociales adecuados. Su temperamento impulsivo requiere un control temprano. Sin embargo, el mestizo posee de forma inherente muchos atributos espléndidos, incluyendo una robustez corporal...

Ya no dudaba de que Howard Doyle tuviese un calibrador craneal; lo que se preguntaba ahora era cuántos tendría. Quizá los guardaba en alguno de los altos armarios que había a su espalda, junto con el certificado de pureza de sangre de la familia. Al lado del escritorio había un bote de basura. Noemí tiró la revista dentro.

A continuación, fue en busca de la cocina. Florence le había informado de su ubicación el día anterior. La cocina estaba pobremente iluminada. Las ventanas eran estrechas. La pintura en las paredes estaba a medio descascarillar. Había dos personas sentadas en un banco alargado: una mujer cubierta de arrugas y un hombre que, aunque notablemente más joven, tenía todo el pelo gris. Él debía de tener cincuenta y tantos, seguramente, mientras que ella debía de estar más cerca de los setenta. Ambos se dedicaban a limpiar la tierra de los champiñones con un cepillo redondeado. Cuando Noemí entró, alzaron la cabeza, aunque no la saludaron.

—Buen día —dijo ella—. Ayer no nos presentaron formalmente. Soy Noemí.

Los dos la contemplaron, mudos. Se abrió una puerta y otra mujer, también canosa, entró en la cocina, cargada con una cubeta. Noemí reconoció en ella a la criada que les había servido la cena. Debía de tener la misma edad que el hombre. Ella tampoco le dirigió la palabra a Noemí, sino que se limitó a asentir. La pareja sentada en el banco asintió a su vez, y luego volvió a centrar su atención en el trabajo. ¿Acaso todo el mundo seguía aquella política de silencio en High Place?

—Estoy...

—Estamos trabajando —dijo el hombre.

Los tres sirvientes bajaron la mirada, sus semblantes indiferentes a la presencia de aquella colorida chica de la alta sociedad. Quizá Virgil o Florence les habían dicho que Noemí no era nadie de verdadera importancia y que no se molestasen en hablar con ella.

Noemí se mordió el labio y salió al exterior de la casa por la misma puerta trasera por la que había entrado la tercera criada. Había niebla, tal y como el día anterior. El aire estaba helado. Ahora se arrepintió de no haberse puesto algo más cómodo, al menos un vestido con bolsillos donde llevar el tabaco y el encendedor. Noemí se afianzó el rebozo rojo sobre los hombros.

—¿Desayunaste bien? —preguntó Francis.

Noemí giró sobre sus talones y lo vio. Él también había salido por la puerta de la cocina. Llevaba un grueso suéter.

—Sí, todo bien. ¿Qué tal va tu día?

—Todo en orden.

—¿Qué es eso? —preguntó Noemí, y señaló a una estructura de madera no muy lejana, si bien borrosa a causa de la niebla.

—Es la cabaña del generador y el combustible. Detrás de ella está la cochera. ¿Quieres echarle un vistazo? A lo mejor podríamos ir al cementerio también.

—Claro.

La cochera tenía todo el aspecto de contener un coche fúnebre y dos caballos negros, pero en realidad lo único que había eran dos coches. Uno de ellos era el lujoso y antiguo vehículo con el que Francis había ido a esperarla, mientras que el otro era un automóvil de aspecto mucho más modesto. Un caminito serpenteaba desde la cochera; lo siguieron a través de los árboles y la niebla hasta llegar a un par de portones de hierro decorados con el mismo motivo de serpiente que se muerde la cola, como el que Noemí había visto en la biblioteca.

Atravesaron una senda sombría, con los árboles tan apretados entre sí que apenas pasaba un jirón de luz a través de las ramas. Noemí podía imaginar aquel mismo cementerio en el pasado, en una hacienda más cuidada, con arbustos recortados y mantos de flores. Ahora, en cambio, todo el lugar era pasto de rastrojos y hierbas crecidas. La vegetación amenazaba con devorarlo todo. Las lápidas estaban cubiertas de moho. Junto a las tumbas brotaban hongos. Era la viva imagen de la melancolía. Hasta los árboles tenían un aspecto lúgubre, aunque Noemí no alcanzaba a concretar la razón de esa impresión. Los árboles no eran más que árboles.

Era la suma de todo, pensó, no solo las partes individuales, lo que otorgaba una tristeza tan profunda a aquel cementerio. El descuido ya era razón de peso, pero el descuido sumado a las sombras que proyectaban los árboles y a los hierbajos que crecían entre las lápidas, más el frío del aire, conseguían transmutar lo que no habría sido más que un puñado de hierbas y lápidas en una imagen de lo más desagradable.

Sintió pena por todas las personas enterradas allí, al igual que sintió pena por todos los que vivían en High Place. Noemí se inclinó para mirar una lápida. Luego contempló otra, y frunció el ceño.

—¿Cómo es que todas son de mil ochocientos ochenta y ocho? —preguntó.

—La mina más cercana era propiedad de españoles hasta la independencia de México. Luego la abandonaron, porque nadie creía que quedase mucha plata para extraer. Sin embargo, mi tío abuelo Howard pensaba de otra manera —explicó Francis—. Trajo máquinas modernas de Inglaterra, y un equipo de trabajadores ingleses. Le salió bien la jugada, pero un par de años después de la reapertura de la mina, hubo una epidemia. La mayoría de los mineros ingleses murieron. Están todos enterrados aquí.

—¿Y qué pasó luego? ¿Qué hizo tu tío? ¿Solicitó más mineros de Inglaterra?

—Eh... no, no hizo falta... También tenía mineros mexicanos, muchos, de hecho..., pero ellos no están enterrados aquí. Creo que están en El Triunfo. El tío Howard sabría la historia mejor que yo.

«Un sitio muy exclusivo, pues», pensó Noemí. Supuso que era mejor así. Las familias de los mineros locales habrían querido visitar a sus seres queridos, dejarles flores en las tumbas, lo cual habría sido imposible en aquel lugar aislado del pueblo.

Siguieron adelante. Noemí se detuvo frente a una estatua de mármol que representaba a una mujer de pie en un pedestal, con una corona de flores en el pelo. La estatua, que flanqueaba la puerta de frontón de un mausoleo, señalaba a la entrada con la mano derecha. Sobre la puerta, en letras mayúsculas, se leía el apellido Doyle junto a una inscripción en latín: *Et Verbum caro factum est.*

—¿Quién es ella?

—Se supone que la estatua tiene el aspecto de mi tía abuela Agnes, que murió durante la epidemia. Aquí están enterrados todos los Doyle: mi tía abuela, mi abuelo y mi abuela, mis primos —dejó morir la voz hasta un silencio incómodo.

El silencio, no solo el del cementerio sino el de la casa entera, irritaba a Noemí. Estaba acostumbrada al ajetreo del tranvía y de los automóviles, a los canarios que piaban en el patio interior junto a la alegre fuentecilla, a los ladridos de los perros y a las canciones que brotaban de la radio mientras el cocinero preparaba el estofado.

—Aquí todo está muy silencioso —dijo, y negó con la cabeza—. No me gusta.

—¿Y qué te gusta? —preguntó Francis con curiosidad.

—Los artefactos mesoamericanos, el helado de zapote, las películas de Pedro Infante, la música, bailar y conducir —dijo, al tiempo que levantaba un dedo por cada elemento de la lista.

También le gustaba charlar hasta por los codos, pero estaba segura de que Francis ya lo habría adivinado él solito.

—Me temo que no puedo serte de mucha ayuda con todo eso. ¿Qué coche conduces?

—El Buick más bonito que hayas visto en tu vida. Convertible, por supuesto.

—¿Por supuesto?

—Es mucho más divertido conducir sin la capota. Se siente una como si fuera una estrella de cine. Además, conducir así aviva las ideas, se piensa mejor —añadió, mientras se pasaba la mano por la espesa melena en gesto burlón.

El padre de Noemí decía que se preocupaba mucho por su aspecto y por las fiestas como para tomarse en serio los estudios. Como si una mujer no pudiese hacer dos cosas al mismo tiempo.

—¿Qué tipo de ideas?

—Ideas para mi tesis, cuando me ponga a escribirla —dijo ella—. Ideas para hacer cosas el fin de semana. Ideas de todo tipo, en realidad. Pienso mejor cuando estoy en movimiento.

Francis la había contemplado, pero ahora bajó la vista.

—Eres muy diferente de tu prima —le dijo.

—¿También me vas a decir que soy más de «tipo oscuro», por mi pelo y por mi tono de piel?

—No —dijo él—. No me refería al físico.

—Entonces, ¿a qué te referías?

—A que eres encantadora. —Una expresión de pánico se apoderó de su semblante—. O sea, tu prima también lo es, pero tú eres encantadora de un modo distinto. Especial —añadió a toda prisa.

«Si hubieras visto a Catalina antes», pensó ella. Si la hubieras visto en la ciudad, con un hermoso vestido de terciopelo, el modo en que paseaba por una habitación, aquella dulce sonrisa en los labios, aquellos ojos llenos de estrellas. Aunque quizá aquí, antes de esa habitación mohosa, antes de esos ojos apagados y esa enfermedad, fuera la que fuera, que se había apoderado de ella... quizá no estuviera tan mal. Quizá, antes de la enfermedad, Catalina había tenido la misma dulce sonrisa y había llevado a su marido de la mano al exterior, a contar estrellas.

—Dices eso porque no has conocido a mi madre —replicó Noemí en tono ligero. No quería que su voz delatase lo que estaba pensando sobre Catalina—. Es la mujer más encantadora del planeta. Cuando estoy con ella, siempre me siento ordinaria y hasta vulgar.

Él asintió.

—Conozco esa sensación. Virgil es el heredero de la familia, la promesa de los Doyle.

—¿Le tienes envidia? —preguntó ella.

Francis era muy delgado. Tenía la cara de un santo hecho de yeso y angustiado por el martirio. Las ojeras oscuras en los ojos, que casi parecían moretones en aquella piel tan pálida, hicieron que Noemí sospechase que tenía alguna enfermedad de la que ella no sabía nada. Por otro lado, Virgil Doyle estaba tallado en mármol: exudaba fuerza, mientras que Francis irradiaba debilidad. Las facciones de Virgil —ojos, pómulos y contorno de la boca— eran recias, del todo atractivas.

Nadie podría reprocharle a Francis que anhelase la misma vitalidad.

—No me causa ninguna envidia ni su labia ni el lugar predominante que tiene. Lo que envidio de verdad es su habilidad para ir a donde le dé la gana. Lo más lejos que he estado de aquí ha sido en El Triunfo. Nada más. Él ha viajado algo. No mucho, en realidad siempre suele volver pronto, pero salir de aquí, aunque fuera un poco, supondría un respiro.

No había rastro de amargura en las palabras de Francis, solo una suerte de cansada resignación.

—Cuando mi padre aún vivía —prosiguió—, solía llevarme al pueblo. Yo me quedaba mirando la estación de trenes. Intentaba escabullirme para poder echarle un vistazo al tablón que anunciaba las horas de salida.

Noemí se colocó bien el rebozo, en busca de un poco de calor entre sus pliegues. Sin embargo, el cementerio era terriblemente húmedo y frío. Casi podría jurar que la temperatura había descendido un par de grados a medida que avanzaban en su interior. Se estremeció, y Francis se dio cuenta.

—Soy un idiota —dijo Francis, al tiempo que se quitaba el suéter—. Toma.

—No, está bien. En serio, no voy a dejar que te congeles por mí. Quizá si caminamos un poco más me empezaré a sentir mejor.

—Está bien, pero por favor, póntelo igualmente. Te juro que no pasaré frío.

Noemí aceptó el suéter y se arropó la cabeza con el rebozo. Pensó que quizá Francis aceleraría el paso ahora que ella llevaba puesto su suéter, pero el chico no se apresuró en absoluto en volver a casa. Debía de estar acostumbrado tanto a la niebla como a la sombría gelidez de los árboles.

—Ayer me preguntaste por los objetos de plata de la casa. Estabas en lo cierto, es plata de nuestra mina —le dijo Francis.

—Lleva tiempo cerrada, ¿no?

Algo de eso había mencionado Catalina. Era la razón de que el padre de Noemí no hubiese visto con buenos ojos la boda. Para él, Virgil no era más que un extraño, puede que incluso un cazador de fortunas. Noemí sospechaba que su padre había permitido que Catalina se casase con él porque se sentía culpable por haber ahuyentado a su último pretendiente, a quien Catalina amaba de veras.

—Todo sucedió durante la Revolución. De hecho, pasaron muchas cosas que llevaron a otras cosas y que acabaron por cerrar la mina. El año en que nació Virgil, mil novecientos quince, supuso el final de todo el negocio: las minas se inundaron.

—O sea, que tiene treinta y cinco años —dijo ella—. Tú, en cambio, eres mucho más joven.

—Diez años menos que él —dijo Francis con un asentimiento—. Es una gran diferencia de edad, pero la verdad es que Virgil fue mi único amigo cuando era niño.

—Pero supongo que en algún momento habrás ido a la escuela.

—Ambos fuimos educados en High Place.

Noemí intentó imaginar risas de niños en aquella casa, niños que jugasen al escondite, al trompo o con una pelota en las manos. No lo consiguió. La casa no habría permitido algo semejante. La casa habría exigido que fuesen ya adultos al nacer de sus entrañas.

—¿Te puedo hacer una pregunta? —dijo cuando doblaron el recodo de la cochera y High Place volvió a estar a la vista tras la cortina de niebla—. ¿A qué viene esa insistencia en guardar silencio en la cena?

—Mi tío abuelo, Howard, es muy anciano. Está muy delicado y tiene un oído muy sensible. El sonido se propaga con facilidad por la casa.

—¿Hasta su habitación en la planta superior? Me parece imposible que llegue a oír que la gente habla en el comedor.

—El sonido se propaga —dijo Francis, con el semblante serio y los ojos clavados en la casa—. Y, sea como sea, es su casa, así que él pone las reglas.

—Y tú jamás las rompes.

Él le lanzó una mirada, con una expresión algo perpleja, como si hasta aquel momento no se le hubiese ocurrido la posibilidad de hacer semejante cosa. Noemí estaba segura de que Francis jamás se pasaba con la bebida, ni salía hasta tarde, ni mucho menos decía algo inapropiado delante de su familia.

—No —dijo, de nuevo con esa nota de resignación en la voz.

Tras entrar en la cocina, Noemí se quitó el suéter y se lo devolvió. Otra de las criadas, la más joven, se sentaba junto al horno. Ni siquiera les dedicó una mirada, demasiado ocupada como estaba en sus quehaceres como para alzar la vista.

—No, no, quédatelo —dijo Francis, de forma muy cortés—. Es muy cálido.

—No voy a robarte la ropa, Francis.

—Tengo otros suéteres —dijo él.

—Está bien, gracias.

Francis le sonrió. En ese momento, Florence entró en la cocina, embutida una vez más en un vestido azul marino. Con expresión severa, contempló a Francis y luego a Noemí, como si ambos fuesen niños pequeños y Florence intentase averiguar cuál de los dos había metido la mano en el frasco de los dulces.

—Ya es hora de almorzar, sea tan amable de acompañarme —dijo.

En aquella ocasión, solo estaban ellos tres a la mesa. El anciano no apareció, como tampoco lo hizo Virgil. El almuerzo se llevó a cabo con toda celeridad. Noemí volvió a su habitación en cuanto retiraron los platos. Le subieron una bandeja con la cena, así que supuso que el comedor solo se había usado para cenar en su primera noche de estancia, y que el almuerzo de aquel día también había sido una excepción. Junto con la bandeja de la comida, también le trajeron una lámpara de aceite, la cual depositó en su mesita de noche. Intentó leer el ejemplar de *Brujería, oráculos y magia en el pueblo azande* que había traído consigo, pero no conseguía concentrarse. Era cierto que el sonido se propagaba, pensó, centrada más en escuchar cada vez que crujían los tablones del suelo.

Se fijó en el moho que crecía bajo el papel tapiz de una esquina de su cuarto. Pensó en aquellos papeles tapices que tanto adoraban los victorianos, y que contenían arsénico: los llamados verde París y verde Scheele. ¿No había leído algún libro en el que se mencionaba que los hongos microscópicos podían mezclarse con los químicos de los colores del papel y formar gas arsina, muy capaz de hacer enfermar a la gente que estuviera en esas habitaciones?

Estaba segura de haber leído que aquellos victorianos tan civilizados se mataban poco a poco por culpa de cosas así, por los hongos que se atiborraban de la pasta de las paredes y que ocasionaban reacciones químicas invisibles. Lo que no recordaba era el nombre del hongo culpable de asesinato, aunque tenía algún tipo de latinajo en la punta de la lengua, algo como *brevicaule*. Su abuelo había sido químico, mientras que su padre se dedicaba a la producción de tintes y pigmentos; por eso sabía que había que mezclar sulfuro de cinc con sulfato de bario para conseguir litopón, así como muchos otros datos semejantes.

En cualquier caso, allí el papel tapiz no era verde. Ni siquiera semejaba verduzco, sino que tenía un tono rosáceo pálido, el color de las rosas descoloridas, atravesado por un feo motivo de medallones amarillos. Medallones o círculos, aunque, cuando se miraban de cerca, casi parecían coronas funerarias. Quizá Noemí hubiese preferido el papel tapiz verde, porque aquel era horrible. Cuando cerraba los ojos, aquellos círculos amarillos revoloteaban tras sus párpados, pequeños estallidos de color contra un fondo negro.

5

Aquella mañana, Catalina volvía a estar sentada frente a la ventana. Tenía un aire lejano, al igual que la última vez que Noemí la había visto. Recordaba a un dibujo de Ofelia que solía colgar en una pared de su casa: Ofelia arrastrada por la corriente, apenas visible entre un muro de juncos. Así estaba Catalina aquella mañana. Y, sin embargo, se alegró de verla, de poder sentarse junto a ella y contarle todas las novedades que traía de la Ciudad de México. Le habló de una exposición que había visto hacía tres semanas, a sabiendas de que ese tipo de cosas interesaban a Catalina. También imitó el modo de hablar de dos de sus amigos, con tanta similitud que una sonrisa llegó a formarse en los labios de su prima. Catalina se echó a reír.

—Te salen muy bien las imitaciones. ¿Sigues asistiendo a clases de teatro? —preguntó Catalina.

—No. He empezado a plantearme si debería estudiar antropología. Quiero hacer una maestría. ¿No te parece interesante?

—Noemí, siempre con una idea nueva en la cabeza. Siempre en pos de una nueva meta.

No era la primera vez que Noemí oía una frase semejante. Supuso que su familia estaba en lo cierto al ver sus estudios universitarios con escepticismo, teniendo en cuenta que ya había cambiado tres veces de opinión sobre el punto en el que concentrar su interés. En cualquier caso, Noemí estaba convencida de que quería hacer algo especial con su vida. Aún no había encontrado qué debía de ser eso tan especial, aunque ahora mismo la antropología parecía más prometedora que ninguna de las posibilidades anteriores.

No obstante, las palabras de Catalina no la molestaron, pues no las decía en el mismo tono que los reproches de sus padres. Catalina era una criatura hecha de suspiros y expresiones delicadas como una tela de encaje. Su prima era una soñadora, y por lo tanto creía en los sueños de Noemí.

—¿Y qué me cuentas? No creas que no me he dado cuenta de que ya no me escribes. ¿Has estado ocupada fingiendo que vives en medio de un páramo desolado, como en *Cumbres borrascosas*? —preguntó Noemí, a sabiendas de que Catalina había gastado las páginas de aquel libro de tanto leerlo.

—No. Es por la casa. Esta casa consume la mayor parte de mi tiempo —dijo Catalina, al tiempo que alargaba una mano y tocaba las cortinas de terciopelo.

—¿Piensas renovarla un poco? Si lo que quieres es derrumbarla entera y construirla de cero, no seré yo quien te culpe. Todo aquí tiene un aire de lo más espectral, ¿verdad? Además de gélido.

—Húmedo, sí. Todo está preñado de humedad.

—La verdad es que anoche estaba demasiado ocupada con un frío de muerte como para percatarme de la humedad.

—La oscuridad y la humedad. Aquí siempre está oscuro, húmedo y muy frío.

La sonrisa desapareció de los labios de Catalina a medida que hablaba. Sus ojos, hasta entonces fijos en la lejanía, cayeron de pronto sobre Noemí como el filo de una hoja. Aferró las manos de su prima y se inclinó hacia delante para hablar en voz baja:

—Necesito que me hagas un favor, pero no puedes contárselo a nadie. Prométeme que no lo contarás.

—Lo prometo.

—En el pueblo hay una mujer, Marta Duval, que me consiguió cierta medicina. Por desgracia, se me ha acabado. Necesito que vayas al pueblo y me traigas más. ¿Me comprendes?

—Claro que entiendo. ¿Qué tipo de medicina es?

—Eso da igual. Lo más importante es que la traigas, por favor. Por favor, prométeme que la traerás y que no se lo contarás a nadie.

—Si así lo deseas, por supuesto.

Catalina asintió. Seguía aferrada a las manos de Noemí, con tanta fuerza que las uñas se le clavaban en la suave piel de las muñecas.

—Catalina, voy a hablar con...

—Silencio. Pueden oírte —dijo Catalina, y de pronto cerró la boca.

Sus ojos estaban brillantes como piedra tallada.

—¿Quién? —preguntó Noemí, muy despacio.

Catalina le clavaba la vista sin siquiera parpadear. Se inclinó aún más hacia ella y le susurró al oído.

—Está en las paredes —dijo.

—¿Qué es lo que está en las paredes? —preguntó Noemí por puro reflejo, pues en realidad le costó pensar en nada ante aquella mirada opaca.

Los ojos de Catalina ni siquiera parecían verla. Era como contemplar el rostro de una sonámbula.

—Los muros hablan conmigo. Me cuentan secretos. No los escuches, Noemí, tápate los oídos con las manos. Hay fantasmas, pero son reales. Tarde o temprano tú también los verás.

Catalina se apartó de su prima y se puso en pie. Agarró la cortina con la mano derecha y miró por la ventana. Noemí quiso pedirle que se explicase, pero en ese mismo momento entró Florence.

—El doctor Cummins ha llegado. Primero auscultará a Catalina y luego se reunirá con usted en el salón, Noemí.

—No me importa quedarme mientras la examina —replicó Noemí.

—A él sí le importará —contestó Florence en tono categórico.

Noemí podría haber insistido, pero prefirió marcharse en lugar de tener otra discusión. Sabía reconocer el momento de ceder, y comprendió que, en aquel instante, protestar solo habría servido para obtener una negativa aún más hostil. Si armaba un escándalo, puede que la enviasen de regreso a su casa. Allí era una invitada, pero era consciente de que su presencia no era bien recibida.

Durante el día, el salón parecía mucho menos acogedor que por la noche, sobre todo con las cortinas abiertas. Para empezar, porque era una estancia muy fría. El fuego que había calentado la habitación no era ahora más que un montón de cenizas. La luz que entraba a raudales por las ventanas acentuaba todas las imperfecciones del interior. Los sillones de terciopelo tenían ahora un enfermizo tono verdoso, casi biliar. Los azulejos esmaltados que decoraban la chimenea estaban cubiertos de grietas. Había un cuadro que mostraba un hongo desde diferentes ángulos y que, irónicamente, se veía cubierto de moho: puntitos negros que deterioraban sus colores y estropeaban la imagen. Catalina tenía toda la razón, aquel sitio estaba invadido por la humedad.

Noemí se pasó los dedos por las muñecas en el lugar donde Catalina le había clavado las uñas. Esperó a que el doctor bajase. Tardó bastante tiempo y, cuando por fin llegó, no venía solo. Virgil lo acompañaba. Noemí tomó asiento en uno de los sillones verdes, mientras que el doctor se sentó en el otro, al tiempo que dejaba su maletín de cuero negro al lado. Virgil permaneció de pie.

—Soy Arthur Cummins —dijo el doctor—. Usted debe de ser la señorita Noemí Taboada.

El doctor vestía ropa de calidad, si bien desfasadas por una o dos décadas. Noemí pensó que todo el que pasaba por High Place se quedaba congelado en el tiempo, aunque, por otro lado, supuso que en un pueblito tan pequeño como aquel, nadie tenía mucha necesidad de actualizar el guardarropa. Solo la ropa de Virgil parecía algo más a la moda. O bien había modernizado todo su guardarropa la última vez que pasó por la Ciudad de México, o se consideraba excepcional y por lo tanto gastaba más en ropa. Quizá era el dinero de su esposa lo que le permitía darse aquel tipo de capricho.

—Así es. Gracias por reservarse un poco de tiempo para hablar conmigo —dijo Noemí.

—Es un placer. Virgil me dice que tiene usted algunas preguntas.

—Sí. Me han dicho que mi prima sufre de tuberculosis.

Antes de que pudiese continuar, el doctor asintió y dijo:

—Cierto, pero no es nada preocupante. Le he recetado estreptomicina para combatirla, aunque lo más importante para curarse es el descanso. Lo que va a derrotar a la enfermedad será una combinación de mucho sueño, mucha relajación y una buena dieta.

El doctor se quitó las gafas, sacó un pañuelo y procedió a limpiar las lentes mientras hablaba.

—Una bolsita con hielo en la frente, unas friegas de alcohol. Todo se reduce a eso. Se le pasará pronto. Pronto estará sana como una pera recién caída. Y ahora, si me disculpa...

El médico se metió las gafas en el bolsillo de la chaqueta, con aire de haber dado por zanjada la conversación. Sin embargo, ahora le tocó a Noemí el turno de interrumpirlo:

—No, aún no le voy a disculpar. Catalina está muy rara. Recuerdo que, cuando yo era pequeña, mi tía Brígida tuvo tuberculosis, y no se comportó en absoluto como Catalina.

—Cada paciente es distinta.

—Catalina le escribió a mi padre una carta de lo más inusual. No parece ella misma. —Noemí intentó poner en palabras la impresión que le había dado su prima—. Está muy cambiada.

—La tuberculosis no cambia a las personas. Si acaso, lo que hace es acentuar alguna de las características que ya posee la paciente.

—Bueno, lo que está claro es que a Catalina le pasa algo, porque jamás ha estado tan apática. Tiene un aspecto de lo más extraño.

El doctor se sacó las gafas del bolsillo y se las volvió a colocar. Frunció el ceño; no debía de gustarle lo que vio a través de ellas.

—No me ha dejado usted terminar —murmuró en tono brusco. Acompañó sus palabras de una mirada dura. Noemí apretó los labios—. Su prima es una muchacha con nervios muy débiles, y extremadamente melancólica. La enfermedad ha intensificado estos dos aspectos.

—Catalina no tiene los nervios débiles.

—¿Negará usted acaso que tiene tendencias depresivas?

Noemí recordó lo que había dicho su padre en la Ciudad de México. Se había referido a Catalina como melodramática. Sin embargo, ser melodramática no era lo mismo que ser depresiva. Desde luego, Catalina nunca había oído voces cuando vivía en la ciudad, como tampoco había tenido jamás aquella expresión extraña en la cara.

—¿De qué tendencias depresivas habla? —preguntó Noemí.

—Tras la muerte de su madre, Catalina se volvió muy introvertida —dijo Virgil—. Pasaba por etapas de intensa melancolía. Lloraba en su habitación y no dejaba de decir insensateces. Ahora está mucho peor que entonces.

Hasta entonces Virgil no había abierto la boca, y ahora que había decidido intervenir, no solo había sacado eso a colación, sino que había hablado en un tono de cuidadoso desapego, como si se refiriese a una extraña en lugar de a su propia esposa.

—Es verdad, pero como usted mismo ha dicho, su madre acababa de morir —dijo Noemí—. Y, además, eso fue hace muchos años. Catalina no era más que una niña.

—Puede que haya cosas inconscientes que vuelven a surgir —dijo él.

—Por otro lado, aunque la tuberculosis no sea en absoluto una enfermedad mortal, puede tener efectos muy molestos en los pacientes —explicó el doctor—. El aislamiento, los síntomas físicos...; su prima ha sufrido tanto escalofríos como sudoración por las noches... cosa que, le aseguro, no es bonita de ver. La codeína puede suponer un alivio temporal. No esperaría usted encontrarla contenta, horneando tartas en la cocina.

—Es que estoy muy preocupada por ella. A fin de cuentas, es mi prima.

—Sí, pero si empieza usted a alterarse, la situación no hará más que empeorar, ¿verdad? —dijo el doctor, al tiempo que negaba con la cabeza—. Si me disculpa, tengo que ponerme en marcha. Nos veremos la semana que viene, Virgil.

—Doctor —llamó Noemí.

—No, no. Tengo que marcharme —repitió el doctor, con todo el aspecto de un capitán que se da cuenta de que va a haber un motín inminente en su barco. Estrechó la mano de Noemí, echó mano del maletín y se fue.

Noemí se quedó sentada en aquella grotesca poltrona. Se mordió los labios, sin saber qué decir a continuación. Virgil tomó asiento en la poltrona que había dejado libre el doctor y se echó hacia atrás, con aire distante. La viva imagen de un hombre con hielo en las venas. Su rostro era una máscara sin vida. ¿De verdad aquel tipo le había hecho la corte a Catalina? ¿Era capaz de hacerle la corte a nadie? Noemí no podía imaginárselo expresando algún tipo de afecto hacia ningún ser vivo.

—El doctor Cummins es un buen médico —dijo con un tono de voz teñido de indiferencia, que indicaba lo poco que le importaba que Cummins fuese el mejor o el peor médico sobre la faz de la tierra—. Su padre fue el médico personal de nuestra familia. Ahora es él quien se ocupa de nuestra salud. Jamás me ha parecido deficiente en sus funciones.

—Estoy segura de que es un buen médico.

—No suena usted nada segura.

Ella se encogió de hombros en un intento de parecer despreocupada. Pensaba que, si conseguía mantener una sonrisa en la cara y hablar en tono ligero, Virgil sería más receptivo. A fin de cuentas, él mismo parecía tomarse todo aquel asunto a la ligera.

—Si Catalina está tan enferma, quizá estaría en mejores manos dentro de un sanatorio más cerca de la Ciudad de México. Algún lugar donde puedan ocuparse de ella de manera adecuada.

—¿Cree usted que no soy capaz de ocuparme de mi esposa?

—Yo no dije eso. Es que esta casa es fría y la niebla del exterior no es la más vigorizante de las vistas.

—¿Esa es la misión que le encomendó su padre? —preguntó Virgil—. ¿Venir aquí a arrebatarnos a Catalina?

Ella negó con la cabeza.

—No.

—Eso es lo que parece —dijo él con brusquedad, si bien no parecía enfadado. Las palabras sonaban con la misma nota fría—. Soy consciente de que mi hogar no es el sitio más moderno y a la moda del mundo. En su día, High Place fue un faro de modernidad; esta casa fue toda una joya. La mina producía tanta plata que podíamos permitirnos tener los armarios atiborrados de sedas y terciopelos, y las copas llenas de los mejores vinos. Las cosas han cambiado, pero aún sabemos cómo tratar a los enfermos. Mi padre es muy anciano y no está en perfectas condiciones de salud. Sin embargo, nos ocupamos de él con el mayor de los cuidados. Ni más ni menos que lo que quiero para la mujer con la que me he casado.

—Sin embargo, me pregunto si Catalina no necesitará otro tipo de especialista. Un psiquiatra...

Virgil soltó una carcajada tan alta que Noemí saltó un centímetro en su asiento. Hasta aquel momento, la expresión de Virgil había sido muy seria. Aquella risa fue de lo más desagradable. Una risa desafiante, con los ojos clavados en ella.

—Un psiquiatra. Y ¿dónde piensa usted encontrar un psiquiatra por estos parajes? ¿Cree que se puede convocar a uno así como así? Hay una clínica pública en el pueblo, con un doctorcillo, nada más. Aquí no va a encontrar usted a ningún psiquiatra. Tendría que ir usted hasta Pachuca, quizá incluso hasta la Ciudad de México, para encontrarlo. Y dudo mucho que quieran venir hasta aquí.

—Al menos el médico de la clínica podría darnos una segunda opinión. Quizá tenga alguna otra idea sobre cómo tratar a Catalina.

—Hay una razón por la que mi padre trajo a su propio médico desde Inglaterra. No se puede decir que los servicios sanitarios de este lugar fueran magníficos. El pueblo es pobre y sus habitantes son toscos, primitivos. No es que sobren los médicos por aquí.

—Lo siento, pero tengo que insistir...

—Sí, sí, me creo que quiera usted insistir —dijo él. Se puso de pie, con aquellos arrebatadores ojos azules aún fijos en ella en una mirada de animosidad—. Está usted acostumbrada a salirse con la suya, ¿verdad, señorita Taboada? Su padre hace todo lo que a usted le viene en gana. Todos los hombres hacen lo que a usted le viene en gana.

En aquel momento, Virgil le recordó a un tipo con el que había bailado en una fiesta el verano pasado. Se habían estado divirtiendo en medio de un brioso danzón, cuando de pronto habían empezado a sonar baladas. En medio de *Some Enchanted Evening*, el tipo la había apretado contra sí y había intentado besarla. Ella apartó la cabeza y, al volver a mirarlo, vio una expresión tan oscura como burlona en su semblante.

Noemí le devolvió la mirada a Virgil, quien tenía el mismo tipo de expresión oscura y burlona. Una mirada agria y fea.

—¿A qué se refiere? —preguntó Noemí en tono desafiante.

—Recuerdo que Catalina mencionó lo insistente que puede llegar a ser usted cuando se empeña en que se cumplan sus deseos. No pienso enfrentarme con usted. Si quiere una segunda opinión, búsquesela usted solita.

Tras aquella última frase, tan categórica como fría, Virgil salió de la habitación.

Noemí sintió cierta satisfacción en el hecho de haberlo molestado. Tenía la sensación de que Virgil, al igual que el doctor, había esperado que aceptase su parecer sin siquiera abrir la boca.

Aquella noche, Noemí soñó con una flor dorada que brotaba de las paredes de su habitación, solo que no era lo que ella entendía por una flor.

Tenía zarcillos, aunque no era una vid. Junto a aquella flor que no era una flor empezaron a brotar un centenar de otras formas pequeñas y doradas.

«Hongos», pensó Noemí al reconocer por fin aquellos contornos bulbosos. Se acercó a la pared, intrigada y atraída a partes iguales por el resplandor dorado que emitían. Acarició aquellas formas con la mano. Los bulbos dorados parecieron deshacerse en humo, estallaron, ascendieron por el aire y acabaron cayendo al suelo en una lluvia de polvo que embadurnó las manos de Noemí.

Intentó librarse de él; se restregó las manos contra el camisón, pero aquel polvo dorado se había quedado pegado a sus manos. Se le metió bajo las uñas, flotó a su alrededor. Ahora la habitación parecía iluminada por una suave luz amarillenta. Noemí alzó la vista y vio que el polvo brillaba sobre su cabeza como un puñado de estrellas en miniatura. A sus pies, en la alfombra, se dibujaba un remolino de las mismas estrellas doradas. Sacudió el pie contra la alfombra y el polvo volvió a volar por el aire para, a continuación, caer una vez más.

De pronto, Noemí fue consciente de que había una presencia en la habitación. Alzó la cabeza, con la mano pegada al camisón, y vio a alguien de pie junto a la puerta. Se trataba de una mujer con un vestido amarillento de encaje. En el lugar donde debería haber estado su cara, no había más que un resplandor tan dorado como los hongos de la pared. El resplandor de la mujer creció y luego empezó a disminuir. Era como contemplar una luciérnaga en un cielo nocturno de verano.

Al lado de Noemí, la pared empezó a temblar. Latía con el mismo ritmo que el resplandor en la cara de la mujer. El suelo bajo sus pies también adoptó el mismo latido. Un corazón vivo, consciente. Los filamentos dorados que habían emergido junto a los hongos se extendieron como una malla por toda la pared y siguieron creciendo. Entonces Noemí se dio cuenta de que el vestido de la mujer no estaba hecho de encaje, sino de aquellos mismos filamentos.

La mujer alzó una mano cubierta por un guante y señaló a Noemí. Abrió la boca, pero no se oyó palabra alguna, porque la mujer carecía de boca, todo su rostro era un borrón dorado.

Noemí no había sentido miedo hasta aquel momento. Sin embargo, aquel intento de hablar por parte de la mujer la inundó de un temor indescriptible. Un temor que atravesó su columna vertebral y llegó hasta las suelas de sus pies. Dio un paso atrás y se cubrió la boca con una mano.

Sin embargo, carecía de labios, y al dar un nuevo paso atrás, se dio cuenta de que tenía los pies enraizados en el suelo. La mujer dorada se adelantó, alargó la mano hacia ella. Sostuvo la cara de Noemí entre sus manos. La mujer emitió un sonido que asemejaba a hojas secas al ser aplastadas, al goteo del agua en un estanque, a un zumbido de insectos en medio de la más absoluta oscuridad. Noemí quiso taparse las orejas con las manos, pero ya no tenía manos.

Abrió los ojos, empapada en sudor. Durante un minuto, no recordó dónde estaba, pero entonces se acordó de que la habían invitado a High Place. Alargó la mano hacia el vaso de agua que había dejado en la mesita de noche. Casi lo tiró al suelo. Se tomó toda el agua de golpe. Giró la cabeza.

La habitación estaba en sombras. No había luz, ni dorada ni de ningún tipo, que salpicase la superficie de la pared. Y, sin embargo, Noemí sintió el impulso de levantarse y recorrer la pared con las manos, para asegurarse de que no había nada que la acechase detrás del papel tapiz.

6

La mejor posibilidad que tenía Noemí de hacerse con un coche residía en Francis. No creía que Florence fuese a ceder, y Virgil, por su parte, estaba muy enfadado tras su conversación del día anterior. Noemí recordó lo que había dicho Virgil sobre que los hombres hacían lo que a ella le venía en gana. Le molestaba que pensasen así de ella. Quería gustar a la gente. Quizá eso explicaba las interminables fiestas, la risa cristalina, el pelo bien peinado, la sonrisa ensayada. Noemí pensaba que los hombres como su padre podían ser muy duros, mientras que los hombres como Virgil podían ser fríos. Sin embargo, una mujer que no gusta era considerada poco menos que una ramera, y había poco que una ramera pudiese hacer en la vida: todas las puertas se le cerraban.

Lo que estaba claro era que, en aquella casa, Noemí no gustaba. Sin embargo, Francis era lo suficientemente amigable con ella. Lo encontró en la cocina. Tenía un aspecto algo más apagado que en los días anteriores, casi como una delgada figurita de marfil. Sus ojos, sin embargo, eran vivaces. Francis esbozó una sonrisa al verla. Cuando sonreía, no parecía tan feo. No tan atractivo como su primo, aunque, claro, Noemí pensó que pocos hombres podían competir en atractivo con Virgil. Sin duda era aquello lo que había atrapado a Catalina. Aquella cara bonita. Quizá el aire de misterio que lo rodeaba había conseguido que Catalina dejase de usar su raciocinio.

Pobreza refinada, había dicho el padre de Noemí. Eso era lo que Virgil podía ofrecer.

Además de, visto lo visto, un caserón viejo y lleno de desperfectos en el que las pesadillas estaban aseguradas. Dios, qué lejos de allí parecía estar la ciudad.

—Quería pedirte un favor, Francis —dijo Noemí en cuanto acabaron con la típica charla intrascendente de buenos días. Al hablar, enlazó su brazo al de Francis con un gesto fluido nacido de la práctica. Echaron a andar juntos—. Me gustaría tomar prestado uno de los coches para bajar al pueblo. Tengo algunas cartas que quiero enviar. Mi padre no sabe qué tal van las cosas.

—¿Quieres que te lleve?

—Puedo conducir yo sola.

Francis hizo una mueca, vacilando.

—No sé qué diría Virgil al respecto.

Ella se encogió de hombros.

—No hace falta que se lo digas. ¿Qué pasa, crees que no sé conducir? Puedo enseñarte mi licencia, si quieres.

Francis se pasó una mano por el pelo rubio.

—No, no es eso. Es que la familia es un poco particular en lo tocante a los coches.

—Y yo soy muy particular en lo tocante a conducir sola. Te aseguro que no necesito chaperón. Además, tú serías un chaperón horrible.

—¿Y eso por qué?

—¿Dónde se ha visto que un hombre haga de chaperón? Lo que hace falta es una tía, cuanto más insufrible, mejor. Te presto una de las mías durante un fin de semana, si quieres. Te la cambio por un coche. ¿Me ayudas, por favor? Estoy desesperada.

Francis soltó una risita mientras Noemí lo guiaba afuera.

Echó mano de las llaves, que colgaban de un ganchito en la cocina. Lizzie, una de las criadas, amasaba pan en una mesa espolvoreada de harina. No dio muestra alguna de haber visto ni a Francis ni a Noemí. El servicio en High Place era casi invisible, como en las fábulas de Catalina. Como en *La bella y la bestia*. Sirvientes invisibles que preparaban las comidas y colocaban la cubertería de plata. Ridículo.

Noemí se sabía el nombre de todos los miembros del servicio de su casa y, por supuesto, se les permitía hablar tanto como quisieran. Parecía un milagro que supiera los nombres del servicio en High Place. Le había pedido a Francis que se los presentase, y él había accedido, siempre educado: Lizzie, Mary y Charles. Los tres, como si de la porcelana de los armarios cerrados se tratase, habían sido importados de Inglaterra hacía varias décadas.

Los dos se acercaron al garaje. Francis le tendió las llaves.

—¿Seguro que no te perderás por el camino? —preguntó Francis, inclinado sobre la ventanilla para mirarla.

—Me las arreglaré.

Lo cual era cierto. No es que hubiese mucha posibilidad de perderse. La carretera tenía dos direcciones, montaña arriba y montaña abajo. Noemí fue montaña abajo, en dirección al pueblito. La travesía la relajó. Bajó la ventanilla para disfrutar del fresco aire de la montaña. Una vez se alejaba una de la casa, pensó, aquel lugar no era tan malo. Lo que desfiguraba la tierra entera era la casa.

Noemí estacionó el coche en la plaza de pueblo. Suponía que tanto la oficina de correos como la clínica estarían allí cerca. Así era, no tardó en ver la pequeña construcción de tonos blancos y verdes que se autoproclamaba «Unidad Médica». En el interior había tres sillas verdes y varios carteles que informaban de todo tipo de enfermedades. Había un mostrador de recepción, pero estaba vacío. También había una puerta cerrada con una plaquita que anunciaba el nombre del doctor en letras grandes. Julio Eusebio Camarillo, decía.

Noemí tomó asiento. Tras unos minutos, la puerta se abrió y

salió una mujer que llevaba a un niño pequeño de la mano. A continuación, el doctor asomó la cabeza por el dintel y asintió en dirección a Noemí.

—Buen día —dijo—. ¿Puedo ayudarla?

—Soy Noemí Taboada —dijo ella—. ¿Es usted el doctor Camarillo?

Tuvo que preguntar, porque el hombre parecía bastante joven. Tenía un tono de piel muy oscuro. Llevaba el pelo corto con la raya en medio, así como un bigote que no le confería ni un año de más, sino que más bien le daba un aspecto algo ridículo, de niño que juega a ser médico. Tampoco llevaba bata blanca, solo un suéter de tonalidades marrones.

—Soy yo —dijo—. Entre.

En el interior del despacho, Noemí vio que en la pared tras su escritorio colgaba un certificado de la UNAM, con el nombre del doctor escrito en letra elegante. También había un armario con las puertas abiertas y lleno de pastillas, hisopos de algodón y botellitas. En una esquina descansaba un agave dentro de una maceta amarilla.

El doctor se sentó tras el escritorio. Noemí tomó asiento en una silla de plástico a juego con las tres del vestíbulo.

—Creo que no nos conocemos —dijo el doctor Camarillo.

—No soy de por aquí —contestó ella. Se puso el bolso en el regazo y se inclinó hacia delante—. He venido a ver a mi prima. Está enferma. He pensado que quizá podría usted echarle un vistazo. Tiene tuberculosis.

—¿Tuberculosis? ¿En El Triunfo? —preguntó el doctor, en un tono de voz asombrado—. No he oído nada al respecto.

—No, no exactamente en El Triunfo. Está en High Place.

—La casa de los Doyle —dijo él, con un tono de voz entrecortado—. ¿Es usted pariente?

—No. Bueno, sí. Política. Virgil Doyle está casado con mi prima Catalina. Esperaba que pudiera usted subir a examinarla.

El joven doctor pareció algo confundido.

—Pero ¿no se encarga ya el doctor Cummins? Es el médico de los Doyle.

—Creo que me gustaría tener una segunda opinión —dijo Noemí.

A continuación, le explicó el extraño comportamiento de Catalina, así como sus sospechas de que podía necesitar atención psiquiátrica.

El doctor Camarillo la escuchó con paciencia. Una vez Noemí hubo terminado, el doctor jugueteó con un lápiz entre los dedos.

—La verdad es que no sé si seré bien recibido en High Place. Los Doyle siempre han tenido su propio médico. No se mezclan con la gente del pueblo —dijo—. Cuando la mina estaba en activo y contrataban mano de obra mexicana, obligaban a los trabajadores a vivir en un campamento en la montaña. Arthur Cummins padre también se ocupaba de ellos. Hubo varias epidemias cuando se abrió la mina, ¿sabe? Murieron muchos mineros, Cummins no daba abasto, pero jamás solicitó ayuda local. No creo que nos tengan en muy buena consideración a los médicos locales.

—¿Y de qué fue esa epidemia?

El doctor golpeteó tres veces con la goma del lápiz sobre el escritorio.

—No se sabe con exactitud. Fiebre alta, un asunto complicado. La gente empezaba a decir cosas extrañas, montaban en cólera, se ponían agresivos, tenían convulsiones y llegaban incluso a atacarse unos a otros. Los que enfermaban, morían, luego se calmaban las aguas, y un par de años después la misteriosa enfermedad volvía a atacar.

—He visto el cementerio inglés —dijo Noemí—. Hay muchas tumbas.

—Ahí solo están los ingleses. Debería usted ver el cementerio del pueblo. Se dice que, en la última epidemia, más o menos por la época en que estalló la Revolución, los Doyle ni siquiera se molestaban en enviar los cadáveres al pueblo para que les diesen sepultura. Se limitaban a tirarlos a una fosa.

—Eso no puede ser cierto, ¿verdad?

—Quién sabe.

Aquella última frase tenía cierto regusto a aversión. El doctor no había llegado a decir «yo creo que es cierto», pero al parecer no veía razón alguna para que no lo fuera.

—Si sabe todo esto, debe de ser usted de El Triunfo.

—Bueno, de por aquí cerca —contestó él—. Mi familia vendía suministros a los trabajadores de la mina de los Doyle. Cuando la cerraron, se mudaron a Pachuca. Yo fui a estudiar a la Ciudad de México, pero ahora he vuelto. Quiero ayudar a la gente de aquí.

—En ese caso, debería usted ayudar a mi prima —dijo ella—. ¿Puede subir a la casa, por favor?

El doctor Camarillo sonrió, pero negó con la cabeza en un ademán de disculpa.

—Ya se lo he dicho, señorita, si lo hago, tendré problemas con Cummins y con los Doyle.

—Pero ¿qué van a hacerle? ¿No es usted el médico del pueblo?

—La clínica es pública. Es el gobierno quien paga las vendas, el alcohol para las friegas, las gasas..., pero El Triunfo es un sitio pequeño, con mucha necesidad. La mayor parte de la gente se dedica al pastoreo de cabras. Cuando los españoles operaban la mina, la gente del pueblo se ganaba la vida vendiendo sebo para los mineros. Ahora ya no es así. Hay una iglesia, y un sacerdote muy amable, que hace colectas para los más pobres.

—Supongo que los Doyle donan dinero a esas colectas, y que ese sacerdote es amigo de usted —dijo Noemí.

—Es Cummins quien realiza los donativos. Los Doyle no se molestan en bajar. Pero da igual, el dinero viene de ellos, y todo el mundo lo sabe.

Noemí creía que a los Doyle no les quedaba mucho dinero. La mina llevaba cerrada más de tres décadas. Sin embargo, sus cuentas debían de tener aún alguna modesta cantidad, y en un sitio aislado como El Triunfo, un poquito de dinero se podía estirar mucho tiempo.

¿Qué podía hacer? Lo pensó a toda prisa y decidió aprovecharse de aquellas clases de teatro que su padre había considerado una pérdida de dinero.

—Así pues, no piensa usted ayudarme. ¡Les tiene miedo! Oh, no me queda un solo amigo en el mundo.

Se aferró a su bolso y se puso en pie, despacio. El labio inferior le temblaba, melodramático. Cuando ejecutaba aquella maniobra, a los hombres solía entrarles el pánico. Temían que empezase a llorar. Todos los hombres tenían miedo de las lágrimas, de encontrarse de pronto con la obligación de lidiar con una mujer histérica.

El médico le hizo gestos para que se calmase y se apresuró a decir:

—No, yo no he dicho eso.

—Entonces, ¿qué? —lo presionó ella, hablando en tono esperanzado y con la más embrujadora de las sonrisas, la que usaba cuando quería convencer a un policía de que no tenía que ponerle una multa por exceso de velocidad—. Doctor, si me ayuda, me hará la mujer más feliz del mundo.

—Aunque acceda a ir a verla, yo no soy psiquiatra.

Noemí sacó un pañuelito y lo agarró con fuerza, un pequeño recuerdo visual de que, en cualquier momento, podía estallar en lágrimas y empezar a secarse los ojos con él. Soltó un suspiro.

—Podría ir a la Ciudad de México, pero no quiero dejar sola a Catalina, sobre todo si no es necesario. Quizá me equivoque. Me ahorraría usted un largo viaje de ida y vuelta; el tren no pasa a diario. ¿Podría hacerme el favorcito? ¿Vendrá conmigo?

Noemí lo miró. Él le devolvió una mirada cargada con cierta dosis de escepticismo. Sin embargo, acabó por asentir.

—Pasaré el lunes alrededor del mediodía.

—Gracias —dijo ella. Se puso en pie con rapidez y le estrechó la mano. Entonces recordó el encargo que le habían hecho y se detuvo—. Por cierto, ¿conoce usted a una tal Marta Duval?

—¿Piensa usted hablar con todos los especialistas del pueblo?

—¿Por qué dice eso?

—Marta es la curandera de El Triunfo.

—¿Sabe usted dónde vive? Mi prima quería que le pidiese un remedio.

—Ah, ¿sí? Bueno, supongo que tiene sentido. Marta hace mucho por las mujeres del pueblo. El té de gordolobo sigue siendo un remedio popular contra la tuberculosis.

—¿Y sirve de algo?

—Bueno, no viene mal para la tos.

El doctor Camarillo se inclinó sobre el escritorio y dibujó un mapa en su cuadernito. Una vez terminado, se lo tendió. Noemí decidió ir a pie hasta la casa de la señora Duval, porque el doctor le dijo que no quedaba lejos. Resultó ser muy buena idea; el camino que llevaba hasta la casa era irregular y no le habría venido bien al coche. Las calles no parecían seguir ningún plan urbanístico, sino que se repartían de manera caótica. A pesar del mapa, Noemí tuvo que pararse a preguntar por la dirección correcta.

Habló con una mujer que lavaba ropa enfrente de su casa. Refregaba una y otra vez una camisa contra una tabla de lavar muy baqueteada. La mujer dejó a un lado la barra de jabón y le dijo a Noemí que tenía que subir la colina un poco más para llegar a la casa. Cuanto más se alejaba de la plaza del pueblo y de la iglesia, más patente se hacía el estado de descuido en que se encontraban las casas. Algunas no eran más que jacales de ladrillos desnudos. Todo parecía gris, polvoriento, con cabras esqueléticas y gallinas encerradas tras vallas desvencijadas. Algunos hogares estaban abandonados; carecían de puertas y de ventanas. Noemí supuso que los vecinos se habrían llevado toda la madera, cristal y demás materiales útiles que pudieron encontrar. Cuando recorrieron el pueblo en coche, Francis debió de pasar por los caminos mejor conservados y, aun así, la decadencia del pueblo le había quedado patente a Noemí.

La casa de la curandera era pequeña. Resaltaba porque estaba pintada de blanco y parecía mejor cuidada. En la puerta había una mujer con el pelo recogido en una larga trenza, sentada en una sillita de tres patas, con un mandil azul. Junto a ella había dos tazones; estaba pelando cacahuates. En uno de los tazones tiraba el cacahuate recién pelado y en otro, las cáscaras. Noemí se le acercó, pero la mujer no alzó la vista. Canturreaba una melodía.

—Disculpe —dijo Noemí—. Busco a Marta Duval.

El canturreo cesó.

—Tiene usted los zapatos más bonitos que he visto en mi vida —dijo la anciana.

Noemí contempló el par de zapatos negros de tacón que llevaba.

—Gracias.

—Por aquí no viene mucha gente con zapatos así de bonitos.

La mujer abrió otro cacahuate y lo echó al tazón. A continuación, se puso de pie.

—Soy Marta —dijo.

Miró a Noemí con ojos nebulosos, cubiertos por las cataratas.

Marta entró en la casa con un tazón en cada mano. Noemí fue tras ella. Entraron en una pequeña cocina que hacía las veces de comedor. En una pared había una imagen del Sagrado Corazón de Jesús y una estantería con figuritas de plástico de santos, velas y viales llenos de hierbas. Asimismo, del techo colgaban más hierbas y flores secas; lavanda, epazote y ramitas de ruda.

Noemí sabía que algunos curanderos hacían todo tipo de remedios, capaces de usar diferentes hierbas para contrarrestar de todo, desde resacas hasta fiebres, e incluso trucos contra el mal de ojo. Sin embargo, Catalina nunca había sido el tipo de persona que confiase en semejantes curas. El primer libro que había despertado el interés de Noemí en antropología había sido *Brujería, magia y oráculo entre los azande*, pero cuando quiso comentarlo con su prima, Catalina se negó a hablar del tema. La mera palabra «brujería» le daba miedo, y una curandera como Duval no quedaba muy lejos de lo que se entendía por brujería, no solo por los tónicos que creaba, sino por ser capaz de expulsar el *xiwel* o el espanto solo con colocar una cruz hecha de palma sobre la cabeza del afectado.

No, Catalina no habría sido capaz de llevar una pulsera hecha de chiporro en la muñeca. Pero entonces, ¿cuánto habían cambiado las cosas para que ahora Noemí estuviese en aquella casa, hablando con Marta Duval?

La anciana colocó los tazones en la mesa y apartó una silla.

Cuando se sentó, hubo un súbito aleteo que sobresaltó a Noemí. Un loro atravesó el aire y se posó sobre el hombro de la anciana.

—Siéntese —dijo Marta. Echó mano de un cacahuate y se lo dio al loro—. ¿Qué desea?

Noemí se sentó frente a ella.

—Hizo usted un remedio para mi prima, pero se le ha acabado. Necesita más.

—¿Qué remedio era?

—No estoy segura. Se llama Catalina. ¿La recuerda?

—Es la chica de High Place.

La anciana sacó otro cacahuate y se lo dio al loro. El animal echó la cabeza hacia atrás y contempló a Noemí.

—Sí, Catalina. ¿Cómo se conocen ustedes dos?

—En realidad no la conozco mucho. Su prima solía venir a la iglesia de vez en cuando. Alguien ahí le debe de haber comentado acerca de mí, porque vino a verme y me dijo que necesitaba algo que la ayudase a dormir. Me visitó un par de veces. La última vez que la vi, estaba alterada, pero no quiso comentarme qué problema tenía. Me pidió que enviase una carta de su parte a alguien en la Ciudad de México.

—¿Por qué no la envió ella misma?

—No lo sé —dijo la anciana—. «Si no nos vemos este viernes, por favor, envíe esta carta.» Eso es lo que me dijo, así que la mandé. Como le he dicho, no quería contarme qué problema tenía. Dijo que sufría de malos sueños, así que intenté ayudarla con eso.

«Malos sueños», pensó Noemí, y se acordó de la pesadilla que ella misma había tenido. En una casa como aquella, no era difícil tener malos sueños. Colocó ambas manos encima de su bolso.

—Bueno, sea lo que sea lo que le dio usted, debió de funcionar, porque quiere más.

—Más. —La anciana suspiró—. Ya le dije a la chica que ningún tipo de té puede hacer que se sienta mejor, al menos no durante mucho tiempo.

—¿A qué se refiere?

—Esa familia está maldita. —La mujer rascó la cabeza del loro. El animal cerró los ojos—. ¿No ha oído usted las historias?

—He oído que hubo una epidemia —dijo Noemí con precaución.

Se preguntaba si eso era a lo que se refería.

—Sí, hubo enfermedad, mucha enfermedad. Pero no fue lo único. La señorita Ruth los mató a tiros.

—¿Quién es la señorita Ruth?

—Es una historia muy conocida por este lugar. Se la puedo contar, pero le costará algo de dinero.

—Es usted toda una mercenaria. Ya voy a pagarle por la medicina.

—Una tiene que comer. Además, es una buena historia, y nadie la conoce tan bien como yo.

—Así que es usted curandera y cuentacuentos.

—Se lo he dicho, señorita, una tiene que comer —dijo la anciana, y se encogió de hombros.

—Está bien, pagaré por su historia. ¿Tiene usted cenicero? —preguntó, tras sacar los cigarrillos y el encendedor.

Marta trajo un tazón de peltre y lo depositó ante Noemí. Ella se echó hacia delante, descansó ambos brazos en la mesa y se encendió un cigarrillo. Le ofreció uno a la anciana. Marta tomó dos, con una sonrisa, pero no encendió ninguno, sino que se los metió en el bolsillo del mandil. Quizá se los fumaría luego, o quizá los vendería.

—¿Por dónde empezar? Ah, sí, Ruth. Ruth era la hija del señor Doyle. La queridísima hija del señor Doyle. No le faltaba nada. Por aquel entonces les sobraban los sirvientes. Siempre había muchísimos sirvientes que no dejaban de pulir la plata y de hervir agua para hacer el té. La mayoría era gente del pueblo, y vivían en la casa, aunque a veces bajaban por aquí. Para ir al mercado, así como para otros menesteres. Y hablaban, vaya si hablaban, de todas las cosas bonitas que había en High Place. Hablaban de la hermosa señorita Ruth.

»Iba a casarse con su primo... Michael, era su nombre. Habían pedido un vestido de París, y peines de marfil para el pelo de Ruth. Sin embargo, una semana antes de la boda, Ruth agarró un rifle y mató a su madre, a su tía, a su tío y al novio. También le pegó un tiro a su padre, pero el viejo sobrevivió. Podría haberle disparado también a Virgil, su hermano pequeño, pero la señorita Florence se escondió con el bebé. O quizá Ruth se apiadó.

Noemí no había visto una sola arma de fuego en la casa, pero por aquel entonces debían de haber tenido rifles. Ahora solo había plata en aquellos gabinetes. Noemí tuvo la absurda idea de que quizá la asesina hubiese empleado balas de plata.

—Cuando acabó de matarlos a todos, se apuntó con el rifle y acabó con su propia vida.

La anciana abrió otro cacahuate.

¡Qué relato tan macabro! Y, sin embargo, aquello no parecía la conclusión, sino una mera pausa.

—Hay más, ¿verdad?

—Sí.

—¿No va a contarme el resto?

—Una tiene que comer, señorita.

—Pagaré.

—No será usted una tacaña, ¿verdad?

—Nunca.

Noemí dejó el paquete de cigarrillos en la mesa. Marta extendió una de aquellas manos arrugadas y sacó otro. Una vez más, se lo metió en el bolsillo del mandil. Sonrió.

—Los sirvientes se fueron después de aquello. En High Place se quedó solo la familia y los criados más allegados, los que llevaban más tiempo en el servicio. Allí se quedaron, lejos de ojos fisgones. Un día, la señorita Florence apareció en la estación del tren. Se tomó unas vacaciones lejos de allí, cuando antes jamás había puesto un pie fuera de la casa. Cuando volvió, se había casado con un jovencito. Richard, era su nombre.

»Richard no era como los Doyle. Era hablador, le gustaba bajar en coche al pueblo a echar un trago y charlar. Había vivido en Londres, en Nueva York, en la Ciudad de México. Una comprendía enseguida que la casa de los Doyle no era su lugar favorito del mundo. Sí hablaba mucho, es verdad, pero luego empezó a decir cosas muy extrañas.

—¿Qué tipo de cosas?

—Hablaba de fantasmas, de espíritus, del mal de ojo. El señor Richard era un hombre fuerte, hasta que dejó de serlo. Empezó a tener un aspecto mucho más delgado, raído. Dejó de venir por el pueblo hasta que desapareció por completo. Lo encontraron en el fondo de un barranco. Por aquí hay muchos barrancos, ya se habrá dado cuenta. Y en el fondo de uno de ellos estaba Richard, muerto a los veintinueve años. Dejaba un hijo tras de sí.

Francis, pensó Noemí. El pálido Francis, con su pelo suave y su sonrisa aún más suave. No había oído nada de toda aquella saga familiar, pero, por otro lado, supuso que no es el tipo de cosa que se va contando por ahí.

—Suena todo muy trágico, pero no entiendo por qué dice usted que es una maldición.

—Usted diría que es coincidencia, ¿verdad? Sí, supongo que usted, sí. Pero el hecho es que todo lo que tocan los Doyle acaba podrido.

Podrido. La mera palabra sonaba muy fea, parecía pegarse a la lengua. Noemí tuvo ganas de morderse las uñas, a pesar de que jamás había hecho tal cosa. Era muy considerada con sus manos, no habría consentido tener las uñas feas. Aquella casa era muy extraña. Los Doyle y sus sirvientes eran un puñado de gente muy rara, pero ¿una maldición? No.

—Podría ser una mera coincidencia —dijo, y negó con la cabeza.

—Podría ser.

—¿Puede preparar usted el mismo remedio que le dio a Catalina la última vez?

—No resulta fácil. Tengo que reunir los ingredientes, cosa que me llevará un poco de tiempo. Además, no resolverá nada. Ya se lo he dicho: el problema es la casa, la maldición que pesa sobre ella. Súbase a un tren y deje todo esto tras de sí, señorita. Eso es lo que le dije a su prima. Pensé que me haría caso, pero qué sabré yo.

—Sí, seguro que sí. Sea como sea, ¿cuánto cuesta el remedio? —preguntó Noemí.

—El remedio y las historias.

—Sí, eso también.

La mujer mencionó un precio. Noemí abrió el bolso y sacó unos cuantos billetes. Marta Duval podía tener cataratas, pero vio los billetes sin la menor dificultad.

—Tardaré una semana. Venga entonces, aunque no prometo nada —dijo la anciana. Extendió la mano, y Noemí puso en ella los billetes. La mujer los dobló y los metió en el bolsillo del mandil—. ¿Me da otro cigarrillo? —añadió.

—Está bien. Espero que le gusten —dijo Noemí, y le dio otro—. Son Gauloises.

—No son para mí.

—Entonces, ¿para quién son?

—Para san Lucas el Evangelista —dijo, y señaló a una de las figuritas de plástico en las estanterías.

—¿Cigarrillos para los santos?

—Le gustan.

—Pues tiene un gusto muy caro —dijo Noemí.

Se preguntó si podría encontrar en el pueblo algo remotamente parecido a cigarrillos Gauloises. Pronto se le agotarían las existencias.

La mujer sonrió. Noemí le tendió otro billete. Al infierno con todo. Como bien había dicho, una tenía que comer. Dios sabría cuántos clientes tenía la anciana. Marta pareció muy contenta. Volvió a sonreír.

—Bueno, me voy. No deje que san Lucas el Evangelista se fume todos los cigarrillos de golpe.

La mujer se rio. Ambas salieron y se dieron la mano. Entonces la anciana entrecerró los ojos.

—¿Qué tal duerme usted? —preguntó.

—Bien.

—Tiene ojeras.

—Es por este frío. No me deja dormir por la noche.

—Espero que sea eso.

Noemí pensó en aquel extraño sueño, el resplandor dorado. Había sido una pesadilla de lo más repulsiva, pero no había tenido tiempo para reflexionar sobre ella. Tenía una amiga que siempre juraba en nombre de Jung, pero la verdad era que jamás había llegado a entender toda aquella historia de que los sueños eran en sí las personas que los soñaban. Tampoco se había interesado nunca por la interpretación de los sueños. En aquel momento, recordó una cita en concreto de Jung: cada persona proyecta una sombra. Y, como si de una sombra se tratase, las palabras de la anciana siguieron a Noemí mientras regresaba a High Place.

7

quella noche volvieron a cenar en el comedor. Noemí tuvo que sentarse ante aquella temible mesa con su mantelería de damasco y sus velas. A su alrededor se reunieron los Doyle: Florence, Francis y Virgil. Al parecer, el patriarca iba a cenar en su habitación.

Noemí comió poco. Se dedicó a remover la sopa en el tazón con la cuchara, pues de lo que tenía verdadera hambre era de conversación, no de comida. Tras un rato, no pudo contenerse más y soltó una risa. Tres pares de ojos se centraron en ella.

—¿De verdad tenemos que mantener la boca cerrada durante toda la cena? —preguntó—. ¿No podemos pronunciar ni tres o cuatro frases?

Su voz era como el más fino cristal, en contraste con los macizos muebles, las pesadas cortinas y los semblantes igualmente marmóreos a su alrededor. No quería ser un fastidio, pero su naturaleza despreocupada no entendía de solemnidades. Sonrió, con la esperanza de que alguien le devolviera la sonrisa, de tener un momento de ligereza dentro de aquella jaula opulenta.

—Como ya le expliqué la última vez, la regla es que no se habla durante las cenas. Sin embargo, parece que está usted empeñada en romper hasta la última de las reglas de esta casa —dijo Florence, al tiempo que se limpiaba la comisura de la boca con la punta de una servilleta.

—¿A qué se refiere?

—Se llevó usted un coche.

—Tenía que dejar un par de cartas en la oficina de correos.

No era mentira. Noemí le había enviado una breve misiva a su familia. También había pensado si debería enviarle otra a Hugo, pero se lo pensó mejor. Hugo y Noemí no eran pareja, al menos no en el sentido estricto de la palabra. No quería que Hugo malinterpretara su carta como señal de un compromiso inminente y más serio.

—Charles puede llevar las cartas.

—Prefiero hacerlo yo misma, gracias.

—Los caminos están en mal estado. ¿Qué habría hecho usted si se llega a atascar el coche en el lodo? —preguntó Florence.

—Pues imagino que habría regresado a pie —replicó Noemí. Dejó la cuchara junto al tazón—. De verdad, no supone un gran problema.

—Imagino que para usted, no. La montaña es peligrosa.

Las palabras no parecían directamente hostiles, pero el disgusto de Florence era tan palpable como si fuera físico, envolvía cada una de las sílabas que pronunciaba. De pronto Noemí se sintió como si le estuviese aplicando un correctivo, lo cual hizo que alzase la cabeza y contemplase a aquella mujer del mismo modo que había contemplado a las monjas en la escuela, acorazada tras una serena rebeldía. De hecho, Florence le recordaba un poco a la madre superiora en aquella expresión de absoluto desaliento. Noemí casi esperaba que le ordenase sacar el rosario.

—Creí habérselo explicado cuando llegó, Noemí. Debe usted consultarme en todos los asuntos que tengan que ver con la casa, con su gente y con las cosas que contiene. Fui muy específica. Le dije que sería Charles quien la llevaría al pueblo y, de no poder hacerlo él, Francis se encargaría —dijo Florence.

—No creí que…

—Además, ha fumado usted en la habitación. No se moleste en negarlo. Le dije que estaba prohibido.

Florence contempló a Noemí. Noemí se imaginó a la mujer oliendo sus sábanas, inspeccionando la taza en busca de cenizas. Como un sabueso acechando su presa. Quiso protestar, decir que solo había fumado dos veces en la habitación, y que en ambas ocasiones había intentado sin éxito abrir la ventana. No era culpa suya que la ventana no abriese. Casi parecía que la hubiesen cerrado con clavos.

—Es un hábito repugnante. Al igual que ciertas muchachas —añadió Florence.

Ahora le tocó a Noemí clavarle la mirada a Florence. Cómo se atrevía. Antes de que pudiese decir nada, Virgil intervino:

—Mi esposa me ha dicho que su padre puede ser un hombre estricto —dijo con su habitual desapego—. Muy inflexible.

—Sí —contestó Noemí, y miró a Virgil—. A veces, sí.

—Florence administra los asuntos de High Place desde hace décadas —dijo Virgil—. Puesto que no tenemos muchos visitantes por aquí, puede usted imaginar que ella también es inflexible. Resulta inaceptable que una visitante decida ignorar las reglas de la casa, ¿no le parece?

Se sintió emboscada. Imaginó que habían planeado aquel ataque juntos. Se preguntó si hacían lo mismo con Catalina. Quizá su prima les hacía alguna sugerencia sobre la comida, la decoración o las costumbres durante la cena y ambos se dedicaban a anularla con toda delicadeza. Pobre Catalina, tan amable y obediente, aplastada suavemente por aquellos dos.

Noemí había perdido el apetito, aunque para empezar ya había tenido poco. Dio un sorbo de aquel nauseabundo vino dulzón para evitar seguir con la conversación. Al cabo, Charles entró y les informó que Howard quería verlos después de la cena. Subieron las escaleras como si fueran una expedición diplomática al encuentro de un rey.

El dormitorio de Howard era amplio. Lo decoraban más de aquellos muebles macizos y oscuros que se extendían por el resto de la casa. Gruesas cortinas de terciopelo capaces de interceptar hasta el más fino rayo de luz.

La parte más impresionante de la habitación era la chimenea, que tenía una repisa tallada en madera y adornada con lo que, a primera vista, parecían ser círculos, pero que en realidad eran más de aquellas serpientes que se mordían la cola, como las que Noemí había visto ya en el cementerio y en la biblioteca. Ante la chimenea descansaba un sofá, y en él se sentaba el patriarca, envuelto en un batín verde.

Aquella noche, Howard parecía incluso más viejo. Le recordaba a una de las momias que había visto en las catacumbas de Guanajuato, dispuestas en parejas para que les echaran una ojeada los turistas. Se mantenían enhiestas, preservadas así por alguna extravagancia de la naturaleza. Las sacaban de sus tumbas cuando no se pagaban las tasas de entierro, para exponerlas como objetos de colección. Howard tenía el mismo aspecto marchito, hundido, como si ya lo hubiesen embalsamado y todo lo que quedase de él fuesen huesos y médula.

Los demás entraron antes que ella. Cada uno saludó con un apretón de manos al anciano y se hizo a un lado.

—Ahí está. Vamos, Noemí, siéntese a mi lado —dijo el anciano, y le hizo un gesto.

Noemí se sentó junto a Howard y le ofreció una sonrisa débil y educada. Florence, Virgil y Francis no la imitaron, sino que tomaron asiento en otro sofá y en sendas sillas al otro extremo de la habitación. Se preguntó si Howard siempre recibía a la gente de aquella manera, si elegía a una afortunada que había de sentarse a su lado, a quien concedía audiencia, mientras que el resto de la familia quedaba relegado de momento. Hacía mucho tiempo, aquella habitación podría haber estado llena de parientes y amigos que esperaban ansiosos a que Howard los señalase con el dedo y les pidiese que se sentasen a su lado un rato. A fin de cuentas, Noemí había visto fotografías y cuadros en los que se apreciaba un considerable número de personas por los alrededores de la casa. Aquellos cuadros eran antiguos; quizá no mostraban a todos los familiares que vivían en High Place, pero desde luego el mausoleo del cementerio tenía dimensiones adecuadas para una familia enorme, o quizá para la descendencia que acabaría por albergar.

Dos grandes cuadros al óleo que colgaban sobre la chimenea llamaron la atención de Noemí. En cada uno de ellos se veía una mujer joven. Ambas mujeres tenían el pelo rubio y un aspecto muy similar, tanto que, a primera vista, se las podría haber confundido con la misma mujer. Sin embargo, se apreciaban algunas diferencias: el pelo de una era rubio rojizo, mientras que la melena de la otra tenía rizos de un tono más parecido a la miel. Las facciones de la mujer de la izquierda eran más redondeadas. En el dedo de una se apreciaba un anillo de ámbar, idéntico al que Howard llevaba en la mano.

—¿Son parientes suyas? —preguntó Noemí, intrigada por el parecido. Supuso que se trataba del aspecto que compartían todos los Doyle.

—Son mis esposas —dijo Howard—. Agnes murió poco después de nuestra llegada a esta región. Cuando la enfermedad se la llevó, estaba embarazada.

—Lo siento.

—Fue hace mucho tiempo, pero no la he olvidado. Su espíritu pervive en High Place. A la derecha está mi segunda esposa, Alice. Fue fértil. La misión de una mujer es preservar el linaje familiar. De nuestros hijos, bueno, solo queda Virgil, pero ella cumplió su deber a la perfección.

Noemí alzó la vista y contempló el pálido rostro de Alice Doyle. Aquella cascada de pelo rubio que bajaba por su espalda. En la mano derecha sostenía una rosa. Tenía el semblante serio. Agnes, a su izquierda, también lucía desprovista de alegría. Llevaba un ramillete de flores en las manos. El anillo de ámbar captaba un rayo de sol errante. Ambas contemplaban el infinito entre sus sedas y oropeles con... ¿qué? ¿Determinación? ¿Confianza?

—Eran muy hermosas, ¿verdad? —preguntó el anciano.

Sonaba orgulloso, como un hombre que acabase de recibir un premio en la feria del pueblo por llevar el cerdo mejor criado o la mejor yegua.

—Sí, aunque...

—Aunque, ¿qué, querida?

—Nada. Es que se parecen mucho entre ellas.

—Sí, supongo que sí. Alice era la hermana pequeña de Agnes. Ambas eran huérfanas, tras la muerte de sus padres se habían quedado sin un centavo, pero eran de la familia, éramos primos, así que les dimos cobijo. Cuando me mudé aquí, Agnes y yo nos casamos. Alice vino con nosotros.

—Entonces, se casó usted con una prima en dos ocasiones —dijo Noemí—. Y con la hermana de su primera esposa.

—¿Le resulta escandaloso? Antes de desposar a Enrique VIII, Catalina de Aragón se casó con el hermano del rey. La reina Victoria y Alberto eran primos.

—¿Cree usted que es un rey?

Howard le dio unas palmaditas en la mano. Tenía la piel fina como el papel, muy seca. Sonreía.

—No, nada tan grandilocuente.

—No me resulta escandaloso —dijo Noemí en tono educado.

Hizo un leve gesto de negación con la cabeza.

—Casi no tuve tiempo de conocer a Agnes —dijo Howard, y se encogió de hombros—. Apenas un año después de casarnos, me vi obligado a organizar un funeral. Por aquel entonces la casa ni siquiera estaba terminada. La mina llevaba funcionando poco más de unos meses. Luego pasaron los años, Alice creció. No había novios adecuados para ella en este rincón del mundo. Yo era la opción más natural. Predestinado, podría decirse. Ese de ahí es su retrato de boda. ¿Lo ve? Se aprecia la fecha en ese árbol del frente: mil ochocientos noventa y cinco. Un año maravilloso. Hubo muchísima plata. Todo un río de plata.

El pintor había grabado el año en el árbol, así como las iniciales de la novia: AD. El mismo detalle se apreciaba en el cuadro de Agnes, esta vez grabado en una columna de piedra: 1885, AD. Noemí se preguntó si se habrían limitado a desempolvar el ajuar de la primera novia y se lo habían dado a la hermana menor. Se imaginó a Alice, sacando sábanas y camisones con sus iniciales grabadas, apretando un viejo vestido contra el pecho y contemplándose en el espejo. A. Doyle, Doyle para siempre. No, escandaloso no era la palabra, pero desde luego era de lo más raro.

—Mis queridas, queridísimas esposas —dijo el anciano, aún con la mano sobre la de Noemí. Volvió a contemplar los cuadros y le acarició los nudillos con los dedos—. ¿Ha oído usted hablar del mapa de la belleza del doctor Galton? Galton se dedicó a recorrer las islas británicas para compilar un registro de todas las mujeres con las que se encontró. Las catalogó como atractivas, neutras o repelentes. Londres tenía el mayor índice de belleza, mientras que el más bajo estaba en Aberdeen. Puede parecer un ejercicio algo fútil, pero desde luego tenía cierta lógica.

—De nuevo la estética —dijo Noemí.

Apartó la mano con delicadeza y se puso en pie. Fue hasta los cuadros para verlos más de cerca. La verdad era que no le gustaba el contacto del anciano, como tampoco apreciaba el olor desagradable que emanaba de su batín. Podría haber sido algún tipo de ungüento, o alguna medicina que hubiera tomado.

—Sí, la estética. No tiene sentido tildar algo así de frívolo. A fin de cuentas, también Lombroso estudió los rasgos varoniles para reconocer tipos criminales. Nuestros cuerpos esconden muchos misterios y cuentan muchas historias sin pronunciar palabra alguna, ¿cierto?

Noemí contempló los retratos que colgaban sobre sus cabezas, aquellas bocas severas, los mentones puntiagudos y las melenas exquisitas, con sus vestidos de novia. ¿Qué decía su lenguaje corporal mientras el pincel acariciaba el lienzo? Soy feliz, soy infeliz, todo esto me da igual, me siento desdichada. Quién podía saberlo. Uno podía construir un centenar de relatos diferentes, pero eso no convertía en verdadero a ninguno de ellos.

—La última vez que hablamos, mencionó usted a Gamio.

—Howard echó mano del bastón y se puso en pie. Se acercó a ella. El intento de Noemí de mantener la distancia había sido en vano; Howard se cernió sobre ella, le tocó el brazo—. Está usted en lo cierto. Gamio considera que la selección natural ha obligado a avanzar a los pueblos indígenas de este continente, lo cual ha servido para que se adapten a factores biológicos y geográficos que los extranjeros no pueden resistir. Cuando uno trasplanta una flor, ha de tener en cuenta el terreno donde la plantará, ¿verdad? Gamio estaba en lo cierto.

El anciano unió ambas manos sobre el pomo del bastón y asintió mientras contemplaba los cuadros. Ojalá alguien abriese una ventana, pensó Noemí. El aire de la habitación estaba cargado; los otros conversaban entre susurros. Si es que conversaban. ¿Acababan de guardar silencio? Sus voces más bien parecían un zumbido de insectos.

—Me pregunto, señorita Taboada, cómo es que no se ha casado usted. Está en la edad.

—Mi padre se hace esa misma pregunta —dijo Noemí.

—¿Y qué mentiras le ha contado a él? ¿Que está muy ocupada? ¿Que aprecia a muchos jóvenes, pero aún no ha encontrado a uno que la cautive de veras?

Eso no quedaba muy lejos de lo que le había dicho Noemí a su padre. Quizá si el anciano hubiese pronunciado aquellas palabras en un tono más ligero, podría haberse entendido como una broma. Noemí le habría agarrado el brazo un momento y se habría echado a reír.

—Señor Doyle —habría dicho, y luego habrían hablado de su padre y de su madre, de cómo siempre estaba peleándose con su hermano, de los muchísimos primos que tenía y de lo vivaces que eran todos.

Sin embargo, las palabras de Howard Doyle habían sido duras, y sus ojos habían tenido cierta cualidad enfermiza al pronunciarlas. Casi una mirada lasciva. Una de sus manos había acariciado un mechón de pelo de Noemí, como si le apartase una pelusa para tirarla al suelo... pero no. Aquel movimiento no había tenido nada de agradable. Howard era un hombre alto, incluso a su edad, y a Noemí no le gustaba tener que alzar la vista para mirarlo a los ojos, como tampoco le gustaba que el anciano se agachase hacia ella de aquella manera. Parecía un insecto palo, un insecto escondido dentro de un batín de terciopelo. Sus labios se curvaron en una sonrisa. Se inclinó aún más hacia ella, sin dejar de escrutarla.

Despedía un olor nauseabundo. Noemí giró la cabeza y apoyó una mano en la repisa de la chimenea. Sus ojos se cruzaron con los de Francis, fijos en ellos dos. Pensó que el pobre chico era como un pajarito asustado, una paloma de ojos redondos y sobresaltados. Resultaba difícil creer que fuera pariente de aquel hombre-insecto que tenía a su lado.

—¿Le ha enseñado mi hijo el invernadero? —preguntó Howard, al tiempo que daba un paso atrás. Aquel tono desagradable abandonó sus ojos. Se giró hacia el fuego.

—No sabía que tenían invernadero —replicó ella, algo sorprendida.

Por otro lado, no había abierto cada una de las puertas que había en la casa, ni había inspeccionado el lugar desde cada ángulo posible. Después de aquella primera incursión exploratoria en High Place, no le había apetecido. Aquel lugar no era muy acogedor.

—Es muy pequeño y está descuidado, como la mayoría de las cosas de por aquí, pero el techo está hecho de vitrales. Quizá le guste. Virgil, le he dicho a Noemí que vas a enseñarle el invernadero —dijo Howard.

El tono de voz alto que empleó resonó en la silenciosa habitación, tanto que Noemí pensó que provocaría un pequeño temblor de tierra.

Virgil se limitó a asentir y, puesto que le habían dado pie, se acercó a ellos dos.

—Me encantará enseñárselo, padre —dijo.

—Bien.

Howard agarró el hombro de Virgil y, a continuación, atravesó la estancia para acercarse a Florence y a Francis. Tomó asiento en la silla que Virgil acababa de dejar libre.

—¿La ha molestado mi padre con sus ideas sobre el tipo ideal de masculinidad y femineidad? —preguntó Virgil con una sonrisa—. El asunto es algo complicado: los Doyle son los mejores especímenes de este lugar, pero al menos yo intento que no se me suba a la cabeza.

Aquella sonrisa sorprendió a Noemí en cierto modo, pero resultó un cambio agradable en comparación con aquella postura inclinada de Howard y su sonrisa afilada.

—Hemos hablado de belleza —dijo en un tono encantador y compuesto.

—Belleza. Por supuesto. Bueno, en su día fue un gran *connoisseur* del tema, aunque ahora no pueda comer más que papillas y jamás se vaya a dormir más tarde de las nueve.

Noemí alzó una mano para esconder una sonrisa. Virgil acarició con el dedo índice el contorno de uno de los grabados de serpientes de la repisa. Ahora tenía un aire más serio; la sonrisa había menguado.

—Siento mucho nuestro roce de la otra noche. Fui muy maleducado. También siento el escándalo que ha armado hoy Florence por lo del coche. Espero que no se sienta mal por ello. No puede usted conocer al dedillo todas nuestras costumbres y nuestras reglas —dijo.

—No pasa nada.

—Toda esta situación es muy estresante, ¿sabe? Mi padre está muy frágil y ahora Catalina también está enferma. Estos días no estoy del mejor humor posible. No quiero que piense que no queremos que esté aquí. Sí que queremos. Estamos encantados con su presencia.

—Gracias.

—No sé si me perdona usted del todo.

No, del todo, no, pero al menos le supuso un alivio ver que no todos los Doyle eran tan lúgubres. Quizá Virgil decía la verdad. Quizá, antes de que Catalina enfermase, había tenido más tendencia a estar alegre.

—Del todo aún no, pero si sigue así, quizá le borre algún que otro punto en el marcador negativo.

—¿Lleva usted un marcador, como si esto fuera un juego?

—Las chicas tenemos que llevar la cuenta de muchas cosas, no solo de los bailes —dijo con aquel tono ingenioso y despreocupado que tan bien le salía.

—Según tengo entendido, es usted una espléndida bailarina y

jugadora. Al menos, es lo que dice Catalina —dijo Virgil, sin perder la sonrisa.

—Pensaba que algo así le escandalizaría.

—Se sorprendería de lo poco que me escandaliza.

—Me encantan las sorpresas, sobre todo las que vienen envueltas y con un lazo enorme —afirmó ella y, puesto que Virgil estaba siendo agradable, decidió ser agradable también y regalarle una sonrisa.

En justa correspondencia, Virgil la obsequió con una mirada apreciativa que parecía decir: «¿Verdad que podemos llegar a ser amigos?». Le ofreció el brazo y, juntos, se acercaron al resto de los miembros de la familia. Charlaron unos minutos, tras los que Howard declaró que estaba demasiado cansado para seguir disfrutando de la compañía. Todos se marcharon.

Aquella noche, Noemí tuvo una curiosa pesadilla, diferente de los sueños que había tenido hasta entonces en aquella casa, por más inquietas que hubieran sido sus noches.

Soñó que la puerta se abría y que Howard Doyle entraba, despacio, en su habitación. Cada uno de sus pasos parecía tener un peso férreo; los tablones crujían y las paredes retumbaban. Fue como si un elefante acabase de irrumpir en la habitación. Noemí era incapaz de moverse. Un hilo invisible la ataba a la cama. Sus ojos estaban cerrados, pero, aun así, lo reconocía. Su perspectiva empezó a cambiar; lo veía desde el techo y también desde el suelo.

También se vio a sí misma, dormida. Vio cómo Howard se aproximaba a su cama y tironeaba de sus sábanas. Vio todo eso y, sin embargo, sus ojos estaban cerrados. Howard alargó una mano y le tocó la cara. El filo de una uña descendió hasta su cuello. Una mano delgada desabrochó los botones de su camisón. Hacía frío. Howard la desnudaba.

Tras ella, sintió una presencia, como una siente un lugar frío en una casa. Esa presencia tenía una voz. Se acercó a su oreja y susurró:

—Abre los ojos —dijo la voz, una voz femenina.

En otro sueño, había habido una mujer en su habitación. Una mujer dorada, pero esta presencia no era la misma. Esta era distinta; Noemí pensó que la voz era joven.

Sus ojos permanecían cerrados con fuerza; las manos, laxas sobre la cama. Howard Doyle se cernía sobre ella, la miraba mientras dormía. Esbozó una sonrisa en la oscuridad; dientes blancos en una boca enferma y a medio pudrir.

—Abre los ojos —la apremió aquella voz.

La luz de la luna, o quizá algún otro tipo de luz, se derramó sobre el delgado cuerpo de insecto de Howard. Entonces Noemí vio que no era el anciano quien estaba de pie junto a su cama, quien inspeccionaba sus extremidades, sus pechos, su vello púbico. Era Virgil Doyle. Tenía la misma mueca acechante de su padre, la misma sonrisa de dientes blancos. A Noemí le pareció un hombre que contemplase una mariposa clavada en un paño de terciopelo con un alfiler.

Virgil le tapó la boca con la mano y aplastó su cabeza contra la cama. La cama era muy suave, se hundía en ella, la mecía, era como si estuviera hecha de cera, como si la metiesen en un lecho de cera. O quizá de lodo, de tierra. Una cama de tierra.

Noemí sintió un dulce y enfermizo deseo que fluía por su cuerpo, que la obligaba a retorcer las caderas, sinuosa, como una serpiente. Sin embargo, fue él quien se enroscó alrededor de ella, quien devoró el tembloroso suspiro de Noemí con sus labios. Ella no quería que sucediese, así no. No quería que esos dedos se clavasen en su piel. Y, sin embargo, resultaba difícil recordar por qué no lo quería. No, debía de quererlo. Debía de querer que la poseyese, en el barro, en la oscuridad, sin preámbulos, sin disculpas.

La voz en su oído volvió a hablar, insistente, una y otra vez.

—Abre los ojos.

Obedeció y despertó. Descubrió que tenía mucho frío; se había quitado las sábanas a patadas hasta que se le habían enredado en los pies. La almohada había caído al suelo. La puerta seguía cerrada. Noemí se llevó las manos al pecho, con el corazón desbocado. Se pasó la mano por el camisón. Todos los botones estaban abrochados.

Pues claro que lo estaban.

La casa estaba en silencio. Nadie atravesaba los corredores, nadie se metía a escondidas en las habitaciones para espiar a ninguna mujer dormida. Y, sin embargo, Noemí tardó bastante en volver a dormirse. En una o dos ocasiones llegó a oír el crujido de un tablón y se irguió enseguida hasta quedar sentada, intentando captar si había sido el sonido de unos pasos.

8

Noemí se plantó delante de la casa a esperar a que llegase el médico. Virgil le había dicho que podía buscar una segunda opinión, así que informó a Florence que el doctor pasaría aquel día y que Virgil le había dado permiso para que fuese a ver a Catalina. Sin embargo, suponía que ninguno de los Doyle saldría a recibir al doctor Camarillo, así que decidió salir a hacer de centinela.

Cruzó los brazos y empezó a dar golpecitos en el suelo con el pie. Se sentía, por una vez, como uno de los personajes de los cuentos infantiles de Catalina. La doncella asomada a la torre a la espera de que llegue el caballero a rescatarla y a derrotar al dragón. Con toda seguridad, el doctor podría realizar un diagnóstico y dar con la solución.

Necesitaba ser optimista. Necesitaba esperanza, pues High Place era un lugar desesperanzador. Había que oponerse con todas sus fuerzas al desgaste de aquellas paredes grises y apesadumbradas.

El doctor llegó puntual. Estacionó el coche cerca de un árbol, bajó y contempló la casa, sombrero en mano. Aquel día no había mucha niebla, como si la tierra y el cielo se hubiesen puesto de acuerdo para despejarle el camino a aquel visitante, si bien ahora la vivienda parecía aún más desolada, expuesta, desnuda. Noemí imaginó que el hogar del doctor Julio no guardaría parecido alguno con esa casa, que sería una de las descuidadas y coloridas casitas de la calle principal, con un diminuto balcón de contraventanas de madera y una cocina de azulejos antiguos.

—Vaya, así que esta es la famosa High Place —dijo el doctor Camarillo—. Ya era hora de poder verla, supongo.

—¿No ha estado usted nunca aquí? —preguntó Noemí.

—No había tenido razón alguna para subir. Solo he pasado por el lugar donde solía estar el campamento de mineros, en las ocasiones en que he salido de caza. O lo que queda del campamento, claro. Hay muchos ciervos por aquí arriba. También hay pumas. En esta montaña hay que ir con cuidado.

—No lo sabía —dijo ella.

Pensó en la reprimenda que le había echado Florence. ¿Podía ser que solo hubiera estado preocupada por si se cruzaba con un puma? ¿O quizá le preocupaba más su precioso coche?

El doctor agarró el maletín. Entraron en la casa. Noemí había temido que Florence viniese a toda prisa escaleras abajo, lista para echarles un vistazo a los dos, pero no había nadie por allí. Al llegar a la habitación de Catalina, la encontraron sola.

Catalina parecía estar animada, sentada junto a la ventana, al sol. Llevaba puesto un vestido azul sencillo pero favorecedor. Saludó al doctor con una sonrisa.

—Buen día. Soy Catalina.

—Yo soy el doctor Camarillo. Encantado de conocerla.

Catalina alargó la mano.

—¡Qué médico tan joven, Noemí! ¡No puede ser mucho mayor que tú!

—Tú tampoco eres mucho mayor que yo —dijo Noemí.

—¿De qué hablas? Tú no eres más que una niña.

Tenía el tono de voz de la Catalina feliz de antaño. Empezó a charlar con ellos, tanto que Noemí se sintió muy tonta por haber traído al doctor hasta la casa. Y, sin embargo, a medida que pasaban los minutos, la exuberancia de Catalina empezó a convertirse en una suerte de alteración a fuego lento. Noemí no pudo evitar pensar que, aunque no había nada malo en su actitud, sí había algo que no estaba del todo bien.

—Dígame, Catalina, ¿qué tal está durmiendo? ¿Sufre de escalofríos por la noche?

—No. Ya me encuentro mucho mejor. De verdad que no tenía que haberse tomado la molestia de venir, hemos armado mucho revuelo por nada. De verdad que no es nada —dijo Catalina.

Hablaba con una vehemencia marcada por una especie de alegría forzada. No dejaba de pasarse el dedo por el anillo de bodas.

Julio se limitó a asentir. Hablaba en un tono de voz calmado y uniforme mientras tomaba notas.

—¿Le han dado estreptomicina y ácido paraaminosalicílico?

—Creo que sí —dijo Catalina, pero respondió tan rápido que Noemí dudó que hubiese llegado siquiera a oír la pregunta.

—¿Y Marta Duval le mandó un remedio? ¿Algún té o una hierba?

Los ojos de Catalina revolotearon por la habitación.

—¿Qué? ¿Por qué me pregunta eso?

—Quiero saber qué medicamentos está tomando. Supongo que le pidió usted un remedio de alguna clase.

—No hay remedio alguno —murmuró ella.

Dijo algo más, pero no era una palabra de verdad. Balbuceó, como una niña pequeña, y a continuación se llevó la mano al cuello, como si quisiera ahogarse a sí misma, aunque no se lo agarró con fuerza. No, no era un gesto de estrangularse, sino más bien de protegerse. Era una mujer que se defendía, que alzaba las manos para resguardarse.

El movimiento los sobresaltó a los dos. Julio casi dejó caer el lápiz. Catalina parecía uno de los ciervos de las montañas, lista para echar a correr hasta un lugar seguro. Ninguno supo qué decir a continuación.

—¿Qué le sucede? —preguntó Julio tras un minuto.

—Es... el sonido —dijo Catalina.

Despacio, sus manos treparon por su cuello hasta taparle la boca.

Julio miró a Noemí, sentada a su lado.

—¿A qué sonido te refieres? —preguntó Noemí.

—Quiero que se vayan. Estoy muy cansada. —Catalina juntó las manos y las depositó sobre su regazo. Cerró los ojos, como si el gesto bastase para eliminar a sus dos visitantes—. ¡No sé por qué vienen a molestarme! ¡Debería estar durmiendo!

—Si lo prefiere… —empezó a decir el doctor.

—No puedo hablar más, estoy exhausta —dijo Catalina. Las manos le temblaban, intentó juntarlas a duras penas—. Estar enferma es agotador, sobre todo cuando la gente le dice a una que no puede hacer nada. ¿No les resulta extraño? De verdad… es… es que estoy cansada. ¡Cansada!

Hizo una pausa, como si necesitase recuperar el aliento. De pronto, volvió a abrir los ojos hasta desorbitarlos; su rostro mostró una expresión preñada de una intensidad aterradora. Casi parecía el semblante de una poseída.

—Hay gente en las paredes —dijo Catalina—. Hay gente. Y hay voces. A veces veo a la gente de las paredes. Están muertos.

Alargó las manos. Noemí las sujetó, desesperada, en un intento de tranquilizarla. Catalina negó con la cabeza y dejó escapar un sollozo ahogado.

—Vive en el cementerio. En el cementerio, Noemí. Tienes que mirar en el cementerio.

Y de pronto, Catalina se puso de pie y fue hasta la ventana. Aferró una cortina con la mano derecha y miró al exterior. Su expresión se relajó. Fue como si un tornado hubiese pasado y se hubiese alejado de allí. Noemí no sabía qué hacer, y el doctor parecía igual de pasmado.

—Lo siento —dijo Catalina en tono apagado—. No sé qué decir. Lo siento.

Catalina se tapó una vez más la boca con las manos y empezó a toser. Florence y Mary, la criada de más edad, entraron en la habitación. Traían una tetera y una taza. Las dos mujeres les clavaron una mirada de desaprobación a Noemí y al doctor Camarillo.

—¿Van a tardar mucho más? —preguntó Florence—. Catalina tiene que descansar.

—Estaba a punto de irme —dijo el doctor Camarillo. Se guardó el cuadernito y echó mano del sombrero. Estaba claro que había sabido reconocer en las palabras de Florence y en el breve gesto que hizo con la cabeza que allí se lo consideraba un intruso. Florence siempre sabía cómo poner a alguien en su sitio, sucinta y eficiente como un telegrama—. Encantado de conocerla, Catalina.

Los dos salieron de la habitación. Ninguno habló durante un par de minutos. Ambos se sentían alterados.

—Bueno, ¿qué piensa? —preguntó por fin Noemí, mientras descendían las escaleras.

—Sobre la tuberculosis, tendría que hacerle una radiografía de los pulmones para saber en qué estado se encuentra. La verdad es que no soy ningún experto en tuberculosis —dijo él—. En cuanto a lo demás, ya le advertí que no soy psiquiatra. No debería especular...

—Vamos, suéltelo —dijo Noemí, exasperada—. Tiene usted que decirme algo.

Se detuvieron al pie de las escaleras. Julio soltó un suspiro.

—Creo que está usted en lo cierto. Necesita atención psiquiátrica. Ese comportamiento no es característico de pacientes de tuberculosis, al menos de ninguno que yo haya conocido. Quizá pueda encontrar algún especialista en Pachuca que pueda tratarla, suponiendo que no pueda viajar a la Ciudad de México.

Noemí no creía que fueran a viajar a ninguna parte. Quizá podría intentar hablar con Howard, explicarle la preocupación que sentía. A fin de cuentas, era el cabeza de familia. Por otro lado, no le gustaba aquel anciano, la ponía nerviosa. Virgil, por su parte, pensaría que se propasaba. Florence no sería de la menor ayuda. Así pues, ¿qué tal Francis?

—Me temo que la dejo en un dilema aún peor que antes, ¿no? —dijo Julio.

—No —mintió Noemí—. No, se lo agradezco mucho.

Se encontraba decaída. Había sido una tontería esperar más

de él. Julio no era ningún caballero de brillante armadura, ni un mago que pudiese revivir a su prima con una poción mágica. Debería haberlo sabido.

Julio vaciló. Quizá se preguntaba cómo darle más consuelo.

—Bueno, si necesita algo más, ya sabe dónde encontrarme —concluyó—. Venga a verme si es necesario.

Noemí asintió. Julio subió a su coche y se marchó de allí. La asaltó un pensamiento lúgubre: algunos cuentos de hadas terminan con sangre. En *La Cenicienta*, las hermanas se cortan los pies. La madrastra de la Bella Durmiente acaba metida en un barril lleno de serpientes. De pronto recordó aquella ilustración en particular del libro de cuentos que Catalina solía leerles, con todos sus vivos colores. Serpientes verdes y amarillas, con las colas asomadas al barril en el que acababan de meter a la madrastra.

Noemí se apoyó en un árbol, y allí se quedó, de pie, con los brazos cruzados. Al cabo, volvió a la casa. Virgil descendía las escaleras, con la mano en la barandilla.

—Ha venido a verla un hombre.

—Era el médico de la clínica. Me dijo usted que podía venir a ver a Catalina.

—No es una reprimenda —le dijo.

Llegó al final de la escalera y se quedó plantado delante de ella. Tenía un aire de curiosidad; Noemí supuso que quería saber lo que había dicho el médico, pero también supuso que no iba a preguntar todavía. Ella tampoco quería contárselo todo.

—¿Tiene usted tiempo de enseñarme el invernadero ahora? —preguntó con un tono de voz diplomático.

—Será un placer.

El invernadero era muy pequeño, casi como la posdata al final de una carta incómoda. El descuido había florecido como la mala yerba florece, por doquier, y había muchos cristales sucios o rotos. En la época de lluvias, el agua se filtraba por todo el lugar. El moho atiborraba las macetas. Sin embargo, todavía crecían algunas flores. Cuando Noemí alzó los ojos, se encontró con la impresionante visión de los vitrales. Todo el techo representaba la misma serpiente que se mordía la cola, ojos amarillos y cuerpo verdoso. Se quedó sin aliento. El diseño era perfecto, casi parecía real, lista para saltar de la cristalera con los colmillos prestos.

—Oh.

Se llevó la punta de los dedos a los labios.

—¿Sucede algo? —preguntó Virgil, al tiempo que se acercaba a ella.

—No, nada. He visto esa serpiente por la casa —dijo ella.

—El ouroboros.

—¿Es un símbolo heráldico?

—Es el símbolo de la familia. No tenemos escudo de armas, aunque mi padre se hizo un sello con esa imagen.

—¿Y qué significa?

—La serpiente se devora la cola. Es el infinito, sobre nosotros, bajo nosotros.

—Sí, bueno, pero ¿por qué la escogió su familia como sello? Está por todas partes.

—Ah, ¿sí? —dijo él en tono casual.

Se encogió de hombros.

Noemí ladeó la cabeza en un intento de apreciar mejor el dibujo de la serpiente.

—No he visto un vitral semejante en ningún invernadero —admitió—. Cualquiera esperaría que este sitio tuviese solo cristal transparente.

—Lo diseñó así mi madre.

—Óxido crómico. Supongo que es eso lo que le da esa coloración verde. Aunque también debe de haber presente algo de óxido de uranio, entonces, ¿lo ve ahí? Justo ahí, casi parece brillar. —Señaló a la cabeza de la serpiente, a esos ojos crueles—. ¿Lo manufacturaron aquí o lo trajeron pieza a pieza desde Inglaterra?

—No sé mucho de cómo lo construyeron.

—¿Lo sabrá Florence?

—Es usted una criaturilla de lo más curiosa.

Noemí no estuvo segura de si lo decía como cumplido o como crítica.

—El invernadero, ¿eh? —prosiguió Virgil—. Sé que es muy antiguo. Y sé que mi madre lo adoraba, mucho más que cualquier otra parte de la casa.

Se acercó a una mesa alargada que descansaba en el centro del invernadero, repleta de macetas amarillentas. A su lado, de un lecho floral crecían un par de prístinas rosas. Virgil acarició los pétalos con los nudillos en un gesto delicado.

—Mi madre se encargaba de cortar los brotes más débiles e inútiles. Cuidaba cada una de las flores. Sin embargo, tras su muerte, nadie se ocupó de atender las plantas. Estas son todo lo que queda con vida.

—Lo siento.

Los ojos de Virgil estaban prendados de las flores. Arrancó un pétalo que había empezado a marchitarse.

—Da igual. Yo no la recuerdo. Era apenas un bebé cuando murió.

Alice Doyle, que compartía iniciales con su hermana. Alice Doyle, rubia y pálida, que en su día había sido de carne y hueso, mucho más que un retrato en la pared. En su día, debió de dibujar en una hoja de papel el esbozo de aquella serpiente que ahora se retorcía sobre sus cabezas, el pulso de aquel cuerpo escamoso, la forma de aquellos ojos estrechos, las terribles fauces.

—Murió violentamente. La historia de los Doyle no está exenta de violencia. Aun así, somos resistentes —dijo Virgil—. Además, todo eso pasó hace mucho tiempo. Ya no importa.

Tu hermana la mató de un disparo, pensó Noemí. No alcanzaba a imaginárselo. Era un acto tan monstruoso, tan terrible, que no podía imaginar que hubiese sucedido de verdad, en aquella casa. Después, alguien se había encargado de limpiar la sangre, alguien había quemado las sábanas enrojecidas, reemplazado las alfombras que tenían manchas de color escarlata. La vida había seguido. Pero ¿cómo era posible que la vida siguiese? Seguramente era imposible borrar tanta penuria y tanta fealdad.

Y, sin embargo, Virgil parecía imperturbable.

—Cuando mi padre habló con usted ayer, seguramente se refirió a tipos superiores e inferiores de belleza. —Virgil alzó la cabeza y la miró con toda intención—. Debió de mencionar sus teorías.

—No sé a qué teorías se refiere —replicó ella.

—Teorías que hablan de que tenemos una naturaleza predeterminada.

—Eso suena horrible, ¿no le parece? —dijo ella.

—Y, sin embargo, como buena católica que es usted, debe de creer en el pecado original.

—¿Y usted qué sabe? Puede que sea una mala católica.

—Catalina reza el rosario —dijo él—. Antes de enfermar, iba a la iglesia cada semana. Me imagino que, en su casa, hace usted lo mismo.

De hecho, el tío mayor de Noemí era sacerdote. De ella se esperaba que fuese a misa con vestidos sobrios y negros, por supuesto con mantilla. También tenía un pequeño rosario, como todo el mundo, y una cruz dorada en una cadenita a juego. Sin embargo, no la llevaba a diario. No había dedicado mucho tiempo a pensar en el pecado original desde los días en que estudiaba el catecismo para prepararse para la primera comunión. En aquel momento, se acordó de aquella cruz y casi sintió el instinto de apretar una mano contra su cuello, para sentir su ausencia.

—Entonces, ¿usted sí cree que tenemos una naturaleza predeterminada? —le preguntó a Virgil.

—Yo he visto el mundo, y al verlo, me he percatado de que hay gente que parece atada a sus defectos. Solo hay que pasearse por cualquier barrio para empezar a reconocer los mismos tipos de rostros, las mismas expresiones en ellos, el mismo tipo de gente. Las campañas de promoción de la higiene no son capaces de erradicar la mancha que los acompaña. Hay gente adecuada y no adecuada.

—Todo eso suena a bobada —dijo ella—. Ese típico argumento de la eugenesia me da náuseas. Adecuados, no adecuados. No hablamos de gatos y perros.

—¿Por qué no iban a ser los humanos iguales a los gatos y los perros? Todos somos organismos que luchan por la supervivencia. Nos impulsa el mismo instinto: reproducirnos, propagar nuestra especie. ¿No le gusta a usted estudiar la naturaleza del hombre? ¿No es eso lo que hacen los antropólogos?

—No tengo ganas de seguir hablando de esto.

—¿Y de qué tiene ganas de hablar? —preguntó él, en tono divertido, aunque seco—. Sé que se muere de ganas de decirlo. Dígalo.

Noemí había planeado ser más sutil, más encantadora, pero ahora ya no tenía sentido echarse atrás. Virgil la había enredado en su conversación hasta obligarla a hablar.

—Catalina.

—¿Qué pasa con Catalina?

Noemí se apoyó en la mesa alargada. Descansó las manos en la superficie arañada. Lo miró a los ojos.

—El doctor que ha venido hoy cree que necesita un psiquiatra.

—Sí, puede ser que lo necesite, en algún momento —se mostró de acuerdo Virgil.

—¿En algún momento?

—La tuberculosis no es cosa de broma. No puedo arrastrarla de aquí para allá mientras esté enferma. Además, con su enfermedad, no habrá institución psiquiátrica que la acepte. Así que sí, en algún momento nos plantearemos la posibilidad de que la atienda un profesional especializado en psiquiatría. Pero de momento, parece que con Arthur le va bien.

—¿Que le va bien? —se mofó Noemí—. Oye voces. Dice que hay gente en las paredes.

—Sí, lo sé.

—No me parece usted preocupado.

—Pues se equivoca, señorita.

Virgil cruzó los brazos y se alejó de ella. Noemí protestó, un juramento en español escapó de sus labios, y se apresuró a seguirlo. Las ramas y los helechos muertos le acariciaron los brazos. Virgil se dio la vuelta de pronto y la contempló.

—Antes estaba mucho peor. Debería haberla visto usted hace tres o cuatro semanas. Estaba frágil, como una muñeca de porcelana. Pero ahora está mejorando.

—De eso no puede usted estar seguro.

—Yo no, pero Arthur, sí. Puede usted preguntarle —dijo Virgil en tono calmado.

—Ese doctorcito suyo no me permite hacerle ni dos preguntas.

—Y ese doctorcito suyo, señorita Taboada, según me ha dicho mi esposa, no tiene edad ni para que le salga barba.

—¿Ha hablado usted con Catalina?

—Fui a verla, sí. Así me enteré de que tenía usted un invitado.

Estaba en lo cierto en cuanto a la juventud del doctor. Aun así, Noemí negó con la cabeza.

—¿Y qué tiene que ver su edad con nada de todo esto?

—No pienso hacer caso a un chico que se ha graduado de la universidad hace unos cuantos meses.

—Y entonces, ¿por qué me dijo que lo trajese aquí?

Virgil la recorrió con la mirada.

—Yo no se lo dije. Usted insistió, igual que insiste ahora en tener esta conversación tan inútil.

Hizo ademán de irse, pero esta vez Noemí lo agarró del brazo y lo obligó a volverse de nuevo hacia ella. Los ojos de Virgil eran fríos, pero un rayo perdido de luz brilló sobre ellos en aquel momento. Por un instante parecieron tener la tonalidad del oro, pero entonces Virgil inclinó la cabeza y el efecto se desvaneció.

—Pues entonces insisto, no, mejor dicho, exijo que la lleve a la Ciudad de México —dijo Noemí. Su intento de ser diplomática había fracasado, los dos eran conscientes, así que prefirió hablar a las claras—. Esta estúpida y desvencijada casa no le hace ningún bien. ¿Voy a tener que...?

—No me va a hacer usted cambiar de opinión —la interrumpió él—. A fin de cuentas, hablamos de mi esposa.

—Hablamos de mi prima.

La mano de Noemí seguía sobre su brazo. Despacio, Virgil le agarró los dedos y los separó de la manga de su chaqueta. Se detuvo un momento y le miró las manos, como si examinase la longitud de sus dedos y la forma de sus uñas.

—Ya sé que es su prima. Y también sé que a usted no le gusta este sitio, y que se muere de ganas de volver a su casa y alejarse de esta vivienda «desvencijada». Puede marcharse cuando quiera.

—¿Me está echando?

—No. Pero aquí no es usted quien da las órdenes. Siempre que tenga eso en mente, nos llevaremos bien.

—Es usted un maleducado.

—Lo dudo.

—Debería marcharme ahora mismo.

Durante toda la conversación, Virgil había mantenido un tono de voz calmado, lo cual enfurecía aún más a Noemí, del mismo modo que despreciaba aquella mueca sonriente en su cara. Era muy cortés y, al mismo tiempo, desdeñoso.

—Puede. Pero no creo que vaya a marcharse. Creo que su naturaleza la obliga a quedarse. Es la llamada de la sangre, de la familia. Se lo respeto.

—Quizá mi naturaleza me obliga a no ceder.

—Creo que está usted en lo cierto. No me guarde rencor, Noemí. Pronto verá que esto es lo más correcto.

—Pensaba que teníamos una tregua —dijo ella.

—Eso supondría que antes estábamos en guerra. ¿Le parece que estábamos en guerra?

—No.

—Entonces, todo va bien —concluyó y, a continuación, salió del invernadero.

La enfurecía el modo en que Virgil sabía rebatir cuanto le decía. Por fin entendió la razón de que su padre se hubiese mostrado tan irritado ante la correspondencia de Virgil. Imaginaba que sus cartas debían de haber estado llenas de todas esas frases que no eran más que amagos y meandros que no llevaban a ninguna parte.

Tiró una de las macetas de la mesa. Se hizo añicos con gran estruendo; la tierra se desparramó por el suelo. Al instante, se arrepintió de haberlo hecho. Por más macetas que rompiese, no iba a cambiar nada. Se arrodilló e intentó recuperar los trozos, ver si podía volver a unirlos. Resultó imposible.

Maldición. Una y mil veces, maldición. Apartó los trozos rotos con el pie, los metió debajo de la mesa.

Por supuesto, Virgil tenía razón. Catalina era su esposa. Era él quien tenía que tomar las decisiones en su nombre. Por Dios, si en México las mujeres no podían ni votar. ¿Qué iba a poder decir Noemí al respecto? ¿Qué podía hacer en aquella situación? Quizá sería mejor que interviniese su padre. Si fuese él quien viniese a por Catalina. Un hombre exigiría más respeto. Pero no, era justo lo que había dicho Noemí: no pensaba ceder.

Muy bien, pues se quedaría más tiempo. Si no podía convencer a Virgil, quizá el repugnante patriarca de la familia Doyle pudiese interceder a su favor. Sospechaba que no le sería difícil poner a Francis de su parte. Sobre todo, sentía que, si se marchaba ahora, estaría traicionando a Catalina. En ese momento se dio cuenta de que había un mosaico en el suelo. Dio un paso atrás y siguió el contorno del símbolo que formaba, que se extendía alrededor de la mesa. Se trataba de otra de esas serpientes. El ouroboros, que se devoraba poco a poco a sí mismo. El infinito, sobre nosotros, bajo nosotros, tal y como Virgil había dicho.

9

l martes, Noemí se internó de nuevo en el cementerio. Aquella segunda incursión la había impulsado Catalina cuando le dijo: «Tienes que mirar en el cementerio». Noemí no esperaba encontrar nada interesante allí, pero pensó que al menos podría fumar en paz entre las lápidas, puesto que Florence no le permitía fumarse un cigarrillo ni siquiera en la intimidad de su habitación.

La bruma le confería al cementerio un aura romántica. Se acordó de que Mary Shelley se citaba con su futuro esposo en un cementerio, relaciones ilícitas junto a una tumba. Esa historia se la había contado Catalina, al igual que le había contado *Cumbres borrascosas* de cabo a rabo. Sir Walter Scott había sido otro de sus favoritos. Y las películas. Cómo disfrutaba del tortuoso romance de María Candelaria.

En su día, Catalina había estado prometida con el hijo menor de la familia Inclán, pero rompió el compromiso. Noemí le preguntó por qué lo había hecho, puesto que el chico parecía de lo más agradable en todos los sentidos. Catalina había respondido que esperaba algo más. Amor verdadero, había dicho. Sentimientos auténticos. Su prima nunca había llegado a perder ese sentido de la maravilla adolescente ante el mundo, esa imaginación llena de mujeres que se encontraban bajo la luz de la luna con amantes apasionados. Al menos, hasta ahora. Ya no quedaba mucha maravilla en los ojos de Catalina. Parecía perdida del todo.

Noemí se preguntó si High Place le había robado las ilusiones, o si debían de haberse roto por completo en el camino. El matrimonio no tenía mucho que ver con los romances apasionados que una leía en los libros. De hecho, a Noemí se le antojaba un regalo envenenado. Mientras cortejaban a una mujer, los hombres se comportaban de manera solícita y educada, la llevaban a fiestas y le enviaban flores. Sin embargo, una vez casados, las flores se marchitaban. Los hombres casados no les escribían cartas de amor a sus esposas. Por eso Noemí prefería saltar de un admirador a otro. No le gustaba la idea de que un hombre quedase impresionado brevemente por su lustre, para luego perder interés en ella. También jugaba un papel la emoción de la caza, el deleite que corría por sus venas cuando comprendía que había hechizado a un pretendiente. Además, los chicos de su edad eran aburridos; se dedicaban a hablar de las fiestas a las que habían ido la semana anterior o a las que pensaban ir la semana siguiente. Hombres facilones, superficiales. Y, sin embargo, la mera idea de alguien con un poco más de sustancia la ponía nerviosa, puesto que se sentía atrapada entre dos deseos enfrentados: el deseo de una conexión más profunda y el deseo de que nada cambiase. Anhelaba una juventud eterna, una diversión infinita.

Pasó junto a un puñado de tumbas apretujadas. El moho cubría los nombres y las fechas de las lápidas. Se apoyó en una lápida rota, echó mano al bolsillo y sacó los cigarrillos. Captó un movimiento cerca de ella, sobre un montículo. Una sombra medio escondida entre la niebla y un árbol.

—¿Qué anda ahí? —dijo.

Esperaba que no se tratase de un puma.

Solo le faltaba eso.

Con la niebla, no había manera de ver nada. Estrechó los ojos y se puso de puntillas, con el ceño fruncido. Una forma. Casi pensó que tenía un halo sobre la cabeza, una suerte de coloración amarilla o dorada, como si la luz se refractase en un breve instante...

«Vive en el cementerio», había dicho Catalina. Aquellas palabras no la habían asustado, pero ahora, ahí fuera, armada con poco más que un paquete de cigarrillos y un encendedor, se sintió desnuda y vulnerable. No pudo evitar preguntarse qué era lo que vivía en el cementerio.

Babosas, gusanos y escarabajos, nada más. Eso se dijo a sí misma. Volvió a meter la mano en el bolsillo y agarró el encendedor, como si de un talismán se tratase. Aquella forma, gris e indefinida, poco más que un borrón de oscuridad entre la niebla, no se movió en dirección a Noemí. Se quedó quieta. Quizá no era más que una estatua. Quizá un efecto de la luz le había dado la impresión de que se movía.

Sí, no había duda de que había sido un efecto de la luz, al igual que aquel halo que había vislumbrado apenas un instante. Se alejó de allí, ansiosa por desandar sus pasos y regresar a la casa.

Oyó un crujido entre la hierba y giró la cabeza de forma brusca. La silueta había desaparecido. No podía haber sido una estatua. De pronto, captó un zumbido desagradable, parecido al de un panal de abejas, pero no igual. Se oía muy alto, o quizá alto no era la palabra. Lo oía con claridad, eso sí. Como un eco en una habitación vacía, que rebotase en las paredes hacia ella.

«Vive en el cementerio.»

Mejor sería que volviese a la casa. Estaba por allí, a la derecha.

La niebla, que le había parecido fina e insustancial cuando abrió la reja del cementerio, acababa de espesarse. Noemí intentó recordar si el camino de regreso era a la derecha o a la izquierda. No quería internarse por el lado equivocado y toparse con un puma o despeñarse por un barranco.

«Vive en el cementerio.»

A la derecha, era a la derecha, sin duda. Aquel zumbido también se oía por la derecha. Abejas, o avispas. Bueno, ¿y qué si eran abejas? No la iban a picar. No pensaba tocar su colmena en busca de miel.

Y, sin embargo, aquel sonido... era desagradable. Tuvo el impulso de ir en la otra dirección. El zumbido. Quizá eran moscas. Moscas verdes como esmeraldas, cuerpos hinchados sobre un montón de carroña. Carne, roja y cruda. ¿Por qué pensaba esas cosas? ¿Por qué estaba allí plantada, con una mano en el bolsillo y los ojos desorbitados, intentando escuchar, nerviosa...?

«Tienes que mirar en el cementerio.»

A la izquierda, ve a la izquierda. Hacia la niebla, que parecía cada vez más espesa, casi pastosa.

Oyó el crujido de una ramita que se rompió bajo un zapato. Luego, un tono de voz agradable, acogedor, en medio de la frialdad del cementerio.

—¿Dando un paseo? —preguntó Francis.

Llevaba un suéter gris de cuello alto, una chaqueta azul marino y gorro a juego. De su brazo derecho colgaba un cesto. Francis siempre se le antojaba a Noemí algo insustancial y, sin embargo, en aquel momento, en medio de la niebla, le pareció perfectamente sólido, real. Justo lo que necesitaba.

—Oh, Francis, me alegro tanto de verte que podría darte un beso ahora mismo —dijo en tono alegre.

Francis se ruborizó como si fuera una granada, lo cual resultaba algo cómico y no lo favorecía en absoluto, sobre todo porque era un poco mayor que ella, todo un hombre. Si había alguien allí que tuviera que interpretar el papel de damisela vergonzosa, era ella. Por otro lado, supuso que por allí no había muchas chicas que se sonrojasen por causa de Francis.

Noemí supuso que, si algún día llevaba a Francis a una fiesta en la Ciudad de México, el pobre chico acabaría encantado o petrificado, una de las dos cosas.

—No sé si he hecho algo para merecérmelo —repuso en un murmullo entrecortado.

—Sí te lo mereces. No soy capaz de orientarme en esta niebla. Pensaba que tendría que ponerme a dar vueltas sin cesar hasta dar con la casa, y esperaba no acabar en el fondo de algún barranco. ¿Ves algo? ¿Sabes dónde están las puertas del cementerio?

—Claro que sí —dijo él—. Si te fijas en el suelo, no es tan difícil. Te puedes orientar a través de muchas señales a tus pies.

—Es como si me hubiesen tapado los ojos con un velo —afirmó ella—. Además, he oído un zumbido. Temía que hubiera abejas por aquí que pudieran picarme.

Él bajó la vista hasta el cesto y asintió. Ahora que estaba con ella, había vuelto a adquirir aquel aire ligero. Noemí lo contempló con curiosidad.

—¿Qué llevas ahí? —preguntó, y señaló el cesto.

—Salí a recoger hongos.

—¿Hongos? ¿En un cementerio?

—Claro. Hay por todas partes.

—Espero que no pretendas echárselos a la ensalada —dijo ella.

—¿Qué tendría eso de malo?

—¡Pues, quizá la idea de que se alimentan de cosas muertas para crecer!

—Pero es que los hongos siempre se alimentan de cosas muertas.

—No puedo creer que hayas salido a recoger hongos que crecen entre las lápidas. Suena muy tétrico, como los saqueadores de tumbas de las novelas de a centavo del siglo diecinueve.

A Catalina le habría encantado. Quizá ella también había ido a recoger hongos en el cementerio. O quizá prefería venir a aquel mismo lugar, a dejar que el viento jugase con su pelo, con una sonrisa melancólica en la cara. Libros, luz de luna, melodrama.

—¿Tétrico, yo? —preguntó Francis.

—Sí. Apuesto a que llevas un cráneo en ese cesto. Eres como un personaje de un cuento de Horacio Quiroga. Déjame ver.

Francis había cubierto el cesto con un paño rojo. Lo apartó para que Noemí pudiese inspeccionar los hongos. Tenían un vivaz tono carnoso y anaranjado, cubiertos de intrincadas rugosidades y suaves como el terciopelo. Noemí echó mano de uno y lo sostuvo entre el índice y el pulgar.

—*Cantharellus cibarius*. Son deliciosos. No crecen en el cementerio, sino un poco más allá. Tomé un atajo por aquí para volver a casa. La gente de estos lares los llama duraznillos. Huélelos.

Noemí se inclinó aún más sobre la cesta.

—Tienen un olor muy dulce.

—Además, son preciosos. Ciertas culturas tienen una conexión profunda con los hongos, ¿sabes? Los indios zapotecas de tu país los usaban para sacar los dientes, se los daban al paciente como anestésico. Los aztecas también desarrollaron interés por setas y hongos. Los consumían para experimentar visiones.

—Teonanácatl —dijo ella.

—La carne de los dioses —dijo Francis con entusiasmo—. Sabes de hongos, ¿no?

—No, en realidad no mucho. Sé más de historia. Antes de decidirme por la antropología, que es a lo que quiero dedicarme ahora, me planteé ser historiadora.

—Ya veo. Bueno, a mí me encantaría toparme con esos hongos pequeños y oscuros que comían los aztecas.

—¡Ah!, ¿sí? Yo no pensaba que fueras ese tipo de muchacho.

Noemí le devolvió el hongo que había sacado.

—¿A qué te refieres?

—Se supone que esos hongos emborrachan a quien los consume, y acentúan la lujuria. Al menos eso es lo que decían los cronistas españoles. ¿Te gustaría tomarte uno antes de una cita?

—No, claro que no, para eso no los tomaría —balbuceó a toda prisa Francis.

A Noemí le gustaba coquetear, y encima se le daba bien. Sin embargo, por el nuevo sonrojo de Francis, tenía claro que el chico era muy novato en esos menesteres. ¿Habría ido alguna vez a bailar? No se lo llegaba a imaginar en alguna fiesta en el pueblo, ni tampoco besando a una chica a escondidas en algún cine oscuro de Pachuca. Por otro lado, Francis no viajaba nunca, así que Pachuca le quedaba muy lejos. Quién sabe. Quizá Noemí lo acabaría besando antes de que acabase el viaje, un gesto que lo dejaría sin aliento.

Por otro lado, Noemí se daba cuenta de que empezaba a disfrutar de la compañía del chico. No quería torturarlo.

—Es broma. Mi abuela era mazateca, y los mazatecos ingieren hongos parecidos durante ciertas ceremonias. No se trata de lujuria, sino de comunión. Dicen que los hongos hablan con quien los consume. Entiendo que te interesen.

—Bueno, sí —dijo él—. El mundo está lleno de maravillas extraordinarias, ¿verdad? Uno puede pasar una vida entera entre bosques y junglas y no llegar a ver ni una décima parte de los secretos de la naturaleza.

Sonaba muy emocionado, tanto que resultaba divertido. Noemí no tenía el menor interés por la naturaleza, pero el fervor de Francis, en lugar de hacerla reír, la conmovió. Cuando hablaba así se llenaba de vitalidad.

—¿Te gustan también las plantas, Francis, o tu interés se limita a los hongos?

—Me gustan todas las plantas y conozco al dedillo muchas flores, hojas, helechos y demás. Pero los hongos me parecen más interesantes. Hago esporadas y dibujo un poco —dijo él con aire satisfecho.

—¿Qué es una esporada?

—Se coloca el píleo en una hoja de papel y se deja una impresión. Es una técnica que se usa para identificar hongos. Las ilustraciones botánicas son hermosísimas, muy coloridas. Quizá podría...

—¿Podrías qué? —preguntó Noemí, al ver que Francis no continuaba.

El chico apretó el paño rojo en la mano.

—¿Te gustaría ver las esporadas que hago? Supongo que no suena muy emocionante, pero si estás muy aburrida por aquí, quizá te distraigas un poco.

—Me encantaría, gracias —lo ayudó ella, al ver que Francis parecía haber perdido la capacidad de formar palabras y había empezado a clavar la vista en el suelo, mudo, como si la siguiente frase fuese a brotar a sus pies.

Francis le sonrió y volvió a colocar con cuidado el pañuelo

sobre los hongos. Mientras hablaban, la niebla había cedido un poco. Ahora se veían las lápidas, los árboles y los arbustos.

—Por fin, ya no me siento ciega —dijo Noemí—. ¡Hay un poco de sol! Y aire fresco.

—Sí, ya puedes volver sola —dijo él, con una nota de desencanto en la voz. Miró alrededor—. Aunque, si quieres, puedes hacerme compañía un poco más. Si no estás muy ocupada —añadió con cautela.

Hacía unos minutos, Noemí se había muerto de ganas de alejarse del cementerio, pero ahora aquel paraje estaba tranquilo y silencioso. Hasta la niebla parecía agradable. No podía creer que se hubiese asustado tanto. Aquella figura que había visto debía de haber sido el propio Francis, mientras caminaba por ahí en busca de hongos.

—Creo que tengo un cigarrillo.

Se encendió uno con dedos ágiles. Le ofreció el paquete, pero Francis negó con la cabeza.

—Mi madre quiere hablar contigo sobre el tabaco —dijo con aire serio.

—¿Me va a volver a decir que fumar es un hábito asqueroso? —preguntó Noemí, al tiempo que daba una calada y echaba la cabeza hacia atrás.

Le gustaba mucho ese gesto, acentuaba su cuello largo y elegante, una de las características favoritas de su cuerpo, que la hacía sentir como si fuera una estrella de cine. Tanto a Hugo Duarte como a sus demás pretendientes les parecía un gesto encantador.

Sí, Noemí era vanidosa. Sin embargo, no lo veía como un pecado. Cuando ponía cierta pose, tenía un aire a Katy Jurado. Por supuesto, sabía a la perfección cuál era esa pose y cómo ponerla. Sin embargo, había abandonado las clases de teatro. Ahora quería convertirse en una Ruth Benedict o una Margaret Mead.

—Puede ser. Mi familia insiste en que se sigan ciertos hábitos saludables. No fumar, nada de café, nada de música ni ruidos muy altos, duchas frías, cortinas cerradas, palabras comedidas y...

—¿Por qué?

—Así se han hecho siempre las cosas en High Place —dijo Francis en tono desabrido.

—En comparación, el cementerio parece más divertido —espetó ella—. Quizá podríamos echar whisky en una botellita y hacer una fiesta aquí mismo, bajo ese pino. Yo echaré anillos de humo e intentaremos encontrar esos hongos alucinógenos. Si resulta que sí nos provocan lujuria e intentas propasarte conmigo, no me importará en absoluto.

Era una broma. Cualquiera habría entendido que era una broma. Había puesto el tono de voz que se usa cuando una mujer da una gran interpretación dramática. Pero Francis lo entendió al revés. No se sonrojó, sino que empalideció del todo. Negó con la cabeza.

—Mi madre... mi madre diría que está mal... solo sugerir que... está mal...

Dejó morir la voz, aunque no hacía falta que dijera nada más.

Parecía verdaderamente asqueado.

Noemí se lo imaginó hablando con su madre, entre susurros, con palabras como «suciedad» en los labios. Ambos asentirían, totalmente de acuerdo. Tipos superiores e inferiores. Noemí no pertenecía a la primera categoría, como tampoco pertenecía a High Place. Por ello, no merecía más que desprecio.

—No me importa lo que piense tu madre, Francis. —Noemí dejó caer el cigarrillo y lo aplastó con el tacón del zapato de dos enérgicos pisotones. Se apartó de él de forma brusca y empezó a caminar—. Regreso a la casa, me estás aburriendo.

Apenas unos pasos después, se detuvo y dio media vuelta, con los brazos cruzados.

Francis la había seguido y estaba detrás de ella.

Noemí inspiró hondo.

—Déjame en paz. No necesito que me enseñes el camino.

Francis se agachó y, con cuidado, agarró un hongo que Noemí acababa de pisar sin darse cuenta tras aquellos pocos pasos enfadados en dirección a la verja del cementerio. El hongo era de color blanco satén, aunque ahora el pie se había separado del sombrero. Francis sostuvo ambos pedazos en la palma de la mano.

—Un ángel destructor —murmuró.

—¿Perdón? —preguntó Noemí, confusa.

—Un hongo venenoso. Deja una esporada blanca. Así se los distingue de los comestibles.

Dejó el hongo en el suelo y se irguió, al tiempo que se sacudía la tierra de los pantalones.

—Debo de parecerte ridículo —dijo en tono apagado—. Un idiota ridículo aferrado a la falda de mamá. Y estás en lo cierto. No me atrevo a hacer nada que la enfade, ni a ella ni al tío Howard. Sobre todo, al tío Howard.

La miró, y Noemí se dio cuenta de que aquel desdén en su mirada no iba destinado a ella, sino a sí mismo. Se sintió fatal. Recordó cierta ocasión en que Catalina le había dicho que más le valía controlar su lengua viperina si no quería herir a la gente con la que hablaba.

«Para lo lista que eres —había dicho Catalina—, a veces no piensas.» Cuánta razón había tenido. Una vez más, se había montado una historia en la cabeza, cuando en realidad Francis no la había tratado con crueldad.

—No, Francis, perdóname. La idiota soy yo. Soy una bufona —dijo Noemí.

Intentó pronunciar la frase en tono algo más ligero, con la esperanza de que Francis comprendiese que no lo había dicho tan en serio y de que pudieran reírse de todo aquello.

Él asintió, despacio, si bien no pareció convencido. Noemí alargó una mano y le tocó los dedos, sucios después de haber tocado los hongos.

—Lo siento mucho —dijo, esta vez carente del anterior tono de voz juguetón.

Él la miró con gran solemnidad. Sus dedos se aferraron a los de ella. Dio un leve tirón, como si quisiera acercársela más. Sin embargo, con la misma rapidez que la había atraído, la soltó y dio un paso atrás. Agarró el pañuelo que cubría el cesto y se lo tendió.

—Me temo que te he ensuciado, Noemí —dijo.

—Sí. —Se miró la mano, manchada de tierra—. Supongo que sí.

Se limpió las manos con el paño y se lo devolvió. Francis se lo metió en el bolsillo y dejó el cesto en el suelo.

—Deberías volver —sugirió con una mirada esquiva—. Yo aún no he terminado con los hongos.

Noemí no fue capaz de decidir si Francis decía la verdad o si simplemente estaba enfadado y prefería perderla de vista. No podía culparlo por disgustarse con ella.

—Muy bien. Ten cuidado, no sea que te trague la niebla —dijo.

Enseguida llegó a la reja del cementerio y la abrió de un empujón. Miró por encima del hombro y vio una figura en la lejanía. Francis y su cesto, aunque los jirones de niebla emborronaban su contorno. Sí, debía de haber sido él aquella silueta que Noemí había visto antes en el cementerio. Y, sin embargo, le parecía que no lo era.

Quizá era un ángel destructor, pero de otra clase, musitó Noemí. De inmediato se arrepintió de semejante idea tan extraña y macabra. De verdad, ¿qué le pasaba aquel día?

Desanduvo sus pasos por el camino de regreso hasta High Place. Al entrar en la cocina, vio que Charles barría el suelo con una escoba vieja. Noemí le sonrió a modo de saludo. En ese momento, Florence entró por la puerta. Llevaba un vestido gris y un collar doble de perlas. Tenía el pelo recogido. Al ver a Noemí, unió las manos en una palmada.

—Por fin doy con usted. ¿Dónde estaba? —Bajó la vista y frunció el ceño—. Está usted ensuciando el suelo. Quítese los zapatos.

—Lo siento —dijo Noemí.

Tenía los tacones llenos de tierra y hojitas. Se los quitó y los sostuvo en las manos.

—Charles, hay que limpiar esos zapatos —le ordenó Florence al hombre.

—Puedo hacerlo yo, no es ningún problema.

—Que lo haga él.

Charles dejó la escoba y se acercó a ella, con las manos extendidas.

—Señorita —dijo. Solo una palabra.

—Oh —respondió Noemí, y le tendió los zapatos.

Él los agarró, echó mano de un cepillo que descansaba en un rincón de la cocina y empezó a limpiar la tierra de los tacones.

—Su prima ha preguntado por usted —dijo Florence.

—¿Se encuentra bien? —preguntó Noemí, de inmediato preocupada.

—Sí, está bien. Estaba aburrida y quería conversar con usted.

—Puedo subir ahora mismo.

Los pies embutidos en medias de Noemí atravesaron el frío suelo.

—No será necesario —dijo Florence—. Ahora está echando la siesta.

Noemí ya había salido al corredor. Se volvió y miró a Florence antes de encogerse de hombros.

—Quizá pueda usted subir más tarde, Noemí.

—Sí, eso haré —dijo, aunque se sintió mal por no haber estado allí cuando Catalina la necesitaba.

10

Por las mañanas, Florence o alguna de las criadas le traían el desayuno en bandeja a Noemí a su habitación. Había intentado hablar con las criadas, pero no le respondían con nada que no fueran secos síes o noes. De hecho, cuando se cruzaba con algún miembro del servicio de High Place, ya fuesen Lizzie, Charles o Mary, la criada de mayor edad, todos se limitaban a inclinar la cabeza y seguían su camino, como si fingiesen que Noemí no existía.

La casa, tan tranquila, con las cortinas siempre cerradas, parecía un vestido tejido con plomo. Todo era pesado, hasta el aire, y por los corredores flotaba un aroma mohoso. Parecía un templo, una iglesia, en la que hay que hablar en voz baja, arrodillada. Noemí supuso que los criados se habían acostumbrado a aquel ambiente, y por eso siempre subían y bajaban las escaleras de puntillas, monjas involuntarias que habían hecho voto de silencio.

Aquella mañana, sin embargo, la tranquila rutina con la que Mary o Florence llamaban una sola vez a su puerta, entraban y dejaban la bandeja en la mesa, se vio interrumpida. Llamaron tres veces, con rapidez. Nadie entró. Los tres golpes se repitieron. Cuando Noemí abrió la puerta, se encontró con Francis al otro lado, bandeja en mano.

—Buen día —dijo.

Noemí se quedó sorprendida. Sonrió.

—Hola. ¿Andan cortos de personal hoy?

—Me he ofrecido voluntario para traerte la bandeja. Mi madre está ocupada con el tío Howard. Esta noche ha tenido dolor en la pierna. Cuando le pasa, se pone de un humor de perros. ¿Dónde te dejo el desayuno?

—Por ahí. —Noemí se hizo a un lado y señaló la mesa.

Francis dejó la bandeja con cuidado. A continuación, se metió las manos en los bolsillos y carraspeó.

—Me preguntaba si querrías ver hoy las esporadas. O sea, si no tienes nada mejor que hacer.

Noemí pensó que aquella era una buena oportunidad para pedirle a Francis que la llevase al pueblo en coche. Si le hacía compañía, seguro que accedería. Tenía que bajar a El Triunfo.

—Déjame que hable con mi secretaria. Tengo la agenda muy ocupada —replicó en tono juguetón.

Él sonrió.

—¿Nos vemos en la biblioteca? Digamos dentro de una hora.

—Muy bien.

Aquel paseo hasta la biblioteca fue lo más parecido que tuvo a un paseo en sociedad. De alguna manera, consiguió revitalizarla, pues Noemí era una criatura social. Se había puesto un vestido de lunares con cuello a la caja. Había perdido la chaqueta bolero a juego, amén de los guantes que lo acompañaban, pero dado el lugar en el que estaban, tampoco resultaba un *faux pas* enorme que fuese a acabar en las páginas de sociedad.

Mientras se peinaba, se preguntó en qué andarían sus conocidos en la ciudad. Sin duda su hermano, tras haberse roto el pie, se seguiría comportando como un bebé. Roberta debía de estar intentando psicoanalizar a todo su círculo de amigos, como siempre. Noemí estaba segura de que, a aquellas alturas, Hugo Duarte se habría buscado otra novia a la que llevar a recitales y fiestas. La mera idea le dolió durante un instante. La verdad era que Hugo era un buen bailarín y un acompañante más que decente en los eventos sociales.

Al bajar las escaleras, pensó divertida en cómo sería una fiesta en High Place. Nada de música, por supuesto. Los bailes tendrían que llevarse a cabo en silencio. Todo el mundo iría de negro, como si asistiesen a un funeral.

El corredor que llevaba a la biblioteca estaba atiborrado de fotografías de los Doyle, en lugar de los cuadros que decoraban las paredes del segundo piso. Sin embargo, no se veían muy bien, porque el corredor se mantenía en un estado de semioscuridad. Noemí tendría que sostener una linterna o una vela para verlas. Entonces tuvo una idea. Entró en el despacho de la biblioteca y abrió las cortinas. La luz que pasaba por las puertas abiertas de la biblioteca iluminó un tramo de la pared del corredor. Así pudo observar las fotografías con más claridad.

Noemí contempló todos aquellos rostros extraños y, sin embargo, familiares; ecos de Florence, de Virgil, de Francis. Reconoció a Alice, en una postura muy similar a la que tenía en el retrato sobre la chimenea de Doyle. También vio al propio Howard, mucho más joven, con el rostro desprovisto de arrugas.

Había una mujer con las manos apretadas sobre el regazo y el pelo recogido. Sus ojos capturados en la foto no se apartaban de Noemí. Debía de tener su edad. Quizá por eso, o por aquellos labios apretados en un gesto entre doliente y ofendido, Noemí se acercó a la foto y pasó los dedos por encima.

—Espero que no lleves mucho tiempo esperándome —dijo Francis, y se acercó a ella.

Cargaba una cajita de madera bajo un brazo y un libro bajo el otro.

—No, claro que no —respondió Noemí—. ¿Sabes quién es esta chica?

Francis miró la foto y carraspeó.

131

—Es... era mi prima Ruth.

—He oído hablar de ella.

Noemí nunca había visto el rostro de una asesina. No solía repasar los periódicos en busca de noticias sobre criminales. Recordó lo que había dicho Virgil de que había gente lastrada por sus defectos y de que sus rostros reflejaban su naturaleza. Sin embargo, la mujer de la fotografía solo parecía enfadada, desde luego no parecía una asesina.

—¿Y qué es lo que has oído? —preguntó Francis.

—Que mató a varias personas y luego a sí misma.

Noemí se envaró y, a continuación, se giró hacia él. Francis dejó la caja en el suelo, con expresión lejana.

—Ese es su primo, Michael.

Francis señaló la foto de un hombre joven de pie, erguido como una escoba. La cadena de un reloj de bolsillo destellaba en su pecho. Llevaba el pelo peinado con la raya en medio, impecable, y un par de guantes en la mano izquierda. El sepia de la fotografía hacía imposible adivinar el color de sus ojos.

Francis señaló la fotografía en la que aparecía Alice. Era casi idéntica a Agnes.

—Es su madre.

Señaló otra fotografía, una mujer con el pelo rubio y un hombre con chaqueta oscura.

—Dorothy y Leland, sus tíos. Y mis abuelos.

Guardó silencio. No había mucho más que decir, la letanía de los muertos ya había sido pronunciada. Michael y Alice, Leland y Ruth. Todos ellos descansaban en aquel elegante mausoleo; sus ataúdes acumulaban polvo y telarañas. De repente, aquella idea de una fiesta sin música y con ropa de funeral le pareció de lo más apropiada, por más macabra que fuera.

—¿Por qué lo hizo?

—Yo no había nacido aún por aquel entonces —se apresuró a contestar Francis, y apartó la cabeza.

—Sí, pero algo te habrán dicho. Alguien debe de haber...

—Ya te lo he dicho, yo no había nacido. ¿Quién sabe? Este sitio es capaz de volver loco a cualquiera —dijo enfadado.

En aquel rincón de paredes tapizadas y cuadros de oropel, su voz sonó demasiado alta, como si rebotase en las paredes para volver hasta ellos, tan dura como un estallido capaz de arañarles la piel. Noemí se sobresaltó ante aquel efecto acústico. Francis también pareció afectado. Hundió los hombros, se encogió, como si quisiera empequeñecer.

—Lo siento —se disculpó—. No debería alzar la voz así. Aquí el sonido se propaga. He sido muy maleducado.

—No, no, la maleducada he sido yo. Entiendo que no tengas ganas de hablar de algo así.

—Quizá en otra ocasión te cuente algo sobre lo que pasó —dijo él.

Ahora su voz era suave como el terciopelo, al igual que el silencio que se instaló a continuación entre ellos. Noemí se preguntó si los disparos habían resonado en aquella casa del mismo modo que la voz de Francis, si habrían dejado tras de sí un rastro de ecos, para disolverse al final en aquel mismo silencio afelpado.

«Noemí, tienes una mente enferma —se reprendió a sí misma—. No es de extrañar que tengas esos sueños tan horribles.»

—Sí. Bueno, ¿qué tal si me enseñas esas esporadas? —le dijo, harta ya de tanta gravedad.

Entraron en la biblioteca. Francis colocó sobre una mesa los tesoros que traía en la caja: hojas de papel con manchas marrones, negras y purpúreas. A Noemí le recordaron a las manchas de Rorschach que Roberta, la misma amiga que juraba por el amor de Jung, le había enseñado en cierta ocasión. Las de Francis eran más definidas, carecían de significados subjetivos que se les pudieran asignar. Esas impresiones contaban una historia, tan clara como un nombre escrito en una pizarra.

Francis también le enseñó sus plantas prensadas. Las coleccionaba primorosamente en las páginas de un libro. Helechos, rosas, margaritas, todas secadas y catalogadas con una caligrafía inmaculada que avergonzó a Noemí, quien tenía una letra horrenda. Pensó que la madre superiora de su colegio habría adorado a Francis, tanto por su espíritu organizado como por su pulcritud.

Así se lo hizo saber. Le dijo que las monjas de su colegio habrían estado encantadas con él.

—Yo siempre tenía problemas con la parte de «Creo en el Espíritu Santo» —dijo Noemí—. Nunca me acordaba de los símbolos. Había una paloma, y puede que también una nube cargada de agua bendita y... no recuerdo qué más.

—También hay fuego, un fuego que transforma todo lo que toca —dijo Francis, solícito.

—Te lo he dicho, las monjas habrían estado encantadas contigo.

—Seguro que tú también les gustabas.

—No. Todo el mundo asegura que me aprecian, pero solo lo dicen porque es lo que hay que decir. Nadie va a confesar que odia a Noemí Taboada. Sería demasiado grosero decir algo así mientras se toma un canapé. Es más bien el tipo de comentario que se cuchichea en una fiesta.

—Entonces, en la Ciudad de México, ¿pasas la mayor parte del tiempo entre gente a la que no le caes bien?

—Me paso la mayor parte del tiempo bebiendo champán del bueno, mi querido amigo —dijo ella.

—Por supuesto. —Francis soltó una risa sofocada y se inclinó sobre la mesa para contemplar las esporadas—. Tu vida debe de ser muy emocionante.

—No sabría decirte. Supongo que me lo paso bien.

—Aparte de las fiestas, ¿a qué más te dedicas?

—Bueno, tomo clases en la universidad, lo cual se lleva la mayor parte del día. ¿Preguntas qué más hago en mi tiempo libre? Me gusta la música. Suelo ir a escuchar a la Filarmónica. Chávez, Revueltas, Lara..., hay mucha música buena por ahí. También toco un poco el piano.

—¿De veras? —preguntó él, con una expresión de sorpresa—. Asombroso.

—No es que toque en la Filarmónica.

—Ya, bueno, aun así, suena emocionante.

—No, no es en absoluto emocionante. Es muy aburrido. Hay que pasar años haciendo escalas hasta saber golpear la tecla correcta. ¡Soy una aburrida! —afirmó Noemí, tal y como se esperaba de ella.

Mostrar entusiasmo sobre cualquier cosa resultaba vulgar.

—No, no eres aburrida. En absoluto —se apresuró a decir él.

—Se supone que no debes decir eso. Así, no. Suenas demasiado honesto. ¿Es que no sabes nada? —preguntó.

Él se encogió de hombros, como si se disculpase, incapaz de igualar la vivacidad de Noemí. Era muy tímido, y un poco raro. A Noemí le gustaba, pero de un modo distinto a como le gustaban los otros chicos que conocía, más audaces. Como Hugo Duarte, que le gustaba porque bailaba bien y se parecía a Pedro Infante. Lo que sentía por Francis era más cálido, más genuino.

—Ahora piensas que soy una malcriada —le dijo.

Se permitió imprimir a su voz un tono arrepentido, porque de verdad quería gustarle a Francis. Aquello no era un mero jueguecito.

—Por supuesto que no —replicó él, de nuevo con aquella honestidad capaz de desarmarla.

Volvió a inclinarse sobre la mesa y empezó a toquetear las esporadas.

Ella apoyó los codos en la mesa y también se inclinó, con una sonrisa. Se miraron el uno a la otra, con los ojos al mismo nivel.

—Pues cambiarás de opinión en un segundo, porque estoy a punto de pedirte un favor —dijo, incapaz de olvidar la pregunta que tenía en la cabeza.

—¿Qué favor?

—Quisiera bajar al pueblo mañana. Tu madre ha dicho que no puedo tomar el auto. Esperaba que pudieras llevarme y luego venir por mí más tarde.

—Quieres que te lleve al pueblo y me vaya.

—Sí.

Él apartó los ojos para evitar la mirada de Noemí.

—Mi madre no lo aprobará. Dirá que necesitas un chaperón.

—¿Vas a ser mi chaperón? —preguntó Noemí—. No soy ninguna niña.

—Ya lo sé.

Sin prisa, Francis rodeó la mesa hasta colocarse a su lado. Volvió a inclinarse para inspeccionar los especímenes de plantas en el libro. Sus dedos acariciaron con delicadeza un helecho.

—Me han pedido que te tenga vigilada —dijo en voz baja—. Dicen que eres muy imprudente.

—Y supongo que estás de acuerdo. Piensas que necesito niñera —replicó ella en tono burlón.

—Creo que puedes llegar a ser imprudente, pero que esta vez podemos hacer la vista gorda —dijo casi en un susurro, con la cabeza inclinada, como si le confiase un secreto—. Deberíamos irnos pronto mañana, sobre las ocho, antes de que se levanten y salgan de sus habitaciones. No le digas a nadie que vamos a salir.

—No lo haré. Gracias.

—De nada —dijo él, y volvió la cabeza para mirar a Noemí.

Esta vez su mirada quedó prendada de Noemí durante un largo minuto antes de dar un paso atrás, temeroso como siempre, y volver a darle la vuelta a la mesa. Vaya manojo de nervios que era aquel chico.

Tenía un corazón sangrante, crudo, pensó Noemí. La imagen se intensificó en su cabeza. El corazón anatómico era rojo, como el corazoncito que salía en el número veintisiete de los cartones de la lotería. Venas y arterias acentuaban su color hasta un tono carmesí. ¿Qué era lo que se decía cuando se cantaba el veintisiete? «No me extrañes, corazón, que regreso en el camión.» Noemí había pasado muchas tardes muertas jugando a la lotería con sus primas. Cada vez que cantaban un número, había que decir uno de los pareados que los acompañaban.

No me extrañes, corazón.

¿Habría cartones de lotería en el pueblo? Quizá podría comprarlos; eso les daría a ella y a Catalina una buena oportunidad de matar el tiempo. Una actividad que ya habían hecho juntas, que le traería recuerdos de días más placenteros.

La puerta de la biblioteca se abrió y entró Florence. Tras ella venía Lizzie, con una cubeta y un trapo. La mirada de Florence paseó por la habitación, se centró un momento en Noemí y fue a descansar sobre su hijo.

—Madre. No sabía que hoy tocaba limpieza en la biblioteca.

Francis se apresuró a ponerse de pie. Se metió las manos en los bolsillos.

—Ya sabes lo que pasa si no cuidamos las cosas, Francis: se estropean. Habrá quien prefiera estar ociosa, pero nosotras tenemos que atender a nuestras labores.

—Sí, por supuesto.

Francis empezó a guardar sus cosas.

—Estaré encantada de vigilar a Catalina mientras ustedes limpian —se ofreció Noemí.

—Está descansando y, de todos modos, Mary está con ella. Usted no hace falta.

—Aun así, tal y como usted dice, me gustaría hacer algo útil —declaró en tono desafiante.

No pensaba permitir que Florence se quejase de que no hacía nada.

—Sígame, pues.

Antes de salir de la biblioteca, Noemí le echó una mirada por encima del hombro a Francis. La acompañó de una sonrisa. Florence fue al comedor y señaló con un gesto los gabinetes atiborrados de plata.

—Antes mostró usted interés en estos objetos. Quizá también le interese sacarles brillo —dijo.

La cubertería de plata de los Doyle era impresionante. Cada uno de los anaqueles estaba lleno de bandejas, juegos de té, tazones y candelabros polvorientos, olvidados tras su cristal. Aquello no era tarea para una sola persona, pero Noemí tenía la determinación de demostrar su valía ante aquella mujer.

—Si me da un trapo y un poco de pulidor, yo me encargo.

Puesto que el comedor era muy oscuro, Noemí tuvo que encender varias linternas y velas para saber exactamente por dónde iba. Empezó a pulir, meticulosa, cada rugosidad y cada curva de toda la cubertería. Deslizaba el trapo por las vides y flores talladas en los objetos. Un tazón para el azúcar resultó ser de lo más difícil, aunque, en su mayor parte, Noemí consiguió dejarlo todo impecable.

Cuando Florence regresó, ya había muchas piezas sobre la mesa, brillantes. En aquel momento, Noemí limpiaba una tacita de un juego de dos piezas de lo más curiosas, talladas en forma de hongo. La base de las tazas estaba decorada con hojas, e incluso una tenía un escarabajo. Quizá Francis pudiera decirle si esas tazas tenían la forma de algún tipo de hongo en particular, y cuál era.

Florence se quedó ahí de pie, contemplando a Noemí.

—Es usted muy trabajadora.

—Como una hormiguita, pero solo cuando me apetece —replicó Noemí.

Florence se acercó a la mesa y pasó una mano por los últimos objetos que había pulido Noemí. Agarró una de las copas y la inspeccionó entre los dedos.

—Supongo que querrá que alabe su esfuerzo. Le va a costar más que esto.

—No quiero alabanzas. Respeto, quizá.

—¿Y para qué necesita mi respeto?

—No lo necesito.

Florence dejó la copa y apretó las manos. Sus ojos contemplaron aquellos objetos de metal casi con reverencia. Noemí tuvo que admitir que resultaba un poco abrumador contemplar tantas riquezas resplandecientes, y que era una pena que las hubiesen encerrado a todas en aquellos gabinetes, polvorientas, olvidadas. ¿De qué servía una montaña de plata si no se le daba uso? Mientras tanto, la gente del pueblo apenas tenía nada. Desde luego, no tenían plata metida en gabinetes.

—La mayor parte de estos objetos se hicieron con plata de nuestras minas —dijo Florence—. ¿Tiene usted idea de cuánta plata se extraía de la mina? ¡Dios, era abrumador! Mi tío trajo toda la maquinaria, todo el conocimiento necesario para extraerla de la oscuridad de la tierra. El nombre de los Doyle es muy importante. No creo que se dé usted cuenta de la suerte que tiene su prima de poder ser parte de nuestra familia. Ser una Doyle significa ser alguien.

Noemí pensó en aquellas hileras de viejas fotos en el corredor, en aquella casa desastrada con sus habitaciones polvorientas.

¿Qué quería decir Florence con aquello de que ser un Doyle era ser alguien? ¿Significaba que Catalina no era nadie antes de venir a High Place? ¿Relegaba eso a Noemí a un montón de nadies sin rostro, sin fortuna?

Florence debió de percatarse del escepticismo en su cara. Le clavó la mirada.

—¿De qué suele hablar usted con mi hijo? —preguntó de repente, y volvió a juntar las manos con fuerza—. ¿De qué hablaban en la biblioteca?

—De esporadas.

—¿Nada más?

—Bueno, la verdad es que no me acuerdo. Pero sí, de esporadas.

—Quizá le habla usted de la ciudad.

—A veces.

Si Howard le recordaba a un insecto, Florence la hacía pensar en una planta insectívora a punto de tragarse una mosca. El hermano de Noemí se había comprado una vez una dionea atrapamoscas. Cuando era niña, Noemí le tenía miedo a esa planta.

—No le meta ideas raras a mi hijo en la cabeza. Solo servirá para causarle dolor. Francis está satisfecho con su vida aquí. No necesita que le hable de fiestas, música, alcohol y demás frivolidades que quiera contarle de la Ciudad de México.

—Le aseguro que me limitaré a discutir con él los temas que apruebe usted de antemano. Quizá podríamos borrar todas las ciudades del planeta, fingir que no existen —dijo Noemí.

Aunque Florence podía llegar a intimidar, no pensaba esconderse en un rincón como una niña.

—Se cree usted muy graciosa —espetó Florence—. Y también se cree que posee algún tipo de poder porque mi tío piensa que tiene usted una cara bonita. Pero eso no es poder. Eso no es más que un lastre.

Florence se inclinó sobre la mesa y contempló una bandeja rectangular con una estilizada corona de flores tallada en el borde. La cara de Florence, reflejada en la superficie de plata, resultaba alargada, deforme. Pasó un dedo por las flores talladas en el borde de la bandeja.

—Cuando yo era más joven, pensaba que el mundo ahí fuera estaba lleno de posibilidades y maravillas. Llegué a marcharme durante un tiempo, conocí a un hombre joven y apuesto. Pensé que me llevaría consigo, que cambiaría toda mi vida, que me cambiaría a mí —dijo Florence, su voz suavizada durante el más breve de los momentos—. Pero no podemos negar nuestra naturaleza. Mi destino es vivir y morir en High Place. Deje en paz a Francis. Ha aceptado lo que le ha tocado en la vida. Así todo resulta más fácil.

Florence clavó sus ojos azules en Noemí.

—Yo me encargaré de guardar la plata, no es necesaria más ayuda —afirmó, y dio por concluida su conversación.

Noemí volvió a su cuarto. Pensó en todos los cuentos de hadas que le había narrado Catalina. Érase una vez una princesa en una torre. Érase una vez un príncipe que salvó a la princesa de la torre. Se sentó en la cama y reflexionó sobre hechizos que jamás llegan a romperse.

11

Noemí oyó el latido de un corazón. Resonaba alto como un tambor, y la llamaba. Se despertó.

Con cautela, salió de la habitación y encontró el lugar de donde venía. Notó el latido contra la palma de la mano al apoyarla contra la pared. El papel tapiz se humedeció, se volvió resbaladizo. Era como un músculo tenso. El suelo bajo sus pies también estaba húmedo, suave. Carne viva. Un montón de carne viva sobre la que caminaba. Los muros también eran carne viva. El papel tapiz se desprendía, para revelar órganos enfermizos en lugar de tablones de madera. Venas y arterias taponadas con vicios secretos.

Al ritmo del latido, Noemí echó a andar en la dirección que marcaba un hilo rojo que se extendía por la alfombra, como un tajo. Una línea carmesí, una línea de sangre. Se detuvo en medio de un corredor y allí vio que una mujer la miraba.

Ruth, la chica de la fotografía. Ruth, vestida con un camisón blanco, el pelo como un halo dorado, el rostro pálido cual cadáver. Una delgada columna de alabastro en medio de la oscuridad de la casa. Ruth tenía un rifle entre las manos. Contemplaba a Noemí.

Las dos empezaron a caminar juntas, codo con codo. Sus movimientos estaban sincronizados a la perfección, hasta respiraban al unísono. Ruth se apartó un rizo de la cara. Noemí hizo lo mismo.

Los muros a su alrededor brillaban con una fosforescencia atenuada que, sin embargo, bastaba para guiar sus pasos. La alfombra bajo sus pies estaba empapada. Noemí se dio cuenta de que había marcas en las paredes, paredes hechas de carne. Eran restos de moho, como si la casa fuese una fruta medio podrida.

El ritmo del latido aumentó.

El corazón bombeaba sangre, gemía, se estremecía. El latido resonaba tan fuerte que Noemí pensó que se iba a quedar sorda.

Ruth abrió una puerta. Noemí apretó los dientes, porque allí estaba la fuente de aquel ruido. El corazón vivo se encontraba ahí dentro.

La puerta se abrió y Noemí vio a un hombre tendido en una cama. Sin embargo, no se trataba de un hombre. Era una figura hinchada parecida a un hombre, como el cadáver de un ahogado que hubiese ascendido hasta la superficie. Su cuerpo pálido estaba cubierto de venas azules, florecían tumores de sus piernas, sus manos, su barriga. No era un hombre, sino una pústula. Una pústula viva, capaz de respirar. Su pecho ascendía y descendía.

Era imposible que estuviera vivo y, sin embargo, lo estaba. Cuando Ruth abrió la puerta, se irguió en la cama hasta quedar sentado y alargó los brazos hacia ella, como a la espera de un abrazo. Noemí se quedó en el dintel, pero Ruth se acercó a la cama.

El hombre extendió unas manos de dedos ansiosos, temblorosos. Ruth se detuvo al pie de la cama y lo miró. Alzó el rifle. Noemí apartó la mirada; no quería ver aquello. Sin embargo, mientras giraba la cabeza, oyó el horrísono estampido del rifle, el grito amortiguado del hombre, seguido de un gemido gutural.

Debía de estar muerto, pensó Noemí. Tenía que estarlo.

Miró a Ruth, que acababa de pasar a su lado y ahora se encontraba de pie en el corredor. Dirigió la vista hacia Noemí.

—No me arrepiento —dijo.

A continuación, se colocó el rifle bajo el mentón y apretó el gatillo.

Sangre, una mancha oscura y densa en la pared. Noemí vio cómo caía el cuerpo de Ruth, como el tallo doblado de una flor. Aquel suicidio, sin embargo, no la sorprendió. Sintió que así debían ser las cosas. Experimentó un cierto alivio, incluso tuvo ganas de sonreír.

Sin embargo, la sonrisa se congeló en su cara al ver a la figura que la contemplaba, de pie, desde el otro extremo del corredor. No era más que un borrón dorado. Era la mujer con el rostro nebuloso. Todo su cuerpo empezó a rezumar líquido, y echó a correr hacia Noemí con unas fauces enormes y abiertas, aunque carecía de boca, listas para emitir un terrible grito. Lista para devorarla.

Ahora Noemí sí sintió miedo. Ahora supo lo que era el terror. Alzó las manos a la desesperada para evitar...

Una mano firme le tocó el brazo. Noemí se sobresaltó.

—Noemí —dijo Virgil.

Noemí miró tras de sí y luego observó a Virgil, sin comprender lo que había pasado.

Estaba de pie en mitad del corredor. Virgil estaba ante ella, con una lámpara de aceite en la mano derecha, un objeto largo y ornamentado, con el cristal de un lechoso tono verde.

Noemí lo miró, incapaz de hablar. Aquella criatura dorada había estado allí mismo hacía un segundo, pero ahora había desaparecido. Se había esfumado, y en su lugar estaba Virgil, con un batín almidonado de terciopelo decorado con un patrón de vides que lo recorrían de arriba abajo. Noemí, por su parte, llevaba un camisón. Se suponía que formaba parte de un conjunto de pijama, pero no llevaba la bata con el amplio lazo aguamarina en la cintura. Tenía los brazos al aire. De pronto se sintió desnuda, fría. Se frotó los brazos.

—¿Qué sucede? —preguntó.

—Noemí —repitió Virgil. Su nombre sonaba suave en los labios de él, como seda—. Estaba usted caminando en sueños. Se supone que no hay que despertar a los sonámbulos, dicen que los puede conmocionar, pero estaba preocupado por usted. ¿La he asustado?

No entendió la pregunta. Tardó un minuto en comprender lo que decía. Negó con la cabeza.

—No. Es imposible. Hace años que no camino en sueños. Desde que era una niña.

—Quizá no se haya dado cuenta hasta hoy de que lo sigue haciendo.

—Me habría dado cuenta.

—La he estado siguiendo desde hace unos minutos. No sabía si debía despertarla o no.

—No estaba caminando en sueños.

—Pues debo de estar equivocado. Quizá lo único que hacía usted era caminar en la oscuridad, despierta —dijo él con un tono de voz despreocupado.

Dios, qué estúpida se sentía, allí plantada, en camisón y mirando embobada a Virgil. No deseaba discutir con él, no tenía sentido. Estaba en lo cierto y, además, lo único que quería Noemí en esos momentos era volver a su habitación. Aquel pasillo era demasiado oscuro y frío; apenas podía ver nada. Por lo que ella sabía podían incluso estar sentados en el mismo vientre de una bestia.

Porque había estado dentro de un vientre en la pesadilla, ¿verdad? No. Una jaula hecha de órganos. Muros de carne. Allí era donde había estado. Quién sabe si allí seguía. Si intentaba ahora tocar la pared, quizá se deshiciera bajo su contacto. Se pasó una mano por el pelo.

—Está bien. Puede que estuviera caminando en sueños, pero...

Entonces lo oyó, un gemido gutural, al igual que en su sueño, bajo pero innegable. Volvió a causarle un sobresalto, tanto que casi chocó con Virgil.

—¿Qué es eso?

Miró pasillo abajo y luego se volvió hacia él, inquieta.

—Mi padre no se encuentra bien. Tiene una vieja herida que no llegó a curarse del todo, y a veces sufre dolores. Esta noche es una de las malas —dijo, muy compuesto.

Giró la manivela de la lámpara para aumentar el resplandor. Ahora Noemí pudo volver a ver los motivos florales del papel tapiz, y los vagos indicios de moho que arruinaban toda su superficie.

No había venas que latiesen en las paredes.

Maldición. Sí, Francis le había dicho algo sobre los achaques de Howard el día anterior. ¿Por qué se encontraba en aquella ala de la casa, cerca de la cama del anciano? Aquello quedaba muy lejos de su habitación. Creía que no se había alejado más que un par de pasos de su puerta, pero en realidad había llegado hasta el otro extremo de la casa.

—Debería usted llamar al médico.

—Se lo acabo de explicar, a veces sufre dolores. Estamos ya acostumbrados. Cuando venga el doctor Cummins puede volver a examinarlo, pero lo que pasa es que mi padre es muy anciano, nada más. Lo siento si la ha sobresaltado.

Anciano, sí. Había llegado a México en mil ochocientos ochenta y cinco. Aunque hubiese sido un jovencito por aquel entonces, habían pasado casi setenta años. ¿Cuántos años tenía ahora? ¿Noventa? ¿Casi cien? Cuando tuvo a Virgil ya debía de ser muy mayor. Noemí volvió a frotarse los brazos.

—Debe de tener usted frío. Tenga.

Virgil dejó la lámpara en el suelo y se desabrochó el batín.

—Estoy bien.

—Póngase esto.

Se quitó el batín y se lo colocó sobre los hombros. Le venía muy grande. Virgil era alto, pero ella no. Los hombres altos no la molestaban mucho, solía medirlos con una mirada de la cabeza a los pies. Sin embargo, en aquel momento no sentía mucha confianza en sí misma. Aquel sueño la había puesto incómoda. Cruzó los brazos y bajó la vista hasta la alfombra.

Virgil echó mano de la lámpara de aceite.

—La llevo hasta su habitación.

—No hace falta.

—Sí hace falta. No quiero que se golpee en la oscuridad y se haga daño en las espinillas. Está muy oscuro.

Una vez más, estaba en lo cierto. Los pocos tramos de pared

con bombillas iluminaban pobremente, pero entre ellos se extendían grandes lagunas de oscuridad. La lámpara de Virgil desprendía un resplandor verdoso, espectral, pero, por otro lado, era de agradecer aquella iluminación algo más potente. Noemí estaba segura de que aquella casa estaba embrujada. No solía creer que hubiera monstruos detrás de los ruidos que se solían oír por la noche, pero en aquel momento estaba convencida de la existencia de todos los espantos, demonios y seres malvados que pudieran arrastrarse por la faz de la tierra, al igual que en los cuentos de Catalina.

Caminaron en silencio, juntos, pero incluso el silencio de la casa le resultaba desagradable. Se sobresaltaba cada vez que crujía un tablón, casi era preferible la conversación de Virgil. Sin embargo, en aquel momento no se sentía capaz de charlar.

«Me estoy comportando como una niña pequeña», pensó. Si su hermano la viera, se hartaría de reír a su costa. Se lo imaginaba diciéndole a todo el mundo que Noemí creía en el Coco. El recuerdo de su hermano, de su familia, de la Ciudad de México, le sentó bien. Era más cálido que aquel batín.

Cuando por fin llegaron a su habitación, empezó a sentirse más segura. Había vuelto. Todo iba bien. Abrió la puerta.

—Puede quedarse con esto, si quiere.

Virgil señaló la lámpara.

—No. Si me la quedo, será usted quien se haga daño en las espinillas en medio de la oscuridad. Deme un minuto.

Se acercó a la cómoda junto a la puerta, donde había dejado el candelabro de plata con querubines tallados con mal gusto. Echó mano de una caja de fósforos y encendió una vela.

—Hágase la luz. ¿Ve? Todo en orden.

Empezó a quitarse el batín. Virgil la detuvo; le puso una mano en el hombro y sus dedos recorrieron el borde de la amplia solapa.

—Mi ropa le sienta a usted muy bien —dijo con voz aterciopelada.

Aquel comentario era más bien inapropiado. De día, entre más gente, podría haberse entendido como una broma. Por la noche, y del modo en que lo dijo, no parecía en absoluto decente.

Y, sin embargo, a pesar de ser consciente de lo incorrecto del comentario, Noemí se vio incapaz de contestar. «No sea tonto», quiso decir. O quizá: «No me interesa su ropa». Sin embargo, no dijo nada, porque en realidad tampoco había sido un comentario tan malo, apenas unas palabras. No quería ponerse a discutir en medio de aquel corredor oscuro por lo que, más o menos, no había sido gran cosa.

—Bueno, buenas noches —dijo Virgil.

Sin prisa, la soltó de la solapa y dio un paso atrás. Sostuvo la lámpara al mismo nivel que sus ojos y esbozó una sonrisa. Virgil era un hombre muy atractivo, y su sonrisa era agradable, casi tentadora, de un modo jovial. Sin embargo, en su expresión había un atisbo de algo que la sonrisa no llegaba a enmascarar. Algo que a Noemí no le gustaba en absoluto. De pronto se acordó de su sueño, pensó en aquel hombre en la cama con los brazos extendidos. Se le antojó que había una suerte de destello dorado en los ojos de Virgil, un ápice de oro entre el azul de su mirada. Apartó la vista de forma abrupta, parpadeó y miró hacia la puerta.

—¿No me piensa dar las buenas noches? —preguntó él, divertido—. ¿Ni siquiera darme las gracias? Qué maleducada.

Noemí se volvió de nuevo hacia él y lo miró a los ojos.

—Gracias —dijo.

—Más vale que cierre por dentro para que no vuelva a salir a caminar por ahí, Noemí.

Una vez más, ajustó la manivela de la lámpara de aceite. Sus ojos eran azules, ni rastro de aquel destello dorado. Le dedicó una última mirada y se alejó pasillo abajo. Noemí vio cómo se alejaba el resplandor verdoso que lo acompañaba. Aquel repentino destello de luz desapareció, y la casa quedó envuelta en tinieblas.

12

esultaba curioso lo mucho que la luz del día podía cambiar su humor. La noche anterior, tras el episodio de sonambulismo, Noemí se había tapado con las cobijas hasta el cuello, asustada. Ahora que contemplaba el cielo a través de la ventana mientras se rascaba la muñeca izquierda, todo el episodio le había parecido vergonzoso y prosaico.

Su habitación, bajo la luz del sol que dejaban pasar las cortinas abiertas, parecía triste y desgastada, pero desde luego, no contenía fantasmas ni monstruos. Embrujos y maldiciones, ¡bah! Noemí se puso una blusa de manga larga con botones de tono crema pálido y una falda azul marino con pliegues. Se decidió por zapatos sin tacón y bajó mucho antes de la hora señalada. Aburrida, volvió a pasarse por la biblioteca. Se detuvo frente a un librero lleno de tomos de botánica. Imaginaba que allí era donde Francis había aprendido todo sobre hongos; había extraído sus conocimientos de aquellos papeles comidos por las polillas. Pasó una mano por los marcos de plata de las fotografías del pasillo, espirales y remolinos tallados en los marcos bajo la punta de sus dedos. Al cabo, Francis bajó por las escaleras.

Aquella mañana no estaba muy hablador, así que ella cruzó un par de palabras con él y jugueteó con el cigarrillo, sin querer encenderlo todavía. No le gustaba fumar con el estómago vacío. Francis la dejó junto a la iglesia. Noemí supuso que era allí donde dejaban a Catalina cada semana, cuando aún bajaba al pueblo.

—Vendré por ti a mediodía —dijo Francis—. ¿Será suficiente?

—Sí, gracias —dijo ella.

Francis asintió y se alejó en el auto.

Noemí se acercó a la casa de la curandera. La mujer que había visto el otro día lavando ropa no estaba. El tendedero estaba vacío. Todo en el pueblo se encontraba en silencio, todavía dormitando. Marta Duval, sin embargo, estaba despierta. La vio colocando tortillas al sol junto a la puerta de la casa; sin duda para preparar chilaquiles más tarde.

—Buen día —dijo Noemí.

—Hola —replicó la mujer con una sonrisa—. Llega usted a la hora precisa.

—¿Tiene el remedio?

—Lo tengo. Entre.

Noemí fue con ella a la cocina y se sentó a la mesa. No se veía al loro por ninguna parte. Solo estaban ellas dos. La mujer se restregó la mano contra el mandil y abrió un cajón. Colocó una botellita frente a Noemí.

—Una cucharada sopera antes de dormir debería bastar. Esta vez lo he hecho más fuerte, pero, aunque tome dos cucharadas, no le hará daño.

Noemí sostuvo la botella y contempló el contenido.

—¿La ayudará a dormir?

—Ayudar, sí, pero no resolverá todos sus problemas.

—Porque la casa está maldita.

—La familia, la casa. —Marta Duval se encogió de hombros—. Poca diferencia hay, ¿no? Una maldición es una maldición.

Noemí dejó la botella y pasó una uña por el vidrio.

—¿Sabe usted por qué mató Ruth Doyle a su familia? ¿Oyó alguna vez rumores al respecto?

—Se oyen todo tipo de cosas. Sí, algo oí. ¿Tiene más cigarrillos?

—Si no los raciono, se me acabarán.

—Apuesto a que podrá comprar más.

—No creo que estos se puedan comprar por aquí —dijo Noemí—. Su santo tiene un gusto muy caro. Por cierto, ¿dónde está el loro?

Noemí sacó el paquete de Gauloises y le tendió uno a Marta. Ella lo colocó junto a la estatuilla del santo.

—Sigue en la jaula, bajo una sábana. Si quiere, le puedo hablar de Benito. ¿Le apetece un café? No es bueno contar historias sin algo para beber.

—Claro —dijo Noemí.

Seguía sin hambre, pero supuso que el café le despertaría el apetito.

Resultaba gracioso. Su hermano siempre decía que Noemí desayunaba como si la comida se fuese a pasar pronto de moda y, sin embargo, en los últimos días apenas había probado bocado. Por las noches tampoco había comido mucho. Empezaba a sentirse algo enferma. O, más bien, sentía la enfermedad en ciernes, como cuando una predecía que estaba a punto de resfriarse. Esperaba que no fuera el caso.

Marta Duval puso un pocillo al fuego y hurgó entre los cajones hasta sacar una latita. Cuando el agua empezó a hervir, la echó en dos tazas de peltre, añadió la cantidad adecuada de café y dejó ambas tazas en la mesa. Toda la casa de Marta olía a romero, un aroma que se mezcló en aquel momento con el del café.

—Yo lo tomo solo. ¿Quiere usted azúcar?

—No, así está bien —dijo Noemí.

La mujer se sentó y envolvió la taza con las manos.

—¿Quiere la versión larga o la corta? La larga supone retroceder bastante. Si quiere que le hable de Benito, más vale que le hable también de Aurelio. Al menos, si quiere que se la cuente bien.

—Bueno, se me están acabando los cigarrillos, pero el tiempo me sobra.

La mujer sonrió y dio un sorbo al café. Noemí la imitó.

—La reapertura de la mina fue una buena noticia para todo el pueblo. El señor Doyle había traído trabajadores de Inglaterra, pero no bastaban para llevar toda la mina. Algunos podían supervisar el trabajo y otros podían trabajar en la casa que pretendía construir, pero con sesenta ingleses no se abre una mina y se construye una casa.

—¿Quién llevaba la mina antes que él?

—Los españoles, pero eso fue hace muchísimo tiempo. Todo el mundo se alegró de que la mina abriese de nuevo. Suponía puestos de trabajo. Vino gente de todas partes de Hidalgo en busca de trabajo, ya sabe cómo funciona la cosa. Donde hay una mina, hay dinero, así que el pueblo crece. Sin embargo, pronto empezaron las quejas. El trabajo era duro, pero más duro aún era el señor Doyle.

—¿Trataba mal a los mineros?

—Como si fueran animales, o eso se decía. Trataba mejor a los que construían la casa. Al menos esos no tenían que estar en un agujero bajo tierra. Las cuadrillas mineras de mexicanos se llevaban la peor parte, con esos no tenía piedad. Tanto el señor Doyle como su hermano se comunicaban con los trabajadores a base de gritos.

En las fotos, Francis le había señalado a Leland, el hermano de Howard, aunque no recordaba qué aspecto tenía. De todos modos, todos los miembros de la familia parecían compartir la misma fisonomía, lo que Noemí llamaba mentalmente «la pinta de los Doyle». Al igual que esa mandíbula cuadrada de los Habsburgo que tenía Carlos II, aunque quizá no tan exagerado. En el caso del monarca, se trataba de un prognatismo grave.

—Quería que la casa se construyese rápido y que tuviera un jardín enorme, al estilo inglés, con lechos de rosas. Llegó incluso a importar cajones llenos de tierra de Europa, para asegurarse de que las flores enraizaran. Y ahí se encontraban, entre los trabajos de la casa y de las minas, cuando la enfermedad se abatió sobre ellos. Primero golpeó a los albañiles y luego a los mineros, pero pronto todos estaban con fiebre y náuseas. Doyle se había traído un médico del continente, igual que había traído tierra, pero su preciado doctor pudo hacer poco. Empezaron a morir. Cayeron montones de mineros. También murieron algunos de los albañiles, e incluso la esposa de Howard Doyle, pero la peor parte se la llevaron los mineros.

—Fue entonces cuando construyeron el cementerio inglés —dijo Noemí.

—Sí, así es. —Marta asintió—. La enfermedad pasó. Contrataron a más trabajadores, gente de Hidalgo, pero, una vez corrió la voz de que había un inglés, empezaron a venir más ingleses en busca de trabajo en las minas circundantes, o simplemente a probar fortuna, atraídos por la posibilidad de la plata y de sacar tajada. Se dice que en Zacatecas hay plata, ¿no? Bueno, pues Hidalgo no se queda atrás.

»No dejaban de venir trabajadores. Pronto las cuadrillas estuvieron completas; la casa se terminó, lo cual supuso que ahora tenían muchos trabajadores que podían ocuparse de aquella casa tan grande. Todo fue bien; Doyle seguía siendo duro, pero pagaba a tiempo y les concedía a los mineros una pequeña cantidad de plata, cosa que siempre se ha hecho por aquí, todos los mineros esperan siempre un partidito. Sin embargo, cuando el señor Doyle volvió a casarse, la situación empeoró de nuevo.

Noemí recordó el retrato de boda de la segunda esposa de Doyle: 1895. Alice, que tanto se parecía a Agnes. Alice, la hermana pequeña. Ahora que lo pensaba, resultaba extraño que a Agnes la hubiesen inmortalizado con una estatua de piedra mientras que Alice no había recibido semejante honor. Howard Doyle había dicho que apenas la conocía. Fue su segunda esposa quien vivió con él muchos años, quien dio a luz a sus hijos. ¿Acaso Howard Doyle le había tenido aún menos aprecio que a su primera esposa? ¿O había sido la estatua un detalle insignificante, un recuerdo creado por mero impulso? Noemí intentó recordar si había una placa en la estatua que representaba a Agnes. Creía que no, pero era posible que sí. No se había fijado tanto en ella.

—La enfermedad volvió en una segunda ola. Dios, fue mucho

peor que la primera. Caían como moscas. Fiebre, escalofríos... y, poco después, la muerte.

—¿Fue entonces cuando los enterraron en fosas comunes? —preguntó Noemí al recordar lo que había dicho el doctor Camarillo.

La anciana frunció el ceño.

—¿Fosas comunes? No. La gente del pueblo se llevó a sus muertos al cementerio local. Aun así, en las minas había mucha gente sin parientes. Cuando alguien no tenía familia en el pueblo, lo enterraban en el cementerio inglés. Sin embargo, a los mexicanos no les ponían lápidas, ni siquiera una cruz. Supongo que por eso la gente empezó a hablar de fosas comunes. Un agujero en la tierra sin corona funeraria ni plegaria alguna bien puede considerarse una fosa común.

Qué idea tan deprimente. Todos aquellos trabajadores anónimos, enterrados a toda prisa, sin que nadie supiera dónde y cómo acabaron sus vidas. Noemí dejó a un lado la taza de peltre y se rascó la muñeca.

—Sea como sea, aquel no fue el único problema al que se enfrentaron por entonces. Doyle decidió interrumpir la costumbre de concederles a los mineros un poco de plata junto con sus sueldos. Hubo un hombre..., se llamaba Aurelio. Aurelio era uno de los mineros a los que no les hizo nada de gracia aquel cambio. Sin embargo, a diferencia de los demás mineros, que se quejaban en voz baja, Aurelio empezó a quejarse en voz alta.

—¿Y qué es lo que decía?

—Les dijo a sus compañeros lo que era obvio; que el campamento en el que trabajaban era una mierda. Que el doctor que había traído el inglés consigo jamás había curado a nadie, y que necesitaban un buen doctor. Que muchos dejaban al morir viuda e hijos, sin apenas dinero para que subsistieran. Además de esto, Doyle quería llenarse aún más los bolsillos, así que se había quedado con el partidito que les correspondía, decidido a amasar él solo toda la plata. A continuación, Aurelio les dijo a los mineros que había que ir a la huelga.

—¿Y le hicieron caso?

—Sí lo hicieron, sí. Por supuesto, Doyle pensó que le sería fácil convencerlos por la fuerza de que volvieran a trabajar. El hermano de Doyle, junto con sus hombres de confianza, fueron a los campamentos de los mineros con rifles y amenazas, pero Aurelio y los demás se enfrentaron a ellos. Les tiraron piedras. El hermano de Doyle salvó el pellejo por un pelo. Poco después, a Aurelio lo encontraron muerto. Dijeron que había sido muerte natural, pero nadie se lo creía. ¿De pronto, una mañana cualquiera, el líder de la huelga aparece muerto? No podía ser.

—Sin embargo, había una epidemia —señaló Noemí.

—Claro, pero los que vieron el cuerpo dijeron que el rostro parecía aterrorizado. ¿Ha oído usted alguna vez que alguien se muera de miedo? Bueno, eso es lo que dijeron, que se murió de miedo. Que tenía los ojos desorbitados, la boca abierta, y que tenía todo el aspecto de alguien que había visto al diablo. Todo el mundo se asustó mucho, y la huelga acabó.

Francis había mencionado algo sobre huelgas y el cierre de la mina, pero a Noemí no se le había ocurrido preguntarle más. Quizá podría hacerlo luego, pero, de momento, centró toda su atención en Marta.

—Dijo usted que Aurelio tenía una conexión con Benito. ¿Quién es Benito?

—Paciencia, chica, o me hará perder el hilo. A mi edad, no es fácil acordarse de cuándo pasó cada cosa, ni de cómo pasó. —Marta dio varios sorbos largos de café antes de continuar—: ¿Por dónde iba? Ah, sí. Los trabajos en la mina siguieron adelante. Doyle se había vuelto a casar, así que, al tiempo, su esposa dio a luz a una niña, la señorita Ruth. Muchos años más tarde, nació un niño. Leland, el hermano de Doyle, también tenía hijos, un niño y una niña. El niño se prometió con la señorita Ruth.

—Otra vez primos que se mezclan —dijo Noemí, asqueada por la idea.

La comparación con la mandíbula de los Habsburgo resultaba más adecuada de lo que había pensado. Y la historia de los Habsburgo no acababa bien.

—Poca mezcla hubo, diría yo. Ese fue el problema. Aquí es donde Benito entra en escena. Era sobrino de Aurelio; trabajaba en la casa. Hablamos de muchos años después de la huelga, así que supongo que a Doyle no le importaba que fuese pariente de Aurelio. O quizá es que un minero muerto no le importaba en absoluto. Quién sabe, a lo mejor no sabía del parentesco. Sea como fuere, Benito trabajaba en la casa como jardinero. Por aquel entonces, los Doyle mantenían un invernadero.

»Benito tenía mucho en común con su tío. Era inteligente, simpático e incapaz de no meterse en problemas. Su tío había organizado una huelga, pero él hizo algo aún más horrible: se enamoró de la señorita Ruth. Ella también se enamoró de él.

—Me imagino que no le hizo gracia a su padre —dijo Noemí.

Seguramente Howard también le soltó a su hija la charla de la eugenesia. Especímenes superiores e inferiores. Se lo imaginó sentado junto a la chimenea de su habitación, mientras regañaba a la chica y ella lo escuchaba con la cabeza gacha. El pobre Benito no debía de haber tenido ni la menor oportunidad. Resultaba raro, sin embargo, que Howard hubiese insistido en tantos matrimonios consanguíneos, dado su interés en la eugenesia. Quizá tenía como modelo a Darwin, quien también se había casado con una pariente.

—Dicen que cuando se enteró, casi la mata —murmuró Marta.

Noemí se imaginó a Howard con los dedos cerrados alrededor del fino cuello de la chica. Dedos fuertes clavados en su piel, apretando. Ruth habría sido incapaz de pronunciar protesta alguna, de respirar. Papá, no. Fue una imagen tan vívida que Noemí tuvo que cerrar los ojos por un momento y agarrarse a la mesa con una mano.

—¿Se encuentra bien? —preguntó Marta.

—Sí —dijo Noemí. Abrió los ojos y le hizo un asentimiento a la mujer—. Estoy bien. Solo un poco cansada.

Se llevó la taza de café a los labios y bebió un poco. Aquel líquido templado y amargo le sentó bien. Volvió a dejar la taza.

—Por favor, prosiga.

—No hay mucho más que decir. Ruth fue castigada y Benito, expulsado.

—¿Lo mataron?

La anciana se inclinó hacia delante y fijó aquellos ojos nebulosos en Noemí.

—Peor: desapareció, de un día para el otro. La gente empezó a decir que había huido porque temía las represalias de Doyle. Sin embargo, otros dijeron que era el propio Doyle el causante de su desaparición.

»Ruth debía casarse aquel verano con Michael, su primo. La desaparición de Benito no alteró los planes de boda ni un ápice. Nada podría haberlos cambiado. Estábamos en medio de la Revolución. Tras el alzamiento, la mina empezó a operar con cada vez menos gente, aunque seguía abierta. Alguien tenía que mantener las máquinas en funcionamiento, bombear el agua, para que no se inundase. Aquí llueve muchísimo.

»En la casa, alguien tenía que ocuparse de cambiar las sábanas y quitarles el polvo a los muebles, así que la guerra en realidad no cambió tantas cosas por aquí. ¿Por qué habrían de cambiar, entonces, por un hombre desaparecido? Howard Doyle siguió organizando la boda, como si nada hubiese sucedido. Como si la desaparición de Benito no importase en absoluto. Sin embargo, a Ruth pareció importarle.

»Nadie sabe a ciencia cierta lo que pasó, pero se comenta que les echó un somnífero en la comida. No sé de dónde lo sacó. Era muy inteligente y sabía de plantas medicinales, así que quizá preparó el somnífero ella misma. O quizá su amante se lo había conseguido. A lo mejor había planeado drogarlos para escaparse de allí y luego cambió de idea tras la desaparición de Benito. Le disparó a su padre mientras dormía por lo que le había hecho a su amante.

—Pero no le disparó solo a su padre —dijo Noemí—. Le disparó a su madre y a los otros. Si quería vengar a su amante, ¿no debería haber asesinado solo a su padre? ¿Qué tenían que ver los demás?

—Quizá pensaba que también eran culpables. Quizá perdió la

razón. No lo sabemos. Se lo he dicho, están malditos, y la casa está embrujada. Hay que ser muy idiota o muy valiente para vivir en una casa embrujada.

«No me arrepiento», era lo que Ruth había dicho en el sueño de Noemí.

¿No había sentido Ruth el menor remordimiento mientras deambulaba por la casa y cosía a balazos a sus parientes? Por otro lado, que Noemí hubiera soñado con eso no quería decir que así hubiese sucedido en realidad. A fin de cuentas, dentro de su pesadilla, la casa estaba deformada, transmutada de un modo imposible.

Noemí frunció el ceño y miró su taza de café. Había dado apenas un par de sorbos. Desde luego, su estómago no quería cooperar aquella mañana.

—El problema es que no hay más maneras de enfrentarse a embrujos y fantasmas. Se les puede encender una vela por la noche, con la esperanza de que les guste. ¿Conoce usted el mal de aire? ¿Le contó su mamá qué significa, allá en la ciudad?

—Algo he oído —dijo ella—. Se supone que la pone a una enferma.

—Hay lugares pesados. Lugares en los que el mismo aire pesa por culpa de una maldad que lo vuelve agobiante. A veces se trata de una muerte, pero puede ser otra cosa. En cualquier caso, el mal aire se mete en el cuerpo, anida en su interior y acaba por asfixiar. Eso es lo que les pasa a los Doyle de High Place —dijo la mujer y, con eso, puso punto final a su relato.

Era como darle de comer rubia roja a un animal, pensó Noemí: los huesos se teñían de rojo, el interior se manchaba de escarlata.

Marta Duval se puso en pie y empezó a abrir cajones de la cocina. De uno sacó un brazalete hecho de cuentas y se lo tendió a Noemí. Las diminutas cuentas eran de cristal, de tonos azules y blancos. En el centro había una cuenta de mayor tamaño, azul en el contorno y negra en el centro.

—Es contra el mal de ojo.

—Sí, ya lo sé —dijo Noemí. Había visto bagatelas así antes.

—Póngaselo, por favor. Puede que la ayude, y desde luego daño no hará. Yo le pediré a mis santos que velen por usted.

Noemí abrió el bolso y guardó la botellita en el interior. Luego, puesto que no quería herir los sentimientos de la anciana, se puso el brazalete en la muñeca, tal y como le había sugerido.

—Gracias.

Mientras volvía a pie hasta el centro del pueblo, Noemí reflexionó sobre todas las cosas que ahora sabía sobre los Doyle. Nada de lo que había oído servía de ayuda para Catalina. En última instancia, ni siquiera una maldición significaba gran cosa, aunque una aceptase que tales cosas fueran reales y no producto de una imaginación febril. El miedo que había sentido la noche anterior se había esfumado. Ahora lo único que quedaba era una sensación de descontento.

Noemí se subió la manga y se volvió a rascar la muñeca. La comezón era horrible. Se dio cuenta de que tenía una franja de piel enrojecida y a medio despellejar alrededor de la muñeca. Como una quemadura. Frunció el ceño.

La clínica del doctor Camarillo estaba cerca. Decidió pasarse con la esperanza de que no estuviese atendiendo a ningún paciente. Se encontró al doctor en el área de recepción, comiendo una torta. No llevaba la bata blanca, sino solo una sencilla chaqueta de *tweed*. Al acercarse a él, el doctor se apresuró a dejar la torta en la mesa. Se limpió la boca y las manos con un pañuelo.

—¿Dando un paseo? —preguntó.

—Más o menos —dijo ella—. ¿Le interrumpo el desayuno?

—No es mucha interrupción, la torta no está muy buena. La he hecho yo y no me ha salido muy bien. ¿Qué tal se encuentra su prima? ¿Han encontrado a un especialista que pueda tratarla?

—Me temo que su marido considera que no necesita otro médico. Arthur Cummins les basta.

—¿Cree que serviría de algo si hablase yo con él?

Noemí negó con la cabeza.

—Para serle sincera, quizá empeore las cosas.

—Qué pena. Y usted, ¿cómo se encuentra?

—No estoy segura. Me ha salido una erupción.

Noemí alzó la muñeca para que la viera. El doctor Camarillo la inspeccionó con cuidado.

—Qué extraño —dijo—. Parece como si hubiese estado usted en contacto con *Urera baccifera*, o mala mujer, pero ese tipo de hierba no crece por aquí. Si se tocan sus hojas, la dermatitis está asegurada. ¿Tiene usted alguna alergia?

—No. Mi madre dice que tengo tan buena salud que es casi indecente. En una ocasión me contó que, cuando era pequeña, se consideraba de buen gusto haber tenido apendicitis, y que las chicas solían tragarse tenias.

—Lo de la tenia debe de ser broma —dijo el doctor Camarillo—. Eso son cuentos.

—A mí me sonaba horrible. Entonces, ¿cree que tengo alergia a algo? ¿Alguna planta o arbusto?

—Pueden ser muchas cosas. Vamos a lavar esa mano y a ponerle un linimento. Entre —le pidió, e hizo un gesto hacia su consulta.

Noemí se lavó las manos en el lavabo de la esquina. Julio le untó una pasta de zinc, le vendó la muñeca y le dijo que no se rascase para no empeorar la erupción. También le aconsejó cambiar el vendaje al día siguiente, y ponerse más pasta de zinc.

—La inflamación se irá dentro de unos pocos días —le aseguró al tiempo que se acercaba a la puerta—, dentro de una semana como mucho se encontrará bien. Si no mejora, vuelva a verme.

—Gracias. —Noemí se guardó en el bolso el frasquito de pasta de zinc que el médico le había regalado—. Tengo otra pregunta. ¿Sabe usted qué podría hacer que una persona sonámbula que hace tiempo que no camina en sueños empezase a hacerlo de nuevo?

—¿De nuevo?

—Yo solía caminar en sueños cuando era muy niña, pero hace años que no lo hago. Sin embargo, anoche empecé otra vez a caminar en sueños.

—Es verdad que es más común en niños. ¿Ha tomado usted algún tipo de medicación nueva?

—No. Ya se lo he dicho, tengo una salud escandalosa.

—Podría ser ansiedad —dijo el doctor, y esbozó una sonrisa.

—Mientras caminaba dormida, experimenté el más extraño de los sueños —dijo ella—. No era nada parecido a lo que soñaba cuando era pequeña.

Además, el sueño había sido muy macabro. La charla de después con Virgil no había contribuido a calmarla. Noemí frunció el ceño.

—Veo que, una vez más, no he podido serle de ayuda.

—No diga eso —se apresuró a replicar Noemí.

—Hagamos una cosa: si le vuelve a suceder, venga a verme. Y tenga cuidado con esa muñeca.

—Claro.

Noemí se paró frente a una de las tiendecitas repartidas por la plaza mayor. Compró un paquete de cigarrillos. No tenían cartones de lotería, pero encontró una baraja de naipes. Copas, bastos, oros y espadas les alegrarían el día a ella y a su prima. Alguien le había dicho que se podía leer la buenaventura en las cartas, pero lo que Noemí prefería era jugar con sus amigos por dinero. El tendero contó en silencio el cambio que le acababa de dar. Era un hombre muy anciano. Sus gafas tenían una raja justo en el medio. En la puerta de la tienda, Noemí vio un perro amarillo que bebía de un tazón sucio. Le rascó entre las orejas al salir.

La oficina de correos también se encontraba en la plaza mayor. Noemí aprovechó para enviar una breve carta a su padre. Le informó de la situación en High Place: había buscado una segunda opinión; el doctor decía que Catalina necesitaba ayuda psiquiátrica. No escribió que Virgil se había mostrado extremadamente reticente a dejar que nadie viese a Catalina, porque no quería preocupar a su padre. Tampoco mencionó nada de sus pesadillas, ni del episodio de sonambulismo. Todo eso, al igual que el sarpullido de la muñeca, no era más que desagradables recordatorios de su viaje, meros detalles superficiales.

Una vez completadas aquellas tareas, echó un ojo a los pocos comercios de la plaza mayor. No había heladería, ni tienda de recuerdos que vendiese chucherías, ni tampoco quiosco donde pudiese tocar una banda de música. Un par de tiendas estaban cerradas y entablonadas, en el exterior habían pintado a brochazos SE VENDE. La iglesia resultaba impresionante, pero el resto parecía más bien triste. Un mundo marchito. ¿Había tenido el mismo aspecto cuando vivía Ruth? ¿Le habían permitido visitar el pueblo? ¿O quizá la habían tenido encerrada en High Place?

Noemí se acercó al mismo sitio en el que Francis la había dejado. El chico llegó un par de minutos tarde. Noemí lo esperaba sentada en un desgastado banco de hierro. Estaba a punto de encenderse un cigarrillo, cuando lo vio llegar.

—Eres puntual —dijo.

—Mi madre no cree en la falta de puntualidad.

A modo de saludo, Francis levantó el sombrero de fieltro con banda azulada que se había puesto aquella mañana.

—¿Le has dicho adónde hemos ido?

—No, no he entrado en la casa. Si lo hubiera hecho, mi madre o Virgil me habrían preguntado por qué te he dejado sola.

—¿Y qué has hecho, dar vueltas con el coche?

—Sí. También me estacioné bajo un árbol un poco más allá y me eché una siesta. ¿Te ha pasado algo? —señaló a la muñeca vendada.

—Un sarpullido —contestó Noemí.

Alargó la mano para que Francis la ayudase a levantarse. Él se la agarró. Sin sus tacones monumentales, la cabeza de Noemí apenas alcanzaba la altura del hombro de Francis. Cuando ella se enfrentaba con semejante diferencia de altura, Noemí solía ponerse de puntillas. Sus primas acostumbraban burlarse de la postura, y la llamaban «la bailarina de ballet». Catalina no, porque era demasiado dulce para burlarse de nadie, pero la prima Marilulu lo hacía constantemente. Ahora Noemí se puso de puntillas por mero reflejo. Aquel movimiento intrascendente pareció sobresaltar a Francis, porque dejó caer el sombrero que tenía en la mano. Una racha de viento se lo llevó.

—Oh, no —exclamó Noemí.

Echaron a correr tras el sombrero. Atravesaron dos manzanas antes de que Noemí alcanzase a echarle mano. Correr con las medias y aquella falda tan ceñida no era nada sencillo. El perro amarillo que había visto antes en la tienda, divertido por el espectáculo, ladró hacia Noemí y se le acercó. Ella se apretó el sombrero contra el pecho.

—Bueno, supongo que esto cuenta como el ejercicio del día —dijo, y se echó a reír.

Francis también parecía divertido. La contempló con un inusual aire de ligereza. Solía tener una expresión entre triste y resignada que siempre se le antojaba extraña en alguien de esa edad. Sin embargo, el sol del mediodía se había llevado su melancolía y teñido sus mejillas de color. Virgil era atractivo, mientras que Francis no tanto. Casi carecía por completo de labio superior, tenía las cejas demasiado arqueadas y los ojos pesados. Y, sin embargo, a Noemí le gustaba.

Era un chico extraño y adorable.

Le tendió el sombrero. Francis jugueteó con él en las manos con gesto delicado.

—¿Qué? —preguntó, de pronto tímido, porque Noemí le clavaba la mirada.

—¿Qué tal si me da las gracias por recuperar su sombrero, señor?

—Gracias.

—Qué tonto —dijo ella, y le plantó un beso en la mejilla.

Temía que volviese a dejar caer el sombrero y tuvieran que perseguirlo de nuevo, pero Francis se las arregló para sujetarlo. Sonrió, y los dos regresaron al coche.

—¿Has terminado los recados que tenías que hacer en el pueblo? —preguntó.

—Sí. Correos y médico. También he charlado un poco con alguien sobre High Place, sobre lo que sucedió aquí. Ya sabes, lo de Ruth —le dijo.

No dejaba de pensar en Ruth. En realidad, aquel asesinato acontecido hacía décadas no era asunto suyo, pero sus pensamientos volvían una y otra vez a ella. Quería hablar de lo que había pasado. ¿Con quién mejor que con él?

Mientras caminaban, Francis se dio dos golpecitos en la pierna con el sombrero.

—¿A qué te refieres con lo de Ruth?

—A que quería escaparse con su amante, pero en lugar de hacerlo, acabó por asesinar a tiros a toda su familia. No entiendo por qué hizo lo que hizo. ¿Por qué no se escapó de High Place? Estoy segura de que podría haberse limitado a marcharse.

—No es posible marcharse de High Place.

—Claro que eres posible. Ruth era una mujer adulta.

—Tú también eres una mujer adulta. ¿Puedes hacer lo que te venga en gana? ¿Aunque al hacerlo enojes a tu familia?

—Técnicamente, sí, pero supongo que no podría hacerlo todo el tiempo —dijo Noemí, y de inmediato recordó los problemas que le suponían a su padre los escándalos públicos y el miedo que tenía de acabar en las páginas de sociedad. ¿Se atrevería ella a rebelarse contra su familia?

—Mi madre se fue de High Place, y hasta se casó, pero acabó volviendo. No hay manera de escapar. Ruth también lo sabía. Por eso hizo lo que hizo.

—Casi suenas orgulloso —exclamó Noemí.

Francis se colocó el sombrero en la cabeza y le dedicó una mirada grave.

—No, orgulloso, no. Pero, a decir verdad, Ruth debería haber quemado High Place hasta los cimientos.

Resultó una afirmación tan sorprendente que Noemí pensó que debía de haberlo entendido mal. Podría haberse convencido de que así fue, de no ser por la burbuja de silencio que los acompañó hasta la casa. Aquel penetrante silencio reafirmaba las palabras de Francis, más que cualquier otra cosa. Las subrayaba, tanto fue así que Noemí se pasó todo el camino mirando por la ventana. Sostenía en la mano un cigarrillo sin encender, y se dedicó a contemplar los árboles y la luz que se filtraba entre las ramas.

13

Noemí decidió que iban a celebrar una pequeña noche de casino. Le encantaban las noches de casino. Se sentaban en el comedor y todo el mundo se ponía vestidos viejos sacados de los baúles de los abuelos, como si fueran estrellas de Montecarlo o de La Habana. Todos los niños jugaban, incluso cuando ya habían crecido demasiado para seguir jugando a ese tipo de juegos. Las primas Taboada se sentaban alrededor de una mesa y le daban bastante ajetreo al tocadiscos, al tiempo que movían los pies al ritmo de la alegre música y repartían cartas. En High Place no había discos, pero Noemí decidió que, si se esforzaban, podrían conjurar el espíritu de las noches de casino.

Metió la baraja de cartas en el bolsillo de un suéter holgado. En el otro metió el frasquito de Marta. Asomó la cabeza a la habitación de Catalina. Su prima estaba sola, y despierta. Perfecto.

—Tengo un regalo para ti —dijo Noemí.

Catalina se hallaba sentada junto a la ventana. Se giró y miró a Noemí.

—Ah, ¿sí?

—Elige un bolsillo, izquierdo o derecho. A ver qué ganas.

Noemí se acercó a ella.

—¿Y si elijo el que no es?

Catalina llevaba el pelo suelto más allá de los hombros. Nunca le había gustado llevarlo corto, lo cual era un alivio para Noemí. El pelo de Catalina era liso y encantador. Recordaba con cariño peinárselo y hacerle trenzas cuando era pequeña. Catalina siempre había tenido paciencia con ella. Dejaba que Noemí la tratase como a una muñequita viviente.

—Si eliges el que no es, jamás sabrás qué había en el otro.

—Qué zonza eres —replicó Catalina con una sonrisa—. Está bien, jugaré a tu juego. El de la derecha.

—¡Tachán!

Noemí colocó el mazo de cartas en el regazo de Catalina. Ella abrió el paquete y sonrió. Sacó una carta y la sostuvo frente a su rostro.

—Podemos jugar un par de manos —dijo Noemí—. Te dejaré ganar la primera.

—¡Ya te gustaría poder dejarme ganar! Nunca he conocido a nadie más competitivo que tú. Además, Florence no va a dejar que juguemos toda la noche.

—Aun así, quizá podamos jugar un poquito.

—No tengo dinero para apostar, y si no hay dinero en mesa, no se juega.

—Estás poniendo excusas. ¿Tanto miedo te da la terrible y fastidiosa Florence?

Catalina se puso en pie de repente y se acercó al tocador. Ladeó el espejo y dejó el mazo de cartas junto a un cepillo, mientras miraba su reflejo.

—No, en absoluto —dijo.

Echó mano al cepillo y se lo pasó por el pelo un par de veces.

—Bien, porque tengo otro regalo, y no pienso dárselo a una cobarde.

Noemí sacó el frasquito verde. Catalina se giró, con una mirada asombrada. Agarró con cuidado el vial.

—Lo has conseguido.

—Ya te dije que lo haría.

—Queridísima prima, gracias, gracias, gracias —dijo Catalina, al tiempo que la abrazaba—. Debí haber sabido que no me abandonarías. Pensábamos que los monstruos y los fantasmas vivían en los libros, pero resulta que son reales, ¿sabes?

Catalina se apartó de Noemí y abrió un cajón. Sacó un par de pañuelos y unos guantes, antes de dar por fin con lo que buscaba: una cucharita de plata. A continuación, con dedos temblorosos, llenó la cucharita y tragó el contenido. Luego la llenó una segunda vez, y una tercera. Noemí la detuvo tras la cuarta. Le quitó el frasquito de las manos y lo dejó en el tocador junto con la cucharita.

—¡Jesús, no tomes tanto! Marta dijo que podías tomar una cucharada sopera, no más —la reprendió Noemí—. No quiero que te pongas a roncar durante diez horas sin que hayamos podido jugar ni una mano.

—Sí, sí, claro —dijo Catalina con una débil sonrisa.

—Bueno, ¿barajo yo, o prefieres hacer los honores?

—Deja que lo haga yo.

Catalina fue a echar mano del mazo de cartas, pero de pronto, se detuvo. Sus dedos se quedaron flotando por encima del mazo, como si se hubiese petrificado. Sus ojos color avellana estaban desorbitados. Tenía los labios muy apretados. Todo su aspecto era de lo más extraño, como si acabase de entrar en trance. Noemí frunció el ceño.

—¿Catalina? ¿Te encuentras bien? ¿Quieres sentarte?

Catalina no respondió. Con delicadeza, Noemí la agarró del brazo e intentó llevarla hasta la cama. Catalina no se movió. Sus manos se convirtieron en puños y siguió con la mirada perdida, con el mismo aire alucinado. Intentar moverla era como intentar mover un elefante. Noemí no consiguió que avanzase ni un centímetro.

—Catalina —dijo Noemí—. ¿Qué te parece si...?

Se oyó un crujido alto. Dios santo, pensó Noemí, podía ser una articulación al romperse. Catalina empezó a temblar. Se estremecía de la cabeza a los pies en un movimiento ondulante. Los temblores aumentaron de ritmo, frenéticos, hasta convertirse en puras convulsiones. Catalina se apretó las manos contra el estómago y empezó a negar con la cabeza. El más feroz de los gritos escapó de su garganta.

Noemí intentó sujetarla y llevarla hasta la cama, pero Catalina era muy fuerte. Asombrosamente fuerte, teniendo en cuenta la fragilidad de su aspecto. Sin embargo, se las arregló para resistirse. Las dos primas acabaron por caer al suelo. La boca de Catalina se abría y se cerraba entre espasmos, sus brazos se agitaban y sus piernas temblaban sin control. Un reguero de saliva rebosó la comisura de su boca.

—¡Ayuda! —gritó Noemí—. ¡Ayuda!

Noemí había ido al colegio con una chica que sufría de epilepsia. Aunque nunca llegó a tener un ataque en el colegio, Noemí recordaba que una vez le había contado que llevaba siempre consigo un palito en el bolso para que pudieran ponérselo en la boca si le daba. Ahora que el ataque de Catalina ganaba en intensidad, cosa que parecía imposible y que, sin embargo, era innegable que estaba sucediendo, Noemí echó mano de la cucharita de plata del tocador y se la colocó en la boca para evitar que se mordiese la lengua. Derribó el mazo de cartas, que también descansaba sobre el tocador. Las cartas se desparramaron por el suelo. La sota de oros le lanzó una mirada acusadora.

Noemí salió a toda prisa al pasillo y empezó a gritar:

—¡Ayuda!

¿Acaso no habría oído nadie todo el alboroto? Echó a correr pasillo abajo, empezó a golpear las puertas y a gritar tan alto como fue capaz. De pronto apareció Francis. Tras él venía Florence.

—Catalina está sufriendo un ataque —les dijo.

Entraron a toda prisa en la habitación. Catalina yacía en el suelo, los temblores no habían disminuido. Francis se lanzó sobre ella y la ayudó a erguirse hasta quedar sentada. La rodeó con sus brazos en un intento de sujetarla. Noemí quiso ayudar, pero Florence le cortó el paso.

—Salga —ordenó.

—Puedo ayudar.

—Fuera. Ya —ordenó.

Sacó a Noemí de un empujón y le cerró la puerta en la cara.

Noemí empezó a golpear la puerta, furiosa, pero nadie abrió. Oía murmullos al otro lado, así como alguna que otra palabra algo más alta. Allí, en mitad del pasillo, empezó a invadirla el pánico.

Francis salió y cerró la puerta tras él. Noemí se le aproximó a toda prisa.

—¿Qué pasa? ¿Cómo se encuentra?

—Está en la cama. Voy a buscar al doctor Cummins —dijo Francis.

Los dos fueron a paso vivo hacia las escaleras. Las largas zancadas de Francis obligaban a Noemí a dar dos pasos por cada uno de los suyos, para seguirle el ritmo.

—Voy contigo.

—No —dijo Francis.

—Quiero hacer algo.

Francis se detuvo y negó con la cabeza. Apretó las manos con fuerza, pero al hablar, su voz era suave.

—Si vienes conmigo, solo empeorarás las cosas. Ve al salón, iré por ti cuando regrese. No tardaré mucho.

—¿Me lo prometes?

—Sí.

Francis corrió escaleras abajo. Noemí también descendió y, al llegar a la planta baja, se cubrió el rostro con las manos. Las lágrimas, a punto de brotar, hacían que le hormigueasen los ojos. Para cuando entró en el salón, ya le corrían por las mejillas. Se sentó en la alfombra y apretó las manos una contra la otra. Pasaron los minutos. Se limpió la nariz con la manga del suéter, y las lágrimas con la palma de la mano. Al cabo, se levantó y siguió esperando.

Francis había mentido. Había pasado mucho tiempo. Y lo que era peor, cuando por fin regresó, venía acompañado del doctor Cummins y de Florence. Al menos Noemí había tenido tiempo de recomponerse.

—¿Cómo se encuentra? —preguntó Noemí dirigiéndose al doctor.

—Ahora duerme. La crisis ha pasado.

—Gracias a Dios —dijo Noemí. Se derrumbó sobre una de las poltronas—. No entiendo qué ha pasado.

—Lo que ha pasado ha sido esto —dijo Florence en tono afilado. Alzó el frasquito que Noemí había traído de casa de Marta Duval—. ¿Dónde lo consiguió?

—Es un tónico para dormir —dijo Noemí.

—Su tónico para dormir la ha puesto enferma.

—No. —Noemí negó con la cabeza—. No, Catalina dijo que lo necesita.

—¿Es usted médico? —le preguntó el doctor Cummins.

Sonaba muy enojado. A Noemí se le secó la boca.

—No, pero...

—Así pues, no tiene usted ni idea de lo que hay en esa botellita.

—Se lo acabo de explicar, Catalina me dijo que necesitaba una medicina para dormir. Me pidió que le trajese más. Ya la ha tomado antes, no hay manera de que enfermase por su culpa.

—Pues así ha sido —le dijo el doctor.

—Un opiáceo. Eso es lo que le ha echado usted por la garganta a su prima —añadió Florence, y señaló con un dedo acusador a Noemí.

—¡Yo no he hecho tal cosa!

—Ha cometido usted una torpeza. Una gran torpeza —murmuró en doctor Cummins—. No puedo ni imaginar en qué estaba usted pensando al darle a su prima una poción semejante. Por no mencionar lo de poner una cuchara en su boca. Supongo que habrá oído usted esa estupidez de que la gente se traga la lengua. Disparates. Nada más que disparates.

—Pero...

—¿De dónde sacó el opiáceo? —preguntó Florence.

«No se lo digas a nadie», había dicho Catalina. Noemí no respondió, por más que mencionar a Marta Duval la hubiese librado de un poco de culpa. Se agarró al sillón, con tanta fuerza que clavó las uñas en la tela.

—Podría usted haberla matado —dijo Florence.

—¡Eso no es verdad!

Noemí tenía ganas de llorar una vez más, pero esta vez no se lo permitió. En su presencia, no. Francis se había situado detrás del sillón; Noemí sintió que le tocaba los dedos, un contacto casi fantasmal. Fue un gesto reconfortante, lo bastante como para otorgarle el valor que necesitaba para mantener la boca cerrada.

—¿Quién le dio el opiáceo? —preguntó el doctor.

Noemí los miró, en silencio. Apretó aún más la tela del sillón.

—Debería darle una bofetada —dijo Florence—. Quitarle esa mirada irrespetuosa de un golpe.

Florence dio un paso al frente. Noemí pensó que quizá sí pretendía abofetearla. Apartó la mano de Francis, lista para ponerse en pie.

—Doctor Cummins —dijo entonces Virgil—, ¿le importa ir a ver cómo se encuentra mi padre? Con todo este alboroto, está inquieto.

Virgil había entrado en la estancia con aire casual. Su voz sonó despreocupada. Se acercó al aparador y le echó un ojo al decantador, como si estuviese allí él solo. Se llenó una copa, como si aquella velada fuese de lo más normal.

—Sí —dijo el doctor—. Sí, por supuesto.

—Será mejor que vayan ustedes dos con él. Quiero hablar con Noemí a solas.

—No pienso...

—Quiero que me deje solo con Noemí —replicó Virgil con acritud. La tonalidad sedosa de su voz se había convertido de pronto en papel de lija.

Todos salieron. El doctor murmuró un «ahora mismo» mientras que Florence salió en medio de un silencio sombrío. Francis fue el último en marcharse. Cerró las puertas del salón, no sin antes echarle a Noemí una mirada inquieta.

Virgil volvió a llenarse la copa. Contempló el líquido antes de acercarse a Noemí y sentarse en la misma poltrona que ella ocupaba. Su pierna se apretó contra la de ella.

—En cierta ocasión, Catalina me dijo que era usted una criaturilla de carácter fuerte, pero hasta ahora no he comprobado lo fuerte que en verdad es usted. —Depositó la copa en la mesa—. Su prima es más bien debilucha, ¿verdad? En cambio, usted lleva el valor en los huesos.

Hablaba con tanto descaro que Noemí se quedó sin respiración. Como si aquello no fuera más que un juego, así hablaba. Como si Noemí no estuviese muerta de preocupación.

—Tenga usted un poco de respeto —le dijo.

—Creo que es otra persona quien debería mostrarse algo más respetuosa. Esta es mi casa.

—Lo siento.

—No lo siente usted en absoluto.

Noemí no alcanzaba a interpretar la expresión en aquellos ojos. Quizá era desdén.

—¡Lo siento! Estaba intentando ayudar a Catalina.

—Tiene usted un modo muy extraño de ayudarla. ¿Cómo se atreve a perturbar una y otra vez a mi esposa?

—¿A qué se refiere? Yo no la perturbo una y otra vez. A Catalina le gusta verme por aquí, me lo dijo ella misma.

—Ha traído usted a un extraño a que la ausculte, y ahora le ha dado veneno.

—¡Por el amor de Dios! —dijo ella, y se puso de pie.

De inmediato, Virgil la agarró de la muñeca y la obligó a sentarse de un empujón. La había agarrado por la muñeca vendada. Le irritó, la piel le ardió y se encogió del dolor. Virgil le apartó la manga y vio la venda. Esbozó una mueca sonriente.

—Suélteme.

—¿Esto es obra del doctor Camarillo? ¿Igual que el opiáceo? ¿Ha sido él?

—No me toque —ordenó ella.

En lugar de soltarla, Virgil se echó hacia delante. Le apretó el brazo. Noemí había pensado que Howard tenía aspecto de insecto, mientras que Florence parecía una planta insectívora. Virgil, por su parte, era un carnívoro, en lo más alto de la cadena alimenticia.

—Florence tiene razón. Merece usted que le den una bofetada y que le enseñen una o dos cosas —murmuró.

—Si alguien se va a llevar una bofetada en esta habitación, le aseguro que no voy a ser yo.

Virgil echó la cabeza hacia atrás y soltó una carcajada alta y salvaje. Sin mirar, alargó la mano hacia su bebida. Al alzar la copa, un par de gotas de licor cayeron sobre la mesa. El sonido de su voz casi hizo que Noemí diera un salto. Aun así, al menos la había soltado.

—Está usted loco —le dijo mientras se apretaba la muñeca.

—Estoy loco de preocupación, sí —replicó él. Apuró la bebida.

En lugar de colocar la copa vacía en la mesa, la dejó caer al suelo en un gesto despreocupado. No se rompió, se limitó a rodar por la alfombra. Pero ¿y si se hubiese hecho añicos? A fin de cuentas, la copa era de Virgil. Podía romperla si quería. Al igual que el resto de cosas de aquella casa.

—¿Se cree usted que es la única persona a la que le importa lo que le pase a Catalina? —preguntó, con los ojos fijos en la copa caída—. Me imagino que sí. Cuando Catalina le escribió a su familia, ¿acaso no pensó «ah, por fin podemos arrebatársela a ese hombre tan problemático»? Y ahora mismo debe de estar usted pensando «ya sabía lo malo que era». Desde luego, su padre no aprobaba mi matrimonio con Catalina.

»En los tiempos en los que la mina estaba abierta, a su padre le habría encantado que Catalina se casase conmigo. En aquella época, yo sí habría sido digno. Su padre no me habría considerado un tipo intrascendente. Supongo que aún no puede soportar la idea de que Catalina me eligiera a mí. Usted tampoco la soporta. Sepa que no soy un cazafortunas miserable. Soy un Doyle. Más le vale recordarlo.

—No sé por qué me cuenta todo esto.

—Porque me ve usted tan poco adecuado para Catalina que decidió medicarla usted misma. Piensa usted que mis cuidados son tan atroces que tuvo que enredar a mis espaldas para echarle no sé qué basura por la garganta. ¿Creía que no nos íbamos a dar cuenta? Sabemos todo lo que pasa en esta casa.

—Fue Catalina quien me pidió la medicina. Ya se lo he dicho a su prima Florence y al doctor, no sabía que iba a reaccionar así.

—No, usted no sabe mucho de nada y, sin embargo, se comporta como si lo supiera todo, ¿verdad? Es usted una niñita malcriada. Le ha hecho daño a mi esposa —dijo, brutal y categórico.

173

Se puso de pie y agarró la copa. La dejó sobre la repisa de la chimenea. Noemí sintió que en su interior ardían con gemela intensidad la rabia y la culpa. No soportaba el modo en que Virgil se dirigía a ella; no soportaba toda aquella conversación. Y, sin embargo, ¿no había sido aquello una estupidez? ¿No se merecía una reprimenda? No supo qué responder. Sintió que las lágrimas se le acumulaban en los ojos al recordar la cara de la pobre Catalina.

Virgil debió de darse cuenta de lo alterada que estaba, o bien se cansó de increparla, porque su voz se suavizó en cierta manera.

—Hoy casi me deja usted viudo, Noemí. Me perdonará si ahora mismo no me muestro muy cordial. Debería irme a la cama, ha sido un día muy largo.

La verdad era que Virgil se veía cansado. Francamente, parecía exhausto. Sus ojos azules brillaban, como si tuviera fiebre. Aquello la hizo sentirse aún peor.

—Voy a tener que pedirle que deje los cuidados médicos de Catalina al doctor Cummins. No vuelva a traer más remedios ni tónicos a esta casa. ¿Me ha oído?

—Sí —respondió ella.

—¿Será capaz de seguir esta sencilla orden?

Noemí apretó las manos.

—Sí —dijo, y se sintió como una niña.

Virgil se le acercó un paso y la inspeccionó con atención, como si intentase averiguar si mentía. No mentía; había hablado con toda sinceridad. Aun así, Virgil se le acercó aún más, como un científico que analizase y anotase hasta el último detalle de un organismo. Contempló su expresión de labios apretados.

—Gracias. Hay muchas cosas que usted no entiende, Noemí, pero déjeme que le diga que el bienestar de Catalina es de la mayor importancia para todos nosotros. Le ha hecho usted daño y, al hacerlo, me ha hecho usted daño a mí.

Noemí giró la cabeza para apartarse de él. Pensaba que ahora se marcharía, pero Virgil se quedó a su lado, quieto. Pasó una pequeña eternidad hasta que, por fin, se apartó de ella y salió de la habitación.

n cierto sentido, todos los sueños son predicciones, si bien algunas son más claras que otras.»

Noemí dibujó con el lápiz un círculo alrededor de la palabra «sueños». Le gustaba escribir en los márgenes de sus libros, disfrutaba de la lectura de aquellos textos de antropología, de los exuberantes párrafos y los bosques de notas a pie de página. Sin embargo, en aquel momento no disfrutaba tanto. No conseguía concentrarse. Apoyó el mentón en la mano y empezó a mordisquear el lápiz.

Había esperado durante horas, intentando encontrar cosas que hacer, libros que leer, cualquier truco que pudiese distraerla. Comprobó la hora en su reloj y soltó un suspiro. Eran casi las cinco en punto.

Había intentado hablar con Catalina por la mañana, temprano, pero Florence le había dicho que su prima estaba descansando. Volvió a intentarlo sobre el mediodía, pero volvió a recibir una negativa. Florence le dejó claro que no iba a permitir visita alguna a la paciente hasta la noche.

Por más que quisiera insistir, husmear e incluso entrar por la fuerza en la habitación, Noemí sabía que no debía hacerlo. No iba a ser nada conveniente. Si hacía algo así, puede que hasta la echaran de la casa. Además, Virgil estaba en lo cierto. Se había equivocado, y ahora se sentía avergonzada.

Ojalá hubiera habido alguna radio. Necesitaba música, conversación. Pensó en las fiestas a las que solía ir con sus amigos, en aquellos momentos apoyada en el piano de una fiesta, coctel en mano. También se acordó de sus clases en la universidad, de las animadas conversaciones que solía mantener en los cafés del centro. Todo lo que tenía ahora era una casa silenciosa y un corazón lleno de inquietud.

«...y los sueños sobre fantasmas, que no aparecen en este libro, suelen informar a quienes los sueñan de los acontecimientos que suceden entre los muertos.»

Noemí se sacó el lápiz de la boca y dejó el libro a un lado. No le estaba haciendo ningún bien leer sobre los azande. Aquello no suponía distracción alguna. No dejaba de pensar en el rostro de su prima, en aquellas extremidades retorcidas, en el horrible episodio que habían sufrido el día anterior.

Noemí echó mano de un suéter, el mismo que le había dado Francis, y salió de la casa. Pensó en fumarse un cigarrillo, pero una vez fuera, a la sombra de High Place, decidió que prefería alejarse un poco de aquel lugar. La casa estaba demasiado cerca, se cernía hostil y fría sobre ella. Noemí no quería moverse delante de sus ventanas, que más bien se le antojaban ojos ansiosos desprovistos de párpados. Echó a andar por el camino que serpenteaba por la parte trasera de la casa hasta el cementerio.

Dos pasos, tres, cuatro. Antes de darse cuenta, estaba delante de las rejas de hierro. Entró en el cementerio. Se había perdido del todo en medio de la niebla antes, pero prefirió no pensar qué haría si volvía a desorientarse.

De hecho, parte de ella quería perderse del todo.

Catalina. Le había hecho daño a Catalina. Aún no había podido enterarse de en qué estado se encontraba su prima después de aquel episodio. Florence no soltaba prenda, y Noemí no había visto a Virgil. Aunque no es que quisiera verle.

Virgil se había comportado de una manera horrenda con ella. «Hoy casi me deja usted viudo, Noemí.»

No era lo que pretendía. Aun así, lo pretendiese o no, ¿qué más daba? Lo que importaba eran los hechos. Eso es lo que diría su padre. Ahora Noemí se sentía doblemente avergonzada. La habían enviado allí para solucionar un problema, no para crear uno mayor. ¿Estaría Catalina enfadada con ella? ¿Qué podía decirle Noemí cuando por fin se encontrasen? Lo siento, querida prima, por poco te enveneno, aunque ahora veo que tienes mejor aspecto.

Noemí paseó entre las lápidas y las flores silvestres, cabizbaja y arropada entre los pliegues del suéter. Vio el mausoleo, y la estatua de Agnes justo delante. Echó un vistazo al rostro y las manos de la estatua, erosionadas y cubiertas con manchas de moho negro.

Se había preguntado si habría una placa o algún letrero con el nombre de la difunta en la estatua. Ahí estaba, Noemí no se había percatado en su última visita. Por otro lado, era difícil fijarse en ella. La placa estaba escondida tras un matojo de hierbajos. Noemí los apartó y restregó la placa de bronce para quitarle la tierra.

«Agnes Doyle. Madre. 1885.» Eso era todo lo que Howard Doyle había decidido poner para conmemorar el fallecimiento de su primera esposa. Howard había dicho que no llegó a conocer bien a Agnes, que había muerto apenas un año después de su matrimonio. Aun así, parecía raro mandar esculpir una estatua de Agnes y no escribir al menos una o dos frases en su honor. Lo que también inquietaba a Noemí era la naturaleza de aquella palabra escrita tras el nombre de Agnes. «Madre.» Que Noemí supiese, los hijos de Howard Doyle habían nacido de su segundo matrimonio. ¿Por qué elegir «Madre» para el epitafio? Quizá Noemí estaba haciendo una montaña de un grano de arena. Dentro del mausoleo, donde descansaba el cuerpo de la mujer, debía de haber otra placa con un mensaje más adecuado. Aun así, aquello resultaba perturbador de un modo difícil de definir, como cuando una encontraba una costura torcida o una manchita en un mantel por lo demás prístino.

Se quedó ahí sentada, a los pies de la estatua. Empezó a juguetear con una hojita de hierba, mientras se preguntaba si alguien se ocupaba de traer flores al interior del mausoleo, o al menos a alguna de las tumbas de fuera. ¿Podría ser que todas las familias de los enterrados allí se hubiesen marchado de la zona? Por otro lado, la mayoría de los ingleses debían de haber venido solos, por lo que no habría familiares que se ocupasen de semejantes menesteres. También había tumbas sin lápida de trabajadores locales; estos tampoco tendrían coronas de flores.

«Si Catalina muere —pensó—, la enterrarán aquí. Su tumba quedará desnuda.»

Qué pensamiento tan horrible. Pero, al parecer, Noemí era una persona horrible, ¿no? Simplemente horrible. Dejó la hojita de hierba e inspiró hondo. El silencio en el cementerio era absoluto. No había pajarillos que cantasen en los árboles, ni insectos que agitasen las alas con sus zumbidos. Todo parecía amortiguado, era como sentarse en el fondo de un pozo, rodeada por la tierra, por la piedra, lejos del mundo.

Aquel silencio inmisericorde se rompió cuando llegó hasta ella el sonido de botas amortiguadas por la hierba. Una ramita se rompió. Giró la cabeza y vio a Francis, con las manos embutidas en los bolsillos de su chaqueta de lana. Como siempre, tenía un aspecto frágil, apenas el liviano esbozo de una persona.

Solo en un lugar como aquel, en un cementerio con sauces mustios y niebla que lamía las lápidas, podía Francis adquirir algo de sustancia. En la ciudad, pensó Noemí, bastaría el restallido de un claxon o el rugido de un motor para hacerlo añicos. Porcelana de la mejor calidad lanzada contra un muro. En cualquier caso, frágil o no, le gustaba el aspecto que tenía con aquella chaqueta vieja y aquellos hombros algo encorvados.

—Pensé que estarías aquí.

—¿Has venido a buscar hongos otra vez? —preguntó Noemí, al tiempo que apoyaba las manos en el regazo y calmaba su tono de voz para que no se notase la tensión.

La noche anterior había estado a punto de echarse a llorar delante de todos ellos. No quería llorar ahora.

—Vi que salías de la casa —confesó Francis.

—¿Necesitas algo?

—Mi viejo suéter, lo llevas puesto —dijo él.

Aquella no era la respuesta que Noemí esperaba. Frunció el ceño.

—¿Quieres que te lo devuelva?

—En absoluto.

Noemí se subió aquellas mangas demasiado largas para sus brazos y se encogió de hombros. En cualquier otro momento, habría reconocido en aquella frase el pie para iniciar una encantadora conversación. Habría coqueteado con él con comentarios subidos de tono y habría disfrutado al verlo ruborizarse. En aquel instante, sin embargo, no hizo más que dar un tironcito a las hojas de hierba.

Francis se sentó a su lado.

—No es culpa tuya.

—Creo que eres la única persona que piensa así. Tu madre ni siquiera me quiere decir si Catalina está despierta. A Virgil le gustaría estrangularme. No me extrañaría que tu tío Howard pretendiese hacer lo mismo.

—Catalina se despertó un rato, pero volvió a dormirse enseguida. Ha tomado un poco de caldo. Se pondrá bien.

—Sí, seguro que sí —murmuró Noemí.

—De verdad que no es culpa tuya, Noemí —la tranquilizó Francis. Le puso una mano en el hombro—. Mírame, por favor. No es tu culpa. Esto ya ha pasado antes.

—¿A qué te refieres?

Se quedaron los dos mirándose el uno a la otra. Ahora le tocó el turno a Francis de arrancar una hojita de hierba y darle vueltas entre los dedos.

—Vamos, Francis, ¿a qué te refieres? —repitió Noemí.

Le arrancó la hojita de la mano.

—Ya se había tomado antes ese mismo destilado… y tuvo una reacción similar.

—¿Me estás diciendo que Catalina se tomó algo que la hizo empeorar? ¿O que ha intentado suicidarse? Somos católicos, eso es pecado. Catalina no haría algo así, jamás.

—No creo que quiera morir. Solo te lo digo porque pareces creer que ha sido culpa tuya. No es el caso. Catalina no ha empeorado por ti. No es culpa tuya en absoluto. Ella no es feliz aquí. Deberías llevártela lejos lo antes posible.

—Antes de lo del brebaje, Virgil no me lo habría permitido, y ahora mucho menos —dijo Noemí—. En cualquier caso, la tienen encerrada bajo llave, ¿verdad? Ni siquiera puedo verla, aunque sea un minuto. Tu madre está furiosa conmigo...

—Entonces, deberías marcharte.

—¡No puedo marcharme!

En primer lugar, Noemí pensó en la enorme decepción que le causaría a su padre. La había enviado allí como embajadora, para sofocar aquel escándalo y encontrar respuestas. No podía volver a casa con las manos vacías. Su trato quedaría roto, y podría olvidarse de la maestría para siempre. Y, lo que era mucho peor, odiaba el sabor de fracaso.

Además, en el estado en que se encontraba Catalina, no se atrevía a irse a ninguna parte. ¿Y si Catalina la necesitaba? ¿Cómo iba a marcharse después de hacerle daño? ¿Cómo iba a dejar a su prima allí sola, retorcida por el dolor?

—Catalina es mi familia —dijo—. Hay que permanecer al lado de la familia.

—¿Aunque no puedas ayudarla?

—Eso no lo sabes.

—Este no es buen lugar para ti —le aseguró Francis.

—¿Te han pedido a ti que me espantes? —preguntó Noemí. Se puso en pie con rapidez, irritada por aquella repentina vehemencia—. ¿Intentas librarte de mí? ¿Tanto te repugno?

—Tú me gustas mucho, y lo sabes —dijo él.

Volvió a meterse las manos en los bolsillos y bajó la vista.

—En ese caso, estarás dispuesto a ayudarme, ¿no? Tengo que ir al pueblo ahora mismo.

—¿Para qué tienes que ir al pueblo?

—Quiero averiguar qué es lo que contenía el brebaje que le di a Catalina.

—Eso no te va a hacer ningún bien.

—Aunque así sea, quiero ir. ¿Puedes llevarme?

—Hoy, no.

—Pues mañana.

—Pasado mañana, a lo mejor. Solo a lo mejor.

—Sí, o si te parece, el mes que viene —replicó ella en tono enfadado—. Puedo ir a pie hasta el pueblo si tú no quieres ayudarme.

Noemí pretendía marcharse con grandes zancadas, pero solo consiguió tropezar. Francis le ofreció la mano para estabilizarse. Dejó escapar un suspiro cuando los dedos de Noemí tocaron su manga.

—Por supuesto que quiero ayudarte. Estoy cansado. Todos lo estamos. El tío Howard nos ha tenido despiertos estas últimas noches —dijo, mientras negaba con la cabeza.

Las mejillas de Francis parecían más hundidas, y sus ojeras tenían un tono casi púrpura. Una vez más, Noemí se sintió horrible y egoísta. No se preocupaba más que por sí misma, y no se detenía un momento a pensar que los demás habitantes de High Place también tenían sus propios problemas. Por ejemplo, no tenía ni idea de que Francis tenía que ocuparse de su tío enfermo por las noches. Se imaginó a Florence diciéndole a su hijo que sostuviese una lámpara de aceite, mientras se dedicaba a ponerle compresas frías en la cara al anciano. O quizá a los jóvenes les asignaban otras tareas. Quizá Virgil y Francis tenían que desvestir el frágil y blanquecino cuerpo de Howard Doyle y untarle pomadas y medicamentos en una habitación cerrada que apestaba a muerte inminente.

Noemí flexionó los dedos, se los llevó a la boca y recordó de forma vaga aquella horrible pesadilla en la que el pálido anciano había alargado sus brazos hacia ella.

—Virgil mencionó que tu tío tiene una vieja herida. ¿Qué fue lo que la causó?

—Son úlceras que se resisten a curarse, pero no son mortales. No hay nada que pueda matarlo. —Francis soltó una risa baja y tristona, con los ojos fijos en la estatua de Agnes—. Te llevaré al pueblo mañana temprano, antes de que los demás se despierten.

Antes del desayuno, como la última vez. Si quieres llevar la maleta...

—Tendrás que inventarte alguna manera más creativa para conseguir que me vaya —replicó ella.

Empezaron a caminar en silencio hacia la puerta del cementerio. Mientras andaban, Noemí acarició las frías lápidas. En un momento dado, pasaron junto a un roble gris y muerto cuyo tronco yacía en el suelo. Por la corteza podrida brotaban hongos de un tono miel. Francis se inclinó y pasó un dedo por sus suaves píleos, un movimiento idéntico al de Noemí al acariciar las lápidas.

—¿Por qué se siente tan infeliz Catalina? —preguntó ella—. Cuando se casó, estaba muy feliz. Atolondrada de tan feliz, habría dicho mi padre. ¿La trata mal Virgil? Anoche, cuando hablé con él, me pareció un hombre duro, sin piedad.

—Es por la casa —murmuró Francis. Las puertas negras con sus serpientes ornamentales estaban ya a la vista. El ouroboros lanzaba una sombra sobre el suelo—. La casa no está hecha para el amor.

—Todos los lugares están hechos para el amor —protestó ella.

—No, este sitio no, y esta familia, tampoco. Puede uno investigar, remontarse dos, tres generaciones, tantas como haga falta. No hay rastro de amor. Somos incapaces de tal cosa.

Sus dedos se cerraron sobre aquellos intrincados barrotes de la verja. Por un segundo, se quedó ahí, de pie, contemplando el suelo. A continuación, abrió la verja de un tirón para dejarla pasar.

Aquella noche, Noemí tuvo otro sueño de lo más curioso. Ni siquiera se podía tildar de pesadilla, porque fue bastante calmado. Casi la dejó insensible.

En el sueño, la casa se había metamorfoseado. En esta ocasión no se trataba de un ente hecho de carne y tendones. Noemí caminaba por una alfombra de puro moho. Flores y vides trepaban por las paredes. Delgados estratos de hongos lanzaban un pálido resplandor amarillo que iluminaba el techo y el suelo. Era como si el bosque hubiese entrado a hurtadillas en la casa en medio de la noche y hubiese dejado parte de él en el interior. Noemí bajó las escaleras y se encontró con que la barandilla también estaba cubierta de flores.

Recorrió un pasillo por el que brotaban hongos casi a la altura de sus caderas. Los cuadros estaban ocultos bajo capas y capas de hojas.

En el sueño, sabía adónde tenía que ir. Cuando llegó al cementerio, comprobó que no había puertas de hierro. Por otro lado, ¿por qué tendría que haberlas? Estaba en una época anterior al cementerio. Una época en la que estaban construyendo un jardín de rosas en la ladera de la montaña.

Era un jardín, pero aún no crecían flores allí. Nadie había cortado flores para hacer ramos. Era un lugar pacífico, justo al borde de un pinar. La niebla rodeaba arbustos y piedras.

Noemí oyó voces, muy altas. A continuación, escuchó un grito penetrante. Sin embargo, todo a su alrededor estaba tan tranquilo, tan calmado, que ella misma también se tranquilizó. Ni siquiera se asustó cuando los gritos se repitieron en un tono aún más agudo, más intenso.

Llegó hasta un claro y contempló a una mujer que yacía sobre el suelo. Tenía el vientre enorme, en tensión. Parecía estar dando a luz, cosa que explicaba aquellos gritos. A su alrededor había varias mujeres que la asistían, la tomaban de la mano, le apartaban el pelo de la cara y le murmuraban. También había hombres que sostenían velas en las manos. Otros llevaban lámparas.

Noemí se fijó en que había una niña pequeña sentada en una silla. Llevaba el pelo rubio recogido en una coleta. En los brazos sostenía una tela blanca, sin duda destinada a acoger al recién nacido. Tras la niña se sentaba un hombre. Su mano descansaba sobre el hombro de la chica. En un dedo llevaba un anillo de ámbar.

Toda la escena tenía algo de ridículo. Una mujer resollante que daba a luz en el suelo mientras que tanto el hombre como la niña se sentaban en sillas tapizadas de terciopelo, como si fueran el público de una representación teatral. El hombre dio un golpecito con el dedo en el hombro de la niña. Otra vez. Y una tercera.

¿Cuánto tiempo llevaban allí sentados, en la oscuridad? ¿Cuánto tiempo llevaba ya el parto? No iba a tardar mucho más. Había llegado el momento.

La embarazada se aferró a una de las muchas manos y profirió un gemido largo y grave. Hubo un chapoteo, acompañado del sonido de la carne al golpear la tierra húmeda.

El hombre se puso en pie y se acercó a la mujer. Cuando se puso en movimiento, la gente que rodeaba a la embarazada se apartó, como un mar que se parte en dos.

Despacio, el hombre se acuclilló y sostuvo al bebé que acababa de dar a luz la mujer.

—La muerte, vencida —dijo el hombre.

Sin embargo, cuando alzó los brazos, Noemí vio que no tenía en las manos a un recién nacido. La mujer había dado a luz a un mazacote gris de carne, casi con forma ovalada, cubierto por una gruesa membrana y empapado de sangre.

Era un tumor. No estaba vivo. Y, sin embargo, latía con una suave cadencia. Aquel mazacote de carne se retorció. La membrana que lo cubría se rompió y cayó. Hubo un desgarro, y de su interior brotó una nube de polvo dorado. El hombre respiró aquel polvillo. Las mujeres que asistían a la parturienta, los hombres con velas y linternas, todos los presentes se acercaron, con las manos alzadas como si quisieran tocar aquel polvo dorado que, despacio, muy despacio, cayó al suelo.

Todo el mundo había olvidado a la parturienta. La atención estaba centrada en aquel mazacote de carne que el hombre alzaba sobre su cabeza.

Solo la niña pequeña le dedicó algo de atención a aquella figura temblorosa y exhausta que yacía en el suelo. La niña se aproximó y puso aquella tela que había sostenido entre sus manos contra la cara de la mujer, como si del velo de una novia se tratase. La apretó contra ella. La mujer se estremeció, incapaz de respirar. Intentó arañar a la niña, pero estaba exhausta. La niña, con las mejillas arreboladas, mantuvo la presión. Con un último estremecimiento, la mujer se ahogó. Entonces el hombre repitió aquellas mismas palabras:

—La muerte, vencida —dijo, y alzó los ojos para mirar directamente a Noemí.

En ese momento, cuando aquel hombre la miró, Noemí recordó el miedo. Recordó la repugnancia, el horror. Apartó el rostro. En su boca apareció el cobrizo sabor de la sangre, y en sus oídos empezó a sonar un leve zumbido.

Cuando se despertó, estaba en el piso de abajo, al pie de las escaleras. La luz de la luna entraba por los vitrales y pintaba su camisón con tonos amarillos y rojos. Un reloj sonó en alguna parte. Los tablones del suelo crujieron. Noemí apoyó una mano en la barandilla y escuchó con atención.

15

Noemí llamó con los nudillos y esperó. Esperó y esperó, pero nadie vino a abrir la puerta. Estaba de pie frente a la casa de Marta. Tironeó un poco del asa del bolso hasta que, finalmente, tuvo que aceptar la derrota. Volvió con Francis, que la miraba con aire de curiosidad. Tras estacionar el coche cerca de la plaza del pueblo habían ido a pie hasta allí, aunque Noemí le había dicho que podía esperarla en otro lado, igual que la última vez. Sin embargo, Francis le dijo que le vendría bien un paseo. Noemí se preguntó si lo que quería era tenerla vigilada.

—Parece que no hay nadie en casa —le dijo Noemí.

—¿Quieres que esperemos?

—No. Tengo que pasar por la clínica.

Francis asintió. Juntos se dirigieron sin prisa hacia lo que podía entenderse como el centro de El Triunfo, la parte con calles asfaltadas en lugar de caminos embarrados. Noemí temía que el doctor tampoco estuviera, pero cuando llegaron a la puerta de la clínica, Julio Camarillo apareció por la esquina.

—Doctor Camarillo —dijo ella.

—Buenos días —saludó el médico. Llevaba una bolsa de papel bajo un brazo y el maletín en el otro—. Viene usted muy temprano. ¿Le importa sujetar esto un momento?

Francis alargó una mano y agarró el maletín del doctor. Camarillo sacó un juego de llaves y abrió la puerta. Les hizo un gesto para que entrasen. A continuación, se acercó al mostrador, dejó la bolsa de papel al otro lado y les ofreció una sonrisa.

—No creo que nos hayan presentado —dijo Julio—, pero lo he visto en la oficina de correos, junto con el doctor Cummins. Es usted Francis, ¿verdad?

El chico rubio asintió.

—Sí, soy Francis —se limitó a decir.

—Sí, cuando este invierno pasado me hice cargo del consultorio del doctor Corona, lo mencionó a usted y a su padre. Creo que jugaban a las cartas juntos. Un buen hombre, el doctor Corona. Pero bueno, ¿qué tal la mano, Noemí? ¿Le sigue molestando? ¿Por eso han venido?

—¿Podemos hablar un momento? ¿Tiene usted tiempo?

—Sí, claro. Pasen —dijo el doctor.

Noemí entró en el consultorio. Miró por encima del hombro para ver si Francis pretendía entrar con ella, pero el chico se había sentado en una de las sillas del recibidor, con las manos en los bolsillos y la vista en el suelo. Si de verdad quería tenerla vigilada, no estaba haciendo un buen trabajo. No le habría costado nada fisgonear para enterarse de toda su conversación. Para Noemí fue un alivio comprobar que no tenía la menor intención de hacer tal cosa. Cerró la puerta y se sentó frente al doctor Camarillo, que se acomodó tras su escritorio.

—Bueno, ¿cuál es el problema?

—Catalina ha sufrido un ataque —dijo Noemí.

—¿Un ataque? ¿Es epiléptica?

—No. Compré un brebaje para ella, una especie de medicina que hizo esa mujer, Marta Duval. Catalina me pidió que se lo comprase, dijo que la ayudaría a dormir. Sin embargo, cuando se lo bebió, sufrió un ataque. He ido esta mañana a ver a Marta, pero no estaba. Quería preguntarle si ha oído que haya pasado algo así en el pueblo últimamente, si los remedios de Marta han hecho daño a alguien más.

—Marta suele ir a Pachuca a visitar a su hija. A veces hace excursiones para abastecerse de hierbas. Debe de ser por eso por lo que no la ha visto usted. Sin embargo, no he oído que haya pasado nada parecido a lo que usted me cuenta. El doctor Corona habría mencionado algo así, seguro. ¿Ha examinado el doctor Cummins a su prima?

—Dijo que lo que había causado el ataque era un opiáceo.

El doctor Camarillo echó mano de una pluma y jugueteó con ella entre los dedos.

—No hace mucho, el opio se usaba para tratar la epilepsia, ¿sabe? Con cualquier medicina cabe la posibilidad de una reacción alérgica, pero Marta suele ser muy cuidadosa con lo que administra.

—El doctor Cummins dijo que no era más que una charlatana.

Camarillo negó con la cabeza y volvió a dejar la pluma en el escritorio.

—No es ninguna charlatana. Mucha gente acude a Marta en busca de remedios, y ella los ayuda. Si creyese que pone en peligro la salud de los habitantes de El Triunfo, no lo permitiría.

—Pero ¿y si Catalina se excedió con la dosis del remedio de Marta?

—¿Una sobredosis? Sí, desde luego una sobredosis sería horrible. Podría perder la conciencia o incluso vomitar, pero es que creo que Marta no podría haberle proporcionado ningún opiáceo.

—¿Y eso por qué?

El doctor Camarillo unió las manos y apoyó los codos en el escritorio.

—No es el tipo de atención que dispensa Marta. Un opiáceo es un remedio que uno compraría en una farmacia. Marta hace remedios con hierbas y plantas locales. Por aquí no crecen amapolas con las que preparar un opiáceo.

—O sea, que dice usted que el ataque se ha debido a otra cosa.

—No puedo afirmarlo a ciencia cierta.

Noemí frunció el ceño, sin saber a qué atenerse con aquella nueva información. Había venido en busca de una respuesta sencilla, pero no había tal cosa. Por allí nada resultaba sencillo.

—Siento no poder serle de más ayuda. ¿Quiere que le eche un vistazo al sarpullido? ¿Ha cambiado la venda?

—No, no he podido. Me he olvidado por completo.

Ni siquiera había abierto el tarrito de la pasta de zinc. Julio le quitó el vendaje. Noemí esperaba ver la misma erupción rojiza en carne viva. Puede que incluso tuviera peor aspecto que la última vez.

Sin embargo, la muñeca estaba curada por completo. No había ni el menor bultito en su piel. Aquello pareció sobresaltar al doctor.

—Bueno, esto es de lo más sorprendente. Se ha desvanecido del todo —dijo el doctor Camarillo—. Creo que nunca he visto algo igual. Suele tardar entre siete y diez días, a veces incluso semanas, hasta que la piel se cura. Apenas han pasado dos días.

—Debo de tener mucha suerte —aventuró ella.

—Muchísima —contestó él—. Qué cosas. ¿Necesita algo más? Si no, puedo decirle a Marta que ha venido usted a buscarla.

Noemí pensó en aquel extraño sueño que había tenido la noche anterior, y en su nuevo episodio de sonambulismo. Sin embargo, no estaba segura de que el doctor fuera a poder ayudarla con eso. Era tal y como él mismo había dicho: no servía de mucha ayuda. Noemí empezaba a pensar que Virgil había estado en lo cierto cuando le dijo que Camarillo era demasiado joven y sin experiencia. O quizá es que estaba de mal humor. Desde luego, se sentía muy cansada. De repente, la ansiedad del día anterior se había apoderado de ella.

—Muy amable por su parte —dijo.

Noemí había esperado poder regresar a su habitación sin que nadie se percatase, pero, por supuesto, era mucho pedir. Ni una hora después de que Francis y Noemí hubiesen estacionado el coche, Florence vino a buscarla. Traía la bandeja del almuerzo de

Noemí. La depositó en la mesa sin decir nada desagradable, aunque su rostro tenía una acritud casi fiera. Era la cara del director de una cárcel listo para sofocar un motín.

—Virgil quiere hablar con usted —dijo—. Supongo que podrá comer y estar presentable dentro de una hora.

—Por supuesto —replicó Noemí.

—Bien. Vendré por usted.

Florence regresó exactamente una hora después. Guio a Noemí hasta la habitación de Virgil. Cuando se detuvieron delante de su puerta, Florence llamó una única vez con los nudillos. Fue un golpecito tan suave que Noemí pensó que Virgil no las habría oído. Sin embargo, su voz llegó alta y clara desde el otro lado de la puerta.

—Adelante.

Florence giró el picaporte y le abrió la puerta a Noemí para que pasase. Una vez hubo entrado, Florence volvió a cerrar la puerta con cuidado.

Lo primero en lo que se fijó Noemí al entrar en la habitación de Virgil fue en el imponente cuadro de Howard Doyle que había al otro lado de la habitación. Doyle, con las manos juntas y un anillo de ámbar en un dedo, la contemplaba desde el cuadro. La cama de Virgil estaba medio escondida tras un biombo de tres cuerpos decorado con lilas y rosas. Aquella división creaba un pequeño rincón para sentarse, con una alfombra desvaída y un par de desgastados sillones de cuero.

—Ha vuelto a bajar usted al pueblo esta mañana —dijo Virgil. Su voz llegó hasta Noemí desde el otro lado del biombo—. A Florence no le gusta que usted se marche sin más, sin mediar palabra.

Noemí se acercó al biombo. Se dio cuenta de que, en medio de tantas flores y helechos, yacía una serpiente. Estaba escondida con mucha sagacidad; el ojo del animal espiaba desde detrás de un ramo de rosas. Yacía, a la espera, como la serpiente en el jardín del Edén.

—Pensaba que el problema era ir sola en coche al pueblo —replicó Noemí.

—Los caminos están en mal estado. Cualquier día de estos empezarán las lluvias fuertes. El año en que yo nací, la lluvia anegó las minas. Lo perdimos todo.

—Ya me he dado cuenta de que llueve. Y es verdad, el camino está en mal estado. Pero no es intransitable.

—Pronto lo será. La lluvia nos ha dado un respiro, pero pronto volverá a llover con ferocidad. Alcánceme el batín que hay en la silla, por favor.

Agarró el pesado batín carmesí que habían dejado sobre una de las sillas y se acercó al biombo. Se sobresaltó al ver que Virgil no se había molestado en ponerse una camisa; se lo encontró ahí, semidesnudo, con aire despreocupado. Aquello parecía demasiado relajado, casi inmodesto. Noemí se ruborizó, avergonzada.

—Y entonces, ¿cómo va a subir aquí el doctor Cummins? Se supone que tiene que venir cada semana —dijo, al tiempo que se apresuraba a apartar la mirada mientras le tendía el batín.

Intentó mantener un tono de voz relajado, a pesar del calor que sentía en las mejillas. Si Virgil quería avergonzarla de veras, tendría que esforzarse más.

—Tiene una furgoneta. ¿De verdad cree usted que los coches que tenemos aquí están hechos para ir montaña arriba y montaña abajo todo el tiempo?

—Supuse que Francis me lo haría saber si pensaba que el viaje era peligroso.

—Francis —dijo Virgil. Noemí lo miró cuando pronunció aquel nombre. Virgil se ató el cinturón del batín—. Parece que pasa usted la mayor parte del tiempo con él, en lugar de con Catalina.

¿Era aquello un reproche? No, Noemí pensó que era algo distinto. La estaba evaluando, del mismo modo que un joyero contemplaría un diamante, en un intento de medir su claridad; del modo en que un entomólogo miraría las alas de una mariposa bajo el microscopio.

—He pasado una cantidad razonable de tiempo con él.

Virgil sonrió sin el menor placer.

—Tiene usted mucho cuidado con las palabras. Delante de mí

se muestra siempre serena. Me la imagino en su ciudad, con sus fiestecitas, sus cocteles y sus palabras bien escogidas. ¿Se permite usted allí desprenderse de la máscara?

Le hizo un gesto para que tomase asiento en uno de los sillones de cuero. Noemí lo ignoró con toda intención.

—Tiene gracia. Pensé que aquí sería usted quien pudiese enseñarme algo sobre mascaradas —replicó ella.

—¿A qué se refiere?

—No es la primera vez que Catalina sufre un ataque así. Ya se tomó un brebaje parecido y sufrió la misma reacción.

Había pensado no decir nada al respecto, pero quería calibrar la reacción de Virgil. Él la había evaluado, ahora le tocaba a ella.

—Sí ha pasado usted tiempo con Francis —dijo Virgil, con una expresión de franco disgusto—. Así es. Se me olvidó mencionar ese episodio previo.

—Qué conveniente.

—¿Qué? El doctor le explicó que Catalina tiene tendencias depresivas. Usted pensó que era todo mentira. Si le hubiese dicho que tiene tendencias suicidas...

—No tiene tendencias suicidas —protestó Noemí.

—Pues claro, olvidaba que usted lo sabe todo —murmuró Virgil.

Compuso una expresión aburrida y agitó la mano en el aire como si espantase a un insecto invisible. Como si la despachase a ella de su presencia. Aquel gesto la puso furiosa.

—Se llevó usted a Catalina de la ciudad y la trajo aquí. Si tiene tendencias suicidas, es culpa suya —replicó.

Quería ser cruel. Quería pagarle con la misma moneda que había usado él con ella antes. Sin embargo, se arrepintió de sus palabras en cuanto las hubo pronunciado, porque, por una vez, Virgil pareció afectado. Por un momento pareció que incluso le había golpeado, su expresión reflejaba dolor y, quizá, vergüenza.

—Virgil —empezó a decir Noemí, pero él negó con la cabeza para acallarla.

—No, tiene usted razón. Es culpa mía. Catalina se enamoró de mí por razones equivocadas. —Virgil tomó asiento, muy recto, con los ojos fijos en ella y las manos apoyadas en los reposabrazos del sillón—. Siéntese, por favor.

Noemí no estaba lista para ceder. No se sentó. En cambio, se quedó de pie tras el sillón y se apoyó en el respaldo. De forma vaga, pensaba que así le sería más fácil echar a correr. No estaba muy segura de la razón por la que pensó tal cosa. Era algo inquietante pensar que debía de estar lista para saltar como una gacela y escapar de allí. Lo que pasaba, concluyó, era que no le gustaba hablar a solas con Virgil en su habitación.

Su terreno. Su madriguera.

Sospechaba que Catalina jamás había puesto un pie en aquella recámara. O, de haberlo hecho, había sido por un breve lapso, solo con invitación. No había rastro de ella. Los muebles, aquella enorme pintura, legado de su padre, el biombo de madera, el antiguo papel tapiz manchado con leves rastros de moho…, todo aquello pertenecía a Virgil Doyle. Era su gusto, sus cosas. Hasta sus facciones parecían casar bien con la habitación. El pelo rubio resaltaba contra el cuero oscuro, su rostro parecía hecho de alabastro, enmarcado entre dobleces de terciopelo rojo.

—Su prima tiene una imaginación muy viva —dijo Virgil—. Creo que vio en mí una especie de figura trágica, romántica. Un chico que había perdido a su madre en su juventud, en una tragedia sin sentido, y cuya fortuna familiar se había evaporado en los días de la Revolución. Un chico que creció con un padre enfermo en una mansión casi en ruinas en las montañas.

Sí. Todo eso debía de haberle gustado. En un principio. Virgil tenía una vehemencia que a Catalina le habría resultado atractiva y, en su hogar, con la niebla en el exterior y el destello de los candelabros de plata en el interior, le habría parecido de lo más resplandeciente. ¿Cuánto tiempo habría tardado en desgastarse toda aquella sensación de novedad?, se preguntó Noemí.

Quizá Virgil percibió la pregunta, porque esbozó una mueca que pasaba por una sonrisa.

—Sin duda Catalina se imaginó que la casa era un refugio exquisito y rústico al que, con un poco de esfuerzo, podía darse más alegría. Por supuesto, mi padre no iba a permitir que se cambiase ni siquiera una cortina. Todos aquí existimos para su gozo.

Volvió la cabeza para contemplar el retrato de Howard Doyle. Golpeteó con un dedo el reposabrazos del sillón.

—¿Querría usted cambiar, aunque fuera una cortina?

—Yo cambiaría bastantes cosas. Mi padre no ha salido de esta casa desde hace años. Para él, este sitio es su visión ideal del mundo, nada más. Yo he visto el futuro y comprendo nuestras limitaciones.

—En ese caso, si un cambio es posible...

—Cierto tipo de cambio —se mostró de acuerdo Virgil—, pero no un cambio tan grande como para convertirme en lo que no soy. No se puede cambiar la esencia de las cosas. He ahí el problema. Supongo que el quid de la cuestión es que Catalina quería a alguien distinto. No me quería a mí, en carne y hueso, con mis defectos. Se sintió infeliz de inmediato, y sí, es culpa mía. Yo no estaba a la altura de sus expectativas. Fuera lo que fuese lo que Catalina vio en mí, en realidad nunca estuvo ahí.

«De inmediato.» Entonces, ¿por qué no había vuelto Catalina a casa? Sin embargo, en cuanto se hizo la pregunta, Noemí comprendió la respuesta. La familia. Todo el mundo habría quedado traspuesto. La más venenosa de las tintas habría corrido por las páginas de sociedad. Justo lo que ahora temía su padre.

—¿Y qué vio usted en ella?

El padre de Noemí había estado seguro de que era por su dinero. Noemí no pensaba que Virgil fuese a admitirlo, pero sí creía ser capaz de discernir la verdad, de leer entre líneas. De acercarse a una respuesta verdadera, aunque esta quedase velada.

—Mi padre está enfermo. Se está muriendo, de hecho. Antes de irse, quería verme casado. Quería asegurarse de que yo tuviera esposa e hijos, de que el linaje familiar no se extinguiría. No era la primera vez que me exigía algo así, y no fue la primera vez que yo accedí. Ya había estado casado con anterioridad.

—No lo sabía —dijo Noemí, sorprendida—. ¿Qué sucedió?

—Ella era todo lo que mi padre pensaba que debía ser una esposa ideal. El único detalle es que olvidó consultarme mi opinión —dijo Virgil con una risa entre dientes—. De hecho, era la hija de Arthur. A mi padre se le había metido en la cabeza desde que éramos niños que nos íbamos a casar. «Cuando ustedes sean mayores y contraigan sus nupcias», solían decirnos. Esas repeticiones no ayudaban nada. Tuvieron el efecto opuesto. Nos casamos cuando cumplimos los veintitrés. Yo no le gustaba. Ella a mí me parecía aburrida.

»Sin embargo, supongo que podríamos habérnoslas arreglado para construir algo de valor entre los dos, de no haber sido por los abortos espontáneos. Tuvo cuatro seguidos, cosa que acabó por desgastarla. Me abandonó.

—¿Se divorció de usted?

Él asintió.

—Sí. Al cabo, de forma implícita, comprendí que mi padre quería que volviera a casarme. Hice un par de viajes a Guadalajara y a la Ciudad de México. Conocí a mujeres interesantes y bonitas, mujeres que, sin duda, habrían complacido a mi padre. Sin embargo, Catalina fue la única que de verdad me llamó la atención. Era muy dulce. No es una cualidad que abunde en High Place. Eso me gustaba. Me gustaba su suavidad, sus ideas románticas. Catalina quería un cuento de hadas, y yo quería dárselo.

»Y, por supuesto, todo salió mal. No solo su enfermedad, sino la soledad, los ataques de tristeza. Pensé que comprendía lo que supondría vivir aquí conmigo. Y creí comprender lo que supondría vivir aquí con ella. Me equivoqué. Y ahora, aquí estamos.

Un cuento de hadas, sí. Blancanieves con su beso mágico y la bella que transforma a la bestia. Catalina había leído todas aquellas historias para jovencitas, había entonado cada frase con gran convicción dramática. Toda una actuación. Aquel era el resultado de las ensoñaciones de Catalina. Ahí estaba su cuento de hadas. Había acabado en un matrimonio fallido que, junto con su enfermedad y sus problemas mentales, debía de haber supuesto una carga terrible sobre sus hombros.

—Si lo que odia es la casa, podría usted llevarla a otro lugar.

—Mi padre quiere que estemos en High Place.

—Tiene usted que hacer su propia vida, ¿no?

Él sonrió.

—Mi propia vida. No sé si se ha dado cuenta, pero ninguno de nosotros puede tener su propia vida. Mi padre me necesita aquí, y ahora mi esposa está enferma. Es la misma historia. Tenemos que quedarnos. ¿Se da cuenta usted de la dificultad de la situación?

Noemí se restregó las manos entre sí. Vaya si se daba cuenta. No le hacía ni un poco de gracia, pero se daba cuenta. Estaba cansada. Sentía que no hacían más que dar vueltas a lo mismo. Quizá Francis estaba en lo cierto; quizá lo mejor sería hacer las maletas. Pero no, no, se negaba a marcharse.

Virgil centró la vista en ella. Azul, intensa, del tono del lapislázuli.

—Bueno, creo que nos hemos apartado del tema que tenía en mente cuando le pedí que viniera aquí. Quería pedirle disculpas por mis palabras de la última vez que nos vimos. No estaba pensando con claridad. De hecho, sigo sin pensar con claridad. En cualquier caso, si la he molestado, lo siento mucho —dijo Virgil, lo cual la sorprendió.

—Gracias —replicó ella.

—Espero que podamos ser amigos. No hay necesidad de comportarse como enemigos.

—Sé que no lo somos.

—Me temo que hemos empezado con mal pie. Quizá podríamos intentarlo de nuevo. Le prometo que le pediré al doctor Cummins que pregunte por algún psiquiatra en Pachuca, como una opción que podríamos aprovechar. Puede usted ayudarme a elegir un buen psiquiatra; quizá incluso podríamos escribirle juntos.

—Eso estaría bien.

—Entonces, ¿tregua?

—No estamos en guerra, ¿recuerda?

—Ah, sí. De todos modos… —Alargó la mano.

Noemí vaciló, pero acabó por salir de detrás del sillón para estrechársela. Tenía buen agarre, su mano era grande y cubría la de Noemí, diminuta.

Se excusó y salió. Cuando se dirigía ya a su habitación, se cruzó con Francis. El chico acababa de abrir la puerta de un cuarto, pero se detuvo al oír los pasos de Noemí y giró hacia ella. La saludó con una muda inclinación de cabeza, sin mediar más palabra.

Noemí se preguntó si Florence lo habría regañado por llevarla al pueblo. Quizá Virgil también lo llamaría y le diría lo mismo que le había dicho a ella: «Parece que pasas mucho tiempo con Noemí». Se imaginó que tendrían una fuerte discusión, si bien en voz baja, porque a Howard no le gustaban los ruidos. Allí las peleas tenían que ser susurradas.

«No volverá a ayudarme —pensó al ver la duda pintada en su cara—. He agotado su buena voluntad.»

—Francis —dijo.

Él fingió no haberla oído. Entró y cerró con cuidado la puerta tras él, con lo que desapareció de su vista. Se lo había tragado una de las muchas habitaciones de aquella casa, uno de los vientres de la ballena.

Noemí colocó la mano contra la puerta, pero luego cambió de idea y siguió caminando, consciente de que ya había causado muchas molestias. Quería disculparse por todo el ajetreo. Decidió ir en busca de Florence. La encontró charlando con Lizzie en la cocina, entre susurros.

—Florence, ¿tiene usted un minuto? —preguntó.

—Su prima está echando la siesta. Si quiere…

—No se trata de Catalina.

Florence le hizo un gesto a la criada y, a continuación, se giró hacia Noemí y le hizo una señal para que la siguiera. Fueron hasta una habitación en la que no había entrado hasta entonces. Tenía una mesa maciza de buen tamaño sobre la que descansaba una máquina de coser de aspecto antiguo. Varias cajoneras abiertas contenían cestas y revistas de costura amarillentas. En una de las paredes se veían clavos viejos, señal de los lugares donde antaño habían colgado cuadros de los que ahora solo quedaban leves trazas de marcos. Sin embargo, la habitación estaba ordenada y limpia.

—¿Qué necesita? —preguntó Florence.

—Le pedí a Francis que me llevara al pueblo esta mañana. Sé que no le gusta que nos vayamos sin hablar con usted antes. Quiero que sepa que ha sido culpa mía. No debería usted enfadarse con él.

Florence se sentó en una silla de buen tamaño situada junto a la mesa. Entrelazó los dedos y contempló a Noemí.

—Cree usted que soy muy dura, ¿verdad? No, no lo niegue.

—Estricta sería una palabra más adecuada —dijo Noemí en tono educado.

—Es importante mantener cierto sentido del orden en casa, como en la vida. Ayuda a darse cuenta del lugar que una tiene en el mundo, dónde pertenece. Las clasificaciones taxonómicas contribuyen a colocar a cada criatura en la rama que le corresponde. No conviene olvidarse de quién se es, ni de qué obligaciones se tiene. Francis tiene deberes, tiene tareas que cumplir. Usted lo aparta de dichas tareas. Consigue que se olvide de sus obligaciones.

—Pero imagino que no tendrá tareas todo el día.

—Ah, ¿no? ¿Y qué sabe usted? Aunque sus días estuvieran por entero dedicados al ocio, ¿por qué habría de pasarlos con usted?

—No pretendo monopolizar toda su vida, pero no veo…

—Cuando está con usted, se comporta como un tonto. Se olvida por completo de cuál es su lugar. ¿Cree que Howard le va a permitir hacer algo con usted? —Florence negó con la cabeza—. Pobre chico —murmuró—. ¿Qué es lo que quiere usted, eh? ¿Qué quiere de nosotros? No nos queda nada.

—Yo solo quería disculparme —dijo Noemí.

Florence se apretó la sien derecha con la mano y cerró los ojos.

—Pues ya lo ha hecho. Váyase, váyase.

Al igual que el tipo de criatura miserable que Florence había mencionado, el tipo de criatura que no sabe cuál es su lugar en el mundo ni cómo encontrarlo, Noemí se sentó en las escaleras sola, durante un rato. Contempló la ninfa del poste de la escalera y las partículas de polvo que bailaban en un rayo de luz.

16

lorence no permitía que Noemí estuviese a solas con Catalina. Una de las criadas, Mary, tenía órdenes de montar guardia en un rincón. No había que volver a confiar en Noemí jamás. Nadie lo dijo de forma explícita, pero cuando Noemí se acercó a la cama de su prima, la criada empezó a moverse por la habitación, despacio, repasando la ropa en el armario, doblando sábanas. Tareas de lo más innecesarias.

—¿Le importaría hacer eso más tarde, por favor? —le pidió Noemí a Mary.

—No me da tiempo por las mañanas —replicó la criada en un tono de voz neutro.

—Mary, por favor.

—No te preocupes por ella —dijo Catalina—. Siéntate.

—Es que... Está bien, no importa —contestó Noemí.

Intentó que aquello no la molestase demasiado. Prefería mantener una fachada de positividad delante de Catalina. Además, Florence había dicho que podía estar media hora con Catalina, ni un minuto más, y quería aprovechar el tiempo.

—Te ves mucho mejor.

—Mentirosa —dijo Catalina, pero sonrió.

—¿Quieres que te ahueque las almohadas? ¿Te traigo las pantuflas para que esta noche puedas bailar como una de las Doce Princesas Danzantes?

—Recuerdo que te gustaba mucho la ilustración de ese libro —dijo Catalina con suavidad.

—Sí me gustaba. Lo leería ahora mismo si pudiera.

La criada empezó a sacudir las cortinas, de espaldas a ellas dos. Catalina le lanzó a Noemí una mirada ansiosa.

—¿Te apetece leerme algo de poesía? Mi viejo libro de poemas está ahí. Ya sabes lo mucho que me gusta sor Juana.

Noemí recordaba el libro que descansaba sobre la mesita de noche. Al igual que aquel otro volumen lleno de cuentos de hadas, aquel libro era un tesoro de la familia.

—¿Cuál quieres que te lea? —preguntó Noemí.

—*Hombres necios.*

Noemí pasó las páginas, aquellas páginas gastadas que tan bien recordaba. De pronto captó un elemento desacostumbrado: un trocito de papel amarillento y doblado, apretado contra las páginas. Noemí miró a su prima. Catalina no dijo nada; tenía los labios apretados, pero en sus ojos Noemí vio un evidente miedo. Catalina miró en dirección a Mary. La mujer seguía ocupada con las cortinas. Noemí se guardó el papel y empezó a leer. Leyó varios poemas, con voz firme. Al cabo, Florence se asomó por la puerta, con una bandeja de plata con tetera a juego, una taza y un puñado de galletas en un platito de porcelana.

—Es hora de que Catalina descanse —dijo Florence.

—Por supuesto.

Noemí cerró el libro, dócil, y se despidió de su prima. Cuando Noemí llegó a su habitación, se percató de que Florence había estado allí. Había una bandeja con una taza de té y otro montoncito de galletas, como las de Catalina.

Noemí cerró la puerta sin hacer el menor caso del té. No tenía apetito, y llevaba eones sin fumarse un cigarrillo. Toda aquella situación le estaba amargando los placeres.

Desdobló aquel papelito plegado. Reconoció la letra de Catalina en una esquinita.

«Esta es la prueba.»

Acabó de desplegar el papelito, preguntándose qué sería lo que había escrito Catalina. ¿Sería otra sarta de insensateces como las de la extraña misiva que le había enviado al padre de Noemí? La carta que había dado comienzo a todo aquello. Aquella carta, sin embargo, no era de su prima, como había pensado en un primer momento. Era más antigua, el papel estaba quebradizo. Parecía una página arrancada de un diario. No tenía fecha, pero tenía todo el aspecto de ser la página de un diario.

Voy a poner estos pensamientos por escrito, porque es la única manera de mantener firme mi resolución. Puede que mañana me falte el valor, pero estas palabras habrán de anclarme a mi resolución de aquí y ahora. Al momento presente. Oigo sus voces sin cesar, susurrantes. Brillan por la noche. Quizá podría soportarlo, podría soportar todo este lugar, si no fuera por él. Nuestro amo y señor. Nuestro Dios. Un huevo partido en dos, y una poderosa serpiente que brota de su interior, que abre las fauces. Nuestro gran legado surge de cartílago y sangre y raíces hondas, muy hondas. Los dioses no pueden morir. Esto es lo que nos han dicho, lo que Madre cree. Sin embargo, Madre no puede protegerme. No puede salvarnos a ninguno. Eso me corresponde a mí. Puede que esto sea un sacrilegio, o simplemente un asesinato, o ambos. Cuando se enteró de lo de Benito, me dio una paliza, pero entonces juré que jamás le daría un hijo, que no me doblegaría a su voluntad. Creo firmemente que no habrá pecado en esta muerte. Habrá liberación, habrá salvación.

R.

R., una única letra como firma. Ruth. ¿Podía ser realmente una página del diario de Ruth? Noemí no creía que Catalina hubiese falsificado algo así, por más que aquella letra tuviese un parecido inaudito con la de su prima. Pero ¿dónde podría haberla encontrado Catalina? La casa era grande y vieja. Noemí se imaginó a Catalina vagando por aquellos corredores oscurecidos. Quizá un tablón suelto se había elevado al pasar por encima y había encontrado aquel esquivo fragmento del diario escondido debajo.

Con la cabeza inclinada sobre la carta, Noemí se mordió el labio inferior. Leer aquel trozo de papel con aquellas frases escalofriantes bastaría para que cualquiera empezase a creer en fantasmas, en maldiciones, o en ambos. Por supuesto, Noemí jamás había dado crédito a ideas sobre cosas que se arrastran por la noche. Fantasías y nada más, era lo que se decía a sí misma. Había leído *La rama dorada* y había asentido ante el capítulo en el que se mencionaba cómo expulsar el mal. También había hojeado una revista que detallaba la conexión entre los fantasmas y la enfermedad en Tonga, y se había reído ante una carta al editor de la revista *Folklore* que mencionaba un encuentro con un espíritu sin cabeza. No tenía por costumbre creer en lo sobrenatural.

«Esta es la prueba», había dicho Catalina. Pero ¿la prueba de qué? Dejó la carta en la mesa y la alisó un poco. Volvió a leerla.

«Intenta atenerte a los hechos, idiota», se dijo, al tiempo que se mordía una uña. ¿Cuáles eran los hechos? Que su prima había mencionado una presencia en aquella casa, voces incluidas. Ruth también hablaba de voces. Noemí no había oído voces, pero sí había tenido pesadillas; incluso había caminado en sueños, cosa que no había hecho en años.

Podía llegarse a la conclusión de que aquello no era más que tres mujeres tontas e histéricas. Así lo habrían diagnosticado los médicos de antaño. Pero si había algo que Noemí no tenía, definitivamente era histeria.

Si ninguna de las tres sufría de histeria, entonces era que había entrado en contacto con algo que vivía en la casa. Sin embargo, ¿tenía por fuerza que ser algo sobrenatural? ¿Tenía que ser una maldición? ¿Un fantasma? ¿No podía haber una explicación racional? ¿Estaba viendo un patrón donde en realidad no había nada? A fin de cuentas, era justo eso lo que hacían los humanos:

buscar patrones. Quizá estaba mezclando tres historias distintas en una narrativa que no era tal.

Quería hablar con alguien acerca de todo aquello, porque de lo contrario, se iba a acabar desgastando las suelas de los zapatos de tanto dar vueltas por la habitación. Se metió el papelito en el bolsillo del suéter, echó mano de la lámpara de aceite y fue en busca de Francis. Llevaba un par de días evitándola, supuso que porque Florence también le había soltado aquel discurso sobre deberes y tareas. Sin embargo, no creía que Francis fuera a cerrarle la puerta en la cara si iba a hablar con él. Además, en aquella ocasión no iba a pedirle ningún favor. Lo único que quería era charlar. Envalentonada, fue en su busca.

Francis abrió la puerta y, antes de que pudiese siquiera saludarla, Noemí dijo:

—¿Puedo pasar? Tengo que hablar contigo.

—¿Ahora?

—Cinco minutos. Por favor.

Francis parpadeó, no muy seguro. Se aclaró la garganta.

—Sí. Sí, claro.

Las paredes de su habitación estaban cubiertas con dibujos coloridos y grabados de especímenes botánicos. Noemí contó una docena de mariposas primorosamente clavadas con alfileres en estanterías de cristal, así como cinco encantadoras acuarelas de hongos, cada uno con su nombre escrito en letra diminuta. Había dos estanterías llenas de volúmenes encuadernados en cuero, así como libros amontonados sobre el suelo en pulcras pilas. El olor a páginas desgastadas y a tinta permeaba toda la habitación, como si del perfume de un exótico ramo de flores se tratase.

La habitación de Virgil tenía una zona de estar, pero la de Francis, no. Noemí vio la estrecha cama bajo una colcha verde oscuro, así como una cabecera adornada con una profusa decoración de hojas, sin olvidar el omnipresente motivo de la serpiente que se devora la cola, justo en el centro. Había un escritorio a juego, cubierto con más libros. En una esquina del escritorio descansaban una taza y un plato vacíos. Ahí era donde

Francis debía de comer. No usaba la mesa del centro de la habitación.

Al acercarse, Noemí se dio cuenta de la razón: aquella mesa estaba llena de papeles y enseres de dibujo. Contempló los lápices afilados, los viales de tinta y las plumillas. Una caja de acuarelas, los pinceles dentro de una taza. Había muchos dibujos al carboncillo, y otros hechos con tinta. Esbozos botánicos en gran cantidad.

—Eres todo un artista —dijo Noemí, tocando el borde de un dibujo en el que se veía un diente de león. En la otra mano, aún sostenía la lámpara de aceite.

—Me gusta dibujar —dijo él, avergonzado—. Me temo que no tengo nada que ofrecerle, me he acabado el té.

—No me gusta nada el té que hacen aquí —dijo ella, mientras contemplaba otro dibujo; en esa ocasión, de una dalia—. En alguna época yo también intenté pintar. Pensé que tenía sentido, ¿sabes? Con eso de que mi padre se dedica a los tintes y a la industria de la pintura. Pero no era nada buena. Además, me gustan más las fotos. Las fotos son capaces de capturar las cosas al momento.

—Pero la pintura es la exposición continua de la misma cosa. Captura la esencia de cada objeto.

—También eres un poeta.

Francis compuso una expresión aún más avergonzada.

—Sentémonos —dijo.

Tomó la lámpara de manos de Noemí y la dejó en el escritorio, donde ya había colocado varias velas. Sobre la mesita de noche descansaba otra lámpara de aceite, muy parecida a la que traía ella. El cristal tenía una tonalidad amarilla que sumió la habitación en una pátina ambarina.

Francis señaló una silla de buen tamaño cubierta con un antimacasar que mostraba un estampado de guirnaldas de rosas. Apartó un par de libros que había dejado encima de la silla. A continuación, agarró la silla de su escritorio y se sentó frente a ella. Unió las manos y se inclinó hacia delante.

—¿Tienes mucho contacto con los negocios de tu familia? —preguntó Francis.

—Cuando yo era niña, solía ir al despacho de mi padre para jugar a que escribía informes y memorandos. Ahora eso no me despierta tanto interés.

—¿No quieres tener nada que ver con los negocios de tu familia?

—No. A mi hermano le encanta, pero no veo razón por la que me tenga que interesar la pintura, aunque sea el campo de los negocios de mi familia. O, peor aún: que tenga que casarme con el heredero de alguna compañía de la industria de la pintura solo para que las dos compañías puedan fusionarse. A lo mejor quiero hacer algo distinto. Quizá tengo un talento secreto y asombroso que pueda explotar. Puede que estés hablando con una antropóloga extraordinaria, ¿sabes?

—Entonces, ¿no vas a ser pianista?

—¿Y por qué no ser ambas cosas? —preguntó ella con un encogimiento de hombros.

—Por supuesto.

La silla era cómoda. Le gustaba aquella habitación. Giró la cabeza y contempló las acuarelas.

—¿Esas también las has hecho tú?

—Sí. Hace algunos años. No son muy buenas.

—Son hermosas.

—Si tú lo dices —replicó él, en tono solemne.

Francis sonrió. Tenía un rostro algo anodino, incluso disparejo. A Noemí le había gustado Hugo Duarte porque era un chico guapo. Además, le atraían los hombres que se preocupaban por su apariencia, capaces de vestir bien y sacarle partido a su encanto. Sin embargo, aquel muchacho estrafalario lleno de imperfecciones le gustaba, no era ningún Casanova pero su callada inteligencia le fascinaba.

Francis llevaba puesta su chaqueta de pana, pero en la intimidad de su habitación, iba sin zapatos y con una camisa vieja y gastada. Aquel aspecto le daba un cariz íntimo y encantador.

Noemí se sorprendió ante el súbito impulso de inclinarse hacia él y darle un beso. Era un sentimiento ardiente, luminoso, casi ansioso. Y, sin embargo, vaciló. Resultaba fácil besar a alguien cuando no le importaba, pero cuando el beso iba a suponer algo, la situación se complicaba.

No quería complicar más las cosas. Sobre todo, no quería jugar con él.

—No has venido aquí para hacerles cumplidos a mis dibujos —dijo él, como si notase su vacilación.

Cierto. No era esa la razón. Noemí se aclaró la garganta y negó con la cabeza.

—¿Has pensado alguna vez que tu casa podría estar embrujada?

Francis le mostró una débil sonrisa.

—¿Por qué dices algo tan extraño?

—Sí es extraño, pero tengo buenas razones para preguntarlo: ¿crees que está embrujada?

Hubo un silencio. Despacio, Francis se metió las manos en los bolsillos y contempló la alfombra a sus pies. Frunció el ceño.

—No me voy a reír de ti si me dices que has visto fantasmas —añadió Noemí.

—Los fantasmas no existen.

—Pero ¿y si existieran? ¿Te lo has preguntado alguna vez? No me refiero a fantasmas cubiertos con sábanas y que arrastran cadenas. En cierta ocasión leí un libro sobre el Tíbet. Lo había escrito una mujer llamada Alexandra David-Neel. Decía que en el Tíbet hay gente capaz de crear fantasmas. Los extraían de su voluntad hasta hacerlos reales. ¿Cómo los llamaba...? Tulpa.

—Suena a cuento.

—Por supuesto. Pero en la Universidad de Duke hay un profesor, J. B. Rhine, que estudia parapsicología. Cosas como telepatía, percepción extrasensorial.

—¿De qué me estás hablando, Noemí? —preguntó él.

Había una cautela terrible en sus palabras.

—Te estoy hablando de que, quizá, mi prima está perfectamente cuerda. Quizá esta casa está embrujada, pero podría tener una explicación lógica. Aún no sé cómo, pero puede que tenga que ver con la parapsicología. Piensa en ese viejo dicho de tu patria natal: más loco que un sombrerero.

—No te entiendo.

—En Inglaterra, la gente solía decir que los sombrereros tenían tendencia a volverse locos, pero en realidad se debía a los materiales con los que trabajaban. Inhalaban vapores de mercurio cuando hacían sombreros de fieltro. Incluso hoy en día hay que tener cuidado con esos materiales. Se puede mezclar mercurio con la pintura para mantener a raya el moho, pero bajo ciertas condiciones, el compuesto puede liberar al aire suficiente vapor de mercurio como para enfermar a la gente. Todas las personas en una habitación podían perder la cabeza por culpa de la pintura.

Francis se puso de pie de repente y la agarró de las manos:

—No digas ni una palabra más —le dijo en voz baja.

Había hablado en español. Desde que Noemí había llegado a la casa, toda su comunicación había sido en inglés; no recordaba haber usado ni una sola palabra en español en High Place. Tampoco recordaba que Francis la hubiera tocado en ningún momento. Si la había tocado antes, había sido de forma no deliberada. Sin embargo, ahora sus manos estaban firmes alrededor de sus muñecas.

—¿Crees que estoy más loca que un sombrerero? —preguntó Noemí, también en español.

—Por Dios bendito, no. Creo que estás cuerda y que eres muy lista. Demasiado, quizá. ¿Quieres escucharme? Escucharme de verdad. Vete, hoy. Márchate ahora mismo. Este sitio no es para ti.

—¿Qué sabes que no me quieres decir?

Él la contempló, sin soltarle las manos.

—Noemí, aunque los fantasmas no existan, se puede estar embrujada. Es un asunto serio, hay que tenerle respeto. Tú no tienes miedo. Mi padre era como tú y pagó un alto precio.

—Tu padre se cayó por un barranco —dijo ella—. ¿O pasó algo más?

—¿Quién te lo ha dicho?

—Yo he preguntado primero.

Sintió una punzada fría de puro terror en su corazón. Francis se apartó de ella, inquieto. Ahora le tocó el turno a Noemí de agarrarlo de las manos, de sujetarlo.

—¿Quieres hacer el favor de hablar conmigo? —insistió—. ¿Qué más pasó?

—Mi padre era un borracho. Se cayó por un barranco y se rompió el cuello. ¿Tenemos que hablar de esto ahora?

—Sí, sí tenemos. Porque me parece que no estás dispuesto a hablar de nada conmigo, en ningún momento.

—Eso no es cierto. Te he contado muchas cosas. Si me escucharas...

Liberó las manos del agarre de Noemí y se las colocó sobre los hombros en el mismo movimiento.

—Te escucho.

Francis emitió un sonido de protesta, un suspiro a medias. Noemí pensó que quizá empezaría a abrirse un poco, a hablar con ella, pero entonces se oyó un sonoro gemido por el pasillo. El gemido se repitió. Francis se apartó de ella.

La acústica de aquel lugar era muy extraña. Noemí se preguntó cómo podía el sonido trasladarse tan bien allí dentro.

—Es el tío Howard. Otra vez tiene dolores —dijo Francis con una mueca que le dio a Noemí la impresión de que era él quien sufría dolor—. No puede aguantar mucho más.

—Lo siento. Debe de ser muy difícil para ti.

—No tienes ni idea. Ojalá se muriese.

Una frase horrible, aunque Noemí supuso que no era fácil vivir día a día en aquella casa llena de crujidos, de moho, siempre caminando de puntillas para no molestar al anciano. ¿Qué tipo de resentimiento nacería en el corazón de un joven al que se le negaba todo tipo de afecto y de amor? Noemí no podía imaginar que nadie hubiese amado de verdad a Francis en toda su vida. Ni su tío ni su madre. ¿Habían llegado a ser amigos Virgil y Francis? ¿Se habrían mirado el uno al otro, cansados, para acabar confesando sus frustraciones? Pero claro, Virgil, a pesar de tener sus propias miserias, había salido al mundo. Francis seguía atado a aquella casa.

—Hey —le dijo ella.

Alargó una mano y le tocó el brazo.

—Recuerdo cuando era pequeño y me pegaba con el bastón —musitó Francis. Su voz era apenas un susurro ronco—. Para enseñarme a tener fuerza, como él decía. Y yo pensaba, Dios santo, Ruth tenía razón. Tenía razón. No consiguió acabar con él. No tiene sentido intentarlo, pero Ruth tenía razón.

Parecía destrozado del todo y, aunque era cierto que lo que había dicho era horrible, Noemí sintió más pena que horror. No se apartó de él, siguió sujetándolo del brazo. Fue Francis quien apartó la cabeza y acabó por rehuirla.

—El tío Howard es un monstruo —le dijo Francis—. No te fíes de él. No te fíes de Florence. No te fíes de Virgil. Deberías volver a tu cuarto. Preferiría que te quedaras, pero es mejor que te vayas.

Ambos guardaron silencio. Francis, compungido, bajó la vista.

—Si quieres que me quede, puedo quedarme.

Francis la miró y esbozó una débil sonrisa.

—Si mi madre te encuentra aquí, le dará un ataque. Llegará en cualquier momento. Cuando Howard se pone así, quiere que todos estemos disponibles. Vete a dormir, Noemí.

—Sí, como si fuera a ser capaz de dormir —dijo ella con un suspiro—. Podría contar ovejas, ¿piensas que eso me ayudaría?

Pasó un dedo por la cubierta del libro en lo alto de una de las pilas, junto a la silla a la que se sentaba. No tenía más que decir, solo quería retrasar el momento de marcharse, con la esperanza de que Francis hablase algo más con ella, a pesar de sus reservas. Quería que le hablase de los fantasmas y de ese embrujo del que quería saber más. Sin embargo, no sirvió de nada.

Francis le agarró la mano y se la apartó del libro. La miró.

—Noemí, por favor —susurró—. Te he dicho que van a venir por mí, y es la verdad.

Le dio la lámpara de aceite y abrió la puerta para que se marchase.

Noemí salió al pasillo.

Miró por encima del hombro antes de girar el recodo. Francis tenía un aspecto fantasmal de pie en el dintel. El resplandor de su propia linterna y de las velas desde el interior de la habitación iluminaba su pelo como una llama ultraterrena. En los pequeños pueblos de todo el país se solía decir que las brujas eran capaces de convertirse en bolas de fuego y de volar por el aire. Era la explicación que se daba a los fuegos fatuos. Noemí pensó en eso y en aquel sueño que tuvo, el de la mujer dorada.

17

 oemí había dicho la verdad en cuanto a lo de contar ovejas. Tanto pensar en casas embrujadas y en enigmas la había alterado demasiado como para cerrar los ojos y dormir con facilidad.

Además, el momento en que había sentido el impulso de inclinarse y besar a Francis seguía clavado en su mente, eléctrico.

Decidió que lo mejor que podía hacer era darse un baño.

El cuarto de baño era viejo. Varios de los azulejos estaban agrietados, pero bajo la luz de la lámpara de aceite, la bañera parecía intacta y decididamente limpia, si bien el techo estaba muy estropeado, lleno de feas manchas de moho.

Noemí puso la lámpara de aceite sobre una silla, de la que también colgó la bata de baño. Abrió el grifo. Florence le había dicho que lo más conveniente era tomar baños templados, pero Noemí no tenía la menor intención de meterse en agua fría. Puede que la caldera no funcionase muy bien, pero ella llenó la bañera de agua caliente. La habitación se llenó de vaho.

En casa, habría echado aceites olorosos o sales de baño al

agua, pero allí no había nada de eso. Se metió en la bañera y acomodó la cabeza.

High Place no era un cuchitril, pero había una infinidad de cosas que no funcionaban. Estaba todo muy abandonado. Abandono, esa era la palabra. Noemí se preguntó si Catalina podría haber sido capaz de cambiar un poco las cosas, en caso de que las circunstancias hubieran sido algo diferentes. Lo dudaba. En aquel lugar imperaba la podredumbre.

La mera idea resultaba desagradable. Noemí cerró los ojos.

El grifo soltó unas gotitas. Ella se hundió aún más en el agua, hasta introducir la cabeza dentro. Aguantó la respiración. ¿Cuándo había sido la última vez que había ido a nadar? Tendría que pasarse por Veracruz pronto. O mejor aún, Acapulco. No se le ocurría un lugar más diferente de High Place. Sol, playas, cocteles. Podría llamar por teléfono a Hugo Duarte para ver si estaba disponible.

Cuando salió del agua, Noemí se apartó el pelo de los ojos, casi enfadada. Hugo Duarte. ¿A quién quería engañar? No era en Hugo en quien pensaba últimamente. Aquel anhelo que la había golpeado en la habitación de Francis era preocupante. Había sentido algo distinto al deseo respecto de sus otros coqueteos. Aunque se suponía que una joven de su estatus social no debía de saber nada sobre el deseo, Noemí había tenido oportunidad de experimentar besos, abrazos y ciertas caricias. No se había acostado con ninguno de los hombres con los que había salido, pero eso no se debía a que tuviera miedo de pecar. Le preocupaba que fueran de chismosos con sus amigos. O peor aún, que la atraparan. Siempre tenía una pizca de miedo en el corazón, miedo a muchas cosas. Con Francis, en cambio, se olvidaba de tener miedo. «Te estás volviendo muy cursi —se dijo a sí misma—. Si ni siquiera es guapo.»

Se pasó una mano por el esternón y contempló el moho en el techo. Soltó un suspiro y apartó la cabeza. Fue entonces cuando lo vio. Una figura en la puerta. Noemí parpadeó, pues pensó por un momento que no era más que una ilusión óptica. Había traído la lámpara de aceite al baño, y esta daba suficiente luz, pero era un resplandor diferente a la fuerte iluminación que daría una bombilla.

La figura dio un paso al frente. Era Virgil. Llevaba un traje azul marino de raya diplomática y una corbata. Tenía un aire casual, como si acabase de entrar en su propio cuarto de baño, no en el de Noemí.

—Ahí está usted, preciosa —dijo—. No hace falta que hable. No hace falta que se mueva.

La vergüenza, la sorpresa y la rabia recorrieron su cuerpo entero. ¿Qué demonios se creía que estaba haciendo? Iba a gritarle. Iba a gritarle y a cubrirse. De hecho, no solo gritaría. Iba a darle una bofetada. Lo abofetearía una vez se hubiera puesto la bata.

Sin embargo, no fue capaz de moverse. No salió el menor sonido de sus labios. Virgil avanzó, con una sonrisa en la cara.

«Pueden hacer que pienses cosas», susurró una voz. Ya había oído esa voz antes, en alguna parte de la casa. «Pueden obligarte a hacer cosas.»

Su mano izquierda descansaba sobre el borde de la bañera. Se las arregló, con un esfuerzo considerable, para apretarla. Pudo abrir la boca un poco, pero no llegó a hablar. Quería gritarle que se fuera, pero no podía, y esa imposibilidad la hizo temblar de miedo.

—Va a ser usted una buena chica, ¿verdad? —dijo Virgil.

Se había detenido junto a la bañera. Se arrodilló para mirarla, sonriendo. Una sonrisa maliciosa, torcida, en medio de ese rostro perfectamente esculpido. Estaba tan cerca que Noemí creyó ver manchas doradas en sus ojos.

Virgil se quitó de un tirón la corbata. A continuación, se desabrochó la camisa.

Ella estaba petrificada, como un incauto personaje de un mito antiguo.

Era víctima de una gorgona.

—Muy buena chica, claro que sí. Va a ser usted buena conmigo.

«Abre los ojos», dijo la voz.

Sin embargo, sus ojos estaban bien abiertos. Virgil le hundió los dedos en el pelo y la obligó a alzar la cabeza. Un gesto brusco, desprovisto de toda la gentileza que le pedía a ella. Noemí quería apartarlo de un empujón, pero seguía sin poder moverse. La mano de Virgil la agarró del pelo, al tiempo que se inclinaba para besarla.

Noemí probó la dulzura de sus labios. Quizá era el sabor residual del vino. Resultaba agradable y, de hecho, consiguió que su cuerpo se relajase. Apartó la mano del borde de la bañera. La voz que le había susurrado desapareció. El vapor del baño, la boca de aquel hombre sobre la suya, las manos que reptaban por su cuerpo. Virgil la besó por todo su largo cuello y se detuvo a morderle un pecho, cosa que le arrancó un jadeo. Su barba incipiente rascaba contra la piel.

Arqueó el cuello hacia atrás. Al parecer, sí podía moverse. Alzó las manos para tocar la cara de Virgil, para atraerlo hacia sí. No era un intruso. No era un enemigo. No había razón alguna para gritar, ni para abofetearlo, pero había razones para seguir tocándolo.

La mano de Virgil le acarició el estómago y se hundió bajo el agua. Le acarició los muslos. Noemí ya no temblaba de miedo. Lo que la hacía estremecerse era el deseo, un grato y espeso deseo que recorría sus extremidades. El contacto de Virgil se hizo más presente, sus dedos empezaron a jugar con ella. Se le aceleró la respiración. El cuerpo de Virgil era cálido junto a su piel. Un nuevo revuelo de dedos, una profunda exhalación y de pronto...

«Abre los ojos», susurró la voz. Con un sobresalto, Noemí apartó la cara de Virgil y alzó la vista hacia el techo. El techo se había derretido.

Vio un huevo del que brotaba un tallo blanquecino. Una serpiente. Pero no, no, ya había visto una imagen parecida antes. Hacía un par de horas, en la habitación de Francis. En las paredes. Las acuarelas de hongos complementadas con aquellas pulcras etiquetas. Una de ellas decía: «Velo universal». Sí. Eso era aquello. El huevo había sido perforado, extraída la membrana, y la serpiente que era el hongo se alzaba a través del suelo. Una serpiente de alabastro, que se deslizaba, que se anudaba sobre sí misma, que devoraba su propia cola.

La oscuridad se cernió sobre ella. La luz de la lámpara de aceite acababa de apagarse. Ya no se encontraba en la bañera. La habían envuelto en una tela gruesa que impedía que se moviese, pero se las arregló para desembarazarse de ella, para apartarla de sí. La tela cayó de sus hombros, suave como la membrana que acababa de ver.

Madera. Olía a tierra húmeda y a madera. Al alzar la mano, sus nudillos golpearon una superficie dura. Se le clavó una astilla.

Ataúd. Estaba en un ataúd. Aquella tela era un sudario.

Pero ella no estaba muerta. No lo estaba. Abrió la boca para gritar, para decirles que no estaba muerta, incluso cuando sabía que nunca moriría.

Hubo un zumbido, como si de pronto alguien hubiese liberado a un millón de abejas. Noemí se tapó los oídos con las manos. Una luz dorada, cegadora, se estremeció frente a ella, la tocó, recorrió desde la punta de sus pies hasta su pecho. Llegó hasta su rostro y la asfixió.

«Abre los ojos», dijo Ruth. Ruth, con sangre en las manos, en la cara, con las uñas cubiertas de una costra de sangre. Las abejas estaban dentro de su cabeza y se abrían paso a través de los oídos de Noemí.

Abrió los ojos de golpe. Le goteaba agua por la espalda, por las puntas de los dedos. La bata que llevaba no estaba anudada, la llevaba abierta, con su cuerpo desnudo expuesto. Iba descalza.

La habitación en la que se encontraba estaba sumida en sombras, pero incluso en la oscuridad, la configuración de los muebles le indicó que no se trataba de su habitación. Se encendió la llama de una lámpara, débil como una luciérnaga. El resplandor aumentó cuando unos dedos ágiles la manipularon. Virgin Doyle, sentado en su cama, alzó la lámpara que había descansado hasta aquel momento en la mesita de noche. Se la quedó mirando.

—¿Qué es esto? —preguntó Noemí. Se llevó una mano a la garganta.

Podía hablar. Por Dios bendito, podía hablar, aunque tenía la voz ronca. Estaba temblando.

—Creo que ha vuelto usted a caminar en sueños y ha entrado en mi habitación.

Tenía la respiración agitada. Se sentía como si hubiese estado corriendo, sabía Dios si así había sido. Cualquier cosa era posible. Se las arregló para cerrarse la bata con un movimiento torpe.

Virgil apartó las sábanas. Se puso su batín de terciopelo y se acercó a ella.

—Está usted empapada —dijo.

—Me estaba dando un baño —murmuró Noemí—. ¿Qué hacía usted?

—Estaba durmiendo —contestó él al llegar a su lado.

Noemí pensó que pretendía tocarla, así que dio un paso atrás. Casi derribó el biombo, que se encontraba a su lado. Virgil lo sujetó con una mano.

—Voy a traerle una toalla. Debe de estar usted helada.

—No mucho.

—Es usted una mentirosilla —se limitó a decir él.

Fue a rebuscar en un armario. Noemí no pensaba esperar a que encontrase una toalla. Quería volver de inmediato a su habitación, en la más absoluta oscuridad, si fuera necesario. Pero la noche la había aturdido, había reducido a Noemí a un estado de ansiedad que no le permitía marcharse. Al igual que en su sueño, estaba petrificada.

—Aquí tiene —le dijo Virgil.

Noemí se aferró a la toalla por un momento, antes de acabar secándose la cara y el pelo con ella. Se preguntó cuánto tiempo había pasado en la bañera, y cuánto había deambulado por los pasillos.

Virgil se sumió en las sombras de la habitación, y Noemí oyó un tintineo de cristal. Regresó con dos vasos en la mano.

—Siéntese y tómese un sorbo de vino —le dijo—. Así entrará en calor.

—Présteme la lámpara y me marcharé ahora mismo.

—Tómese el vino, Noemí.

Se sentó en la misma silla que había utilizado la última vez. Puso la lámpara de aceite en la mesa, junto con el vaso de Noemí. Se quedó con su propio vaso en la mano. Noemí retorció la toalla entre las manos y tomó asiento. Dejó caer la toalla al suelo y agarró el vaso. Dio un sorbo rápido, solo uno, tal y como Virgil había sugerido. A continuación, volvió a dejar el vaso en la mesa. Se sentía como si aún flotase en aquel sueño, a pesar de haber despertado ya. Una especie de neblina seguía cubriendo su mente; lo único claro en toda la habitación era el propio Virgil, con aquel pelo algo despeinado y el hermoso rostro centrado en ella con toda su atención. Esperaba a que hablase, eso era evidente. Noemí buscó las palabras adecuadas.

—Estaba usted en mi sueño —dijo, más por su propio bien que por el de Virgil. Quería comprender qué era lo que había visto, qué había sucedido.

—Espero que no fuese una pesadilla —replicó él, y sonrió.

La sonrisa tenía un cariz ladino. Era la misma sonrisa con la que había soñado. Levemente maliciosa.

Aquel deseo que había sentido de forma tan vívida y placentera se convertía ahora en una acritud en la boca del estómago. Sin embargo, aquella sonrisa prendió como una chispa y Noemí recordó toda aquella ansia que le había despertado el contacto de Virgil en el sueño.

—¿Estaba usted en mi habitación?

—Creía que había dicho usted que estaba en su sueño.

—No parecía un sueño.

—¿Y qué parecía?

—Una intrusión —dijo ella.

—Yo estaba durmiendo. Me ha despertado usted. Esta noche la intrusa es usted.

Noemí lo había visto ponerse en pie y agarrar el batín de terciopelo. Y, sin embargo, no creía que fuese inocente. En cualquier caso, era imposible que Virgil se hubiese colado en su cuarto de baño, como un íncubo medieval, para sentarse en su pecho como si posasen para uno de los cuadros de Fuseli. No podía haberse metido en su habitación para abusar de ella.

Se tocó la muñeca. Quería sentir el tacto de aquellas cuentas azules y blancas, pero no llevaba encima el brazalete contra el mal de ojo. Tenía la muñeca desnuda. Toda ella iba desnuda, de hecho, apenas envuelta en aquella bata blanca, con el cuerpo cubierto de gotitas de agua.

Se puso de pie.

—Voy a volver a mi cuarto —anunció.

—Cuando uno se despierta después de caminar en sueños, no es conveniente volver a dormir enseguida, ¿sabe? —dijo él—. Creo que le vendría bien un poco más de vino.

—No. He tenido una noche horrible y no quiero alargarla más.

—Hmm. Y, sin embargo, si yo no accediese a prestarle la lámpara, tendría que quedarse usted aquí unos minutos más, ¿verdad? A no ser que quiera regresar a tientas. Esta casa es muy oscura.

—Sí, es lo que haré si no tiene la amabilidad de ayudarme.

—Pensé que ya la estaba ayudando. Le he ofrecido una toalla para secarse el pelo, una silla para sentarse y una copa para calmar los nervios.

—Mis nervios están bien.

Virgil se puso en pie, con el vaso en una mano. La contempló con una suerte de diversión seca.

—¿Qué ha soñado usted esta noche?

Noemí no quería ruborizarse delante de él. Ponerse toda roja, como una idiota, delante de un hombre que profesaba una hostilidad tan meticulosa hacia ella. Sin embargo, pensó en la boca de Virgil contra la suya, en aquellas manos sobre sus muslos, como en el sueño, y un escalofrío eléctrico le recorrió la columna. En el sueño, había sentido deseo, peligro, escándalo, todos los secretos que su cuerpo y su ansiosa mente albergaban en silencio. La emoción de la total falta de vergüenza, la emoción que él le provocaba.

Al final, sí se ruborizó.

Virgil sonrió. Y aunque era imposible, Noemí estuvo segura de que sabía exactamente lo que había soñado, que esperaba a que ella le diese la más mínima señal que pudiese interpretarse como una invitación. Sin embargo, la niebla en su cerebro empezaba a despejarse, y recordó las palabras que le habían susurrado. Aquella frase: «Abre los ojos».

Noemí cerró la mano en un puño. Las uñas se le clavaron en la palma. Negó con la cabeza.

—Algo terrible —dijo.

El rostro de Virgil mostró una expresión confundida que, a continuación, pasó a reflejar decepción. Su rostro se afeó al esbozar una mueca que pretendía ser una sonrisa.

—Quizá esperaba usted caminar en sueños hasta la habitación de Francis, ¿eh?

Aquellas palabras la sorprendieron, pero también le dieron la confianza que necesitaba para devolverle la mirada. Cómo se atrevía. Después de que hubiera dicho que podían llegar a ser amigos. Sin embargo, ahora lo comprendía. Aquel hombre era un mentiroso redomado. No hacía más que jugar con ella, intentar confundirla y distraerla de su objetivo. Se volvía amable en menos de un segundo, siempre que le convenía. Le daba un resquicio de cordialidad, para luego arrebatárselo.

—Váyase a dormir —dijo, pero en su mente pensó «jódase».

Su tono de voz no dejaba lugar a dudas de lo que decía. Echó mano a la lámpara y lo dejó sumido en sombras.

Cuando llegó a su habitación, se dio cuenta de que había empezado a llover. El tipo de lluvia que no tranquiliza, un golpeteo constante contra la ventana. Fue al cuarto de baño y contempló la bañera. El agua estaba fría, el vapor se había disipado. Quitó el tapón.

18

Noemí durmió a trompicones, con miedo a dar otro paseo sonámbula. Al cabo, terminó por caer en un profundo sopor.

Captó el frufrú de una tela en la habitación, y luego el crujido de un tablón. Giró la cabeza hacia la puerta, con las manos aferradas a las sábanas.

Se trataba de Florence. Llevaba otro de aquellos sobrios vestidos obscuros y pendientes de perla. Había entrado sin permiso en su habitación, cargada con una bandeja de plata.

—¿Qué hace? —preguntó Noemí, al tiempo que se erguía hasta quedar sentada. Tenía la boca seca.

—Es hora de almorzar —dijo Florence.

—¿Qué?

No podía ser tan tarde, ¿verdad? Noemí se levantó y apartó las cortinas. La luz entró a raudales. Seguía lloviendo. Las horas de la mañana habían pasado sin que se percatase, de tan exhausta como estaba.

Florence dejó la bandeja. Sirvió a Noemí una taza de té.

—Oh, no, gracias —dijo Noemí con un movimiento de cabeza—. Querría ver a Catalina antes de comer.

—Catalina ya se despertó y volvió a acostarse —replicó Florence, al tiempo que dejaba la tetera a un lado—. La medicina le da mucho sueño.

—Entonces, ¿puede avisarme cuando llegue el doctor? Se supone que viene hoy, ¿verdad?

—Hoy no estará aquí.

—Pensaba que venía cada semana.

—Sigue lloviendo —dijo Florence en tono indiferente—. Con esta lluvia, no vendrá.

—Puede que mañana también llueva. A fin de cuentas, estamos en la estación de lluvias, ¿no? ¿Qué pasará si mañana también llueve?

—Saldremos adelante solos, como siempre hemos hecho.

¡Qué respuestas tan tajantes y perfectas para todo! Casi parecía que Florence había escrito y memorizado las respuestas adecuadas.

—Por favor, avíseme cuando se despierte mi prima —insistió Noemí.

—No soy su criada, señorita Taboada —replicó Florence. En su voz, sin embargo, no había rencor. Se limitaba a comentar un hecho.

—Soy consciente de ello, pero me exige usted que no vaya a ver a Catalina sin avisar, y luego impone un horario que me es imposible seguir. ¿Qué problema tiene?

Se daba cuenta de que estaba siendo muy maleducada, pero deseaba resquebrajar, aunque fuera un poco, la tranquila fachada de Florence.

—Si el horario le supone un problema, le aconsejo que vaya a discutirlo con Virgil.

Virgil. Lo último que quería era discutir nada con Virgil. Noemí se cruzó de brazos y contempló a la mujer. Florence le devolvió la mirada, los ojos muy fríos y la boca un tanto curvada, el más leve resquicio de burla.

—Disfrute del almuerzo —concluyó Florence.

Había superioridad en la sonrisa que esbozó, como si supiese que acababa de ganar una batalla.

Noemí meneó la sopa con la cuchara y dio un sorbito al té. No tardó en apartar ambos. Empezaba a sentir un principio de dolor de cabeza. Tenía que comer, pero en lugar de eso, obstinada, prefirió echar un vistazo por la casa.

Agarró su suéter y fue al piso de abajo. ¿Acaso esperaba encontrar algo? ¿Fantasmas asomados a alguna puerta? Si los había, desde luego la evitaban.

Aquellas habitaciones con muebles cubiertos por sábanas tenían un aspecto desolado, al igual que el invernadero, con aquellas plantas marchitas. Aparte de la leve sensación deprimente que evocaban, no había nada allí. Noemí acabó buscando refugio en la biblioteca. Las cortinas estaban cerradas. Las abrió de un tirón.

Contempló la alfombra circular con la serpiente que había visto durante su primera visita a aquel lugar. Despacio, caminó alrededor de la alfombra. En su sueño también había una serpiente. Brotaba de un huevo. No, de un huevo no, de un cuerpo fructífero, un hongo. Si los sueños tenían significado, ¿qué significaba aquel? Bueno, no había que ser psicoanalista para darse cuenta de que había algún tipo de componente sexual. Trenes que entraban en túneles suponían unas metáforas perfectas, gracias, señor Freud. Al parecer, hongos fálicos que surgían del suelo eran imágenes equivalentes.

Virgil Doyle cerniéndose sobre ella.

Aquello no era ninguna metáfora. Era claro como el agua.

El recuerdo de Virgil, con sus manos en el pelo de Noemí, sus labios contra los de ella, la estremeció. Sin embargo, aquel recuerdo no tenía nada de agradable. Era frío y perturbador. Noemí desvió la vista a las estanterías y buscó casi con furia algún libro que leer.

Agarró un par de libros al azar y volvió a su habitación. Se asomó a la ventana y contempló el exterior mientras se mordía una uña. Al cabo, decidió que estaba demasiado nerviosa, y que necesitaba fumar un cigarrillo. Agarró el paquete, el encendedor y la taza decorada con cupidos semidesnudos que usaba como cenicero. Tras dar una calada, se acostó en la cama.

Ni siquiera había parado a leer los títulos de los libros que había traído. Uno trataba sobre la descendencia hereditaria: sus leyes y hechos aplicados al progreso humano. El otro parecía más interesante; hablaba de mitología griega y romana.

Lo abrió y vio que, ya en la primera página, había leves marcas oscuras de moho. Pasó las páginas con cuidado. Las páginas interiores estaban en su mayoría intactas, aparte de un par de manchitas en algunas esquinas que le recordaron a las rayas y puntos del código morse. La naturaleza escribiendo en papel y cuero.

Con el cigarrillo en la mano izquierda, echó la ceniza en la taza, que había dejado sobre la mesita de noche. Según indicaba el libro, Hades acababa de arrastrar a Perséfone, con su melena dorada, al Inframundo. Una vez allí, la obligó a comer unas semillas de granada, que la anclaron a aquel mundo sombrío.

El libro tenía un grabado que mostraba el momento en que el dios raptaba a Perséfone. El pelo de Perséfone estaba tocado con flores, algunas de las cuales habían caído al suelo. Sus pechos estaban desnudos. Hades la agarraba desde atrás y la sostenía en sus brazos. Perséfone tenía una mano al aire y se desmayaba, con un grito atrapado en los labios. Su expresión era de puro horror. El dios miraba al frente.

Noemí cerró el libro y apartó la vista. Sus ojos aterrizaron en una esquina de la habitación donde se apreciaba la mancha de moho detrás del papel tapiz. En ese momento, el moho se movió.

Jesucristo, ¿qué tipo de ilusión óptica acababa de tener?

Se irguió en la cama hasta quedar sentada y agarró las sábanas con una mano, mientras que con la otra sujetaba el cigarrillo. Despacio, se puso de pie y se acercó a la pared, con la vista fija en la esquina. Aquel moho móvil era hipnótico. Seguía en movimiento, se reestructuraba en las formas más eclécticas, de un modo parecido a un caleidoscopio. Cambiaba y cambiaba sin cesar. En lugar de pedacitos de cristal reflejados por espejos, aquello era una locura orgánica que hacía girar en remolinos vertiginosos aquel moho, lo hundía y lo volvía a reflotar.

También había un componente de color. A primera vista parecía negro y gris, aunque cuanto más lo contemplaba Noemí, más obvio le resultaba que había una suerte de lustre dorado en ciertas partes. Dorado, amarillento, ambarino, la intensidad cambiaba a medida que los patrones pasaban de una combinación a otra en medio de una impactante belleza simétrica.

Noemí alargó una mano, como si quisiera tocar esa parte de la pared manchada de moho. Sin embargo, el moho se apartó de su mano, tímido. Luego, pareció cambiar de opinión. Latía, como si burbujease, como brea. De la masa de moho brotó un diminuto dedo retorcido que pareció hacerle una seña para que se acercase.

Había un millar de abejas tras las paredes. Noemí las oyó, al tiempo que adelantaba la cabeza, medio aturdida, en un intento de posar sus labios contra el moho. Iba a tocar aquellos patrones dorados y resplandecientes con las manos, olerían a tierra, a verdor, a lluvia. Entonces le revelarían mil secretos.

El moho latía con el mismo ritmo que su corazón. Ambos latían al unísono. Noemí separó los labios.

El cigarrillo que aún sostenía en la mano, ya olvidado, le quemó la piel. Noemí lo soltó con un grito. Se apresuró a agacharse para recogerlo, y lo tiró al cenicero improvisado. Se giró y contempló el moho. Estaba completamente inmóvil.

La pared tenía el mismo papel tapiz viejo y sucio. No había cambiado nada.

Noemí se metió en el cuarto de baño a toda prisa y cerró la puerta. Se agarró al borde del lavabo para evitar caerse. Las piernas estaban a punto de fallarle, y pensó, aterrada, que iba a desmayarse. Abrió el grifo y se echó agua fría en la cara, resuelta a no derrumbarse, aunque le costase toda la energía que le quedaba. Respirar y respirar y respirar más, eso fue lo que hizo.

—Maldita sea —susurró, agarrada con ambas manos al lavabo.

El mareo pasaba, pero no pensaba salir. De momento, no, al menos. Hasta asegurarse de… ¿de qué? ¿De que ya no tenía alucinaciones? ¿De que no se estaba volviendo loca?

Noemí se pasó una mano por el cuello, mientras se examinaba la otra mano. Tenía una quemadura fea entre el dedo índice y el corazón, en el lugar donde el cigarrillo la había quemado. Tendría que conseguir un ungüento.

Se echó más agua en la cara y contempló su reflejo en el espejo, con los dedos sobre los labios.

Unos golpes fuertes en la puerta la sobresaltaron.

—¿Está usted ahí dentro? —preguntó Florence.

Antes de que Noemí tuviese tiempo de responder, la mujer abrió la puerta.

—Deme un minuto —murmuró Noemí.

—¿Por qué está usted fumando cuando sabe bien que está prohibido?

El cuello de Noemí dio un latigazo hacia ella. Soltó un resoplido de burla ante aquella pregunta tan estúpida.

—Ah, ¿sí? Creo que la pregunta más importante es: ¿qué rayos está ocurriendo en esta casa? —dijo.

No había dado un grito, pero había quedado tremendamente cerca.

—¡Qué manera de hablar! Cuidado con cómo se dirige a mí, jovencita.

Noemí negó con la cabeza y cerró el grifo.

—Quiero ver a Catalina. Ahora mismo.

—No se atreva a darme órdenes. Virgil llegará en cualquier momento y ya verá...

Noemí aferró el brazo de Florence.

—Escúcheme...

—¡Quíteme las manos de encima!

Noemí apretó más los dedos. Florence intentó apartarla de un empujón.

—¿Qué sucede aquí? —preguntó Virgil.

Estaba de pie en el dintel y las contemplaba a ambas con curiosidad. Llevaba la misma chaqueta de mil rayas que en su sueño. Verla fue como una sacudida para Noemí. Seguramente lo había visto antes llevando esa misma chaqueta; por eso la había incluido en el sueño. Sin embargo, era un detalle que no le gustaba en absoluto. Un detalle que unía la fantasía y la realidad. La inquietó lo bastante como para soltar a Florence.

—Como siempre, se dedica a romper las reglas de la casa —dijo Florence, al tiempo que se alisaba con cuidado el pelo, si bien no necesitaba ser alisado. Como si su breve confrontación pudiera haberle estropeado el peinado. Esta chica es un incordio.

—¿Qué hace usted aquí? —preguntó Noemí, de brazos cruzados.

—Oí que gritaba usted, así que vine a ver si pasaba algo —dijo Virgil—. Me imagino que es la misma razón por la que ha venido Florence.

—Así es —dijo Florence.

—Yo no he gritado.

—Los dos la hemos oído —insistió Florence.

Noemí estaba segura de no haber gritado. Había habido un ruido, sí, pero era el ruido de las abejas. Por supuesto, no había abejas, pero eso no significaba que ella hubiese gritado. De haber gritado, se acordaría, maldita sea. El cigarrillo le había quemado la mano, pero no había hecho tanto ruido, y...

Ambos la contemplaban.

—Quiero ver a mi prima. Ahora. Les juro por Dios que, si no me dejan verla, echaré la puerta abajo.

Virgil se encogió de hombros.

—No hay que llegar a ese extremo. Venga.

Noemí fue tras ellos. En un cierto momento, Virgil la miró por encima del hombro y sonrió. Noemí se restregó la muñeca y apartó la mirada. Llegaron a la habitación de Catalina. Para su sorpresa, su prima estaba despierta. Mary también estaba en la habitación. Al parecer, aquello iba a ser una reunión de grupo.

—Noemí, ¿qué sucede? —preguntó Catalina, con un libro en las manos.

—Quería saber cómo te encuentras.

—Igual que ayer. Lo que más hago es descansar. Parece que soy la Bella Durmiente.

La Bella Durmiente o Blancanieves; esas comparaciones ahora mismo le daban igual a Noemí. Sin embargo, Catalina tenía una sonrisa dulce en el rostro, como la de costumbre.

—Pareces cansada. ¿Va todo bien?

Noemí vaciló y negó con la cabeza.

—No es nada. ¿Quieres que te lea un poco? —preguntó.

—Iba a tomar una taza de té. ¿Quieres una también?

—No.

Noemí no estaba segura de qué era lo que esperaba encontrar, pero no había esperado ver a Catalina de buen humor, ni a la criada poniendo flores en un jarrón, los magros frutos que aún daba el invernadero. La escena le pareció artificial, si bien no había nada raro en ella. Contempló a su prima e intentó encontrar el más mínimo rastro de malestar en su cara.

—De veras, Noemí, estás un poco rara. ¿Estarás pescando un resfriado? —preguntó Catalina.

—Estoy bien. Te dejo tomar el té —dijo Noemí, pues no quería revelar nada más en presencia de los otros, aunque tampoco parecían muy interesados en aquella conversación.

Salió de la habitación. Virgil se ausentó a su vez y cerró la puerta. Se miraron la una al otro.

—¿Contenta? —preguntó él.

—Más tranquila. Por ahora —replicó ella en tono seco.

Pretendía volver a su habitación sola, pero Virgil fue en la misma dirección. Estaba claro que quería seguir la conversación y que su sequedad le daba igual.

—Y yo que pensaba que no había manera de tranquilizarla a usted.

—¿Y eso qué significa? —preguntó ella.

—Está usted empeñada en ver el lado negativo de las cosas.

—¿Yo? Estoy empeñada en encontrar respuestas. Respuestas, además, de gran calibre.

—Ah, ¿sí?

—He visto una cosa... horrible... que se movía...

—¿Anoche o ahora?

—Ahora. Y anoche, también —murmuró. Se llevó una mano a la frente.

Entonces se dio cuenta de que, si volvía a su habitación, tendría que volver a ver aquel feo papel tapiz y la repugnante mancha negra. No estaba aún lista para enfrentarse a aquello. Cambió de rumbo y giró hacia las escaleras. Siempre podía refugiarse en el salón. Era la habitación más cómoda de toda la casa.

—Si sigue con pesadillas, la siguiente vez que venga el doctor puedo pedirle que le recete algo para dormir —dijo Virgil.

Noemí apretó el paso en un intento de aumentar la distancia entre los dos.

—No servirá de nada. No estaba soñando.

—¿Anoche no estaba usted soñando? Pero si caminaba usted en sueños.

Giró sobre sus talones. Ambos estaban en las escaleras, Virgil tres escalones por encima de ella.

—Eso fue diferente. Hoy estaba despierta. Hoy...

—Todo esto suena muy confuso —la interrumpió él.

—Solo porque no me deja usted hablar.

—Está usted muy cansada —dijo él en tono despreciativo, y empezó a bajar los escalones.

Noemí bajó otros tres escalones para mantener la misma distancia.

—¿Eso es lo que le dijo usted a Catalina? ¿Que estaba muy cansada? ¿Le creyó?

Un instante después, Virgil llegó hasta Noemí y pasó de largo hasta llegar al suelo. Se volvió y la miró.

—Creo que será mejor que dejemos esta conversación por ahora. Está usted muy alterada.

—No, no quiero dejarla ahora —dijo ella.

—Ah, ¿no?

Virgil pasó una mano por el hombro de la ninfa tallada que se aferraba al poste de la barandilla al final de la escalera. Un destello sórdido apareció en sus ojos. ¿O quizá Noemí también se lo estaba imaginando? ¿Había algo inusual en aquel «ah, ¿no?», en aquella sonrisa que apareció en la cara de Virgil?

Bajó los escalones y le dedicó una mirada desafiante. Pero entonces, su valor se esfumó en el mismo momento en que Virgil se inclinó hacia ella. Pensó que iba a ponerle la mano en el hombro.

En el sueño, había tenido un sabor extraño en la boca, como de fruta madura. Virgil, con aquella chaqueta mil rayas, sobre ella, quitándose la ropa, metiéndose en la bañera, tocándola, mientras Noemí lo rodeaba con sus brazos. Aquel recuerdo estaba preñado de deseo, pero también de una terrible humillación.

«Va a ser usted una buena chica, ¿verdad?» Eso le había dicho. Y ahora estaban allí, despiertos. Noemí se dio cuenta de que Virgil bien podía decir exactamente aquellas palabras en la vida real. No le resultaría difícil pronunciar aquella frase con un tono de voz sarcástico. Aquellas manos fuertes podían encontrarla tanto en la oscuridad como a plena luz del día.

Temía que la tocase, y temía más su reacción.

—Quiero marcharme de High Place. ¿Puede pedirle a alguien que me lleve al pueblo en el coche? —preguntó con rapidez.

—Hoy está usted de lo más impulsiva, Noemí —le dijo él—. ¿Por qué quiere dejarnos?

—No necesito tener un motivo.

Volvería, claro que sí. O al menos, aunque no se fuera, si al menos pudiera alejarse, aunque fuese hasta la estación de tren para escribirle a su padre, todo iría mejor. El mundo parecía derrumbarse a su alrededor, todo se convertía en un confuso desastre, los sueños se vertían en la vigilia. Si conseguía salir de allí, discutir las extrañas experiencias que estaba viviendo en High Place con el doctor Camarillo, quizá podría volver a sentirse como ella misma una vez más. Quizá Camarillo pudiera ayudarla a dilucidar qué era lo que sucedía, qué podía hacer ella al respecto. Aire. Lo que necesitaba era aire fresco.

—Por supuesto que no lo necesita. Sin embargo, no podemos llevarla en coche con esta lluvia. Ya le he dicho que los caminos son traicioneros.

Noemí veía los vitrales empapados de gotas de lluvia en el recodo de la escalera.

—Entonces iré a pie.

—¿Piensa llevar a rastras su maleta por el barro? ¿O a lo mejor planea usarla como si fuera un bote y llegar a remo? No sea estúpida —dijo Virgil—. Debería dejar de llover hoy; podemos intentar llevarla mañana por la mañana. ¿Le parece suficiente?

Ahora que Virgil había accedido a llevarla al pueblo, Noemí pudo respirar. Relajó la tensión con la que tenía apretadas las manos. Asintió.

—Si de verdad va a marcharse mañana, deberíamos agasajarla con una última cena —dijo Virgil.

Apartó la mano de la ninfa y echó un vistazo pasillo abajo, en dirección al comedor.

—Muy bien. También quiero volver a hablar con Catalina.

—Por supuesto. ¿Algo más? —preguntó él.

—No —contestó ella—. Nada más.

Noemí evitó su mirada. Por un momento, permaneció inmóvil, sin saber si Virgil la seguiría en su camino hacia el salón. En cualquier caso, quedarse allí tampoco le haría ningún bien.

Echó a andar.

—¿Noemí? —dijo Virgil.

Ella se detuvo y se volvió para mirarlo.

—Por favor, no vuelva a fumar. Nos resulta muy molesto.

—No se preocupe —replicó ella.

Recordó la quemadura del cigarrillo en la mano y se miró los dedos. Sin embargo, la marca roja en carne viva había desaparecido sin dejar rastro.

Noemí alzó la otra mano. Quizá se había confundido y en realidad la herida estaba en la otra, pero no, ahí tampoco había nada. Flexionó los dedos y se dirigió a toda prisa al salón. Sus pasos resonaron, altos. Creyó oír a Virgil soltar una risa sofocada, pero no estaba segura. Ya no estaba segura de nada.

oemí hizo las maletas despacio. Se sentía como una traidora, no podía evitar cuestionar su comportamiento. Sí. No. Quizá sería mejor quedarse. De verdad que no quería dejar sola a Catalina. Pero había dicho que iba a ir al pueblo; era vital que se aclarase la cabeza. Decidió que no volvería a la Ciudad de México. En cambio, viajaría hasta Pachuca. Desde allí le escribiría a su padre y buscaría un doctor dispuesto a acompañarla hasta High Place. Los Doyle no aceptarían de buen grado, pero era mejor que nada.

Envalentonada, con un plan de ataque, acabó de hacer las maletas y se dirigió a la cena. Puesto que era su última noche, y dado que no quería parecer demacrada ni derrotada, decidió ponerse un vestido de fiesta. Era un vestido de tul bordado, con colores brillantes y tocados metálicos en tono dorado, así como un lazo amarillo en la cintura. Lo completaba un corpiño ajustado a la perfección. La falda no era del estilo que a ella le gustaba llevar, pero resultaba elegante y perfectamente adecuada para la cena.

Obviamente, los Doyle pensaron lo mismo, y abordaron la cena como si fuese un importante momento de celebración. Se colocó el mantel de damasco blanco, así como los candelabros de plata. Se encendieron multitud de velas. En preparación para la marcha de Noemí, se abolió momentáneamente la prohibición de conversar. Sin embargo, aquella noche, Noemí habría preferido el silencio. Seguía con los nervios a flor de piel a causa de aquella extraña alucinación que había experimentado. Incluso en aquel momento, Noemí no podía dejar de preguntarse qué había provocado aquel estrambótico episodio.

Le empezaba a doler la cabeza, pero le echó la culpa al vino. Era fuerte y, aun así, muy dulzón. El sabor se quedaba en el paladar.

La calidad de la compañía no mejoraba mucho la situación. Noemí tenía que fingir cordialidad durante un poco más de tiempo, aunque le quedaba muy poca paciencia. Virgil Doyle no era más que un patán, y Florence no era mucho mejor.

Echó un ojo en dirección a Francis. El único miembro de la familia Doyle al que apreciaba se sentaba a su lado. Pobre Francis. Aquella noche tenía un aspecto abatido. Noemí se preguntó si sería él quien la llevase en coche a la mañana siguiente. Esperaba que así fuese. Eso les daría tiempo para hablar en privado. ¿Podría confiar en él para que cuidase de Catalina en su ausencia? Tenía que pedirle que la ayudase.

Francis le devolvió una mirada fugaz. Separó los labios para susurrar algo, pero el vozarrón de Virgil lo acalló.

—Por supuesto, una vez acabada la cena, todos iremos al piso de arriba.

Noemí alzó la cabeza y miró a Virgil.

—¿Perdón?

—Digo que mi padre espera que vayamos a verlo una vez acabada la cena. Quiere despedirse de usted. No le importará pasarse un momento por su habitación, ¿verdad?

—No se me ocurriría marcharme sin despedirme —replicó ella.

—Y, sin embargo, hace unas horas quería usted irse a pie hasta el pueblo —dijo Virgil. Las palabras tenían un tono mordaz.

Francis le gustaba a Noemí, pero había decidido que no podía tragar a Virgil. Era un hombre duro y desagradable. Noemí sabía que bajo toda aquella apariencia de mísera civilidad acechaba una bestia. Sobre todo, odiaba el modo en que la miraba en aquel momento, una mirada que ya le había dedicado antes, junto con una escalofriante sonrisilla en los labios. Tenía los ojos fijos en ella con tanta crudeza que Noemí deseó cubrirse la cara.

En el sueño de la bañera, se había sentido de forma muy similar. Y, sin embargo, también la había recorrido otra sensación. Había sido placentero de una manera terrible, como cuando una se notaba una caries y no podía dejar de tocarla con la lengua. Una lujuria feroz, jadeante, enfermiza.

Un pensamiento de lo más siniestro para la cena, justo delante de Virgil. Noemí bajó la vista al plato. Aquel hombre sabía secretos, era capaz de adivinar deseos no articulados. Era mejor no mirarle.

Un largo silencio se extendió entre ellos. Entró la criada y empezó a llevarse los platos.

—Puede que le resulte difícil llegar al pueblo mañana —dijo Florence una vez rellenaron las copas y les sirvieron el postre—. Los caminos estarán horribles.

—Sí, con tantas inundaciones. —Noemí asintió—. Así es como perdieron ustedes la mina, ¿no?

—De eso hace eones —replicó Florence, al tiempo que agitaba una mano en el aire—. Virgil no era más que un bebé.

Virgil asintió.

—Todo quedó anegado. Sea como sea, tampoco es que trabajase nadie allí. En medio de la Revolución, era imposible traer a suficientes trabajadores hasta aquí. Todos estaban luchando, en un bando o en otro. Una mina como esta necesita un trasiego constante de trabajadores.

—Supongo que fue imposible traer gente después de que acabase la Revolución. ¿Se fueron todos? —preguntó Noemí.

—Sí, y, además, no estábamos en posición de contratar cuadrillas nuevas. Mi padre pasó una larga enfermedad, y no pudo supervisar los trabajos. En cualquier caso, todo eso cambiará pronto.

—¿Cómo?

—¿No se lo ha mencionado Catalina? Pretendemos volver a abrir la mina.

—Pero si lleva cerrada desde hace mucho tiempo. Pensaba que su situación económica era muy apurada —protestó Noemí.

—Catalina ha decidido invertir dinero en nuestra mina.

—Es la primera vez que me lo menciona.

—Debe de habérseme olvidado contárselo.

Hablaba en un tono tan casual que cualquiera estaría tentado de creerlo. Sin embargo, Noemí apostaría a que había decidido mantener el pico cerrado, a sabiendas de lo que pensaría ella: que Catalina les iba a hacer las veces de alcancía.

Si se lo decía ahora, era porque quería enfurecerla, lanzar en su dirección aquella afilada sonrisa que tan hábilmente le había mostrado en más de una ocasión. Quería pavonearse. Noemí iba a marcharse, así que un poco de pavoneo no haría ningún daño.

—¿Es conveniente hacer algo así? —preguntó—. ¿Con su esposa enferma?

—No es que vaya a empeorar por ello, ¿no cree?

—Lo que creo es que es un tanto insensible.

—Hace mucho que en High Place no hacemos nada más que limitarnos a existir, Noemí. Demasiado. Ha llegado la hora de que crezcamos de nuevo. Cada planta debe encontrar la luz, igual que nosotros debemos encontrar un camino en el mundo. Puede que a usted le parezca insensible, pero a mí me parece natural. A fin de cuentas, fue usted misma quien me habló el otro día de cómo nos afectan los cambios.

Qué bien que la acusase ahora a ella. Noemí apartó la silla.

—Quizá debería ir a darle las buenas noches a su padre ahora mismo. Estoy cansada.

Virgil sujetó la copa y alzó una ceja en su dirección.

—Supongo que podríamos saltarnos el postre.

—Virgil, es demasiado pronto —protestó Francis.

Eran las únicas palabras que había pronunciado aquella noche, pero tanto Virgil como Florence volvieron con brusquedad la cabeza hacia él, como si llevase toda la noche diciendo todo tipo de cosas ofensivas. Noemí supuso que nadie esperaba que Francis ofreciese ningún tipo de opinión. No le sorprendió.

—Yo diría que es buena hora —replicó Virgil.

Se pusieron de pie. Florence abrió la marcha. Agarró una lámpara de aceite que descansaba en un aparador. Aquella noche, la casa estaba muy fría. Noemí se cruzó de brazos; se preguntaba si Howard se mostraría muy conversador. Por Dios bendito, esperaba que no. Quería guarecerse bajo las frazadas y quedarse dormida lo antes posible para poder levantarse pronto y meterse enseguida en aquel coche desastrado.

Florence abrió la puerta del cuarto de Howard. Noemí entró tras ella. La chimenea estaba encendida, y las cortinas que rodeaban la enorme cama se encontraban bien cerradas. En el aire flotaba un olor desagradable, penetrante, como si se tratase de una fruta demasiado madura. Noemí frunció el ceño.

—Estamos aquí —dijo Florence, al tiempo que depositaba la lámpara de aceite sobre la repisa de la chimenea—. Hemos traído a la visita.

Florence fue entonces hasta la cama y empezó a descorrer los cortinajes. Noemí se obligó a esbozar una sonrisa educada. Estaba lista para enfrentarse a la visión de Howard metido confortablemente bajo las sábanas, o quizá sentado contra las almohadas bajo su batín verde.

Lo que no esperaba era encontrárselo tendido sobre las sábanas y completamente desnudo. Su piel estaba terriblemente pálida; las venas contrastaban grotescamente contra su blancura, líneas de tono índigo que recorrían su cuerpo. Y, sin embargo, aquello no era lo peor. Una de las piernas de Howard estaba repugnantemente hinchada, recubierta de docenas de protuberancias grandes y oscuras. Noemí no tenía la menor idea de qué eran esas cosas. No se trataba de tumores, no, pues latían con rapidez, y tenían un grosor que contrastaba con aquel cuerpo demacrado, como si fueran percebes incrustados en el casco de un barco.

Era horrible, horrible. Noemí pensó que estaba ante un cadáver devastado por la putrefacción. Sin embargo, Howard vivía. Su pecho se alzaba y volvía a hundirse. Respiraba.

—Tendrá usted que acercarse —le susurró Virgil al oído, al tiempo que la agarraba con fuerza del brazo.

El impacto de aquella visión había impedido que Noemí se moviera, pero ahora que sintió la mano de Virgil, intentó apartarlo de un empujón y echar a correr hacia la puerta. Virgil la retuvo de un tirón, con una fuerza tan atroz que Noemí sintió que podría haberle roto un hueso. Soltó un jadeo de dolor, pero, aun así, se resistió.

—Vamos —dijo Virgil, mirando a Francis—, ayúdame.

—¡Suélteme! —gritó Noemí.

Francis no se acercó a ellos, pero Florence agarró el brazo que Noemí aún tenía libre. Juntos, Virgil y ella la arrastraron hacia la cama. Noemí retorció el cuerpo y se las arregló para darle una patada a la mesita de noche. La tetera de porcelana se hizo añicos contra el suelo.

—Arrodíllese —ordenó Virgil.

—No —contestó Noemí.

Ambos la obligaron a arrodillarse. Los dedos de Virgil se clavaban en su piel, le puso una mano en la nuca.

Howard Doyle giró la cabeza en la almohada y la miró. Sus labios estaban tan hinchados como su pierna, llenos de supuraciones negras. Un reguero de algún líquido oscuro le corría por el mentón y manchaba su ropa de cama. De ahí venía el mal olor de la habitación. Noemí estaba tan cerca y el hedor era tan horrible que pensó que vomitaría.

—Dios mío —exclamó mientras intentaba levantarse, escabullirse.

Sin embargo, la mano de Virgil era como un cepo de hierro en su nuca. La obligó a acercarse aún más al anciano.

Howard hizo ademán de levantarse de la cama. Se volvió y alargó una escuálida mano. Sus dedos se hundieron en el pelo de Noemí y tiraron para que su cara se acercase aún más.

A aquella distancia repugnantemente íntima, Noemí pudo ver

con claridad el color de sus ojos. No eran azules. El color quedaba diluido tras un lustre dorado y brillante, como manchas de oro derretido.

Howard Doyle le sonrió, una sonrisa que dejaba al descubierto sus dientes manchados... manchados de negro. Entonces, puso sus labios sobre los de ella. Noemí sintió la lengua de Howard dentro de su boca; y su saliva le quemó la garganta. Howard se apretó contra ella, y Virgil, a su vez, la apretó contra él.

Howard volvió a separarse de ella tras unos largos y agonizantes minutos. Noemí consiguió apartar la cabeza y soltar un jadeo.

Cerró los ojos.

Se sintió muy mareada. Somnolienta. Sus pensamientos se desparramaban. «Dios mío —se dijo a sí misma una y otra vez—, Dios mío, levántate, corre.»

Miró en derredor, intentando centrar la vista. Estaba dentro de una cueva. Había más gente allí. Alguien le había tendido una copa a un hombre, que ahora bebía de ella. El repugnante líquido le quemó la boca, y el hombre casi se desmayó. Los demás, por su parte, se echaron a reír y le palmearon el hombro en gesto amistoso. No habían sido tan gentiles cuando el hombre llegó, pues en aquellos lares era un extraño. La gente solía ser recelosa, y con motivo.

El hombre tenía el pelo rubio y los ojos azules. Se parecía a Howard y a Virgil en la forma de la mandíbula, en la nariz. Sin embargo, su ropa, sus zapatos y su porte, así como el de los otros hombres de la cueva, sugerían una época pretérita.

«¿En qué año estamos?», se preguntó Noemí. Se sentía mareada, y el sonido del mar distrajo sus pensamientos. ¿Quedaba aquella cueva cerca del océano? La cueva era oscura; uno de los individuos sostenía una lámpara, aunque no daba mucha luz. Los otros siguieron con sus chistes. Dos de ellos ayudaron al tipo rubio a levantarse.

El hombre trastabilló. No se encontraba muy bien, pero eso no era culpa de los demás. Había pasado mucho tiempo enfermo. Su médico decía que no había cura. No había ninguna esperanza; sin embargo, Doyle había tenido esperanza.

Doyle. Era él, sí. Estaba con Doyle.

Doyle se estaba muriendo, y su desesperación lo había traído hasta aquel lugar, en busca de un remedio para aquellos a los que ningún remedio podía ayudar. En lugar de peregrinar a algún lugar sagrado, había venido hasta aquella cueva miserable.

Ninguno de ellos le había profesado el menor afecto, no, pero todos eran pobres y Doyle tenía un buen morral lleno de plata. Por supuesto, Doyle había temido que le rajaran la garganta y se quedaran con la plata, pero ¿qué otra cosa podía hacer? Se las arregló para prometerles que habría más plata si mantenían su parte del trato.

El dinero, por supuesto, no lo era todo. Doyle era muy consciente de ello. Aquella gente lo reconocía como su superior natural. La fuerza de la costumbre, imaginó. «Señor»; se escapó de los labios de todos ellos, por más que fueran saqueadores.

En un rincón de la cueva, Noemí vio a una mujer. Tenía una mata de pelo espeso, el rostro limpio y pálido. Llevaba un chal sobre los hombros; lo sujetaba con una mano huesuda. Contemplaba a Doyle con interés. También había un sacerdote, un anciano que se ocupaba del altar de su dios, pues, a fin de cuentas, aquel también era una suerte de lugar sagrado. En lugar de velas, lo que iluminaba el tosco altar eran hongos que brotaban de las paredes de la cueva. Sobre el altar había un cuenco, una copa y una pila de huesos antiguos.

Si moría, pensó Doyle, sus huesos también acabarían en esa pila. Sin embargo, no tenía miedo. Ya estaba medio muerto.

Noemí se restregó una mano contra la sien. Un terrible dolor de cabeza empezaba a apoderarse de ella. Entrecerró los ojos. La estancia se ondulaba, como una llama. Intentó centrar la vista en algo, y sus ojos se clavaron en Doyle.

Doyle. Lo había visto andar a trompicones, el rostro desgastado por la enfermedad. Sin embargo, ahora parecía tan saludable que casi lo había confundido con otro hombre. Su vitalidad estaba del todo restaurada, así que cualquiera habría supuesto que volvería a casa. Sin embargo, Doyle siguió allí. Pasó una mano por la espalda desnuda de la mujer. Se habían casado, siguiendo la costumbre de la gente de ella. Noemí sintió la repulsión de Doyle al tocar a la mujer, aunque la sonrisa siguió intacta en su cara. Tenía que disimular.

Necesitaba a aquella gente. Necesitaba ser aceptado. Necesitaba ser uno con aquel tosco pueblo, pues solo así conseguiría averiguar todos sus secretos. ¡La vida eterna! Estaba allí, a su alcance. Aquellos idiotas no lo comprendían. Usaban el hongo para curar sus heridas y preservar su salud, pero podía hacer muchísimo más. Doyle lo había visto, la prueba estaba en aquel sacerdote a quien tan ciegamente obedecían. Lo que no había visto, podía imaginarlo. ¡Un mundo de posibilidades!

La mujer no le serviría. Lo había sabido desde el principio. Sin embargo, Doyle tenía dos hermanas, que aguardaban su regreso en casa. Allí estaba el truco, en la sangre, en su sangre. El mismo sacerdote ya lo había dicho. Si estaba en su sangre, quizá también estaba en la de ellas.

Noemí se apretó la frente con los dedos. El dolor de cabeza crecía tanto que su visión se hizo borrosa.

Doyle. Qué inteligente era. Qué inteligente había sido siempre. Incluso cuando su cuerpo le había fallado, su mente había seguido estando afilada como una hoja. Ahora su cuerpo estaba vivo, enérgico, reposaba de ansia.

El sacerdote supo ver su fuerza, y susurró que quizá podría ser el futuro de su congregación, que un hombre como él era necesario. Aquel hombre santo era viejo y temía por el futuro, por su pequeño rebaño de aquella cueva, por aquel temeroso pueblo. Su modo de vida consistía en buscar entre los escombros, saquear los restos de naufragios. Habían huido hasta allí en busca de un lugar seguro, y habían sobrevivido hasta aquel momento, pero ahora el mundo estaba cambiando.

El hombre santo estaba en lo cierto. Demasiado, quizá, pues Doyle llegó a vislumbrar un profundo cambio en el futuro.

Pulmones llenos de agua, el sacerdote hundido. ¡Qué muerte tan sencilla!

La continuación: caos, violencia y humo. Fuego, ardiente fuego. Para sus habitantes, la cueva era casi una fortaleza. Cuando llegaba la marea, quedaba seccionada, apartada de la tierra, y solo alcanzable por bote, lo cual la convirtió en un refugio seguro y confortable. No tenían mucho, pero al menos, tenían aquel lugar.

Doyle no era más que un hombre, mientras que ellos eran tres docenas. Sin embargo, tras matar al sacerdote, todos ellos se sometieron. Se había convertido en un hombre santo. Los obligó a permanecer de rodillas mientras prendía fuego a sus ropas y a todas sus posesiones. La cueva se llenó de humo.

Había un bote. Llevó a la mujer a rastras hasta el bote. Ella le obedeció, aturdida, temerosa. Mientras Doyle remaba, la mujer lo contemplaba. Él apartó la vista.

La había considerado poco atractiva, pero ahora le parecía de una fealdad escalofriante. Sobre todo, con el vientre hinchado y los ojos opacos. Sin embargo, la mujer era necesaria. Debía servir a un propósito.

De pronto, Noemí dejó de estar a su lado, como había estado hasta aquel momento, tan cerca como su propia sombra. Ahora estaba con alguien más, con una mujer, cuyo pelo caía suelto por los hombros. Hablaba con otra chica.

—Ha cambiado —susurró la joven—. ¿Acaso no lo ves? Sus ojos son distintos.

La otra chica, con el pelo trenzado, negó con la cabeza.

Noemí también negó con la cabeza. Su hermano, que había partido en un largo viaje, acababa de regresar, y las dos tenían muchas preguntas para él; preguntas que él no les permitía formular. La primera mujer pensó que algún tipo de horror se había abatido sobre él, que algún tipo de mal lo había poseído. La otra, sin embargo, sabía que siempre lo había tenido dentro, bajo la piel.

«Hace mucho que temo al mal, que le temo a él.»

Bajo la piel. Noemí bajó la vista hasta sus manos, hasta su muñeca, que le picaba horriblemente. Antes de que pudiera rascarse, las pústulas se abrieron y, de ellas, empezaron a brotar tendones, como pelos que surgieran de su piel. Su cuerpo aterciopelado fructificó: píleos carnosos, blancos y con forma de abanico brotaron de entre su médula ósea, de sus músculos. Cuando abrió la boca, un líquido dorado y negro se derramó sobre ella, como un río que manchó el suelo.

Una mano en su hombro, y un susurro en su oído.

—Abre los ojos —dijo Noemí por puro reflejo.

Su boca estaba llena de sangre. Escupió sus propios dientes.

20

espira. Limítate a respirar —le dijo él.

Él era una voz. Noemí no lo veía bien, porque el dolor emborronaba su visión, y las lágrimas tampoco ayudaban. Él le sujetaba el pelo mientras ella vomitaba. Al acabar, la ayudó a levantarse. Manchas negras y doradas bailaban bajo sus párpados al cerrarlos. En la vida se había sentido tan enferma.

—Me voy a morir —dijo con voz ronca.

—No, no te vas a morir —la tranquilizó él.

¿No se había muerto? Pensaba que se había muerto. Había habido sangre y bilis en su boca.

Contempló al hombre a su lado. Pensó que lo conocía, pero su nombre se le escapaba. Le costaba trabajo pensar, recordar, separar unos pensamientos de otros. De otros recuerdos. ¿Quién era ella?

Doyle, ella había sido Doyle, y Doyle había matado a toda esa gente. Los había quemado a todos.

La serpiente se muerde la cola.

Aquel hombre joven y flaco la acompañó fuera del baño y le puso un vaso de agua en los labios.

Se tendió en la cama y giró la cabeza. Francis estaba sentado en una silla, a su lado. Secaba el sudor que le cubría la frente. Francis, sí. Ella era Noemí Taboada, y aquello era High Place. El horror al que se había visto sometida regresó a ella, el cuerpo hinchado de Howard Doyle, las babas en su boca.

Sintió náuseas. Francis se quedó paralizado y, a continuación, le tendió despacio el pañuelo que había sostenido en la mano. Ella lo agarró con fuerza.

—¿Qué me han hecho ustedes? —preguntó.

Hablar le causaba dolor. Tenía la garganta en carne viva. Recordó la porquería que habían vertido en su boca. De pronto sintió ganas de correr de nuevo hacia el baño y vomitar todo lo que tuviera en el estómago.

—¿Necesitas levantarte? —preguntó Francis, con la mano tendida.

—No —dijo ella, a sabiendas de que no podría llegar al baño sola.

No quería que Francis la tocara.

Él se metió las manos en los bolsillos de la chaqueta. La misma chaqueta de pana que Noemí pensaba que le quedaba tan bien. Qué bastardo. Lamentó todas las cosas agradables que había pensado de él.

—Supongo que debería explicártelo —dijo él con voz queda.

—¡¿Cómo demonios piensas explicar eso?! Howard... él... ustedes... ¿Cómo?

Jesucristo. Ni siquiera era capaz de expresarlo con palabras, expresar todo aquel maldito horror. La bilis negra en su boca y la visión que había tenido.

—Yo te cuento la historia entera y luego puedes hacerme preguntas. Creo que será lo más fácil —dijo él.

Noemí no quería hablar. No pensaba ser capaz de hablar mucho, por más que lo intentase. Mejor dejar que hablase él, aunque en realidad tenía ganas de darle un puñetazo. Se sentía muy cansada, muy enferma.

—Supongo que ahora te das cuenta de que no somos como otra gente y que esta casa no es como otras casas. Hace mucho tiempo, Howard encontró un hongo capaz de alargar la vida humana. Es capaz de curar enfermedades, de mantener la salud.

—Ya lo vi. Lo vi a él —murmuró ella.

—Ah, ¿sí? —replicó Francis—. Supongo que has entrado en la tiniebla. ¿Has avanzado mucho en ella?

Ella se lo quedó mirando. La estaba confundiendo aún más. Francis negó con la cabeza.

—El hongo se extiende por debajo de la casa hasta el cementerio. Está en las paredes. Es como una gigantesca tela de araña. En esa tela somos capaces de preservar recuerdos y pensamientos, se quedan pegados como las moscas se adhieren a una telaraña. Podríamos denominarlo un repositorio de pensamientos y de recuerdos: la tiniebla.

—¿Cómo es posible algo así?

—Los hongos pueden establecer relaciones simbióticas con sus plantas huéspedes. Eso se llama micorriza. Bueno, pues parece que este hongo puede tener una relación simbiótica con los humanos. La micorriza de esta casa crea la tiniebla.

—Tienen ustedes acceso a recuerdos ancestrales gracias a un hongo.

—Sí. No todos son recuerdos coherentes. Se suelen percibir leves ecos, casi siempre confusos.

«Algo así como no captar del todo una estación de radio», pensó ella. Miró a la esquina de la pared que estaba echada a perder por culpa de aquel moho negro.

—He visto y he soñado cosas muy extrañas. ¿Me vas a decir que esos sueños son por culpa de la casa, porque hay un hongo que se extiende por su interior?

—Sí.

—¿Y por qué iba a causarme a mí esos sueños?

—No ha sido intencionado. Creo que está en su naturaleza.

Cada maldita visión que había experimentado había sido aterradora. Fuera cual fuera la naturaleza de aquella cosa, Noemí no conseguía entenderla. Una pesadilla, eso es lo que era. Una pesadilla viviente, pecados y secretos malévolos unidos juntos.

—Entonces, yo estaba en lo cierto: su casa está embrujada. Mi prima no está loca, lo que le pasa es que ha visto esa tiniebla de la que hablas.

Francis asintió. Noemí soltó una carcajada. Ahora comprendía lo alterado que había parecido Francis cuando sugirió que el comportamiento extraño de Catalina y toda esa cháchara sobre fantasmas tenían una explicación racional. En cualquier caso, jamás se le habría ocurrido que guardara relación alguna con hongos.

Miró de soslayo la lámpara encendida que descansaba en su mesilla de noche y se dio cuenta de que no tenía la menor idea de cuánto tiempo había pasado. ¿Cuánto tiempo había estado en la tiniebla? Puede que horas, o quizá días. Noemí ya no oía el traqueteo de la lluvia.

—¿Qué fue lo que me hizo Howard Doyle? —preguntó.

—El hongo se encuentra en las paredes de la casa, y también en el aire. Tú no te das cuenta, pero lo estás respirando. Poco a poco, causa un efecto en ti. Sin embargo, si entras en contacto con el hongo por otros medios, el efecto puede acelerarse.

—¿Qué fue lo que me hizo? —repitió.

—La mayor parte de la gente que entra en contacto con el hongo, muere. Eso fue lo que les sucedió a los trabajadores de la mina. El hongo los mató, a algunos más rápido que a otros. Sin embargo, es evidente que no todo el mundo fallece. Hay gente más resistente a su contacto. Los que sobreviven, ven su mente afectada.

—¿Como Catalina?

—A veces menos y a veces más que Catalina. El hongo es capaz de erradicar la esencia de cada uno de nosotros. Te habrás dado cuenta de que nuestros criados apenas hablan. No queda mucho de ellos, es casi como si les hubieran arrancado la mente.

—Eso no es posible.

Francis negó con la cabeza.

—¿Has conocido a algún alcohólico? El alcohol les afecta al cerebro. Lo mismo hace el hongo.

—¿Me estás diciendo que eso es lo que le va a pasar a Catalina? ¿Y me va a pasar a mí también?

—¡No! —se apresuró a decir Francis—. No, no. Los criados son un caso especial. El tío Howard se refiere a ellos como sus siervos esclavos, y los mineros no eran más que escoria. Tú, sin embargo, tienes una relación simbiótica con el hongo. Eso no va a sucederte a ti.

—¿Y qué es lo que va a sucederme a mí?

Las manos de Francis seguían bien metidas en los bolsillos, pero no dejaba de mover los dedos. Noemí notaba cómo abría y cerraba las manos. Su vista seguía centrada en la colcha.

—Ya te he hablado de la tiniebla, pero aún no te he dicho nada sobre el linaje. Nosotros somos especiales. El hongo establece un vínculo con nosotros, no nos hace daño. Incluso puede llegar a hacernos inmortales. Howard ha vivido muchas vidas, en muchos cuerpos diferentes. Lo que hace es transferir su consciencia a la tiniebla, y desde ahí, puede volver a vivir en el cuerpo de alguno de sus hijos.

—¿Posee a sus hijos? —preguntó Noemí.

—No… Howard se convierte… Sus hijos se convierten en él, se convierten en algo nuevo. Solo sucede con sus hijos, es algo que se transmite por el linaje. El linaje ha permanecido aislado durante generaciones, para asegurarnos de que podíamos seguir interactuando con el hongo, para salvaguardar nuestra relación simbiótica. Nada de personas extrañas.

—Incesto. Howard se casó con dos mujeres que eran hermanas, y pretendía casar a Ruth con su primo, y antes de eso quería poseer a sus hermanas —dijo Noemí, al recordar de pronto la visión que había tenido. Aquellas dos jovencitas—. Tenía dos hermanas. Por Dios, tuvo hijos con ellas.

—Así es.

El aspecto típico de los Doyle. Toda aquella gente en los retratos.

—¿Desde cuándo pasa esto? —preguntó Noemí—. ¿Cuántos años tiene Howard? ¿De cuántas generaciones hablamos?

—No lo sé. Trescientos años, quizá más.

—Trescientos años de crear su propio linaje, de tener hijos con sus hijos y transferir su mente a alguno de sus cuerpos. Una y otra vez. ¿Cómo pueden permitir ustedes algo así?

—No tenemos alternativa. Es un dios.

—¡Por supuesto que tienen alternativa, maldita sea! ¡Ese cabrón enfermizo no es un dios!

Francis se la quedó mirando. Había sacado las manos de los bolsillos y ahora las tenía apretadas en puños. Parecía cansado. Despacio, alzó una mano y se tocó la frente. Negó con la cabeza.

—Para nosotros sí lo es —dijo—. Y quiere que tú formes parte de la familia.

—Así que por eso me vertió esa porquería negra por la garganta.

—Temían que fueras a marcharte. No podían permitirlo. Ahora ya no podrás irte a ninguna parte.

—No quiero formar parte de tu maldita familia, Francis —dijo ella—. Créeme que voy a irme a mi casa, y pienso...

—No va a permitir que te marches. No llegué a hablarte de mi padre, ¿verdad?

Noemí había centrado la vista en las manchas negras de la pared, en el moho de la esquina de la habitación. Giró la cabeza despacio para mirar a Francis. Él había sacado un pequeño retrato del bolsillo. Era lo que había tenido aferrado en la mano, pensó Noemí. Aquella pequeña foto descansaba en el bolsillo de su chaqueta.

—Richard —susurró Francis, y le permitió echar un vistazo a la fotografía en blanco y negro de aquel hombre—. Se llamaba Richard.

Aquella expresión afilada que adoptó el rostro amarillento de Francis le recordó a Noemí de forma vaga a Virgil Doyle, aunque ahora también veía rastros de su padre: el mentón puntiagudo o la frente ancha.

—Ruth causó daño. No es solo que matase a mucha gente, sino que lastimó gravemente a Howard. Ningún hombre habría sobrevivido al disparo de Ruth, sobre todo por el lugar en que le alcanzó. Howard sobrevivió, pero su poder, su control, menguó. Por eso perdimos a todos nuestros trabajadores.

—¿Estaban todos hipnotizados, como sus tres sirvientes?

—No, no del todo. No era posible manipular a tanta gente a

la vez, ni siquiera para Howard. Se trataba más bien de un tira y afloja muy sutil, pero que, en cualquier caso, les afectaba. Tanto la casa como el hongo afectaban a los mineros. Era como una niebla que podía ahogar los sentidos cuando Howard así lo necesitaba.

—¿Y qué le pasó a tu padre? —preguntó ella, al tiempo que le devolvía el retrato. Francis se lo guardó en el bolsillo.

—Después de recibir aquel disparo, Howard empezó a sanar poco a poco. En las nuevas generaciones, a la familia le ha resultado cada vez más difícil tener niños. Cuando mi madre se hizo mujer, Howard intentó…, sin embargo, estaba demasiado enfermo, y era demasiado viejo, para darle un hijo. Además, había otros problemas.

Su sobrina. Howard intentó tener un hijo con su sobrina, pensó Noemí. La idea de los genitales marchitos de Howard dentro de una mujer, la idea de que ese hombre podía ceñirse contra el cuerpo de Florence, le dio ganas de vomitar una vez más. Se llevó el pañuelo a la boca.

—¿Noemí? —preguntó Francis.

—¿A qué problemas te refieres? —replicó ella, en un intento de que prosiguiese.

—Me refiero al dinero. Los trabajadores que quedaban se marcharon en cuanto se quebró el control que Howard tenía sobre ellos. No había nadie que vigilase la mina, así que acabó inundada. No entraban ingresos, y la Revolución ya había dado al traste con buena parte de nuestras finanzas. Necesitaban dinero y necesitaban niños. De lo contrario, ¿qué le iba a suceder al linaje? Mi madre encontró a mi padre, y pensó que serviría. Tenían algo de dinero, no era una gran fortuna, pero lo suficiente para que pudiésemos salir de apuros. Y, lo más importante: pensó que mi padre podría preñarla. Mi padre se mudó a vivir aquí, en High Place. Me tuvieron a mí. Un niño, si bien la idea era que mi padre le diese más hijos o, mejor dicho, hijas.

»La tiniebla afectó a mi padre. Creyó que estaba perdiendo el juicio. Quiso marcharse, pero no pudo. No consiguió llegar lejos. Al final, acabó por arrojarse barranco abajo. Si uno se opone al hongo, le hiere. Con ensañamiento —la previno Francis—. Pero si se obedece, si se acepta el vínculo, si se acepta ser parte de la familia, entonces no hay riesgo de resultar herida.

—Catalina lucha contra el hongo, ¿verdad?

—Sí —admitió Francis—. Pero el problema también es que Catalina no... no es tan compatible...

Noemí negó con la cabeza.

—¿Y qué te hace pensar que yo obedeceré más que ella?

—Tú eres compatible. Virgil escogió a Catalina porque pensó que sería compatible, pero cuando llegaste aquí, fue evidente que eres mucho más adecuada que ella. Supongo que todos esperaban algo más de entendimiento por tu parte.

—Que me una alegremente a su familia. Que acepte alegremente... ¿El qué? ¿Darles mi dinero? ¿Darles a mis hijos, quizá?

—Sí. Sí, ambas cosas.

—Son ustedes una manada de monstruos. Y tú eres el peor. ¡Yo confiaba en ti!

Francis la contempló con atención. Le temblaba la comisura de la boca. Noemí pensó que quizá se echaría a llorar. La enfureció pensar que fuese él quien se rompiese por dentro y empezase a llorar. «Ni se te ocurra», pensó.

—Lo siento mucho.

—¡Que lo sientes! ¡Maldito bastardo! —gritó.

A pesar del terrible dolor que aún recorría su cuerpo, se puso en pie.

—Lo siento. Yo no quería que pasara esto —dijo Francis.

Él también se levantó tras echar su silla hacia atrás.

—Pues entonces, ¡ayúdame! ¡Ayúdame a escapar!

—No puedo hacer eso.

Noemí lo golpeó. No fue un puñetazo muy fuerte y, además, en cuanto se lo lanzó, se dio cuenta de que iba a derrumbarse en el suelo. El puñetazo le arrebató toda la fuerza. De pronto, se sintió como si careciese de huesos. Si Francis no la hubiese sujetado, seguramente se habría abierto la cabeza. Y, sin embargo, intentó empujarlo.

—Suéltame —exigió, aunque su voz quedó amortiguada, al estar pegada a su chaqueta.

No conseguía ni levantar la cabeza.

—Necesitas descansar. Intentaré pensar una solución, pero tú necesitas descansar —susurró él.

—¡Vete al infierno!

Francis la volvió a depositar con cuidado en la cama y la cubrió con las cobijas. Noemí quiso decirle una vez más que se fuera al infierno, pero se le cerraban los ojos. En la esquina de la habitación, el moho latía como un corazón, se contraía y distendía bajo el papel tapiz. La duela del suelo también cimbraba, temblaba como la piel de un ser vivo.

Una gran serpiente surgió de entre los tablones, oleosa y negra. Se deslizó sobre las cobijas. Noemí se la quedó mirando mientras le rozaba las piernas. La piel de la serpiente estaba fría al contacto con su epidermis enfebrecida. Se quedó inmóvil, pues temía que acabase por morderla. Sobre la piel de la serpiente había un millar de pequeñas protuberancias, diminutos puntos pulsátiles que, de repente, se rasgaron y liberaron esporas.

«Se trata de otro sueño —pensó ella—. Es la tiniebla, y la tiniebla no es real.»

Sin embargo, no quería ver aquello, no quería. Por fin, movió las piernas e intentó apartar de una patada a aquella cosa. Al tocar a la serpiente, la piel de esta se abrió en dos. Era blanca, estaba muerta, el cadáver de una serpiente asolada por la podredumbre. Sobre aquel cadáver blanquecino bullía la vida; estaba toda cubierta de moho.

«*Et Verbum caro factum est*», dijo la serpiente.

Noemí se encontraba de rodillas. La habitación en la que se hallaba era de piedra, muy fría. Estaba oscuro, no había ventanas. Habían colocado velas sobre un altar, pero aun así la oscuridad imperaba. El altar estaba más ornamentado que el que Noemí había visto en las cuevas. Una tela de terciopelo rojo cubría la superficie. Sobre ella descansaban candelabros de plata. Sin embargo, había mucha humedad, todo estaba oscuro y frío.

Howard Doyle había añadido tapices a aquel lugar. Eran negros y rojos, y sobre ellos se dibujaba el ouroboros. Pura ostentación. Doyle comprendía que mostrarse ostentoso era una parte importante de aquel juego. Allí estaba Doyle, cubierto con una tela carmesí. A su lado estaba la mujer de las cuevas, embarazadísima y con aspecto enfermizo.

«Et Verbum caro factum est», le había dicho la serpiente, un susurro secreto en su oído. La serpiente había desaparecido, pero, aun así, podía oírla. Tenía una voz peculiar, ronca. Noemí no tenía la menor idea de qué le estaba diciendo.

Dos mujeres la ayudaron a descender un estrado y a tenderse sobre el altar. Dos mujeres rubias. Ya las había visto antes. Las hermanas. También había visto antes aquel ritual. En el cementerio. La mujer que dio a luz en el cementerio.

Dar a luz. Nacer. El bebé había llorado, y Doyle había sostenido al bebé. Entonces, Noemí lo supo.

«Et Verbum caro factum est.»

Supo lo que no había sido capaz de ver en sus sueños anteriores. Ahora tampoco quería verlo, pero ahí estaba. El cuchillo y el bebé. Noemí cerró los ojos, pero lo vio todo igualmente tras los párpados: carmesí, negro, el bebé al ser despedazado, cómo lo devoraron.

Carne de los dioses. Levantaron sus manos y Doyle depositó pedacitos de carne, pedacitos de hueso, en esas manos y se tragaron la pálida carne.

Habían hecho esto en las cuevas. Habían sido los sacerdotes, al morir, quienes habían ofrecido sus carnes. Doyle había perfeccionado el ritual. Qué listo, qué bien había aprendido. Había leído muchísimos libros sobre teología, biología y medicina; en busca de respuestas. Respuestas que acababa de encontrar.

Los ojos de Noemí seguían cerrados, al igual que los ojos de la mujer. Le colocaron una tela contra el rostro. Noemí pensó que estaban a punto de matarla, y que también desgarrarían su cuerpo y se lo comerían. Sin embargo, se equivocaba. Lo que hicieron fue envolver el cuerpo, muy fuerte. Junto al altar había una fosa. La tiraron dentro, aunque la mujer seguía con vida.

«No está muerta», les dijo Noemí. Pero daba igual. Todo aquello no era más que un recuerdo.

Había sido necesario, como siempre. Del cuerpo de la mujer brotaría el hongo, ascendería por la tierra y se expandiría por las paredes hasta los mismos cimientos del edificio. La tiniebla necesitaba una mente. La necesitaba a ella. La tiniebla estaba viva. Estaba viva en más de un sentido; y su pútrido corazón albergaba el cadáver de una mujer con las extremidades retorcidas y el pelo quebradizo sobre el cráneo. El cadáver abría la boca y gritaba desde el interior de la tierra. De sus labios resecos emergía el pálido hongo.

El sacerdote se habría sacrificado de buena gana: parte del cuerpo, devorado y el resto, enterrado. La vida habría surgido de aquel cuerpo y los fieles habrían quedado atados a él. Atados, en última instancia, a su dios. Sin embargo, Doyle no era ningún idiota y no estaba dispuesto a sacrificarse a sí mismo.

Doyle podía ser un dios sin tener que obedecer ninguna estúpida regla arcana.

Doyle era un dios.

Doyle existía, persistía. Doyle siempre es.

«Monstruos. *Monstum*, ah, ¿eso es lo que piensa usted de mí, Noemí?»

—¿Ha visto usted suficiente, chiquilla curiosa? —preguntó Doyle.

Estaba jugando a las cartas en una esquina de la habitación de Noemí. Ella contempló sus manos arrugadas, el anillo de ámbar en su dedo índice, los destellos que le arrancaba la luz de las velas mientras él barajaba las cartas. Doyle alzó la cabeza para mirarla. Ella le miró a su vez. Era el Doyle actual. Howard Doyle, con la columna hundida y la respiración dificultosa. Colocó tres cartas bocabajo y procedió a girarlas con cuidado. Un caballero con espada y un paje que sostenía una moneda. Noemí veía, a través de la fina camisa que Howard llevaba, los bultos negros que salpicaban su espalda.

—¿Por qué me muestra usted esto? —preguntó ella.

—Es la casa quien se lo enseña. La casa la ama. ¿Disfruta usted de nuestra hospitalidad? ¿Le apetece echar una partida conmigo? —preguntó él.

—No.

—Qué lástima —dijo él, mientras le daba la vuelta a la tercera carta: una copa solitaria y vacía—. Al final acabará usted por ceder. Usted ya es como nosotros; es de la familia. Pero aún no lo sabe.

—Usted no me asusta. Es usted un pedazo de mierda, monstruo. No me asustan sus sueños y sus trucos. Esto no es real. No me tendrá usted.

—¿De verdad lo piensa así? —preguntó él. Las protuberancias de su espalda se abrieron. Un reguero de líquido negro, negro como la tinta, se derramó a sus pies—. Puedo hacer que usted haga todo lo que yo quiera.

Se rasgó una de las pústulas de la mano con una larga uña. Estrujó la hendidura sobre una copa de plata, parecida al cáliz de la carta que le había mostrado. La copa se llenó de un líquido putrefacto.

—Beba un sorbito —le dijo.

Por un segundo, Noemí tuvo el impulso de dar un paso adelante y probar un sorbo. Las náuseas y el rechazo consiguieron paralizarla.

Howard sonrió. Intentaba demostrarle su poder; hasta en sueños era allí el amo.

—Cuando me despierte, lo mataré. Si me da la más mínima oportunidad, lo mataré —juró ella.

Se lanzó sobre él y le hundió los dedos en la piel de alrededor del delgado cuello. Era como tocar pergamino, se desmenuzaba bajo su contacto y dejaba a la vista el músculo y las venas. Howard le sonrió con la misma sonrisa salvaje de Virgil. Ahora Howard era Virgil. La apretó con fuerza contra sí y, de pronto, la apartó y le puso el pulgar en los labios, contra los dientes.

Francis la contemplaba con los ojos desorbitados de dolor. Noemí lo soltó y retrocedió un paso. Francis abrió la boca para decirle algo. Un centenar de gusanos salió reptando de su boca.

Gusanos, tallos, la serpiente entre la hierba se alzó y se enrolló alrededor del cuello de Noemí.

«Es usted nuestra, tanto si le gusta como si no. Es usted nuestra. Es usted nosotros.»

Intentó arrancarse la serpiente, pero el animal se apretó aún más, se clavó en su piel, abrió las fauces, dispuesta a devorarla entera. Noemí le clavó las uñas a la serpiente. Esta susurró: «*Et Verbum caro factum est*».

Sin embargo, también una voz de mujer dijo:

—Abre los ojos.

«Tengo que acordarme de eso —pensó Noemí—. Tengo que acordarme de abrir los ojos.»

21

a luz del día. Noemí jamás se había sentido tan agradecida ante una visión tan ordinaria. Los rayos de luz se filtraban bajo las cortinas y alteraban los latidos de su corazón. Noemí apartó la cortina y colocó las palmas sobre el cristal.

Intentó abrir la puerta. Como había supuesto, estaba cerrada con llave.

Le habían dejado una bandeja con comida. El té se había enfriado, aunque Noemí no se atrevía a beberlo por temor a lo que pudiera haber dentro. Incluso con el pan tostado tuvo sus reservas. Acabó mordisqueando los bordes de pan y bebiendo agua del grifo del baño.

Sin embargo, si el hongo estaba en el aire, ¿qué más daba? De todos modos, lo estaba inhalando. La puerta del armario estaba abierta; Noemí vio que habían vaciado sus maletas y habían vuelto a poner todos sus vestidos en las perchas.

Hacía frío, así que se puso el vestido de tartán con manga larga y cuello estilo Peter Pan con puños blancos a juego. Era lo bastante cálido, por más que el tartán nunca le hubiese sentado bien. Ni siquiera recordaba por qué lo había metido en la maleta, pero en ese momento se alegraba de haberlo hecho.

Una vez se hubo peinado y puesto los zapatos, intentó abrir la ventana una vez más, pero no lo consiguió. Tampoco tuvo suerte con la puerta en su segundo intento. El único cubierto que le habían dejado era una cuchara, cosa que no le iba a servir de mucha ayuda. Justo cuando empezaba preguntarse si podría usar la cuchara para forzar la puerta, la llave giró en la cerradura y Florence apareció en el dintel. Como siempre, parecía molesta de ver a Noemí. Aquel día, el sentimiento era por completo mutuo.

—¿Pretende usted matarse de hambre? —preguntó Florence tras mirar de reojo la bandeja que Noemí apenas había tocado.

—Después de lo que ha pasado, no puedo decir que tenga mucho apetito —replicó Noemí con un tono de voz apagado.

—Tendrá usted que comer. Sea como sea, Virgil quiere verla. La espera en la biblioteca. Venga conmigo.

Noemí siguió a la mujer por el corredor. Ambas bajaron las escaleras. Florence no se dirigió a ella, mientras que Noemí se mantuvo siempre dos pasos por detrás de ella. En cuanto llegaron al piso de abajo, Noemí echó a correr hacia la puerta principal. Temía que la hubiesen cerrado con llave, pero el pomo giró y ella se lanzó a la neblinosa mañana. Aquella niebla era muy densa, pero daba igual. Noemí se sumergió a la carrera en ella.

Las hierbas altas le acariciaron el cuerpo, y su vestido se enganchó con algo. Oyó cómo se rasgaba, pero dio un tirón de la falda y siguió corriendo. Estaba lloviendo, una llovizna leve que empapaba el cabello. Sin embargo, ni en medio de una borrasca con rayos y truenos se habría detenido.

Aunque lo cierto es que se detuvo. De pronto le faltó el aire y se paró para calmarse y recuperar el aliento, aunque apenas lo consiguió. Sentía como si una mano le apretase la garganta. Jadeó y se tropezó con un árbol. Las ramas bajas le arañaron la frente. Noemí soltó un siseo agudo. Se llevó la mano a la cabeza y notó sangre en sus dedos.

Tenía que caminar más despacio, debía ver por dónde iba. Sin embargo, la niebla era muy densa y aquella falta de aliento no cesaba. Se deslizó hasta acabar en el suelo. Perdió un zapato; lo tenía en el pie y de pronto había desaparecido.

Intentó obligarse a ponerse de pie, pero aquella implacable presión en la garganta le impidió reunir la fuerza necesaria. Se las arregló para ponerse de rodillas. A ciegas, intentó alcanzar el zapato perdido. Acabó por tirar la toalla. Daba igual dónde estuviera. Se quitó el otro zapato.

Descalza, iba a seguir descalza. Aferró el zapato que le quedaba en una mano e intentó pensar. La niebla lo envolvía todo. Los árboles, los arbustos y la casa. No tenía ni idea de qué dirección debía seguir, pero oía el susurro de la hierba, y estaba segura de que alguien venía a buscarla.

Seguía sin poder respirar, había un incendio en su garganta. Jadeó en un intento de obligar al aire a que entrase en sus pulmones. Clavó los dedos en la tierra mojada y se puso en pie con un impulso. Cuatro, cinco, seis pasos y volvió a caer de rodillas.

Demasiado tarde. A través de la niebla llegó hasta ella una figura oscura y alta que se agachó a su lado. Noemí alzó las manos como para apartarla, sin éxito alguno. El hombre se agachó y la agarró con tanta facilidad como quien echa mano de una muñeca de trapo. Noemí negó con la cabeza.

Golpeó a ciegas. El zapato se estrelló contra la cara del hombre. Él dejó escapar un gruñido enojado y la soltó. Noemí cayó al barro. Se echó hacia delante, lista para huir a gatas si hacía falta, pero en realidad no le había hecho tanto daño. El hombre la agarró y volvió a sujetarla.

La llevaba de regreso a la casa y ella no podía siquiera protestar; era como si, durante el forcejeo, su garganta hubiese quedado completamente sellada. Era incapaz de inhalar aire. Para empeorar las cosas, se dio cuenta de lo cerca que estaba la casa, de lo poco que había conseguido alejarse, apenas unos metros antes de caer al suelo.

Vio el porche, la entrada principal, y giró la cabeza para mirar al hombre que la llevaba.

Virgil. Abrió la puerta y entró con ella. Subieron las escaleras. El vitral de la escalera tenía grabada una diminuta serpiente alrededor del borde. Noemí no se había percatado antes, pero ahora la imagen estaba clara: la serpiente se mordía la cola.

Llegaron a su habitación y se metieron en el baño. Con cuidado, Virgil la introdujo en la bañera y abrió el grifo. Noemí soltó un jadeo. La bañera empezó llenarse de agua.

—Quítese esa ropa y límpiese —dijo él.

Ahora podía respirar. Como si alguien hubiera pulsado un interruptor. Sin embargo, seguía con el corazón desbocado. Lo miró, con la boca entreabierta y las manos aferrándose a ambos lados de la bañera.

—Se va a resfriar —se limitó a decir él.

Alargó una mano como si quisiera desabrocharle el primer botón del vestido.

Noemí le apartó la mano de un manotazo y se agarró al cuello de su vestido.

—¡No! —gritó.

Hablar le dolía; apenas una palabra parecía haberle cortado la lengua.

Virgil soltó una risa divertida y burlona.

—Esto ha sido culpa suya, Noemí. Decidió usted revolcarse por el barro en mitad de la lluvia. Ahora tiene que lavarse. Quítese esa ropa antes de que la obligue yo a hacerlo —dijo.

No había amenaza en su voz, sonaba muy comedido, pero su rostro estaba lleno de una animadversión cocida a fuego lento.

Noemí se desabrochó los botones con manos temblorosas. Se quitó el vestido, lo arrugó en una pelota y lo tiró al suelo. Se quedó en ropa interior. Pensaba que aquella humillación le bastaría a Virgil, pero entonces él se apoyó en una pared e inclinó su cabeza a un lado mientras se dedicaba a contemplarla.

—¿Y bien? —preguntó—. Está usted sucia. Quíteselo todo y lávese. Su pelo está hecho un desastre.

—Lo haré en cuanto salga usted del baño.

Virgil agarró una sillita de tres patas y se sentó, con aspecto imperturbable.

—Yo no me voy a ninguna parte.

—Yo no me voy a desnudar delante de usted.

Virgil se echó hacia delante, como si quisiera confiarle un secreto.

—Puedo hacer que se quite la ropa interior. No tardaré ni un minuto, y le dolerá. O bien puede quitársela usted sola, como una buena chica.

Decía la verdad. Noemí aún se sentía algo mareada, y el agua estaba demasiado caliente, pero se quitó la ropa interior y la echó al suelo en una esquina del baño. Agarró una barra de jabón que descansaba en un plato de porcelana y se refregó la cabeza, los brazos y las manos. Lo hizo muy deprisa, enjuagándose el jabón.

Virgil había cerrado el grifo. Ahora descansaba el codo izquierdo sobre el borde de la bañera. Al menos miraba al suelo en lugar de mirarla ella, aparentemente satisfecho con admirar los azulejos. Se pasó los dedos por la boca.

—Me ha cortado usted el labio con el zapato —dijo.

Había restos de sangre en sus labios. Noemí se alegró de haberle hecho daño.

—¿Y por eso me tortura?

—¿Torturarla? Solo quería asegurarme de que no se volvía usted a desmayar en el baño. Sería una pena que se ahogase dentro de la bañera.

—Podría haber montado guardia fuera de la puerta, pedazo de cerdo —le dijo ella mientras se apartaba un mechón mojado de la cara.

—Sí, pero no habría sido ni la mitad de divertido —replicó él.

Aquella sonrisa habría sido encantadora si Noemí se lo hubiera cruzado en una fiesta, si no lo hubiera conocido. Con aquella sonrisa había embaucado a Catalina, pero ahora Noemí sabía que era la sonrisa de un depredador. Le daban ganas de volver a pegarle, de abofetearlo en nombre de su prima.

El grifo goteaba. Plic, plic, plic. Era el único sonido dentro del baño. Noemí alzó una mano y señaló detrás de él.

—Páseme la bata.

Él no dijo nada.

—Le he dicho que me...

Virgil hundió la mano en el agua y se la puso en la pierna. Noemí se echó hacia atrás, golpeándose contra la bañera. El agua salpicó el suelo. Su instinto le decía que se pusiese en pie, que saltase del baño y saliese corriendo del cuarto de baño. Sin embargo, por la posición que ocupaba, Virgil podía interceptarla si lo hacía. Él también era consciente. La bañera, el agua, parecían escudarla. Apretó las rodillas contra el pecho.

—Váyase —dijo en un intento de sonar más firme que asustada.

—¿Qué? ¿Ahora se va a mostrar usted tímida? —preguntó él—. La última vez que estuvimos aquí fue bien distinto.

—Eso fue un sueño —tartamudeó ella.

—Eso no significa que no fuera real.

Ella parpadeó, incrédula, y abrió la boca para protestar. Virgil se echó hacia delante y la agarró de la nuca con una mano. Ella gritó y lo apartó, pero Virgil la tenía bien sujeta del pelo y le echó la cabeza hacia atrás de un fuerte tirón.

Había hecho lo mismo o algo muy similar en el sueño. Le había echado la cabeza hacia atrás y la había besado. A continuación, Noemí se había sentido atraída por él.

Intentó apartar la cabeza.

—Virgil —dijo Francis en voz alta.

Estaba de pie en la puerta, con las manos cerradas en puños. Virgil giró la cabeza hacia su primo.

—¿Sí? —preguntó con dureza.

—El doctor Cummins está aquí. Ha venido a verla.

Virgil dejó escapar un suspiro y se encogió de hombros. Soltó a Noemí.

—Bueno, parece que tendremos que proseguir nuestra pequeña charla en otra ocasión —afirmó antes de salir del baño.

Noemí no había esperado que la soltase. Sintió un alivio tan profundo que se llevó ambas manos a la boca y se inclinó hacia delante con un jadeo.

—El doctor Cummins quiere auscultarla, Noemí. ¿Necesita que la ayude a salir del baño? —preguntó Francis con suavidad.

Ella negó con la cabeza. Le ardían las mejillas, estaba ruborizada de vergüenza.

Francis había agarrado una toalla doblada de un montoncito en una estantería. Sin mediar palabra, se la tendió. Ella lo miró y agarró la toalla.

—La espero en la habitación —dijo Francis.

Salió del baño y cerró la puerta tras él. Noemí se secó y se puso la bata.

Cuando salió del baño, el doctor Cummins estaba de pie junto a la cama. Le hizo un gesto para que tomase asiento en ella. Le midió el pulso y, a continuación, abrió un frasquito de alcohol y mojó un trozo de algodón con él. Le puso el algodón en la sien. Noemí se había olvidado del arañazo que se había hecho, y dio un respingo ante el contacto con el alcohol.

—¿Cómo se encuentra? —preguntó Francis.

Estaba de pie detrás del doctor, y mostraba una expresión inquieta.

—Está bien. No son más que un par de arañazos. No va a necesitar vendado. Sin embargo, algo así no debería haber pasado. Pensaba que ya le habían explicado la situación —dijo el doctor—. Si se hubiese lastimado la cara, Howard se habría enfadado bastante.

—No se enoje con Francis. Él ya me ha explicado que estoy en una casa llena de monstruos incestuosos y los lamebotas que los acompañan —replicó Noemí.

El doctor Cummins se detuvo y frunció el ceño.

—Bueno. Veo que no ha perdido esa encantadora manera de dirigirse a sus mayores. Llene un vaso con agua, Francis —le pidió mientras seguía tocando la línea del pelo de Noemí—. La chica está deshidratada.

—Puedo hacerlo yo sola —replicó ella.

Le quitó de un manotazo el algodón al doctor y se lo apretó contra la sien.

El doctor se encogió de hombros y guardó el estetoscopio en su maletín negro.

—Se suponía que Francis iba a hablar con usted, pero imagino que no se lo dejó claro anoche. No puede salir usted de la casa, señorita Taboada. Nadie puede. No se lo va a permitir. Si intenta escapar, volverá a sufrir un ataque como el que ya ha tenido.

—¿Cómo puede hacer algo así una casa?

—Puede. Eso es todo lo que importa.

Francis se acercó a la cama con el vaso de agua y se lo tendió. Noemí dio un par de sorbos sin dejar de mirar con cautela a ambos hombres. Se fijó en la cara de Cummins, había un detalle del que no se había percatado antes y que, en aquel momento, le pareció obvio.

—Es usted de la familia, ¿verdad? Usted también es un Doyle.

—Un pariente lejano. Por eso vivo en el pueblo, donde me ocupo de los asuntos de la familia —replicó el doctor.

Lejano. Sonaba a broma. Noemí no creía que hubiera lejanía alguna en el árbol familiar de los Doyle. Un árbol carente de ramas. Virgil había dicho que se había casado con la hija del doctor Cummins, lo cual significaba que habían intentado acercar ese parentesco lejano.

«Quiere que tú formes parte de la familia», había dicho Francis.

Noemí apretó el vaso con ambas manos.

—Tiene usted que desayunar. Francis, traiga la bandeja —ordenó el doctor.

—No tengo apetito.

—No diga tonterías. Francis, la bandeja.

—¿Sigue caliente el té? Me encantaría tirarle una tacita hirviendo al doctor en la cara —dijo ella en tono ligero.

El doctor se quitó las gafas y empezó a limpiarlas con un pañuelo, con el ceño fruncido.

—Parece que hoy está usted resuelta a poner las cosas difíciles. No debería sorprenderme. Las mujeres pueden ser terriblemente mercuriales.

—¿También su hija era difícil? —preguntó Noemí. El doctor alzó la cabeza súbitamente y la miró. Supo que le había dado donde más dolía—. Les entregó usted a su propia hija.

—No tengo ni la menor idea de lo que está usted hablando —murmuró él.

—Virgil dice que su hija escapó, pero no es cierto. Nadie escapa de este lugar, usted mismo lo ha dicho. La casa no la habría dejado marchar. Está muerta, ¿verdad? ¿Fue Virgil quien la mató?

Noemí y el doctor se miraron la una al otro. El doctor se puso en pie, muy rígido. Le quitó el vaso de las manos y lo dejó sobre la mesilla de noche.

—¿Le importaría dejarnos hablar a los dos a solas? —le dijo Francis.

El doctor Cummins agarró a Francis del brazo y miró a Noemí con los ojos entrecerrados.

—Sí. Más vale que le despierte usted el sentido común. Sabe bien que él no tolerará este comportamiento.

Antes de salir de la habitación, el doctor se detuvo a los pies de la cama, con el maletín bien agarrado en la mano, y se dirigió a Noemí.

—Si le interesa saberlo, mi hija murió durante el parto. No pudo darle a la familia el hijo que necesitaban. Howard cree que usted y Catalina serán más resistentes. Sangre nueva. Ya veremos.

Cerró la puerta al salir.

Francis agarró la bandeja de plata y la llevó a la cama.

Noemí se aferró a las sábanas.

—De verdad que tienes que comer —le dijo él.

—¿Está envenenada? —preguntó ella.

Él se inclinó, le puso la bandeja en el regazo y le susurró en español al oído:

—La comida que has tomado hasta ahora, y el té, sí llevaban algo. Pero el huevo, no. Come, yo te avisaré.

—¿Qué...?

—En español —dijo él—. Puede oír a través de las paredes, por toda la casa, pero no habla español. No nos entenderá. Baja la voz y come, lo digo en serio. Estás deshidratada y anoche vomitaste mucho.

Noemí se lo quedó mirando. Despacio, agarró una cuchara y rompió la cáscara de huevo sin apartar los ojos de él.

—Quiero ayudarte —dijo él—, pero es difícil. Ya has visto lo que la casa puede hacer.

—Al parecer, puede mantener a todo el mundo dentro. ¿Es verdad que no puedo marcharme?

—Puede inducirte a hacer ciertas cosas y prevenir que hagas otras.

—Controlar la mente.

—En cierto modo. Aunque es más rudimentario. Es capaz de activar ciertos instintos.

—No podía respirar.

—Lo sé.

Despacio, Noemí mordisqueó un trocito de huevo. Cuando acabó, Francis señaló el pan tostado y asintió. Sin embargo, negó con la cabeza ante la mermelada.

—Debe de haber alguna manera de salir de aquí.

—Quizá la haya. —Sacó un frasquito del bolsillo y se lo mostró—. ¿Reconoces esto?

—Es la medicina de mi prima. ¿Qué haces con ella?

—El doctor Cummins me dijo que me deshiciera de ella después del episodio, pero no lo hice. El hongo está en el aire, y mi madre se asegura de que también esté en tu comida. De esta manera, poco a poco, se apodera de ti. Sin embargo, el hongo también es muy sensible ante ciertos elementos. No le gusta mucho la luz, como tampoco ciertos aromas.

—Mis cigarrillos —dijo ella, y chasqueó los dedos—. Irritan a la casa. Y este brebaje debe de irritarla también.

¿Lo sabía la curandera del pueblo? ¿O quizá había sido solo una feliz coincidencia? Catalina había llegado a la conclusión de que el brebaje tenía un efecto en la casa, eso era seguro. Ya fuese de forma accidental o intencionada, su prima había descubierto la llave, si bien no le habían permitido girarla en la cerradura.

—El brebaje hace más que irritarla —dijo Francis—. Interfiere con ella, la bloquea. Si tomas este brebaje, la casa, el hongo, dejará de tener control sobre ti.

—¿Y cómo lo sabes?

—Catalina. Intentó escaparse, pero Virgil y Arthur la atraparon y la trajeron otra vez aquí. Descubrieron lo que había estado tomando y determinaron que afectaba al control de la casa sobre ella, así que se lo quitaron. De lo que no se dieron cuenta fue que todo esto llevaba tiempo ocurriendo, y Catalina debió de haberle pedido a alguien del pueblo que enviase la carta por ella.

Catalina, una chica lista. Había urdido un plan de contingencia para pedir ayuda. Por desgracia, Noemí, que era quien tenía que rescatarla, también había caído en la trampa.

Alargó la mano hacia el frasquito, pero Francis se la agarró y negó con la cabeza.

—¿Recuerdas lo que le pasó a tu prima? Si tomas demasiado al mismo tiempo, tendrás un ataque.

—En ese caso, no sirve para nada.

—Te equivocas. Tendrás que tomar dosis pequeñas. Mira, el doctor Cummins está aquí por un motivo. El tío Howard se muere, no hay manera de evitarlo. El hongo extiende la vida, pero no puede hacerlo para siempre. Su cuerpo cederá pronto; después, empezará la transmigración. Tomará posesión del cuerpo de Virgil. Cuando suceda, cuando muera, todo el mundo estará distraído. Estarán muy ocupados atendiéndole. Y la casa estará debilitada.

—¿Cuándo sucederá?

—No debe de faltar mucho —dijo Francis—. Ya has visto a Howard.

Noemí no quería recordar lo que había visto. Dejó el resto de huevo que había estado mordisqueando y frunció el ceño.

—Él quiere que formes parte de la familia. Síguele el juego, ten paciencia y yo te sacaré de aquí. Hay túneles que llevan al cementerio. Creo que puedo esconder suministros en ellos.

—¿Qué significa exactamente eso de «síguele el juego»? —preguntó Noemí, porque Francis evitaba mirarla a los ojos.

Lo agarró con una mano del mentón y lo obligó a mirarla. Francis se quedó inmóvil, conteniendo la respiración.

—Howard quiere que te cases conmigo. Le gustaría que tuvieses hijos conmigo. Quiere que seas una de nosotros —dijo Francis por fin.

—¿Y si digo que no? Entonces, ¿qué?

—Se saldrá con la suya.

—Me extraerá la mente, como a los sirvientes, ¿no? ¿O quizá se limitará a violarme?

—No llegará a ese extremo.

—¿Por qué?

—Porque Howard disfruta controlando a la gente de otros modos. Sería demasiado burdo. Durante años, permitió que mi padre bajase al pueblo, como también permitía que Catalina fuera a la iglesia. Incluso permitió que Virgil y mi madre se alejasen de aquí para buscar una esposa. Sabe que necesita que la gente obedezca su voluntad, que la cumpla, pero quiere que lo hagan de buen grado, de lo contrario le resulta demasiado cansado.

—Además, no puede controlar a todo el mundo todo el tiempo —aventuró Noemí—. A fin de cuentas, Ruth consiguió echar mano del rifle, y Catalina intentó decirme la verdad.

—Así es. Y Catalina se negaba a decir quién le había dado el brebaje, por más que Howard intentase sacarle la información.

Además, los mineros organizaron una huelga. Aunque a Howard Doyle le gustase creerse un dios, no podía obligar a todo el mundo a someterse a él las veinticuatro horas del día. Y, sin embargo, durante las últimas décadas, debía de haber podido manipular sutilmente a bastante gente. Cuando eso no bastaba, podía matarlos o hacerlos desaparecer, como a Benito.

—Una confrontación directa no servirá de nada —añadió Francis.

Noemí examinó el cuchillo de untar mantequilla y supo que tenía razón. ¿Qué podía hacer? Con violencia, acabaría justo donde estaba, o quizá incluso peor.

—Si accedo a seguir adelante con esta locura, también debes ayudar a Catalina.

Francis no respondió, pero, a juzgar por el modo en que frunció el ceño, Noemí supuso que no le hacía gracia la idea de ayudar a escapar a dos personas.

—No puedo dejarla aquí —le dijo, y agarró la mano con la que Francis aún sostenía el frasquito—. Tienes que darle el brebaje a ella también, tienes que liberarla.

—Sí, está bien. Baja la voz.

Ella le soltó la mano y bajó la voz.

—Debes prometérmelo por tu vida.

—Lo prometo. Bueno, ¿quieres que lo probemos? —preguntó, al tiempo que abría el tapón del frasquito—. Te dará un poco de sueño, pero probablemente necesitas dormir.

—Virgil puede ver mis sueños —murmuró ella, cubriéndose la boca por un momento—. ¿No se enterará de todo? ¿No sabrá lo que estoy pensando?

—En realidad no son sueños. Se trata de la tiniebla. Pero ten cuidado cuando estés ahí.

—No sé si puedo confiar en ti —dijo ella—. ¿Por qué me ayudas?

Francis era diferente de su primo en mil detalles, en sus manos delgadas y su boca anodina, larguirucho en lugar de robusto, como Virgil. Era joven y demacrado, y rebosaba amabilidad. Pero ¿quién podía decir si no era todo fachada, si no sería él también capaz de caer en una implacable indiferencia? A fin de cuentas, no había nada en aquel lugar que fuese realmente lo que parecía ser. Allí había capas y capas de secretos.

Noemí se tocó la nuca, el lugar donde Virgil había hundido los dedos en su pelo.

Francis giró el tapón de cristal. Un rayo de sol filtrado entre las cortinas impactó en él, un pequeño prisma pintó un arcoíris en el borde de la cama.

—Hay un hongo de las cícadas... se llama *Massospora cicadina*. Recuerdo haber leído un artículo en una revista en el que se discutía su apariencia. El hongo brota del abdomen de la cícada. Se convierte en una masa de polvo amarillento. La revista decía que las cícadas que sufrían una infección tan grave seguían «cantando», mientras su cuerpo se veía consumido desde el interior. Cantaban para atraer posibles parejas mientras estaban medio muertas. ¿Te lo imaginas? —dijo Francis—. Tienes razón, tengo una alternativa. No pienso acabar mi vida cantando una canción y fingiendo que está todo bien.

Dejó de juguetear con el tapón del frasquito y la miró.

—Hasta ahora es lo que has hecho.

—Sí —dijo él—. Pero ahora que estás aquí, ya no puedo seguir haciéndolo.

Noemí lo contempló en silencio mientras él vertía una mínima cantidad de líquido en una cuchara. Se tragó el brebaje. Estaba amargo. Francis le ofreció la servilleta de la bandeja. Noemí se limpió la boca.

—Deja que me lleve esto —dijo Francis mientras se guardaba el frasquito en el bolsillo y agarraba la bandeja.

Noemí le tocó el brazo. Francis se detuvo.

—Gracias.

—No me las des —replicó él—. Debería habértelo contado antes, pero soy un cobarde.

Noemí reposó la cabeza en las almohadas y dejó que el sueño se apoderase de ella. Más tarde, no llegó a estar segura de cuándo, oyó el susurro de una tela en movimiento. Se irguió hasta quedar sentada. Ruth Doyle yacía acuchillada a los pies de su cama. Miraba hacia el suelo.

No se trataba de Ruth. ¿Era un recuerdo? ¿Era un fantasma? No del todo. Noemí se dio cuenta de que lo que había visto, aquella voz que le susurraba y que la instaba a abrir los ojos, era la mente de Ruth. Su mente anidaba en la tiniebla, en las grietas de las paredes cubiertas de moho. Debía de haber otras mentes, retazos de personas, escondidas bajo el papel tapiz, pero ninguna era tan sólida ni tangible como Ruth. Excepto, quizá, por esa presencia dorada que Noemí aún no era capaz de identificar y que ni siquiera sabía si era una persona. Le daba la sensación de que no lo era o, al menos, no como Ruth.

—¿Me oye? —preguntó—. ¿O es usted como los surcos de un disco?

Ruth no le daba miedo. Era una jovencita de la que habían abusado, a la que habían abandonado. Su presencia no era maliciosa, sino meramente inquietante.

—No me arrepiento —dijo Ruth.

—Me llamo Noemí, nos hemos visto antes, pero no sé si usted me entiende.

—No me arrepiento.

Noemí pensó que Ruth no iba a darle mucho más que aquellas escasas palabras, pero, de pronto, alzó la cabeza y la miró a los ojos.

—Madre no puede protegerla a usted. Nadie la protegerá.

«Madre está muerta —pensó Noemí—. Fue usted quien la mató.» Sin embargo, dudaba que sirviese de nada recordar ese tipo de cosas a alguien que, en esencia, era un cadáver enterrado largo tiempo atrás. Lo que hizo fue alargar una mano y tocar el hombro de Ruth. El contacto con sus dedos parecía real.

—Tiene usted que matarlo. Padre jamás permitirá que se marche. Ese fue el error que cometí yo. No lo hice bien.

Ruth negó con la cabeza.

—¿Y cómo debería usted haberlo hecho? —preguntó Noemí.

—No lo hice bien. Es un dios. ¡Un dios!

La chica empezó a sollozar y se llevó las manos a la boca. Se meció hacia atrás y hacia delante. Noemí intentó abrazarla, pero Ruth se tiró al suelo y se hizo un ovillo, con las manos aún en la boca. Noemí se arrodilló a su lado.

—No llore, Ruth —dijo.

El cuerpo de Ruth se volvió gris. Motas blancas de moho empezaron a salirle por la cara y las manos. La chica lloró, lágrimas negras que corrían por sus mejillas. De su boca y de su nariz empezó a chorrear bilis.

Ruth se arañó con sus propias uñas y profirió un crudo grito. Noemí se apartó de ella y chocó contra la cama. La chica se retorcía; empezó a arañar el suelo. Las uñas se le rompieron contra la madera, y se le clavaron astillas en las palmas.

Noemí apretó los dientes de miedo y pensó que ella también se echaría a llorar, pero entonces recordó aquellas palabras, aquel mantra.

—Abre los ojos —dijo Noemí.

Y Noemí obedeció sus propias palabras. Abrió los ojos. La

habitación estaba oscura. Se encontraba sola. Había empezado a llover otra vez. Se puso en pie y corrió la cortina. El lejano sonido del trueno resultaba inquietante. ¿Dónde estaba su brazalete? El brazalete contra el mal de ojo, aunque ya no iba a servir de mucho. En el cajón de la mesita de noche encontró el paquete de cigarrillos y el encendedor; al menos eso seguía allí.

Noemí encendió la lumbre y vio cómo la llama crecía. A continuación, apagó el encendedor y lo devolvió al cajón.

22

Francis volvió a verla a la mañana siguiente y le dio otra cucharada del brebaje. También señaló lo que era seguro comer. Cuando cayó la noche, regresó con otra bandeja de comida. Le dijo que una vez acabase de cenar, tenían que ir a hablar con Virgil, que los esperaba en su despacho.

Estaba demasiado oscuro, incluso con la lámpara en las manos de Francis, como para ver los retratos que ribeteaban la pared del pasillo que llevaba a la biblioteca. A Noemí le habría gustado haber podido detenerse a mirar la foto de Ruth. Era un impulso nacido de la curiosidad y de la compasión. Ruth había sido una prisionera, al igual que ella.

Cuando Francis abrió la puerta de la biblioteca, el desagradable aroma de los libros mohosos la sorprendió. Resultaba extraño lo mucho que se había acostumbrado a aquel olor en los días pasados, hasta el punto de no percibirlo. Se preguntó si el hecho de que ahora lo notase significaba que el brebaje empezaba a tener efecto.

Virgil estaba sentado tras el escritorio. La luz amortiguada en la habitación le daba el aspecto de un cuadro de Caravaggio, al tiempo que su rostro parecía carente de sangre. Su cuerpo estaba inmóvil, como el de un animal que se camuflase. Tenía los dedos entrelazados. Al verlos entrar, se echó hacia delante a modo de saludo y esbozó una sonrisa.

—Parece que está usted mejor —dijo. Noemí se sentó frente a él, con Francis al lado. Su mirada muda fue la única respuesta al comentario—. Le he pedido que venga porque tenemos que aclarar ciertos puntos. Francis dice que comprende usted la situación y que está dispuesta a cooperar con nosotros.

—Si se refiere a que he comprendido que no puedo marcharme de esta horrible casa, entonces sí, por desgracia eso me ha quedado claro.

—No se atormente por ello, Noemí. Una vez la casa entra en contacto con uno, es encantadora. Bueno, supongo que ahora la cuestión es si pretende ser usted un fastidio para nosotros o si está dispuesta a unirse a la familia.

En las paredes, tres cabezas de ciervo lanzaban largas sombras.

—Tiene usted una idea muy interesante de lo que significa «estar dispuesta» —dijo Noemí—. ¿Acaso me ofrece otra opción? Creo que no es el caso. He decidido seguir con vida, si eso es lo que quiere saber. No quiero acabar en el fondo de una fosa, como esos pobres mineros.

—No los tiramos en una fosa, todos están enterrados en el cementerio. Y tenían que morir. Hay que fertilizar la tierra.

—Con cuerpos humanos. Escoria, ¿verdad?

—Habrían muerto de todas formas. No era más que un puñado de campesinos malnutridos y llenos de pulgas.

—Su primera esposa también era una campesina llena de pulgas, ¿no? ¿También la usó para fertilizar la tierra? —preguntó Noemí.

Se preguntaba si el retrato de su esposa también estaba en el pasillo, junto a las fotos de los demás miembros de la familia Doyle. Una mujer desgraciada con la barbilla bien alta, intentando sonreír a la cámara.

Virgil se encogió de hombros.

—No. De todos modos, no era apropiada, y tampoco puedo decir que la eche de menos.

—Encantador.

—No va a conseguir que me sienta mal al respecto, Noemí. Los fuertes sobreviven, los débiles quedan atrás. Y yo creo que usted es fuerte —dijo—. Y qué cara tan hermosa tiene usted. Piel oscura, ojos oscuros. Toda una novedad.

Carne oscura, pensó ella. Nada más que carne. Era el equivalente a una tajada de ternera que el carnicero inspeccionase antes de envolverla en papel de estraza. Un juguetito exótico que servía para poco más que remover las entrañas y hacer agua la boca.

Virgil se puso de pie, rodeó el escritorio y se detuvo tras ellos, con una mano en el respaldo de cada una de sus sillas.

—Mi familia, como quizá sepa, se ha esforzado por mantener el linaje puro. Nuestra política de apareamiento selectivo nos ha permitido transmitir los rasgos más deseables. Nuestra compatibilidad con los hongos de esta casa es el resultado de esa política. Sin embargo, hay un pequeño problema.

Virgil empezó a caminar a su alrededor. Miró al escritorio y juagueteó con un lápiz.

—¿Sabía usted que los castaños que crecen solos son estériles? Necesitan que los polinice otro árbol. Parece que nuestro caso es similar. Mi madre le dio a mi padre dos bebés con vida, sí, pero también dio a luz a muchos hijos muertos. La historia se repite por todo el árbol familiar. Hijos que nacen muertos, bebés que mueren en la cuna. Antes de Agnes, mi padre tuvo otras dos esposas; ninguna de las dos era apta.

»A veces hace falta añadir sangre nueva a la mezcla, por así decir. Por supuesto, mi padre siempre se ha mostrado terco en estos aspectos. Insiste en que no hemos de mezclarnos con la chusma.

—A fin de cuentas, rasgos superiores e inferiores —dijo Noemí en tono seco.

Virgil sonrió.

—Exacto. El viejo llegó incluso a traer tierra de Inglaterra para asegurarse de que las condiciones aquí serían idénticas a las de nuestro país natal. No iba a permitir que nos mezclásemos con los oriundos. Sin embargo, tal y como está la situación, no nos queda alternativa. Es una cuestión de supervivencia.

—Y de ahí Richard —dijo Noemí—. Y de ahí Catalina.

—Sí. Aunque, de haberla visto a usted antes, la habría elegido en lugar de Catalina. Es usted joven, está sana, y la tiniebla le tiene aprecio.

—Supongo que mi dinero también ayuda.

—Bueno, eso es un prerrequisito, obviamente. La estúpida Revolución que montaron ustedes nos arrebató la fortuna, pero debemos recuperarla. Supervivencia, tal y como le he dicho.

—Creo que la palabra correcta es asesinato. Ustedes asesinaron a esos mineros. Los enfermaron, les ocultaron lo que sucedía y su doctor los dejó morir. Supongo que también mataron al amante de Ruth, aunque al menos ella les devolvió el golpe.

—No está siendo usted nada amable, Noemí —dijo Virgil, con los ojos fijos en ella. Sonaba molesto. Se giró hacia Francis—. Pensaba que había suavizado usted las cosas con ella.

—Noemí no va a volver a intentar escaparse —dijo Francis, al tiempo que le acariciaba la mano con la suya.

—Es un buen primer paso. El segundo será la carta que le escribirá usted a su padre. Le explicará que va a quedarse aquí hasta Navidad para hacer compañía a Catalina. Cuando llegue la Navidad, le escribirá para decirle que se ha casado y que pretende quedarse a vivir aquí con nosotros.

—Mi padre se enfadará.

—Pues tendrá que escribirle unas cuantas cartas más para calmar sus preocupaciones —dijo Virgil con suavidad—. ¿Qué tal si empezamos por la primera carta?

—¿Ahora?

—Sí. Venga aquí —dijo Virgil, y palmeó la silla tras el escritorio.

Noemí dudó, pero se puso en pie y aceptó el asiento. Ya había dispuestas una hoja y una pluma. Noemí las contempló, sin agarrarlas.

—Vamos —ordenó Virgil.

—Es que no sé qué decir.

—Escriba un mensaje convincente. No queremos que su padre nos visite y acabe por contraer alguna enfermedad rara, ¿verdad?

—No lo lastimaría —susurró ella.

Virgil se inclinó y la agarró con fuerza de un hombro.

—Hay sitio de sobra en el mausoleo y, tal y como usted señaló, nuestro médico no es muy bueno a la hora de tratar enfermedades.

Noemí le apartó la mano y empezó a escribir. Virgil se alejó de ella.

Noemí acabó de escribir y, por último, firmó la carta. Una vez terminada, Virgil volvió a acercarse y la leyó. Asintió.

—¿Contento? —preguntó Francis—. Ya ha hecho su parte.

—Aún le queda mucho por hacer —murmuró Virgil—. Florence está buscando el vestido de novia de Ruth por la casa. Vamos a celebrar una boda.

—¿Por qué? —preguntó Noemí. Sentía la boca seca.

—A Howard le encantan estos detalles, las ceremonias. Las adora.

—¿Y dónde encontrará un sacerdote?

—Mi padre puede oficiar la ceremonia, lo ha hecho antes.

—O sea, que me voy a casar en la iglesia del Santo Hongo Incestuoso, ¿no? —dijo ella—. Dudo que tenga validez.

—No se preocupe, tarde o temprano la llevaremos a rastras al juzgado.

—A rastras es la expresión correcta.

Virgil golpeó la carta contra el escritorio, Noemí se encogió, sobresaltada. Recordó entonces la fuerza que tenía Virgil. La había llevado a la casa en sus brazos como si no pesase más que una pluma. Su mano, apoyada en el escritorio, era grande, capaz de infligir mucho daño.

—Debería usted considerarse afortunada. Le sugerí a mi padre que Francis la atase a la cama esta misma noche y fornicaran sin más preámbulos, pero no le parece correcto. A fin de cuentas, es usted una dama. Yo no estoy tan seguro. Las damas no son tan lascivas, y como ambos sabemos, no es usted lo que se dice un corderito inocente.

—No tengo ni idea...

—Yo diría que tiene usted más de una y más de dos ideas.

Los dedos de Virgil le rozaron el pelo. Fue apenas un leve contacto, pero bastó para que un escalofrío la recorriese, una sensación oscura y deliciosa que le atravesó las venas, como si hubiera dado un largo trago de champán demasiado rápido. Como en sus sueños. Tuvo el impulso de hundir los dientes en el hombro de Virgil, morderlo con fuerza. Un espasmo feroz de deseo y odio.

Noemí se sobresaltó, interpuso la silla entre Virgil y ella.

—¡No!

—¿Que no qué?

—Basta —dijo Francis.

Se apresuró a ir junto a Noemí. Le agarró la mano para tranquilizarla. Con una mirada le recordó que, a fin de cuentas, tenían un plan. A continuación, se volvió hacia Virgil y habló con firmeza:

—Es mi novia. Trátela con respeto.

Las palabras de Francis parecieron molestar a su primo. Aquella sonrisa fina y artera se ensanchó en sus labios, lista para convertirse en una mueca feroz. Noemí estuvo segura de que le daría un empujón, pero, para su sorpresa, Virgil alzó las manos en el aire en un repentino y dramático gesto de rendición.

—Vaya, parece que, por una vez en la vida, le han salido a usted un par de pelotas, primo. Está bien, seré educado con ella, pero más vale que mida sus palabras y comprenda cuál es su lugar.

—Lo hará. Vamos —dijo Francis, y corrió a sacarla del despacho, con la lámpara de aceite en la mano.

Las sombras se agitaban debido al repentino movimiento de aquella fuente de luz.

Una vez fuera, Francis se volvió hacia ella.

—¿Te encuentras bien? —preguntó en un susurro, en español.

Ella no respondió. Tiró de él pasillo abajo hasta entrar en una de las polvorientas habitaciones sin usar, con sillas y poltronas cubiertas con sábanas blancas. Un majestuoso espejo del suelo al techo los reflejaba. En la parte superior estaba adornado con elaboradas tallas de frutos y flores y la siempre presente serpiente que acechaba en cada esquina de la casa. Noemí se detuvo en seco y contempló la serpiente. Francis casi chocó contra ella, y susurró una disculpa.

—Prometiste que encontrarías suministros para nosotras —le dijo, con los ojos aún fijos en la decoración que rodeaba el espejo, en aquella temible serpiente—. ¿Podrías encontrar también armas?

—¿Armas?

—Sí. Rifles, pistolas.

—Después de lo que pasó con Ruth, aquí ya no hay rifles. Mi tío Howard tiene una pistola en su habitación, pero yo no puedo acceder a ella.

—¡Tiene que haber algo!

Su propia vehemencia la sobresaltó. En el espejo, Noemí vio su cara reflejada, inquieta. Se apartó, ahuyentada por la mera visión de sí misma. Le temblaban las manos; tuvo que agarrarse al respaldo de una silla para no caerse.

—¿Noemí? ¿Qué sucede?

—No me siento segura.

—No sé...

—Es un truco. No sé cómo funcionan sus trucos mentales, pero sé que no soy del todo yo misma cuando estoy cerca de Virgil —dijo. Le temblaban las manos mientras se apartaba el pelo de la cara con gesto nervioso—. Últimamente, no. Es magnético. Así es como lo describió Catalina. Bueno, no me extraña. Sin embargo, no se trata solo de su encanto, ¿verdad? Dices que la casa es capaz de inducir ciertos comportamientos.

Dejó la frase en el aire. Virgil sacaba lo peor de ella. Le asqueaba inmensamente y, sin embargo, también despertaba en ella una cierta emoción depravada. Freud hablaba de impulsos mortales; el impulso que hace que alguien al pie de un precipicio quiera de pronto saltar. Seguramente, aquel antiguo principio se activaba con Virgil; era capaz de tirar de un hilo subconsciente que Noemí no conocía. Jugaba con ella.

Se preguntó si funcionaba, así como las cícadas que Francis había mencionado. Cantando sus canciones de apareamiento mientras algo las consumía vivas por dentro, meciéndose unas junto a otras mientras algo convertía sus órganos en polvo. Quizá incluso canturreaban más alto, quizá la sombra de la muerte creaba un frenesí de anhelo en sus pequeños cuerpos y las impulsaba hacia su propia destrucción.

Lo que Virgil inspiraba era violencia, carnalidad, pero también un gozo embriagador. El gozo de la crueldad, una decadencia de terciopelo negro que apenas había llegado a paladear antes. Allí estaba su yo más avaricioso e impulsivo.

—No te va a suceder nada —la tranquilizó Francis mientras depositaba la lámpara de aceite en una mesa cubierta de blanco.

—Eso no lo sabes.

—No sucederá nada mientras yo esté cerca.

—No puedes estar cerca todo el tiempo. No estabas cerca cuando Virgil me agarró en el baño —dijo ella.

Francis apretó la mandíbula, casi de modo imperceptible. La vergüenza y la ira atravesaron sus facciones. Se ruborizó en buena medida. Aquella galantería no estaba bien empleada. Francis quería ser su caballero andante, pero no podía. Noemí se cruzó de brazos y bajó la cabeza.

—Por favor, Francis, tiene que haber un arma —insistió.

—Quizá mi navaja de afeitar. Te la puedo dar, si así te vas a sentir más segura.

—Sí.

—Entonces te la daré —dijo él, y sonaba sincero.

Noemí se dio cuenta de que aquello no era más que un pequeño gesto que no iba a resolver sus problemas. Ruth había llevado un rifle, y eso no había servido para salvarla. Si de verdad sentía un impulso mortal, un defecto de su psique amplificado o retorcido por la casa, no había arma alguna que pudiese protegerla. Y, sin embargo, era capaz de apreciar la disposición de Francis para ayudarla.

—Gracias.

—De nada. Espero que no te desagraden los hombres con barba, porque no podré afeitarme si te doy mi navaja —dijo, en un intento de hacer una broma que le mejorase el ánimo.

—Una barba de uno o dos días no le hace daño a nadie —replicó ella en tono similar.

Francis sonrió. La sonrisa, al igual que su voz, era sincera. Todo en High Place era retorcido y mugriento, pero Francis se las había arreglado para crecer prístino y atento, como una extraña planta que madura en el jardín equivocado.

—De verdad eres mi amigo, ¿no? —preguntó ella.

No había querido creerlo; se esperaba que todo fuese una artimaña, pero ahora pensaba que no había artimaña alguna.

—A estas alturas te deberías de haber dado cuenta de que así es —contestó él, pero no en tono desagradable.

—En este lugar, es muy difícil discernir lo real de lo falso.

—Lo sé.

Se miraron la una al otro, en silencio. Noemí empezó a caminar por la habitación. Pasó la mano por los muebles cubiertos, notando las decoraciones talladas en la madera bajo las sábanas. El polvo acumulado se esparció por el aire. Noemí apartó una de las sábanas blancas. Debajo había un sofá tapizado en azul. Se sentó en él, con los pies recogidos.

Francis se sentó a su lado. El espejo que dominaba la habitación se encontraba ahora delante de ellos, pero era antiguo y estaba empañado, y distorsionaba sus reflejos hasta el punto de convertirlos en fantasmas.

—¿Quién te enseñó a hablar español? —preguntó ella.

—Mi padre. Le gustaba aprender cosas nuevas, aprender idiomas. Solía enseñarme, e incluso intentó enseñarle un poco a Virgil, pero mi primo no tenía el menor interés en esas lecciones. Tras su muerte, yo solía ayudar a Arthur con documentos y otros recados. Puesto que Arthur también habla español, pude practicar con él. Siempre supuse que acabaría ocupando el puesto de Arthur.

—Y servir a tu familia como intermediario en el pueblo.

—Es lo que se podría esperar.

—¿Y no tenías otro deseo que no fuese servir a tu familia?

—Cuando era más joven, soñaba con marcharme lejos. Sin embargo, era el tipo de sueño que solo puede tener un niño, como pensar que algún día se unirá al circo. Últimamente no pienso en ello. No tenía el menor sentido. Después de lo que pasó con mi padre, supuse que, bueno, él tenía más carácter que yo, era más audaz y, sin embargo, no pudo resistirse a la voluntad de High Place.

Mientras hablaba, Francis echó mano al bolsillo y sacó el pequeño retrato que Noemí había visto antes. Ella se inclinó y lo miró con más atención que la última vez. Era parte de un relicario esmaltado, con una parte pintada de azul y decorada con lilas doradas del valle. Recorrió el contorno de una flor con la uña.

—¿Tu padre sabía lo que era la tiniebla?

—¿Te refieres a antes de venir a High Place? No. Se casó con mi madre y ella lo trajo aquí, pero, evidentemente, no se lo mencionó. Pasó un tiempo hasta que se enteró. Para cuando supo toda la verdad, ya era tarde, y no tuvo más remedio que acceder a quedarse.

—Supongo que es la misma trampa en la que he caído yo —dijo Noemí—. Una oportunidad de formar parte de la familia. Aunque tampoco tuvo alternativa.

—Supongo que la amaba. A mí me quería. No sé.

Noemí le devolvió el relicario. Francis lo guardó en el bolsillo.

—¿De verdad habrá una boda, con vestido de novia y todo? —preguntó ella.

Volvió a pensar una vez más en las hileras de fotos del corredor, con todas las generaciones de la familia. También pensó en los retratos de novia del dormitorio de Howard. De haber podido, habrían pintado a Catalina en un retrato parecido. También lo harían con Noemí. Ambos retratos podrían colgar sobre la repisa de una chimenea. También habría habido una foto de los recién casados, con sus mejores galas, seda y terciopelo.

El espejo daba una vaga impresión de qué aspecto tendría una foto así, pues reflejaba a Noemí y a Francis, ambos con expresiones solemnes.

—Es la tradición. En los días de antaño, se habría celebrado un gran festín, y cada uno de los asistentes te habría dado un regalo, algo de plata. Nuestra familia siempre ha estado en la minería, y todo empezó con la plata.

—¿En Inglaterra?

—Sí.

—Y vinieron ustedes aquí en busca de más plata.

—Allí se había acabado. No quedaba plata, no quedaba estaño y a nosotros no nos quedaba suerte alguna. Además, la gente en Inglaterra empezó a sospechar de nuestras actividades. Hóward pensó que aquí harían menos preguntas, que podría hacer lo que le viniera en gana. No se equivocó.

—¿Cuántos trabajadores murieron?

—Imposible saberlo.

—¿Y te lo has preguntado?

—Sí —susurró él, con la voz empantanada por la vergüenza.

Aquella casa había sido construida sobre huesos, nadie se había percatado de aquella atrocidad. La gente que llegó hasta la casa, a la mina, no volvió jamás. Nadie los lloró y nadie los encontró. La serpiente se devora la cola, devora todo a su alrededor, voraz, con un apetito que jamás se sacia.

Noemí contempló las fauces abiertas de la serpiente en el espejo. Volvió la cara y apoyó la cabeza en el hombro de Francis. Así se quedaron durante mucho rato, ella, oscura, y él, pálido; un raro contraste entre aquellas sábanas blancas como la nieve. A su alrededor, como en una viñeta, la oscuridad de la casa emborronaba los bordes.

23

Ya que no había más necesidad de fingir, le permitieron hablar con Catalina sin tener a la criada de espía. En cambio, Francis la acompañó. Noemí supuso que ahora los veían como una pareja. Dos organismos simbióticos atados juntos. O bien prisionera y carcelero. Fuera cual fuera el razonamiento, a Noemí le vino bien la oportunidad de hablar con su prima. Llevó una silla hasta la cama en la que descansaba Catalina. Francis esperó de pie al otro lado de la habitación, mirando por la ventana en un ofrecimiento tácito de un poco de intimidad, mientras las dos hablaban en susurros.

—Siento no haberte creído cuando leí la carta —dijo Noemí—. Debí haberlo sabido.

—No tenías manera de saberlo —respondió Catalina.

—Aun así, si me hubiese limitado a sacarte de aquí sin importar sus protestas, ahora no nos veríamos en esta situación.

—No te lo habrían permitido, Noemí. Bastante has hecho viniendo. Tu presencia me hace bien. Es como en esas historias que solía leerte; es como si hubieras roto un hechizo.

Aquello no era obra de ella, sino del brebaje que Francis le administraba. Sin embargo, Noemí asintió y agarró las manos de su prima. ¡Cómo habría deseado que esos cuentos de hadas fuesen reales! Los relatos que Catalina le contaba tenían finales felices. Los malvados eran castigados, y el orden quedaba restituido. Un príncipe subía por la torre y rescataba a la princesa. Incluso los detalles más tenebrosos, como cuando les cortaban los talones a las malvadas hermanastras, caían en el olvido una vez que Catalina aseguraba que todos vivieron felices para siempre.

Catalina no podía recitar aquellas palabras mágicas: vivieron felices para siempre. La única esperanza de Noemí era que aquel plan de escape que había urdido no fuese un cuento. La esperanza era lo único con lo que contaban.

—Él sabe que hay algo que no va bien —dijo Catalina de pronto, parpadeando despacio.

Aquellas palabras inquietaron a Noemí.

—¿Quién?

Catalina cerró los labios con fuerza. Era algo que ya había sucedido antes; de pronto Catalina caía en un silencio dramático o parecía perder el hilo de sus pensamientos. Por más que Catalina quisiera decir que se encontraba mejor, aún no era ella misma. Noemí le recolocó un mechón tras la oreja.

—Catalina, ¿qué sucede?

Catalina negó con la cabeza y se volvió a recostar en la cama. Le dio la espalda a Noemí. Ella le tocó el hombro, pero Catalina la apartó de sí. Francis se acercó al lecho.

—Creo que se encuentra cansada —dijo—. Deberíamos volver a tu habitación, Noemí. Mi madre dijo que quería que te probaras el vestido.

Noemí no había llegado a imaginárselo. Apenas había pensado en ello. Puesto que no traía ninguna idea preconcebida, cualquier cosa le habría bastado. Y, sin embargo, se sorprendió al ver el vestido tendido en la cama. Lo contempló con preocupación. No quiso ni tocarlo.

El vestido de un sedoso chifón y satén. El cuello alto estaba adornado con encaje de guipur y una línea de diminutas madreperlas recorría toda la espalda. Durante años había estado guardado en una caja enorme y polvorienta. Cualquiera habría esperado verlo comido por las polillas, pero, aunque la tela había adquirido una tonalidad amarillenta, por lo demás estaba intacto.

No era un vestido feo. No era eso lo que le causaba repulsión. Parecía representar la fantasía juvenil de otra chica, de una chica muerta. Quizá incluso de dos chicas. ¿Habría llevado aquel vestido la primera mujer de Virgil?

Le recordaba a la piel abandonada de una serpiente. Howard iba a librarse de su propia piel y a meterse dentro de un cuerpo nuevo, como una cuchilla que se hunde en la carne. Ouroboros.

—Tiene usted que probárselo para que podamos ajustarlo —dijo Florence.

—Yo tengo vestidos bonitos. Mi tafetán pur...

Florence se puso rígida, con el mentón algo elevado y las manos unidas bajo el pecho.

—¿Ve usted el lazo del cuello? Es de otro vestido más viejo; se incorporó al diseño final. Los botones también procedían de otro vestido. Sus hijas también utilizarán este vestido. Así es como se hacen las cosas.

Noemí se inclinó con cuidado y comprobó que había un pequeño desgarro en la cintura, así como un par de agujeritos en el canesú. La perfección del vestido era engañosa.

Agarró el vestido y entró en el cuarto de baño. Se cambió allí y, al salir, Florence la escrutó con ojo crítico. Se tomaron medidas, se señalaron arreglos necesarios con alfileres, recoger por aquí, recoger por allí. Florence le murmuró algunas palabras a Mary. La criada abrió otra caja polvorienta y sacó un par de zapatos y un velo. El velo estaba en un estado mucho más lamentable que el vestido. El tiempo lo había vuelto de un tono marfil cremoso, y el encantador diseño floral de los bordes estaba arruinado por feas manchas de moho. Los zapatos también eran un caso perdido y, además, eran de un número más que el suyo.

—Servirán —dijo Florence—. Al igual que usted —añadió en tono de mofa.

—Si no me encuentra de su gusto, podría tener la amabilidad de pedirle a su tío que detenga esta boda.

—Qué boba es usted. ¿De verdad cree que desistiría? Se le ha despertado el apetito —dijo, tocando un rizo del pelo de Noemí.

Virgil también le había tocado el pelo, pero el gesto había significado algo distinto. Florence la estaba inspeccionando.

—Adecuación. Eso es lo que ha dicho Howard. Plasma germinal y la calidad de la sangre. —Soltó el pelo de Noemí y le dedicó una mirada dura—. Es la lujuria común de todos los hombres. Howard quiere poseerla, nada más, como una mariposa para su colección. Otra chica bonita más.

Mary guardó el velo doblándolo como si fuera un tesoro precioso y no un trozo de tela descuidado y manchado.

—Sabrá Dios qué ruina degenerativa alberga su cuerpo. Una extraña, miembro de una raza discordante —dijo Florence, al tiempo que tiraba aquellos zapatos destrozados sobre la cama—. Sin embargo, hemos de aceptarlo. Él ha hablado.

—*Et Verbum caro factum est* —dijo Noemí de forma automática, recordando la frase.

Howard era señor, sacerdote y padre. Todos ellos eran hijos y acólitos, que lo obedecían ciegamente.

—Bueno, al menos está usted aprendiendo —replicó Florence con una leve sonrisa.

Noemí no replicó. En cambio, se encerró de nuevo en el baño y se desprendió del vestido. Volvió a ponerse su ropa. Se alegró al ver que las mujeres devolvían el vestido a la caja y se marchaban en silencio.

Se puso el grueso suéter que Francis le había regalado. Echó mano al bolsillo para sacar el encendedor y el arrugado paquete de cigarrillos que había escondido allí. Tocar aquellos objetos le infundió seguridad; le recordaban a su hogar. La niebla del exterior oscurecía la vista. Estaba atrapada entre los muros de High Place. Resultaba fácil olvidarse de que procedía de una ciudad diferente y de que no volvería a verla.

Francis llegó poco después. Traía consigo una bandeja con la cena, así como su navaja de afeitar envuelta en un paño. Noemí, bromeando, dijo que era un regalo de bodas horrible. Él soltó una risa. Se sentaron el uno junto a la otra en el suelo. Noemí comió con la bandeja en el regazo. Francis se las arregló para soltar otro par de bromas. Ella sonrió.

Un quejido lejano y desagradable acabó con su buen humor. Aquel sonido pareció estremecer la casa entera. Lo siguieron más quejidos y, luego, el silencio. Noemí ya había oído ruidos semejantes, pero aquella noche parecían especialmente agudos.

—La transmigración debe llevarse a cabo pronto —dijo Francis, como si leyese la pregunta en sus ojos—. Su cuerpo se desmorona. Nunca llegó a curarse del todo del disparo de Ruth; el daño fue irreparable.

—¿Por qué no ha transmigrado antes? Por ejemplo, después de recibir el disparo.

—No podía. No tenía ningún cuerpo nuevo que habitar. Necesita un cuerpo adulto. El cerebro necesita haber crecido hasta un cierto punto. Veinticuatro, veinticinco años, esa es la edad a partir de la cual puede tener lugar la transmigración. Virgil era todavía un bebé, y Florence no era más que una niña. Incluso si hubiera sido mayor, Howard nunca transmigraría al cuerpo de una mujer. Así pues, tuvo que aguantar. Su cuerpo intentó remendarse a sí mismo hasta ser algo remotamente saludable.

—Pero podría haber transmigrado en cuanto Virgil cumplió veinticuatro o veinticinco años, en lugar de seguir siendo un anciano.

—Todo está conectado. La casa, el hongo que la recorre, la gente. Si se hace daño a la familia, se hace daño al hongo. Ruth le hizo daño al mismísimo material de nuestra existencia. No era solo Howard lo que se curaba; era todo. Sin embargo, ahora es lo bastante fuerte para morir. Su cuerpo se volverá fructífero. Empezará un nuevo ciclo.

Noemí se imaginó a la casa con cicatrices, respirando lentamente, con sangre recorriendo los tablones del suelo. Eso le recordó a uno de sus sueños, aquel en que las paredes palpitaban.

—Por eso yo no iré con ustedes —prosiguió Francis mientras jugueteaba con los cubiertos. Giró un tenedor entre los dedos y lo depositó en la bandeja, listo para agarrarla y marcharse—. Todos estamos interconectados. Si me marcho, lo sabrán, e incluso puede que nos sigan y nos encuentren sin dificultad.

—Pero no puedes quedarte aquí. ¿Qué te harán?

—Probablemente nada y, si me hacen algo, ya no será problema tuyo. —Sujetó la bandeja—. Deja que me la lleve y...

—No hablas en serio —dijo Noemí.

Le quitó la bandeja de nuevo y la dejó a un lado en el suelo. Él se encogió de hombros.

—He estado acumulando suministros para ustedes. Catalina intentó huir, pero no estaba bien preparada. Dos lámparas de aceite, una brújula, un mapa, quizá un par de abrigos gruesos, para que puedan llegar al pueblo sin congelarse. Tienes que pensar en ti misma y en tu prima, no en mí. Yo no soy importante. El hecho es que no conozco más mundo que este.

—La madera, el cristal y un techo no constituyen un mundo —contestó ella—. No eres una orquídea que crece en un invernadero. No voy a permitir que te quedes. Mete tus dibujos o tu libro favorito en una maleta, o lo que quieras. Pero vienes con nosotras.

—Tú no perteneces a este sitio, Noemí. Yo, sí. La verdad es que sí soy una orquídea. Estoy acostumbrado a un cierto clima, una cierta cantidad de luz y calor. Solo valgo para una cosa. Un pez no puede respirar fuera del agua. Yo tengo que estar con mi familia.

—No eres ni una orquídea ni un pescado.

—Mi padre intentó escapar y ya ves qué tal le fue —replicó él—. Mi madre y Virgil regresaron.

Soltó una risa amarga. Noemí creyó en ese momento que se quedaría, como un mártir cefalóforo de frío mármol que dejaría que el polvo se le acumulara sobre los hombros, y que permitiría que la casa lo devorase suave y lentamente.

—Vas a venir conmigo.

—Pero...

—¡Pero nada! ¿Acaso no quieres marcharte de este lugar? —insistió.

Los hombros de Francis estaban encorvados. Tenía aspecto de estar a punto de echar a correr por la puerta en cualquier momento. Sin embargo, soltó un suspiro tembloroso.

—Por el amor de Dios, no puedes estar tan ciega —replicó, en voz baja y atormentada—. Yo quiero ir contigo, dondequiera que vayas. Aunque sea al maldito antártico, me da igual, pero el brebaje solo puede romper el vínculo que tienen ustedes con la casa. El mío, no. He vivido aquí demasiado tiempo. Ruth intentó encontrar un modo de romperlo, intentó matar a Howard para escapar. No funcionó. La apuesta de mi padre tampoco funcionó. No hay solución posible.

Lo que decía tenía muchísimo sentido, si bien era terrible. Y, sin embargo, ella se negó a rendirse, terca. ¿Acaso todo el mundo en aquella casa era como una polilla atrapada en un jarro hasta morir y luego clavada con alfileres a un tablón?

—Escúchame —dijo—. Ven conmigo. Yo le haré de flautista de Hamelín.

—Los que siguen al flautista de Hamelín acaban mal.

—Se me había olvidado cómo acababa el cuento —dijo Noemí enfadada—. Pero, igualmente, sígueme.

—Noemí...

Ella alzó la mano y le tocó la cara. Sus dedos recorrieron la línea de su mandíbula.

Francis la miró, mudo. Sus labios se movieron sin pronunciar palabra alguna. Intentaba reunir el valor. Alargó una mano hacia ella y se la acercó con un suave tirón. Su mano le recorrió la espalda. Noemí apoyó la mejilla contra su pecho.

La casa estaba en silencio, un silencio que desagradaba a Noemí. Le parecía que todos los tablones que solían crujir y soltar chirridos habían dejado de hacerlo, que los relojes habían abandonado su tictac, que incluso la lluvia contra la ventana se había callado. Era como si un animal estuviese listo para caer sobre ellos.

—Nos están escuchando, ¿verdad? —susurró ella. No los iban

a entender, porque hablaban en español y, sin embargo, la mera idea la perturbaba.

—Sí —dijo él.

Noemí comprendía que Francis también estaba asustado. En medio del silencio, su corazón latía fuerte contra su oído. Al cabo, Noemí alzó la cabeza y lo miró. Francis se llevó un dedo a los labios y se apartó de ella. Noemí se preguntó si, aparte de escuchar, la casa no tendría también ojos.

La tiniebla se estremecía y aguardaba, como si de una telaraña se tratase y ellos estuvieran sentados en un plateado hilo de seda. El más leve movimiento revelaría su presencia, y la araña caería sobre ellos. Qué idea tan horrible y, sin embargo, Noemí consideró la posibilidad de entrar voluntariamente en aquel espacio frío y ajeno, cosa que no había hecho hasta entonces.

Solo pensarlo la aterraba.

Sin embargo, Ruth existía dentro de la tiniebla, y Noemí quería volver a hablar con ella. No estaba segura de cómo conseguirlo. Una vez Francis se hubo marchado, ella se acostó en la cama con las manos a los costados. Escuchó su propia respiración e intentó visualizar el rostro de la joven tal y como se veía en su retrato.

Al cabo, empezó a soñar. Ruth y ella se encontraban en el cementerio, caminaban entre las lápidas. La niebla era densa a su alrededor. Ruth llevaba una linterna que emitía un enfermizo resplandor amarillo. Se detuvieron ante la entrada del mausoleo. Ruth alzó la linterna y ambas contemplaron la estatua de Agnes. La linterna no daba suficiente luz, así que la estatua permaneció medio en sombras.

—Esta es nuestra madre —dijo Ruth—. Está durmiendo.

«No es su madre», pensó Noemí. Agnes había muerto joven, al igual que su bebé.

—Nuestro padre es un monstruo que viene por las noches y se arrastra por la casa. Se oyen sus pasos al otro lado de la puerta —dijo Ruth.

Alzó aún más la linterna y la luz cambió la forma de las sombras. Las manos y el cuerpo de la estatua se oscurecieron, pero su rostro se iluminó. Ojos ciegos y labios apretados con fuerza.

—Su padre ya no puede hacerle daño —dijo Noemí.

Al menos había alcanzado esa misericordia, supuso. No se puede torturar a un fantasma.

Sin embargo, la chica esbozó una mueca.

—Mi padre siempre puede hacernos daño. Nunca deja de hacernos daño. Nunca se detendrá.

Ruth volvió la linterna hacia Noemí. Entrecerró los ojos y levantó una mano para protegerse la vista.

—Nunca, nunca, jamás. La he visto a usted. Creo que la conozco.

Ruth hablaba de forma fragmentada y, aun así, la conversación parecía más coherente que todos sus intentos anteriores de hablar con ella. De hecho, era la primera vez que Noemí tenía la impresión de hablar con una persona en lugar de con una copia desvaída. Sin embargo, eso es lo que era, ¿no? Nada más que una copia desvaída, cuyo original había sido destruido largo tiempo atrás. No se podía culpar a Ruth por hablar sin mucho sentido, ni por los murmullos que profería o el hecho de que no dejaba de alzar y bajar la linterna una y otra vez, como una muñeca de cuerda.

—Sí, me ha visto usted por la casa —dijo Noemí, e intentó calmar a Ruth con un suave roce en el brazo—. Necesito hacerle una pregunta, espero que pueda responderla. ¿Qué tan fuerte es el vínculo entre la casa y su familia? ¿Podría marcharse de aquí un Doyle y no regresar? —preguntó, pues no dejaba de pensar en lo que Francis le había dicho.

Ruth ladeó la cabeza y miró a Noemí.

—Padre es poderoso. Sabía que algo no iba bien y envió a Madre para que me detuviese… Y a los otros. Los otros también. Yo intenté mantener la mente clara. Puse mi plan por escrito. Me concentré en mis palabras.

La página del diario. ¿Algo así como un truco mnemotécnico? ¿Sería aquella la clave de la tiniebla? ¿Podría ser engañada de ese modo, centrándose en órdenes e instrucciones que marcasen el camino?

—Ruth, ¿podría un Doyle marcharse de esta casa?

Ruth había dejado de escucharla. Tenía los ojos vidriosos. Noemí se colocó justo frente a ella.

—Usted quiso marcharse, ¿verdad? Con Benito.

La joven parpadeó y asintió.

—Sí, así es —susurró—. Quizá usted lo consiga. Pensé que yo lo conseguiría, pero es un impulso irrefrenable. Está en la sangre.

Igual que las cícadas que había mencionado Francis. «Lo llevaré a rastras si es necesario», pensó Noemí. Su resolución aumentó, si bien las palabras de Ruth no habían supuesto la tranquilidad que necesitaba. Al menos había una posibilidad de poder arrancar a Francis del control de Howard Doyle y su nauseabunda casa.

—Está muy oscuro, ¿no? —dijo Ruth, mirando al cielo. No había estrellas ni luna, solo niebla y noche—. Tome esto.

Le tendió la linterna a Noemí. Ella la aceptó; sus dedos se cerraron sobre el mango de metal. Ruth se sentó a los pies de la estatua. Le tocó los pies y la contempló. A continuación, se tendió junto al pedestal, como si se dispusiera a echarse una siesta sobre una cama hecha de niebla y hierba.

—Acuérdese de abrir los ojos —le dijo Ruth.

—Abre los ojos —susurró Noemí.

Los abrió y volvió la cabeza hacia la ventana. Vio que ya había salido el sol. Aquella noche contraería matrimonio.

24

Toda aquella farsa del matrimonio ocurrió al revés. Primero se celebró el banquete y luego la ceremonia.

Se reunieron en el comedor. Francis y Noemí sentados juntos. Florence y Catalina frente a los novios, y Virgil presidía la mesa. Ni Howard ni el doctor Cummins estaban presentes.

Los sirvientes habían encendido muchas velas. Se dispusieron platos y más platos sobre el mantel blanco de damasco. Flores silvestres adornaban vasijas altas de tono turquesa. Los platos y copas eran de plata y, si bien les habían sacado brillo, parecían muy viejos, y ese día aún más centenarios. Tesoros venidos de sus bóvedas y colocados con cuidado en cajas, tal y como Howard había traído la tierra de Inglaterra, para volver a formar aquel mundo en el que habían gobernado como amos absolutos.

A la derecha de Noemí, sentado, Francis vestía una levita gris de pecho cruzado, fajín blanco y corbata negra. Noemí se preguntó si aquella vestimenta había pertenecido al novio de Ruth o si era una reliquia de algún otro pariente. Para Noemí habían encontrado un velo más decente en el fondo de algún baúl. Era una cinta de tul blanca que le cubría la frente, sujeta con horquillas.

Noemí no comió nada y solo bebió agua. No habló, como tampoco lo hicieron los otros. La regla mágica del silencio se había vuelto a instaurar. La única interrupción era el susurro de las manos al sujetar las servilletas. Noemí miró de soslayo a Catalina. Su prima le devolvió la mirada.

Toda la escena le recordaba a una imagen de alguno de sus libros infantiles de cuentos de hadas, cuando se celebraba el banquete de boda y una bruja malvada irrumpía en la sala. Recordaba la mesa del banquete llena de diferentes carnes y tartas; las mujeres llevaban tocados y los hombres largos gabanes con enormes mangas. Noemí tocó su copa de plata y, una vez más, se preguntó cuántos años tendría, y si Howard habría nacido hacía trescientos, cuatrocientos o quinientos años, en tiempos de llevar jubón y calzas. Noemí lo había visto en un sueño, pero el sueño había sido vago, o al menos el paso de los días lo había enturbiado. ¿Cuántas veces habría muerto y adquirido un nuevo cuerpo? Noemí contempló a Virgil, y él le devolvió la mirada, al tiempo que alzaba la copa. Noemí clavó la vista en su plato.

El reloj dio la hora, y esa fue la señal. Todos se pusieron en pie. Francis la tomó de la mano y subieron juntos las escaleras; un diminuto cortejo nupcial se dirigió a la habitación de Howard. Noemí había tenido la corazonada de que aquel sería su destino, aunque no pudo evitar retroceder ante la puerta. Agarró con tanta fuerza la mano de Francis que debió de hacerle daño. Él le susurró al oído:

—Estamos juntos.

Entraron. En el aire imperaba un repugnante hedor a comida podrida. Howard yacía en la cama. Tenía los labios cubiertos de pústulas, pero esta vez estaba bajo las sábanas. El doctor Cummins se encontraba de pie a su lado. De haber sido una iglesia, allí habría flotado el olor del incienso. En cambio, lo que se percibía era el aroma de la podredumbre.

Cuando Howard vio a Noemí, esbozó una sonrisa.

—Está usted encantadora, querida —dijo—. Una de las novias más bonitas que he tenido oportunidad de contemplar.

Noemí se preguntó cuántas novias serían exactamente. Otra chica bonita para su colección, había dicho Florence.

—Aquí se recompensa la lealtad a la familia, mientras que la impertinencia se castiga. Téngalo siempre en mente y será muy feliz —prosiguió el anciano—. Demos comienzo a la ceremonia. Acérquense.

Cummins se echó a un lado. Ellos dos se colocaron junto a la cama.

Howard empezó a hablar en latín. Noemí no tenía idea de lo que decía, pero, en un cierto punto, Francis se arrodilló y ella lo imitó. Aquella obediencia coreografiada hacia el padre era significativa. La repetición, pensó Noemí. Recorrer el mismo camino una y otra vez. Círculos.

Howard le tendió a Francis una cajita y este la abrió. Sobre un mullido fondo de terciopelo descansaban dos diminutos hongos amarillos.

—Coman —dijo Howard.

Noemí sostuvo el hongo en la mano y Francis hizo lo mismo. Se resistía a metérselo en la boca, por miedo a que inhibiese o redujese el progreso del brebaje que había tomado en secreto. Sin embargo, lo que más la inquietaba era su procedencia. ¿Lo habían sacado de la tierra bajo la casa, o bien provenía del cementerio, la tierra llena de cadáveres? ¿Habría brotado de la propia carne de Howard, habría corrido un poco de sangre al arrancarlos?

Francis le tocó la muñeca y le hizo un gesto para que le diera de comer. Luego le tocó el turno a ella. Se le antojó que aquello era una extraña parodia de la comunión con la hostia. La mera idea casi la hizo soltar una carcajada. Estaba muy nerviosa.

Se tragó el hongo con rapidez. Carecía de sabor, aunque la copa de vino que Francis le puso en los labios tenía un dulzor enfermizo. Apenas dio un sorbito. El aroma asaltó su nariz y se mezcló con el hedor que flotaba en el aire, aquel miasma de enfermedad y putrefacción.

—¿Me permites besarte? —preguntó Francis. Ella asintió.

Francis se inclinó hacia delante. Fue apenas un leve roce de labios, delicado como la seda. A continuación, Francis se levantó y le tendió la mano para ayudarla a levantarse a su vez.

—Instruyamos a la joven pareja —dijo Howard—; su unión ha de ser fructífera.

Apenas habían intercambiado un par de palabras durante toda la ceremonia. Al parecer, ya había acabado todo. Virgil le hizo un gesto a Francis para que lo siguiera, mientras que Florence agarró a Noemí y la llevó por el pasillo hasta su propia habitación. Mientras Noemí estaba fuera, los sirvientes la habían decorado. Habían colocado flores en jarrones altos como los del comedor. Habían dejado un ramo atado con un viejo lazo en la cama, y habían encendido velas largas. Era una parodia de romanticismo. Aquel lugar despedía un aroma a primavera equívoca, a flores y a cera.

—¿A qué se refería con instruir a la joven pareja? —preguntó Noemí.

—Las mujeres Doyle son correctas, castas y sobrias. Lo que pasa entre un hombre y una mujer les es desconocido.

Noemí dudaba que eso fuera cierto. Howard había sido todo un libertino, al igual que Virgil. Quizá habían reservado ciertas partes para el final, pero Noemí no pensaba que se hubiesen contenido del todo.

—Me sé el nombre de todas las partes del cuerpo —replicó Noemí.

—Entonces no tendrá usted problema.

Florence intentó ayudar a Noemí a quitarse el velo, pero ella le apartó las manos, aunque de repente se sintió algo mareada y le habría venido bien algo de ayuda.

—Me las puedo arreglar yo sola. Puede irse.

Florence, con las manos apretadas en el pecho, contempló a Noemí y acabó por salir.

«Gracias a Dios», pensó Noemí.

Entró en el baño y se miró al espejo. Se desprendió de las horquillas y tiró aquella cinta de tul al suelo. Hacía frío. Volvió al dormitorio y se puso aquel suéter que tanto le gustaba llevar. Se metió las manos en los bolsillos y sintió el contacto del encendedor, duro y frío.

Se sentía algo mareada. Nada desagradable, como lo que había pasado la última vez que estuvo en la habitación de Howard. Aquello era más bien el efecto del alcohol, aunque no había bebido nada excepto aquel sorbito durante la ceremonia.

Se fijó en la misma marca de la esquina del papel tapiz que la había asustado hacía días. Ahora no se movía, pero a su alrededor bailaban pequeñas motas doradas. Cuando cerró los ojos, sin embargo, comprendió que esas motas estaban en sus ojos, como si hubiera mirado directamente una bombilla.

Se sentó en la cama, aún con los ojos cerrados, y se preguntó dónde estaba Francis en aquel momento, qué le estaban diciendo, si él también sentía el mismo escalofrío en la columna que ella.

Percibía la vaga impresión de otra boda, con otra novia vestida con un traje diferente. La mañana de la boda se dieron un joyero blanco que contenía listones de colores, joyas y un collar de coral. La mano de Howard sobre la suya, el anillo de ámbar... ella no quería hacerlo, pero se vio obligada... ¿Se trataba de Agnes o de Alice? Noemí no estaba segura. Probablemente Alice, porque notó que la chica pensaba en su hermana.

Hermana.

De pronto Noemí se acordó de Catalina. Abrió los ojos y miró al techo. Ojalá hubieran tenido la oportunidad de hablar, aunque hubiese sido un momento, lo suficiente para calmarles los nervios a las dos.

Noemí se pasó la mano por la boca. La temperatura había aumentado en la habitación, si bien antes había estado gélida. Noemí giró la cabeza y vio a Virgil de pie junto a la cama.

Por un momento pensó que se había equivocado, que era Francis a quien veía, o que la tiniebla volvía a confundirla. Pero entonces, Virgil sonrió. Francis jamás habría esbozado una sonrisa así. Virgil se cernió sobre ella con una mirada lasciva.

Se puso en pie de un salto e intentó echar a correr, pero tropezó y Virgil la sostuvo de un rápido movimiento. La agarró del brazo.

—Aquí estamos otra vez, Noemí —dijo.

La agarraba con fuerza. Ella sabía que no podría resistirse solo con fuerza física. Inspiró hondo.

—¿Dónde está Francis?

—Lo están castigando. ¿Creía usted que no nos enteraríamos?

Virgil echó mano al bolsillo y sacó el frasquito con el brebaje.

—De todos modos, no habría funcionado. ¿Cómo se siente?

—Borracha. ¿Nos han envenenado?

Virgil devolvió el frasquito al bolsillo.

—No. No ha sido más que un regalito de boda, un afrodisíaco. Qué pena que Francis no vaya a poder disfrutarlo.

Noemí recordó que tenía una navaja de afeitar. Estaba escondida bajo el colchón. De algo serviría. Si conseguía llegar hasta ella. Sin embargo, la mano de Virgil aún la sujetaba con fuerza. Intentó separarse de él, pero no se lo permitió.

—Estoy casada con Francis.

—Francis no está aquí.

—Pero su padre…

—Tampoco está aquí. Tiene gracia, todos están ocupados ahora mismo. Francis es un jovenzuelo sin ninguna experiencia, pero yo sé lo que estoy haciendo. Yo sé lo que quiere —dijo—. A usted la vida la aburre, Noemí. Quiere un poco de riesgo, pero en su casa la tienen envuelta en algodones para que no se rompa. Y a usted le gustaría romperse, ¿verdad? Juega con la gente, y le gustaría que alguien tuviera agallas de jugar con usted.

No era una pregunta; de hecho, Virgil no esperaba respuesta. Cubrió la boca de Noemí con la suya. Ella le mordió, pero no era un intento de detenerlo, y Virgil supo comprender. Tenía razón, le gustaba jugar, disfrutaba coqueteando y bailando. Era verdad que todos iban con cuidado cuando estaban cerca de ella, porque era una Taboada. De vez en cuando, una espiral oscura rodeaba su corazón y le daban ganas de atacar como un gato.

Sin embargo, incluso al admitir aquello, incluso al darse cuenta de esa parte de ella, también supo que no era ella.

Debió de decirlo en voz alta sin darse cuenta, porque Virgil se rio.

—Por supuesto que es usted. Yo puedo darle un empujoncito, pero se trata de usted.

—No.

—Usted me desea a mí, fantasea conmigo. Nos entendemos, ¿verdad? Nos conocemos, nos conocemos de verdad. Bajo todas esas capas de decoro, está usted llena de deseos.

Noemí lo abofeteó. No sirvió de nada. Hubo una breve pausa, y entonces él le agarró la cabeza con las manos y la obligó a girarse. Le pasó un pulgar por el cuello. El deseo, denso y embriagador, la hizo soltar un jadeo de puro y ruinoso placer.

El moho de la esquina empezó moverse, a agitarse. Los dedos de Virgil se clavaron con más fuerza en su piel, y dio otro tirón para acercársela aún más. Venas doradas recorrían el moho mientras Virgil trataba de levantarle la falda y la empujaba hacia la cama, tocándola entre los muslos. El pánico la inundó.

—¡Espere! —dijo mientras él se apretaba más contra ella, impertérrito, impaciente.

—Nada de esperar, basta de juegos.

—¡El vestido! —Virgil frunció el ceño, enojado, pero Noemí volvió a hablar con la esperanza de ganar tiempo—. Tiene usted que ayudarme a quitarme el vestido.

Aquello pareció mejorar su humor. Le obsequió con una radiante sonrisa. Noemí se las arregló para ponerse en pie. Virgil le quitó el suéter y lo tiró en la cama. Le apartó el pelo de la nuca mientras ella intentaba pensar un modo de escapar...

Por el rabillo del ojo, vio que el moho, con sus vetas doradas, se había extendido por toda la pared y empezaba a gotear por el suelo. Cambiaba de forma y adoptaba patrones triangulares que pasaban a ser rombos para convertirse en espirales. Asintió, al tiempo que sentía como si una enorme mano le cubriese la cara y la ahogase lentamente.

Jamás iba a salir de aquella casa. Había sido una estupidez siquiera pensarlo. Había sido un error querer escapar. Noemí quería ser parte de aquella casa, quería ser una con aquella extraña maquinaria, con las venas, los músculos y los tendones de High Place. Deseaba ser una con Virgil.

«Deseo.»

Virgil le había desabrochado los botones superiores de la parte de atrás del vestido. Noemí podría haberse ido hacía mucho. Debería haberse marchado al principio, en cuanto la asaltó el primer atisbo de inquietud. Sin embargo, había sido apasionante, ¿verdad? Una maldición, una casa embrujada. Incluso se había emocionado al contárselo a Francis. Un misterio por resolver.

Y todo el tiempo, aquella influencia enfermiza. ¿Y por qué no? Por qué no.

«Por qué no. Deseo.»

Su cuerpo, que había estado frío, ahora se encontraba demasiado caliente. El moho goteaba en la esquina, había formado un charco negro. Le recordó a la bilis negra que Howard le había escupido en la garganta. El recuerdo despertó una ola de pura repugnancia. Se le vino un sabor amargo a la boca. Pensó en Catalina, en Ruth, en Agnes, en las cosas horribles que les habían hecho; las mismas cosas que ahora le iban a hacer a ella.

Se volvió para alejarse del moho en constante cambio. Empujó a Virgil con todas sus fuerzas. Virgil tropezó con el baúl a los pies de su cama y cayó al suelo. De inmediato, Noemí se arrodilló junto a la cama y metió un brazo bajo el colchón. Tanteó con dedos torpes hasta agarrar la navaja.

La enarboló y miró a Virgil, que yacía en el suelo. Se había golpeado la cabeza y sus ojos estaban cerrados. Por fin algo de suerte. Noemí tomó aire despacio y se inclinó junto a su cuerpo. Buscó en su bolsillo y sacó el brebaje. Lo abrió, dio un sorbo y se limpió la boca con la mano.

El efecto fue inmediato y palpable. Sintió una oleada de náuseas. Le temblaron las manos y la botella se le escapó de entre los dedos. Se hizo añicos contra el suelo. Se agarró a uno de los postes de la cama y respiró con rapidez. «Dios mío.» Pensó que se iba a desmayar. Se mordió la mano con fuerza para mantenerse despierta. Funcionó.

Los charcos negros de moho que se habían acumulado sobre el suelo empezaban a retroceder. La niebla en su mente se evaporaba. Noemí se puso el suéter, metió la navaja en un bolsillo y el encendedor, en la otra.

Miró a Virgil, todavía despatarrado en el suelo. Se planteó clavarle la navaja en el cráneo; sus manos temblaban de nuevo. Necesitaba salir de allí y alejarse de él. Tenía que ir en busca de Catalina. No había tiempo que perder.

25

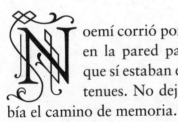oemí corrió por el pasillo en sombras, con una mano en la pared para mantener el equilibrio. Las luces que sí estaban encendidas parecían espectrales y muy tenues. No dejaban de parpadear. Por suerte, se sabía el camino de memoria.

«Rápido, rápido», se dijo a sí misma.

Temía que la habitación de su prima estuviese cerrada con llave, pero giró el pomo y la puerta se abrió.

Catalina estaba sentada en la cama con un camisón blanco. No se encontraba sola. Mary le hacía compañía, con los ojos fijos en el suelo.

—Catalina, nos vamos —dijo Noemí.

Alargó una mano en dirección a su prima, mientras sostenía la navaja con la otra.

Catalina no se movió. Ni siquiera dio muestras de reconocer a Noemí. Tenía la mirada perdida.

—Catalina —repitió.

La joven no movió un músculo.

Noemí se mordió el labio y entró en la habitación, con los

ojos fijos en la criada sentada en la esquina. Le temblaba la mano con la que sostenía la navaja.

—Por el amor de Dios, Catalina, vuelve en ti —dijo.

Sin embargo, quien alzó la cabeza fue la criada. Clavó unos ojos dorados en Noemí y se abalanzó sobre ella. La empujó contra el tocador. Sus manos se cerraron sobre la garganta de Noemí. Fue un ataque tan repentino, y con una fuerza tan impensable para una mujer de la edad de la criada, que Noemí dejó caer la navaja. Varios objetos del tocador también cayeron: frascos de perfume, peines y una foto de Catalina con un marco de plata.

La criada apretó aún más, obligando a Noemí a retroceder; las manos presionaban con fuerza y la madera del mueble se le clavaba en la espalda. Intentó agarrarse a algo, cualquier cosa que pudiese usar como arma, pero sus dedos no encontraron nada adecuado. Tiró un mantelito y volcó una jarra de porcelana que acabó rodando y cayendo al suelo.

—Nuestra —dijo la criada.

No sonaba como su voz normal, era un sonido extraño y rasposo. Era la voz de la casa, de alguien o de algo distinto, reproducida de forma aproximada a través de aquellas cuerdas vocales.

Noemí intentó quitarse aquellos dedos del cuello, pero las manos parecían garras. Todo lo que consiguió fue jadear y tironear del pelo de la mujer, cosa que no sirvió de nada.

—Nuestra —repitió Mary.

Apretó los dientes como un animal salvaje. Noemí apenas podía ver a causa del dolor. Los ojos le lagrimearon; tenía fuego en la garganta.

De pronto, algo apartó a la mujer de un tirón. Noemí pudo volver a respirar. Tomó aire a bocanadas desesperadas, agarrada a la cómoda con una mano.

Francis había entrado. Era él quien había apartado a la criada de Noemí. Sin embargo, la mujer intentaba arañarle. Su boca estaba abierta de par en par como si estuviera a punto de lanzar un terrible grito. Lo apartó de un empujón y Francis cayó al suelo. Rodeó su cuello con las manos y se inclinó sobre él como un ave de presa lista para devorar un trozo de carroña.

Noemí agarró la navaja y se acercó a ellos.

—¡Basta! —gritó.

La mujer se volvió y le lanzó un grito a Noemí, lista para volver a hundirle aquellas manos en el cuello hasta aplastarle la tráquea.

La invadió un vertiginoso terror, puro y abrumador. Lanzó un tajo a la garganta de la mujer. Otro, otro, y otro más. La hoja chocó con la carne, pero la mujer no gritó. Cayó al suelo en silencio, bocabajo.

Los dedos de Noemí chorreaban sangre. Francis alzó la cabeza y la miró, aturdido. Se puso de pie y dio un paso hacia ella.

—¿Estás herida?

Se pasó la mano libre por el cuello y contempló la mujer muerta en el suelo. Tenía que estar muerta. Noemí no se atrevía a volver el cuerpo para mirarla a la cara, pero había un charco de sangre bajo ella que no hacía más que crecer.

Le retumbaba el corazón con una fuerza terrible. La sangre que chorreaba de sus dedos había manchado aquel bonito vestido antiguo. Se guardó la navaja en el bolsillo y se restregó los ojos para limpiarse las lágrimas.

—¿Noemí?

Francis estaba frente a ella, bloqueando la vista. Los ojos de Noemí se alzaron y contemplaron su pálido rostro.

—¿Dónde estabas?

Lo agarró furiosa de las solapas del traje. Quería golpearlo por no haber estado junto a ella, por haberla dejado sola.

—Me encerraron en mi habitación —dijo él—. He tenido que romper la puerta. Tenía que encontrarte.

—¿No me estás mintiendo? ¿No me has abandonado?

—¡No! Por favor, ¿estás herida?

Ella dejó escapar una risa. Una risa espectral. Acababa de librarse de un violador y de que la estrangularan hasta morir.

—Noemí —dijo él.

Sonaba preocupado. Más le valía estar preocupado. Más les valía a todos preocuparse mucho. Noemí se apartó de él.

—Tenemos que salir de aquí.

Se volvió hacia Catalina. Su prima seguía sentada en la cama. No se había movido, excepto para cubrirse la boca abierta con una mano. Sus ojos estaban fijos en el cuerpo sin vida de la criada. Noemí apartó las sábanas y agarró a su prima de la mano.

—Vamos —dijo. Como Catalina no se movía, se volvió hacia Francis, que tenía el traje lleno de huellas sanguinolentas—. ¿Qué le sucede?

—Deben de haberla drogado otra vez. Sin el brebaje...

Noemí agarró el rostro de su prima con ambas manos y habló con firmeza.

—Nos vamos.

Catalina no reaccionó. No miraba a Noemí. Tenía los ojos vidriosos. Noemí vio un par de pantuflas junto a la cama. Las agarró y se las puso a Catalina en los pies. Catalina la siguió, dócil.

Corrieron pasillo abajo. Con aquel camisón blanco, Catalina también parecía una novia. Dos novias fantasmales, pensó Noemí. Frente a ellas, una sombra emergió de una laguna de oscuridad. Se interpuso en su camino y sobresaltó a Noemí.

—Deténganse —dijo Florence.

Tenía el rostro muy sereno. Su voz no sonaba inquieta. Llevaba una pistola en la mano de un modo casi casual, como si fuese algo que soliese usar.

Todos se quedaron inmóviles. Noemí tenía la navaja bien agarrada, pero sabía que poco podía hacer. Florence la apuntaba directamente a ella.

—Suelte la navaja —ordenó Florence.

La mano de Noemí tembló. La sangre volvía resbaladizo el mango, difícil de sostener. Aun así, alzó la navaja. A su lado, Catalina también temblaba.

—Me niego.

—He dicho que la suelte —repitió Florence.

Aquella voz poseía una calma preternatural, inalterable. Sin embargo, Noemí vio que en aquellos ojos fríos anidaba el asesinato más salvaje. Aun así, no soltó el arma hasta que Florence apuntó a Catalina. La amenaza estaba clara, no había necesidad de ponerla en palabras.

Noemí tragó saliva y dejó caer la navaja.

—Dense la vuelta y caminen —ordenó Florence.

Así lo hicieron. Volvieron por el camino por el que habían venido, hasta llegar a la habitación de Howard, con su chimenea y los retratos gemelos de sus dos esposas. El anciano yacía en la cama, al igual que antes, con el doctor Cummins sentado a su lado. El maletín del doctor estaba abierto y descansaba sobre una mesa. Sacó un escalpelo del interior y pinchó un par de protuberancias de los labios de Howard, sajando a través de la fina película que parecía cubrir su boca.

Aquello pareció aliviar el dolor del anciano, porque profirió un suspiro. El doctor Cummins dejó el escalpelo junto a la bolsa y se secó la frente con el dorso de la mano. Emitió un gruñido.

—Ahí están ustedes —dijo, y rodeó la cama—. El proceso se ha acelerado. No puede respirar bien. Tenemos que empezar.

—Ha sido culpa de ella —dijo Florence—, y de todos los problemas que ha causado. Mary está muerta.

Howard yacía sobre un número considerable de almohadas. Su boca estaba abierta y lanzaba pequeños gemidos mientras se agarraba a las cobijas con las manos retorcidas. Su piel había adquirido el color de la cera, las venas estaban muy oscuras y resaltaban contra su palidez. Un reguero de bilis negra le caía por el mentón.

El doctor Cummins alzó una mano y señaló a Francis con un dedo.

—Venga usted aquí —le dijo—. ¿Dónde está Virgil?

—Le han herido —contestó Florence—. He sentido su dolor.

—No hay tiempo para ir a buscarlo. La transmigración ha de tener lugar ahora —murmuró el doctor. Hundió las manos en una pequeña bacinilla con agua y empezó a lavarlas—. Francis está aquí, eso es lo que importa.

—No pretenderá hacérselo a él —dijo Noemí, negando con la cabeza—. Se supone que no va a ser él.

—Por supuesto que va a ser él —dijo Florence. Su semblante era frío y sereno.

De pronto, Noemí comprendió. ¿Por qué iba Howard a sacrificar a su hijo, a su favorito? Tenía todo el sentido que eligiera al chico que menos le importaba, y cuya mente podría erradicar sin remordimientos. ¿Había sido ese su juego todo el tiempo? Que Howard se metiese en la piel de Francis en mitad de la noche y que Francis se metiese en la cama de Noemí. Un impostor. Sin embargo, ella lo habría notado al momento, aunque quizá se imaginaban que, una vez consumado, no importaría. Quizá pensaban que ella se resignaría con la cáscara vacía de Francis, a quien le había tomado cariño.

—No pueden hacer ustedes esto —murmuró Noemí.

Francis se acercaba mansamente al doctor. Noemí intentó agarrarlo del brazo, pero Florence la interceptó y tiró de ella hasta sentarla en una silla de terciopelo negro. Catalina deambuló por la habitación con aire perdido, llegó al pie de la cama y se detuvo finalmente junto a la cabecera.

—Todo podría haber sido muy sencillo —dijo Florence mirando a Noemí—. Podría haberse quedado usted tranquila en su habitación, pero tenía que armar todo este escándalo.

—Virgil intentó violarme —dijo Noemí—. Intentó violarme, y debería haberlo matado.

—Silencio —replicó Florence con una mueca asqueada.

Ni siquiera en aquel momento se podía hablar de ciertas cosas en High Place.

Noemí intentó levantarse, pero Florence le apuntó con la pistola. Volvió a sentarse y se agarró a los brazos de la silla. Francis estaba junto a la cama de Howard. Hablaba con el doctor en voz baja.

—Es su hijo —susurró Noemí.

—Es un cuerpo —replicó Florence con el rostro rígido.

Un cuerpo, eso es lo que todos ellos eran para él. Los cuerpos de los mineros en el cementerio, los cuerpos de las mujeres que dieron a luz a sus hijos y los cuerpos de los niños que no eran más que pieles frescas para la serpiente. Y ahí, en la cama, descansaba el único cuerpo que de verdad importaba. El padre.

El doctor Cummins colocó una mano en el hombro de Francis y lo obligó a arrodillarse. Francis obedeció y unió las manos, penitente.

—Baje la cabeza, vamos a rezar —dijo Florence.

Noemí no obedeció en un principio, pero entonces Florence la golpeó en la cabeza, con fuerza. La mano de la mujer parecía tener bastante práctica. Ante los ojos de Noemí bailaron puntitos negros. Se preguntó si le habrían dado un golpe así a Ruth, para enseñarla a obedecer.

Noemí juntó las manos.

Al otro lado de la cama, Catalina, aún muda, los imitó, y también unió las manos. Su prima no parecía angustiada. Tenía el rostro inmutable.

—*Et Verbum caro factum est* —dijo Howard con un tono de voz denso y grave.

Alzó una mano al aire y el anillo de ámbar destelló.

Howard recitó una serie de palabras que Noemí no llegó a comprender, si bien se dio cuenta de que no hacía falta comprenderlas. Obediencia, aceptación, era lo único que Howard requería. El anciano encontraba placer en presenciar la sumisión.

«Déjese llevar», era lo que había exigido en el sueño. Eso era lo que importaba ahora. Había un componente físico en aquel proceso, pero también mental. Una rendición que debía ser concedida. Quizá en aquella sumisión también había placer.

Déjese llevar.

Noemí alzó la mirada. Francis susurraba, sus labios se movían despacio. También susurraban el doctor Cummins, Florence y Howard, todos al unísono. Aquel susurro bajo sonaba extrañamente como una única voz. Como si todas sus voces se hubiesen fundido en una sola boca, y fuese esa boca la que hablase, cada vez más alto, alzándose como una marea.

El zumbido que Noemí había oído antes volvió a escucharse en esos momentos, cada vez más alto. Sonaba como si cientos de abejas se hubieran escondido bajo el piso y tras las paredes.

Howard había alzado las manos, como si quisiera sujetar con ellas la cabeza del joven. Noemí recordó el beso que le había dado el anciano. Aquello, sin embargo, era peor. El cuerpo de Howard estaba cubierto de pústulas, olía a podrido. Pronto moriría y su cuerpo fructificaría. Moriría, entraría en un nuevo cuerpo y Francis dejaría de existir, un ciclo demencial. Niños devorados cuando son bebés, niños devorados cuando son adultos. Niños como comida. Comida para un dios cruel.

Catalina, despacio, en silencio, se había acercado a la cama. Nadie se había percatado de sus movimientos. A fin de cuentas, todas las cabezas estaban inclinadas, excepto la de Noemí.

Entonces lo vio. Catalina había agarrado el escalpelo del doctor y lo contemplaba, casi como si estuviese soñando, casi como alguien que no reconoce el objeto que tiene en las manos, atrapada en un estado débil y soporífero.

Entonces, su expresión cambió. Un destello sobresaltado de reconocimiento le atravesó el rostro y luego se convirtió en una chispa de rabia. Noemí no sabía que Catalina fuese capaz de sentir aquella rabia. Era un odio descarnado, que hizo que Noemí jadeara. Por fin, Howard pareció darse cuenta de que había algo que no iba bien. Giró la cabeza a tiempo de ver cómo descendía el escalpelo hacia su cara.

El golpe fue brutal, directo al ojo.

Catalina se convirtió en una ménade. Aquellas frenéticas puñaladas en el cuello, en la oreja, en el hombro, causaron un río de pus negro y sangre oscura que salpicó las sábanas. Howard gritó y se sacudió como si una corriente eléctrica le recorriera el cuerpo. Los presentes lo imitaron; sus cuerpos se convulsionaron. El doctor, Florence y Francis cayeron al suelo en un terrible paroxismo.

Catalina dio un paso atrás, soltó el escalpelo y se dirigió despacio hacia la puerta. Una vez allí se detuvo y contempló la habitación. Noemí se puso en pie de un salto y corrió hacia Francis. Tenía los ojos en blanco. Lo agarró de los hombros e intentó ayudarlo a sentarse.

—¡Vámonos! —dijo tras darle una enérgica bofetada—. ¡Vamos, tenemos que irnos!

Aunque aturdido, Francis se puso en pie y le agarró la mano. Intentó atravesar la habitación con ella, pero Florence agarró la pierna de Noemí, que perdió el equilibrio y cayó al suelo junto con Francis.

Noemí intentó levantarse de nuevo, pero Florence la sujetaba con fuerza del tobillo. Noemí vio la pistola en el suelo e intentó alcanzarla. Al darse cuenta, Florence saltó sobre ella como un animal salvaje. Los dedos de Noemí se cerraron en torno a la pistola mientras que los de Florence sujetaron la mano de Noemí, con tal fuerza que soltó un grito al notar un cruel y duro sonido de huesos rotos.

El dolor era atroz. Se le llenaron los ojos de lágrimas al tiempo que Florence le arrancaba la pistola de la mano inútil.

—Usted no va a marcharse de aquí —dijo Florence—. Jamás.

Florence la apuntó con la pistola. Noemí supo que aquella bala iba a matarla, no a herirla, pues había ansia en la cara de aquella mujer, con la boca torcida en una mueca salvaje.

Después limpiarían la casa. Una idea demencial que, sin embargo, estaba presente. Fregarían los suelos y las sábanas, eliminarían la sangre y a ella la arrojarían a una fosa en el cementerio sin cruz, como habían hecho con tantos otros.

Noemí alzó la mano herida, como si quisiera protegerse con ella, cosa que no serviría de nada. A aquella distancia, no había manera de esquivar la bala.

—¡No! —gritó Francis.

Se lanzó hacia su madre y ambos chocaron contra la silla de terciopelo negro en la que se había sentado Noemí. La silla cayó. Se oyó el sonido de un disparo, muy fuerte. Noemí se encogió y se llevó las manos a las orejas.

Aguantó la respiración. Francis yacía bajo el peso de su madre. Desde el ángulo en el que estaba sentada Noemí, no veía quién había recibido el disparo. Entonces Francis apartó a Florence y se levantó, con la pistola en la mano. Tenía los ojos llenos de lágrimas y temblaba, pero aquel temblor no guardaba relación con el monstruoso estremecimiento que había sufrido hacía un momento.

En el suelo, el cuerpo de Florence yacía inmóvil.

Francis fue a trompicones en dirección a Noemí; negó con la cabeza, desesperado. Quizá pretendía hablar, entregarse por completo al dolor de la pérdida. Sin embargo, un quejido hizo que ambos girasen la cabeza hacia la cama. Howard extendió las manos en su dirección. Había perdido un ojo, y los cortes del escalpelo le habían destrozado la cara. Sin embargo, el otro ojo seguía abierto, monstruoso, dorado, clavado en ellos. Escupió sangre y más mucosidad negra.

—Eres mío. Tu cuerpo es mío. —dijo.

Alargó las manos, como garras, en una orden para que Francis se acercase a la cama. Francis dio un paso. En ese momento, Noemí comprendió que aquel impulso no podía vencerse, y que Francis estaba obligado a obedecer. Era imposible ignorar aquella pulsión. Hasta ese momento, Noemí había supuesto que Ruth se había suicidado; que, horrorizada por sus acciones, se había pegado un tiro.

«No me arrepiento», había dicho. Ahora Noemí se daba cuenta de que debía de haber sido Howard quien la obligó a hacerlo. Había incitado a Ruth a apuntarse con el rifle en un último y desesperado intento por sobrevivir. Los Doyle eran capaces de hacer ese tipo de cosas. Podían empujar a la gente en la dirección que ellos deseaban, al igual que Virgil había empujado a Noemí.

Ruth, pensó Noemí, había sido asesinada.

Ahora Francis se adelantó, y Howard esbozó una sonrisa.

—Ven aquí —dijo.

«Ha llegado la hora —pensó Noemí—. Un árbol está maduro y hay que recoger el fruto.»

Así era; en aquel momento, Howard se quitaba el anillo de ámbar del dedo. Se lo ofrecía a Francis, para que se lo pusiese en su propia mano. Un símbolo de respeto, de transferencia, de aquiescencia.

—¡Francis! —gritó ella, pero Francis no la miró.

El doctor Cummins gemía. En cualquier momento se pondría de pie. Howard los contemplaba con aquel único ojo dorado. Noemí necesitaba que Francis girase sobre sus talones y se marchase. Necesitaba que saliese de allí en aquel momento, porque los muros empezaban a palpitar suavemente a su alrededor, vivos, arriba y abajo, como una enorme bestia jadeante. Las abejas habían regresado.

El enloquecedor movimiento de mil alas diminutas.

Noemí saltó y le clavó las uñas en el hombro a Francis.

Él se volvió y la miró. Sus ojos temblaban, empezaban a girar hacia arriba.

—¡Francis!

—¡Muchacho! —gritó Howard.

Su voz no debería haber sonado tan alta. Reverberó alrededor de todos ellos, por las paredes. La madera gimió y repitió aquel grito mientras las abejas zumbaban y agitaban las alas en la oscuridad.

«Muchacho, muchacho, muchacho.»

«Está en la sangre», había dicho Ruth... pero se puede extirpar un tumor.

Francis sostenía la pistola con dedos laxos. Noemí se la quitó de las manos con facilidad. Había disparado una única vez en su vida. Había sido un viaje al Desierto de los Leones. Su hermano había puesto pequeñas dianas para ella, sus amigos habían aplaudido su puntería, y luego todos se habían echado a reír y habían ido a montar a caballo. Noemí recordaba bien cómo funcionaba.

Alzó la pistola y disparó dos veces a Howard. Algo se rompió dentro de Francis. Parpadeó y contempló a Noemí, boquiabierto. Entonces ella apretó una vez más el gatillo, pero se había quedado sin balas.

Howard empezó a temblar y a gritar. En cierta ocasión en que la familia de Noemí había ido a la costa de vacaciones, había comido estofado. Noemí recordaba que su abuela había rajado la cabeza de un enorme pescado para la cena con apenas un firme tajo de cuchillo. El pescado, resbaladizo y fiero, se había agitado e intentado escapar incluso después de que le hubieran cortado la cabeza. Howard le recordó el pescado. Su cuerpo se estremeció violentamente, preso de tales convulsiones que hasta la cama se sacudió.

Noemí dejó caer la pistola, agarró a Francis de la mano y lo sacó de la habitación. Catalina estaba de pie en el pasillo; se cubría la boca con ambas manos y miraba por encima del hombro de Noemí aquello que yacía en la cama, esa cosa que pataleaba y gritaba y moría. Noemí no se atrevió a mirarlo.

26

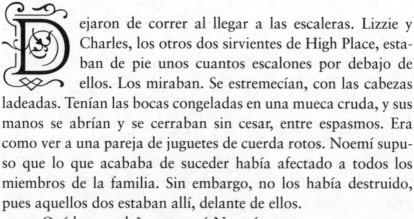

ejaron de correr al llegar a las escaleras. Lizzie y Charles, los otros dos sirvientes de High Place, estaban de pie unos cuantos escalones por debajo de ellos. Los miraban. Se estremecían, con las cabezas ladeadas. Tenían las bocas congeladas en una mueca cruda, y sus manos se abrían y se cerraban sin cesar, entre espasmos. Era como ver a una pareja de juguetes de cuerda rotos. Noemí supuso que lo que acababa de suceder había afectado a todos los miembros de la familia. Sin embargo, no los había destruido, pues aquellos dos estaban allí, delante de ellos.

—¿Qué les sucede? —susurró Noemí.

—Howard ya no los controla. Están atrapados. De momento. Podríamos intentar pasar por su lado, pero la entrada principal quizá esté cerrada. Mi madre tiene las llaves.

—No vamos a volver por las llaves —dijo Noemí.

Tampoco quería pasar junto a aquellos dos, ni tenía ganas de volver a la habitación de Howard a rebuscar en los bolsillos de un cadáver.

Catalina se situó junto a Noemí y les devolvió la mirada a los dos sirvientes. Negó con la cabeza. Al parecer su prima tampoco quería bajar por las escaleras.

—Hay otra forma —dijo Francis—. Podemos ir por las escaleras de atrás.

Se apresuró pasillo abajo, y ellas dos lo siguieron.

—Aquí —dijo, al tiempo que abría una puerta.

Las escaleras de atrás eran muy estrechas y no estaban bien iluminadas. Solo había un par de apliques con bombillas en todo el camino hasta abajo. Noemí echó mano al bolsillo y sacó el encendedor. Lo accionó y se agarró con la otra mano a la barandilla.

Mientras bajaban, la barandilla pareció volverse resbaladiza bajo sus dedos, como el cuerpo de una anguila enferma. Estaba viva, respiraba, y empezó a alzarse. Noemí bajó el encendedor y contempló la barandilla. Su mano herida latía al mismo son que la casa.

—No es real —dijo Francis.

—Pero ¿puedes verlo? —preguntó Noemí.

—Es la tiniebla. Quiere que empecemos a ver cosas. Vamos, vamos, rápido.

Noemí apretó el paso hasta llegar al final de las escaleras. Catalina llegó tras ella y, por último, Francis, que sonaba como si le faltase el aire.

—¿Te encuentras bien? —le preguntó Noemí.

—No me siento muy bien —dijo—. Tenemos que seguir. Más adelante parece haber un callejón sin salida. Hay una despensa y al otro lado hay una alacena. Está pintada de amarillo. Se puede mover a un lado.

Noemí dio con la puerta de la despensa que había mencionado Francis. El suelo era de piedra, y había ganchos para colgar la carne. Del techo colgaba una bombilla desnuda con una larga cadenita. Noemí tiró de la cadena y la bombilla se encendió. Todos los anaqueles estaban vacíos. Si en aquel sitio se había guardado comida, había sido hacía mucho tiempo. Las paredes estaban cubiertas de moho negro.

Vio la despensa amarilla. La parte superior estaba arqueada; tenía dos puertas de cristal y amplios cajones en la parte de abajo. Su superficie estaba cubierta de marcas y arañazos. Habían tapizado el interior con tela amarilla, a juego con la estructura.

—Deberíamos poder moverla a la izquierda —dijo Francis—. En el fondo de la despensa hay una bolsa.

Seguía sonando como si intentase recuperar el aliento. Noemí se inclinó y abrió el cajón del fondo. Encontró una bolsa de tela marrón. Catalina abrió la cremallera. Dentro de la bolsa había una lámpara de aceite, una brújula, dos suéteres. Era el equipo de escape sin completar de Francis. Tendría que servir.

—¿Entonces la empujamos a la izquierda? —preguntó Noemí mientras se guardaba la brújula en el bolsillo.

Francis asintió.

—Pero primero deberíamos bloquear la entrada a este sitio —dijo, y señaló la puerta por la que habían entrado.

—Podemos usar una estantería —replicó ella.

Catalina y Francis movieron una desvencijada estantería de madera y la colocaron contra la puerta. No era una barricada perfecta, pero serviría.

Ahora que estaban escondidos y a salvo en aquella pequeña estancia, Noemí le tendió un suéter a Catalina y otro a Francis, pues seguramente haría frío fuera. Llegó el momento de apartar la despensa. Parecía muy pesada, pero, sorprendentemente, pudieron moverla sin mucho más esfuerzo del que habían necesitado para desplazar la estantería. Detrás había una puerta oscura y erosionada.

—Lleva a la cripta familiar —dijo Francis—. A partir de ahí, es solo cuestión de ir montaña abajo.

—No quiero entrar —susurró Catalina. Hasta aquel momento no había hablado. El sonido de su voz sobresaltó a Noemí. Catalina señaló la puerta cerrada—. Ahí duermen los muertos. No quiero entrar. Escuchen.

Entonces Noemí lo oyó. Era un gemido muy, muy profundo. Parecía hacer temblar el techo sobre sus cabezas. La bombilla parpadeó, y el cordel tembló un poco. Un escalofrío recorrió la columna de Noemí.

—¿Qué es eso? —preguntó.

Francis miró hacia arriba y tomó aire.

—Howard. Está vivo.

—Le disparamos —dijo Noemí—. Está muerto...

—No. —Francis negó con la cabeza—. Está débil, dolorido y enfadado, pero muerto, no. La casa entera está dolorida.

—Tengo miedo —confesó Catalina en un débil susurro.

Noemí se volvió hacia su prima y la abrazó con fuerza.

—Pronto nos marcharemos de aquí, ¿me oyes?

—Supongo —murmuró Catalina.

Noemí se agachó para agarrar la lámpara de aceite. Con la mano herida, encenderla resultó ser un problema. Le tendió el encendedor a Francis y él la ayudó. Tras encender la lámpara, Francis le miró la mano, que Noemí apretaba contra el pecho.

—¿Quieres que la sostenga yo? —preguntó.

—Puedo hacerlo yo —dijo ella, porque se había roto dos dedos de la mano izquierda, no los dos brazos, y también porque se sentía más segura si llevaba la lámpara.

Con la lámpara encendida, se volvió hacia su prima. Catalina asintió y Noemí esbozó una sonrisa. Francis abrió la puerta. Un largo túnel apareció ante ellos. Noemí había esperado que fuera muy rudimentario, el tipo de túnel que cavan los mineros.

No era el caso.

Los muros habían sido decorados con azulejos amarillos. Sobre los azulejos habían pintado motivos florales y retorcidas vides verdes. En algunos tramos de pared había elegantes candeleros de plata con forma de serpiente. Las fauces abiertas debían de haber sujetado velas, pero ahora estaban deslustradas y cubiertas de polvo.

En el suelo y las paredes, Noemí vio algunos hongos diminutos y amarillos, que brotaban entre las grietas en la piedra. Estaba oscuro y húmedo; sin duda, los hongos encontraban aquellas condiciones subterráneas muy cómodas. A medida que avanzaba, los hongos parecieron multiplicarse, apelotonados en pequeños montones.

Noemí empezó a darse cuenta de algo a medida que los hongos aumentaban: parecían brillar con una vaga luminiscencia.

—No me lo estoy imaginando, ¿verdad? —le preguntó a Francis—. Brillan.

—Así es, brillan.

—Qué extraño.

—No es tan inusual. Hongos como la armilaria o la gírgola también brillan en la oscuridad. Se llama bioluminiscencia, aunque el brillo suele ser verde.

—Estos son los hongos que él encontró en la cueva —dijo Noemí, mirando al techo; era como contemplar docenas de estrellas diminutas—. La inmortalidad. En esto.

Francis alzó una mano y se agarró a uno de los candeleros de plata para no caer. Bajó la vista al suelo. Se pasó los dedos temblorosos por el pelo y dejó escapar un grave suspiro.

—¿Qué sucede? —preguntó Noemí.

—Es la casa. Está enojada y dolorida. También me afecta a mí.

—¿Puedes seguir?

—Creo que sí —dijo él—. Si me desmayo...

—Podemos parar un minuto —propuso ella.

—No, está bien —contestó él.

—Apóyate en mí, vamos.

—Estás herida.

—Tú también.

Francis vaciló, pero acabó por apoyarle una mano en el hombro. Caminaron juntos, mientras Catalina abría la marcha. Los hongos aumentaban tanto en tamaño como en número. Aquel suave resplandor ahora brillaba en las paredes y el techo.

Catalina se detuvo de repente. Noemí casi chocó con ella. Agarró con más fuerza la lámpara.

—¿Qué sucede?

Catalina alzó una mano y señaló al frente. El pasadizo se ensanchaba y desembocaba en unas enormes puertas dobles de una madera gruesa y oscura. En las puertas también aparecía incrustada la serpiente de plata, que se mordía la cola en un perfecto círculo. Dos enormes aldabas, círculos gemelos de plata, colgaban de las cabezas de ojos ambarinos de las serpientes.

—Lleva a la cámara inferior de la cripta —dijo Francis—. Tenemos que entrar y subir.

Francis tiró de una de las aldabas. La puerta era pesada, pero cedió tras un fuerte tirón. Noemí entró con la lámpara en alto. Dio cuatro pasos y bajó la lámpara. No había necesidad de usarla, no había necesidad de iluminar el camino.

Hongos de diferentes tamaños decoraban toda la cámara, un tapiz vivo y orgánico cubría las paredes como percebes pegados al cásco de una antigua embarcación varada. Su resplandor otorgaba una constante fuente de luz a la enorme estancia, mucho más potente que las velas de las antorchas. Era la luz de un sol moribundo.

A la derecha de la cámara, una reja de metal parecía desprovista de hongos. También carecía de hongos la lámpara de araña que colgaba sobre sus cabezas, con sus serpientes metálicas retorcidas y sus velas casi agotadas. En el suelo de piedra tampoco se apreciaban hongos; apenas un par de ellos asomando entre azulejos sueltos. Resultaba fácil distinguir el gigantesco mosaico que decoraba el suelo: era una serpiente negra de ojos resplandecientes que se mordía con furia su propia cola. Alrededor del reptil había un curioso círculo de vides y flores. Recordaba al ouroboros que Noemí había visto en el invernadero, solo que mayor, más ampuloso. El brillo de los hongos le daba una apariencia amenazadora.

No había nada más en la cámara excepto una mesa sobre una tarima de piedra. Una tela amarilla cubría la mesa, y sobre ella descansaban una copa y una caja de plata. Tras la mesa, una cortina de seda amarilla hacía las veces de telón de fondo. Quizá hubiera una puerta detrás.

—Esa reja lleva hasta el mausoleo —dijo Francis—. Deberíamos ir por ahí.

Tras la reja se veían los escalones que ascendían, pero en lugar de intentar abrirla, Noemí se acercó a la tarima con el ceño fruncido. Depositó la lámpara en el suelo y pasó una mano por la mesa. Abrió la tapa de la caja; en el interior había un cuchillo cuyo mango tenía joyas incrustadas. Lo sostuvo.

—He visto antes este cuchillo —dijo—. En sueños.

Francis y Catalina se acercaron y la miraron.

—Howard mataba niños con este cuchillo —prosiguió ella.

—Howard hizo muchas cosas —replicó Francis.

—Canibalismo ocasional.

—Una comunión. Nuestros niños nacen infectados con el hongo. Ingerir su carne es como ingerir el hongo, e ingerir el hongo nos hace más fuertes, nos acerca más a la tiniebla. Y a Howard.

De repente, Francis se encogió y se dobló sobre sí mismo. Noemí pensó que estaba a punto de vomitar, pero él se quedó inmóvil, con los brazos apretados sobre el estómago. Noemí dejó el cuchillo en la mesa y bajó de la tarima para ir a su lado.

—¿Qué sucede? —preguntó.

—Me duele. Y a ella también.

—¿A quién?

—Me está hablando.

Entonces Noemí captó el sonido. Había estado ahí todo el tiempo, pero no le había prestado atención. Era muy bajo, casi inaudible. Le habría resultado fácil pensar que solo se lo imaginaba. Era un murmullo y, al mismo tiempo, no se parecía en nada a un murmullo. Era el zumbido que había oído en otras ocasiones, solo que más agudo.

«No mires.»

Noemí se volvió. El zumbido parecía provenir de la tarima. Se acercó. El zumbido aumentó.

Procedía de detrás de la cortina. De pronto se convirtió en el zumbido de un millar de frenéticos insectos contra un cristal, el sonido de un enjambre atrapado dentro de su cabeza, tan fuerte que casi podía sentirlo como una vibración que atravesase el aire. Alzó la cabeza.

«No mires.»

Sentía como si tuviera abejas en la punta de los dedos. El aire vibraba con alas invisibles. Su primer impulso fue retroceder, volverse y protegerse los ojos, pero consiguió agarrar la tela y apartarla de un tirón, con tanta fuerza que casi la rasgó.

Noemí contempló directamente la cara de la muerte.

Eran las fauces abiertas de una mujer atrapada en el tiempo. Una momia, con apenas algunos dientes en la boca y piel amarillenta. La tela con la que la habían enterrado se había convertido en polvo hacía mucho. Ahora se cubría con otra vestimenta: los hongos tapaban su desnudez. Crecían de su torso, de su barriga, por sus brazos y piernas, se apiñaban en su cabeza como una corona, un halo, un resplandor de oro. Los hongos la sostenían, la anclaban a la pared, como una virgen monstruosa en una catedral de micelio.

El zumbido provenía de aquella cosa muerta y enterrada desde hacía años. Un sonido terrible. Allí estaba el borrón dorado que Noemí había visto en sueños, la terrible criatura que vivía en los muros de la casa. En una de sus manos, estirada, había un anillo de ámbar. Noemí lo reconoció.

—Agnes.

El zumbido era terrible y agudo. Se apoderó de ella y la obligó a ver, a saber.

«Mira.»

La presión de la tela contra la cara la ahogaba. Perdió el sentido y, cuando despertó, se encontraba en un ataúd. Jadeaba sobresaltada, a pesar de haber sido preparada para aquello, a pesar de saber lo que iba a pasar. Estaba asustada. Empujó la tapa del ataúd con las manos, una y otra vez. Se le clavaron astillas en la piel. Gritó. Intentó abrirse camino, pero el ataúd no cedía. Gritó y gritó, pero no vino nadie. Nadie iba a venir. Así tenía que ser.

«Mira.»

Él la necesitaba. Necesitaba su mente. El hongo, por sí solo, no tenía mente. Carecía de pensamientos, de conciencia. Apenas leves restos, como el aroma ya desvanecido de las rosas. Ni siquiera canibalizar los restos de los sacerdotes podía otorgar la verdadera inmortalidad; solo aumentaba la potencia de los hongos y creaba un leve vínculo entre todos los presentes. La comunión unía, pero no preservaba por toda la eternidad. Los hongos podían curar, podían extender la vida, pero no otorgaban la inmortalidad.

Sin embargo, Doyle era muy, muy listo, tenía conocimientos

de ciencia y alquimia y estaba fascinado por los procesos biológicos. Doyle había comprendido todas las posibilidades que nadie más había llegado a contemplar.

Una mente.

El hongo necesitaba una mente humana que sirviese como receptáculo de recuerdos, que pudiese proporcionar control. La fusión del hongo con una mente humana sería la cera, y Howard sería el sello; se estamparía en nuevos cuerpos como un sello sobre el papel.

«Mira.»

Los sacerdotes habían conseguido transmitirse entre ellos algún que otro recuerdo utilizando los hongos, a través de su linaje, pero no habían sido más que pequeños éxitos burdos y aleatorios. Doyle lo había sistematizado. Todo lo que había necesitado era a alguien como Agnes.

Su esposa. Su familia.

Sin embargo, ya no quedaba nada de Agnes. Agnes era la tiniebla y la tiniebla era Agnes. Si Howard Doyle moría en aquel momento, persistiría en la tiniebla, pues él había creado la cera, el sello y el papel.

Y dolía, había dolor. La tiniebla. Agnes. Los hongos. La casa, podrida hasta los cimientos, con tentáculos que se extendían por sus muros y se alimentaban de todo tipo de materia muerta.

«Está herido. Estamos heridos. Mira, mira, mira. ¡Mira!»

El zumbido había adquirido un tono febril, tan alto que Noemí se cubrió los oídos y gritó. Dentro de su cabeza rugió una voz.

Francis la agarró de los hombros y la obligó a volverse.

—No la mires —le dijo—. Se supone que no debemos mirarla nunca.

El zumbido se interrumpió de pronto. Noemí alzó la cabeza y miró a Catalina, quien a su vez contemplaba el suelo. Volvió a mirar a Francis, aterrorizada.

Un sollozo anidó en su garganta.

—La enterraron viva —dijo Noemí—. La enterraron viva y murió. El hongo brotó de su cuerpo y… Dios bendito… Ya no es una mente humana. Howard la rehizo. La rehizo.

Respiraba muy rápido. Demasiado rápido. El zumbido había cesado, pero la mujer seguía allí. Noemí giró la cabeza, tentada de volver a contemplar aquel horrible cráneo. Sin embargo, Francis la agarró del mentón.

—No, no, mírame a mí. Quédate aquí conmigo.

Noemí inspiró hondo, se sentía como una buceadora que regresaba a la superficie. Miró a Francis a los ojos.

—La tiniebla es ella. ¿Lo sabías?

—Aquí solo venían Howard y Virgil —dijo Francis, entre temblores.

—¡Pero lo sabías!

Todos los fantasmas eran Agnes. O, mejor dicho, todos los fantasmas vivían dentro de Agnes. No, tampoco era eso. Era de locos, la casa no estaba embrujada. Estaba poseída, y ni siquiera eso, sino algo que Noemí no era capaz de describir. Allí se había creado una vida después de la muerte, a raíz de los tejidos y los huesos y las neuronas de una mujer, junto con tallos y esporas.

—Ruth también lo sabía, y no pudimos hacer nada. Ella nos mantiene aquí. A través de ella, Howard lo controla todo. No podemos marcharnos. No nos lo permitirán, jamás.

Francis, entre sudores, cayó de rodillas y agarró los brazos de Noemí.

—¿Qué sucede? Tienes que levantarte.

Ella también cayó de rodillas y le tocó la cara.

—Francis tiene razón. Ni él, ni por supuesto usted, pueden marcharse.

Había sido Virgil quien había hablado. Acababa de abrir la reja metálica. Entró en la cámara casi de forma despreocupada. Quizá era una alucinación. Quizá ni siquiera estaba allí. Noemí lo contempló. «No puede ser», pensó.

—¿Qué?

Virgil se encogió de hombros. La puerta se cerró a su espalda con un estruendo. Estaba allí. No era ninguna alucinación. En lugar de seguirlos por el túnel, se había limitado a ir hasta el cementerio y descender los escalones de la cripta.

—Pobrecilla. Parece usted sorprendida. ¿De verdad creía que

me había matado? ¿De verdad creía que yo llevaba el brebaje por casualidad en el bolsillo? Le he permitido llevárselo, le he permitido librarse del control durante unos momentos. He sido yo quien ha desencadenado todo este caos.

Ella tragó saliva. A su lado, Francis se estremecía.

—¿Por qué?

—¿No es obvio? Para que le hiciera usted daño a mi padre. Yo no podía hacerlo. Francis, tampoco. El viejo se había asegurado de que ninguno de nosotros pudiese alzar un dedo en su contra. Ya vio cómo obligó a Ruth a matarse. Cuando me enteré de lo que tramaban usted y Francis pensé: he aquí mi oportunidad. Vamos a dejar que la chica rompa el vínculo y a ver qué puede hacer. Es una extraña que aún no se ha sometido a nuestras reglas; puede plantarle cara. Y ahora Howard se muere. ¿No lo siente, eh? Su cuerpo se desmorona.

—Eso no puede beneficiarle a usted —dijo Noemí—. Si le hace daño a Howard, le hace daño a la tiniebla. Además, si su cuerpo muere, seguirá existiendo en la tiniebla. Su mente...

—Está muy debilitado. Soy yo quien controla ahora la tiniebla —dijo Virgil enojado—. Cuando muera, lo hará para siempre. No permitiré que tenga un nuevo cuerpo. Un cambio, es lo que usted quería, ¿no? Resulta que los dos queremos lo mismo.

Virgil se colocó junto a Catalina y la miró con una media sonrisa.

—Aquí estás, querida esposa. Gracias por tu contribución al entretenimiento de esta noche.

Le apretó el brazo a Catalina en un gesto de afecto impostado. Catalina se encogió, pero no hizo nada.

—No la toque —dijo Noemí.

Se puso en pie e intentó agarrar el cuchillo de la caja de plata.

—No se entrometa entre mi esposa y yo, Noemí.

Los dedos de Noemí se cerraron sobre el mango del cuchillo.

—Más vale que no...

—Más vale que usted suelte ese cuchillo —replicó Virgil.

«Jamás», pensó y, sin embargo, su mano empezó a temblar con el terrible impulso de obedecer.

—He tomado el brebaje. No puede controlarme.

—Tiene gracia —dijo Virgil, y soltó a Catalina. Miró a Noemí—. Sí ha escapado usted a mi control por un momento. Pero el brebaje no parece durar tanto tiempo. Además, ha tenido que atravesar la casa hasta llegar a esta instancia. Se ha expuesto de nuevo a la influencia de la tiniebla. Ahora mismo la está respirando, está inhalando estas diminutas esporas. Se encuentran ustedes en el corazón de la casa.

—La tiniebla ha sido dañada. No puede usted...

—A todos nos han dado duro hoy —dijo Virgil. Noemí vio que tenía la frente cubierta de sudor, los ojos febriles—. Sin embargo, ahora yo tengo el control. Usted hará lo que yo diga.

Le dolían los dedos. De repente sintió como si sostuviese un trozo de carbón al rojo vivo. Soltó el cuchillo, que cayó al suelo con un repiqueteo.

—Se lo dije —dijo Virgil en tono burlón.

Noemí contempló el cuchillo, que yacía a sus pies. Lo tenía muy cerca y, sin embargo, no podía agarrarlo. Sentía pinchazos por los brazos, y le temblaban los dedos. Le dolía la mano; un dolor terrible le sacudía los dedos rotos.

—Mire este lugar —dijo Virgil. Observó con desagrado la lámpara de araña sobre sus cabezas—. Howard estaba atrapado en el pasado, pero yo miro hacia el futuro. Tendremos que volver a abrir la mina, traer muebles nuevos, modernizar la instalación eléctrica. Necesitaremos sirvientes, por supuesto, y nuevos automóviles, y niños. Supongo que no tendrá ningún problema en darme muchos niños.

—No —dijo ella, pero no fue más que un susurro.

Sentía el control que Virgil ejercía sobre ella, como una mano invisible sobre su hombro.

—Ven aquí —ordenó Virgil—. Has sido mía desde el principio.

Los hongos de la pared se estremecieron como si estuvieran vivos, como anémonas en el agua. Emitieron nubecitas de polvo dorado con un suspiro. ¿O había sido Noemí quien había suspirado? Aquella sensación dulce y oscura volvió a cernirse sobre ella. Una vez más, se sintió mareada de repente. El preocupante dolor de su mano izquierda se alivió hasta desaparecer.

Virgil extendió los brazos hacia ella. Noemí pensó en tener esos brazos alrededor de su cuerpo. Qué bien estaría rendirse a su voluntad. En su interior, quería que la destrozase, quería gritar de vergüenza y que la palma de su mano le cubriese la boca para ahogar el grito.

El brillo de los hongos aumentó. Noemí pensó que quizá los tocaría más tarde, que pasaría las manos por el muro y descansaría la cara en la suavidad de aquella carne. Estaría bien descansar allí, con la piel apoyada contra aquellos cuerpos resbaladizos. Quizá aquellos encantadores hongos llegarían a cubrirla, quizá se meterían en su boca, en su nariz e incluso en sus ojos hasta que no pudiera respirar. Anidarían en su vientre y reptarían por sus muslos. Virgil se introduciría en ella y todo el mundo desaparecería en un borrón dorado.

—No —dijo Francis.

Noemí había bajado de la tarima, pero Francis la agarró por los dedos rotos. El dolor la hizo encogerse. Lo miró, parpadeó y se quedó inmóvil.

—No —susurró él.

Noemí vio que estaba aterrorizado y, aun así, Francis descendió de la tarima y se colocó frente a ella, como si quisiera protegerla. Su voz sonó frágil y tensa, lista para romperse.

—Deje que se marchen.

—¿Y por qué iba a hacer tal cosa? —preguntó Virgil en tono inocente.

—Está mal. Todo lo que hacemos aquí está mal.

Virgil señaló el túnel por el que habían venido.

—¿Lo oye? Es el sonido que emite mi padre al morir. Cuando su cuerpo se desmorone por fin, tendré el poder absoluto sobre la tiniebla. Necesitaré un aliado. A fin de cuentas, usted y yo somos familia.

Noemí pensó que sí oía algo, el gemido lejano de Howard Doyle, entre esputos de sangre, mientras un líquido negro fluía de su cuerpo y él se esforzaba por seguir respirando.

—Mire, Francis, no soy un hombre egoísta. Podemos compartir —dijo Virgil en tono magnánimo—. Usted quiere a la chica y yo también. No es motivo para pelearnos, ¿verdad? Catalina también es muy dulce. Vamos, no sea obtuso.

Francis agarró el cuchillo que Noemí había dejado caer. Lo enarboló.

—No va usted a hacerles daño.

—¿Va a intentar apuñalarme? Le advierto que soy más difícil de matar que una mujer. Sí, Francis, usted ha matado a su madre. ¿Y por qué? ¿Por una chica? ¿Y ahora me toca a mí?

—¡Váyase al infierno!

Francis echó a correr hacia Virgil, pero se detuvo de repente, con la mano congelada en el aire sujetando el cuchillo con fuerza. Noemí no veía su cara, pero se la imaginaba. Debía de tener una expresión idéntica a la suya, pues ella también se había convertido en una estatua. Catalina, de pie, estaba absolutamente inmóvil.

Las abejas se agitaban. El zumbido volvió a sonar. «Mira.»

—No me obligue a matarlo —le advirtió Virgil. Su mano cayó sobre la mano temblorosa de Francis—. Ríndase.

Francis apartó a Virgil de un empujón con una fuerza que parecía imposible. Virgil se estrelló contra un muro.

Durante medio segundo, Noemí sintió el dolor de Virgil, la oleada de adrenalina por sus venas, una furia que se mezcló con la suya propia. «Francis, pedazo de mierda.» Era la tiniebla, los había conectado por un breve instante. Soltó un gañido y casi se mordió la lengua. Dio un paso atrás, sus pies volvían a obedecerla poco a poco. Un paso, dos.

Virgil frunció el ceño. Sus ojos parecían brillar con un tono dorado. Dio un paso al frente y se limpió pequeños trozos de hongos y polvo que se habían adherido a su chaqueta.

El zumbido aumentó, primero en tono grave para luego ir creciendo. Noemí se encogió.

—Ríndase.

Francis emitió un gemido por toda respuesta y volvió a lanzarse sobre Virgil. Su primo lo detuvo sin dificultad. Era mucho más fuerte y estaba preparado para recibir el ataque. Detuvo el puñetazo desesperado de Francis y se lo devolvió con gran violencia. Le impactó justo en la cabeza. Francis se tambaleó, pero se las arregló para mantener el equilibrio y volvió a atacar. Su puño golpeó la boca de Virgil, que soltó un jadeo de sobresalto y furia.

Se limpió la boca y entrecerró los ojos.

—Voy a obligarle a arrancarse su propia lengua de un mordisco —dijo Virgil.

Ambos habían cambiado de posición, y ahora Noemí veía la cara de Francis. Le resbalaba la sangre por la sien, jadeaba y sacudía la cabeza. Tenía los ojos desorbitados, le temblaban las manos y no dejaba de abrir y cerrar la boca, como si intentase recuperar el aire.

«Dios santo, Virgil le obligará a hacerlo. Hará que se arranque su propia lengua.»

Noemí oyó el zumbido cada vez más alto de las abejas a su espalda.

«Mira.»

Se volvió y contempló el rostro de Agnes, la boca desprovista de labios, atrapada en un círculo eterno de dolor. Se llevó las manos a las orejas. Enfurecida, se preguntó por qué no se detenía, por qué no acababa aquel sonido incesante.

De repente, comprendió algo que no había captado hasta aquel momento, algo que debería haber sido obvio desde el principio: la escalofriante y retorcida tiniebla que los rodeaba era la manifestación del sufrimiento que le habían infligido a aquella mujer. Agnes. Enloquecida, iracunda, desesperada. Incluso en aquel momento quedaba un jirón de aquella mujer. Era aquel jirón lo que gritaba de agonía.

Agnes era la serpiente que se mordía la cola.

Era una soñadora atada para siempre a una pesadilla, con los ojos cerrados mucho después de que sus párpados se hubiesen convertido en polvo.

Aquel zumbido era su voz. Ya no podía comunicarse de otro modo que no fuera gritar los inenarrables horrores, la ruina y el dolor que le habían infringido. Ya no le quedaban ni recuerdos ni pensamientos coherentes, solo aquella rabia abrasadora que quemaba las mentes de quienes se le acercaban. ¿Qué era lo que quería?

Era sencillo: quería ser liberada de aquel tormento.

Quería despertar, pero no podía. Jamás podría despertar.

El zumbido aumentaba y amenazaba con volver a hacerle daño a Noemí, con abrumar su mente. Sin embargo, consiguió echar mano de la lámpara de aceite con dedos rápidos y bruscos. En lugar de pensar en lo que estaba a punto de hacer, se enfocó en esa única frase que había dicho Ruth. «Abre los ojos, abre los ojos.» Con pasos rápidos y resueltos, se acercó a ella, y a cada paso susurró: «Abre los ojos».

Se quedó mirando de frente a Agnes.

—Sonámbula —susurró—. Es hora de que abras los ojos.

Estrelló la lámpara contra la cara del cadáver. Al instante, los hongos que rodeaban la cabeza de Agnes se inflamaron hasta crear un halo de fuego. Las lenguas de fuego empezaron a extenderse con rapidez por el muro. La materia orgánica prendió tan bien como la madera. Los hongos se ennegrecieron y explotaron.

Virgil gritó, un grito ronco y terrible. Se derrumbó en el suelo y empezó a arañar las baldosas en un intento de levantarse. Francis también cayó. Agnes era la tiniebla y la tiniebla era parte de ellos. Aquel súbito daño contra Agnes, contra la red de hongos, fue como si sus propias neuronas prendieran fuego. Por su parte, Noemí recuperó del todo la consciencia; la tiniebla la expulsó.

Fue corriendo hasta su prima y le tocó la cara.

—¿Estás bien?

—Sí —dijo Catalina con un fuerte asentimiento—. Sí.

En el suelo, tanto Virgil como Francis gemían. Virgil intentó asirla, levantarse, pero Noemí le dio una patada en la cara. Se aferró a ella y consiguió agarrarle la pierna. Noemí retrocedió y él extendió una mano, en un intento de arrastrarse hacia delante, incapaz de caminar. Se arrastró hacia ella con los dientes apretados.

Noemí retrocedió otro paso más, por miedo a que se abalanzase sobre ella. Catalina agarró el cuchillo que Francis había soltado. Se cernió sobre su marido y se lo clavó en la cara, le atravesó un ojo en una perfecta imitación de lo que le había hecho a Howard Doyle.

Virgil cayó con un quejido amortiguado. Catalina hendió aún más el cuchillo, con los labios apretados. No pronunció una sola palabra ni emitió un solo sollozo. Virgil se retorció y su boca se descolgó entre jadeos y esputos. A continuación, se quedó inmóvil.

Las dos se agarraron de la mano y contemplaron a Virgil. Su sangre manchaba la negra cabeza de la serpiente, la manchaba de rojo. Ojalá hubiera tenido un cuchillo más grande, pensó Noemí, así le habría cortado la cabeza al igual que su abuela había seccionado el pescado.

Por el modo en que Catalina se aferraba a su mano, comprendió que ella pensaba lo mismo.

Francis murmuró una palabra, y Noemí se arrodilló a su lado e intentó ayudarlo a levantarse.

—Vamos —le conminó—. Tenemos que escapar de aquí.

—Se muere. Nos morimos todos —dijo Francis.

—Sí, si no salimos de aquí pronto, nos vamos a morir —concordó Noemí.

El fuego se extendía con rapidez por toda la estancia. Cada vez más secciones de hongos estallaban en llamas. También ardía la cortina que Noemí había apartado.

—No puedo marcharme.

—Sí puedes —dijo Noemí.

Apretó los dientes y lo levantó de un tirón. Sin embargo, no podría obligarlo a caminar.

—¡Catalina, ayúdanos! —gritó.

Se pasaron los brazos de Francis por encima de los hombros. Lo llevaron medio en volandas, me dio a rastras, hasta la reja metálica. No les costó abrirla, pero al ver los escalones que ascendían, Noemí se preguntó cómo iban a poder llevar a Francis hasta arriba. Sin embargo, no había otro camino. Al mirar atrás, vio a

Virgil en el suelo. Sobre él caían ascuas. Toda la estancia estaba en llamas. También había hongos en las paredes de la escalera. Por ahí también se extendía el fuego. Tenían que darse prisa.

Subieron tan rápido como les fue posible. Noemí pellizcó a Francis para que se mantuviera despierto y las ayudase. Tras subir varios escalones, Noemí tuvo que arrastrarlo el último tramo. Irrumpieron en una estancia polvorienta llena de criptas a cada lado. Noemí atisbó placas de plata, ataúdes medio podridos, jarrones vacíos que en su día podrían haber contenido flores. Había algunos hongos luminosos que crecían en el suelo, eso les sirvió de ínfima iluminación.

La puerta de entrada al mausoleo estaba por suerte abierta, gracias a Virgil. Cuando salieron, la niebla y la noche los esperaban para rodearlos.

—Las puertas —le dijo a Catalina—. ¿Sabes cómo se llega hasta las puertas?

—Está demasiado oscuro y hay niebla —dijo su prima.

Sí, la niebla había asustado a Noemí con aquel misterioso resplandor dorado, el zumbido que había sido Agnes. Sin embargo, Agnes era ya una columna de fuego bajo sus pies. Tenía que encontrar una manera de salir de aquel sitio.

—Francis, tienes que guiarnos hasta las puertas —dijo Noemí.

El chico giró la cabeza y miró a Noemí con los ojos entornados. Se las arregló para asentir y señalar a la izquierda. Fueron en esa dirección. Noemí y Catalina cargaban con Francis y a menudo trastabillaban. Las lápidas brotaban como dientes rotos de la tierra. Francis gruñó y señaló en otra dirección. Noemí no tenía ni idea de adónde iban. Bien podrían estar caminando en círculos. ¿No sería irónico? Círculos.

La niebla no les dio cuartel hasta que, por fin, vieron las puertas de hierro del cementerio delante de ellos. La serpiente que se comía la cola dio la bienvenida al trío. Catalina abrió la puerta de un empujón y de pronto se encontraron en el camino que llevaba hasta la casa.

—La casa está ardiendo —dijo Francis mientras recuperaban el aliento junto a las puertas.

Noemí se dio cuenta de que tenía razón. Había un resplandor lejano, visible incluso a través de la niebla. No llegaba a ver High Place, pero se lo imaginaba. Los antiguos libros de la biblioteca habrían prendido con rapidez, al igual que los muebles de caoba y las pesadas cortinas con borlas. Las estanterías de cristal llenas de preciosos objetos de plata se harían añicos. La ninfa en el poste junto a la escalera estaría ahora rodeada de llamas, trozos de techo caerían a sus pies. El fuego subiría por las escaleras como un río implacable, mientras los sirvientes de los Doyle seguirían inmóviles en su sitio.

Los viejos cuadros empezarían a burbujear. Las fotografías descoloridas se arrugarían hasta convertirse en nada. El fuego lamería los dinteles, y las llamas consumirían los retratos de las esposas de Howard Doyle, su cama sería ahora una cama de fuego. Su cuerpo jadeante y podrido se ahogaría por el humo, mientras el médico yacería inmóvil en el suelo. El fuego empezaría a lamer las sábanas, a devorar a Howard Doyle centímetro a centímetro y el anciano gritaría sin que hubiera nadie para socorrerlo.

Noemí se imaginó que las masas de finos hilos de delicado micelio que invadían las pinturas, las sábanas y el cristal, invisibles, también arderían y se quebrarían, sirviendo de combustible a la conflagración.

La casa ardía en la distancia. Que ardiese hasta que no quedasen más que cenizas.

—Vámonos —murmuró Noemí.

27

staba dormido, con las sábanas hasta el cuello. Era una habitación pequeña, con apenas espacio para una silla y una cómoda. Ella se sentaba en la silla, junto a la cama. En la cómoda descansaba una figurita de san Judas Tadeo. Noemí se encontró rezándole al santo en más de una ocasión, o colocando un cigarrillo a sus pies a modo de ofrenda. Contemplaba la figurita y sus labios se movían despacio, cuando de pronto la puerta se abrió y entró Catalina. Llevaba un camisón de algodón que pertenecía a una de las amigas del doctor Camarillo, así como un grueso chal marrón.

—He venido a ver si necesitas algo antes de irme a la cama.

—Estoy bien.

—Deberías ir a dormir también —dijo su prima, y le puso una mano en el hombro—. Apenas has descansado.

Noemí le palmeó la mano.

—No quiero que se encuentre solo cuando despierte.

—Han pasado dos días.

—Ya lo sé —dijo Noemí—. Ojalá fuera como en los cuentos

de hadas que solías leernos. En ellos era muy fácil; solo había que besar a la princesa.

Ambas contemplaron a Francis. Tenía el rostro tan blanco como la almohada sobre la que descansaba. El doctor Camarillo se había ocupado de todos ellos. Había inspeccionado sus heridas y les había permitido limpiarse y cambiarse de ropa. También había preparado habitaciones para que durmiesen, y había mandado llamar a Marta para que trajese más de ese brebaje, una vez Noemí le hubo explicado con calma que lo necesitaban. Tras beberlo, todos habían sufrido dolores de cabeza y náuseas, pero pasaron pronto. Excepto Francis. Francis se había sumido en un profundo sueño del que no había manera de despertarlo.

—Cansada le servirás de poca ayuda —dijo Catalina.

Noemí se cruzó de brazos.

—Ya lo sé, ya lo sé.

—¿Quieres que me quede y te haga compañía?

—Estoy bien. Juro que pronto me iré a la cama. Además, ahora no quiero. No estoy cansada.

Catalina asintió. Ambas guardaron silencio. El pecho de Francis ascendía y bajaba a ritmo constante. Si estaba soñando, los sueños no eran desagradables. Noemí casi se sintió culpable por querer que despertase.

La verdad era que tenía miedo de irse a la cama, de las pesadillas que la oscuridad podría traerle. ¿Qué hacía la gente tras presenciar los horrores que ellos habían visto? ¿Era posible volver a la normalidad, fingir y seguir adelante? Quería creer que sí, pero temía que el sueño demostrase que se equivocaba.

—El doctor dice que mañana vendrán dos policías y un juez desde Pachuca. Tu padre también vendrá. —Catalina se recolocó el chal—. ¿Qué deberíamos decirles? No creo que nos vayan a creer.

Antes de cruzarse con un par de granjeros con burros, el cansado, ensangrentado y exhausto trío no había llegado a acordar qué era lo que iban a contar. Los granjeros estaban demasiado sorprendidos de verlos como para hacer muchas preguntas. En cambio, los llevaron en silencio hasta El Triunfo. Más tarde, cuando llegaron a la casa del doctor Camarillo, fue necesario elaborar una historia. Noemí simplificó lo que había pasado y contó que Virgil había perdido la razón y había intentado emular a su hermana, que había matado a todos los habitantes de High Place, esta vez prendiendo fuego a la casa.

Aquello, sin embargo, no explicaba por qué Noemí llevaba un viejo vestido de novia, ni el chaqué de boda de Francis, como tampoco explicaba toda la sangre que cubría la ropa de ella y de Catalina.

Noemí estaba segura de que Camarillo no había creído su versión de los hechos, aunque habría fingido que sí. En sus ojos cansados, Noemí percibió una tácita comprensión.

—Mi padre ayudará a suavizar las cosas.

—Eso espero —dijo Catalina—. ¿Y si nos acusan de algo? Ya sabes...

Noemí dudaba de que alguien pudiese detenerlas. En El Triunfo ni siquiera había cárcel. Como mucho, las mandarían a Pachuca, aunque creía que no llegaría a tanto. Se les tomaría declaración y se escribiría un breve informe, aunque no podían demostrar gran cosa.

—Mañana nos iremos a casa —dijo Noemí en tono firme.

Catalina sonrió. Por más cansada que estuviese, Noemí se alegró de ver esa sonrisa. Era la sonrisa de la dulce jovencita con la que había crecido. Era su Catalina.

—Está bien, pues, intentaré dormir un poco —concedió Catalina, y se inclinó para darle un beso en la mejilla—. Llegarán mañana a primera hora.

Las dos se dieron un largo abrazo. Noemí se resistió a llorar. No era el momento. Catalina le apartó el pelo de la cara y volvió a sonreír.

—Si me necesitas, estoy al final del pasillo —dijo.

Catalina le echó un último vistazo a Francis y cerró la puerta al salir.

Noemí se llevó la mano al bolsillo del suéter y tocó el encendedor. Su talismán de la suerte. Por último, sacó un arrugado paquete de cigarrillos que Camarillo le había dado el día anterior.

Encendió un cigarrillo. Echó la ceniza en un tazón vacío. Le dolía la espalda. Llevaba sentada mucho tiempo en aquella incómoda silla, pero se resistía a marcharse, incluso aunque primero Camarillo y luego Catalina habían venido por ella. Después de que Noemí diera unas cuantas caladas al cigarrillo, Francis se estremeció. Ella dejó el cigarrillo en el tazón y lo colocó en la cómoda. Esperó.

No era la primera vez que Francis temblaba así, con un leve estremecimiento de la cabeza, pero aquella vez era diferente. Noemí le tocó la mano.

—Abre los ojos —susurró.

Ruth le había dicho aquellas mismas palabras muchas veces, aterrorizada. La voz de Noemí, sin embargo, era cálida.

Y tuvo su recompensa: los ojos de Francis temblaron un poco, luego un poco más, y luego se abrieron y la miraron.

—Hola —dijo ella.

—Hola.

—Te voy a dar un poco de agua.

En la cómoda había una jarra. Noemí vertió un poco en un vaso y lo ayudó a beber.

—¿Tienes hambre? —preguntó.

—Por Dios, no. Quizá luego. Me siento fatal.

—Tienes un aspecto horrible —dijo ella.

Los labios de Francis esbozaron una frágil sonrisa y dejó escapar una risa.

—Sí, supongo que tienes razón.

—Has dormido dos días enteros. He llegado a pensar que tendría que extraer un trocito de manzana de tu garganta, como una pobre imitación de la Bella Durmiente.

—Blancanieves.

—Bueno, blanco estás bastante.

Francis volvió a sonreír e intentó recolocarse un poco contra la cabecera. Su sonrisa menguó.

—¿Ha acabado todo? —preguntó. Su voz era un susurro preocupado, inquieto.

—Un par de personas del pueblo subieron montaña arriba para ver qué quedaba de la casa. Nos dijeron que no era más que un puñado de ruinas calcinadas. High Place ha desaparecido, y el hongo debe de haberse esfumado también.

—Sí, creo que sí, aunque el micelio puede ser resistente al fuego. He oído hablar de ciertos hongos... como... como las colmenillas, que arraigan con más facilidad después de los incendios forestales.

—Lo que había ahí arriba no era una colmenilla, ni tampoco ha sido un incendio forestal —dijo ella—. Si queda algo, podríamos buscarlo y quemarlo.

—Supongo que sí.

La idea pareció tranquilizarlo. Se había agarrado con fuerza a las cobijas, y en aquel momento las soltó con un suspiro. Posó la mirada sobre ella.

—¿Qué pasará mañana cuando llegue tu padre?

—Eres un pillo, ¿has escuchado toda nuestra conversación?

Francis pareció avergonzado. Negó con la cabeza.

—No. Creo que me despertaste, o que yo estaba ya medio despierto. En cualquier caso, oí decir a tu prima que tu padre llega mañana por la mañana.

—Así es, llegará pronto. Creo que te caerá bien. Y te va a encantar la Ciudad de México.

—Ah, ¿voy a ir contigo?

—No podemos dejarte aquí. Además, fui yo quien te arrastró montaña abajo. Creo que en casos como este se supone que tengo que protegerte. Creo que lo dice alguna ley —dijo con su habitual desenvoltura.

Hacía tiempo que no hablaba así. Le costó bastante sonar despreocupada, casi como si aquel tono de voz le doliese en la lengua. Sin embargo, se las arregló para sonreír. Francis parecía contento.

Tendría que practicar más, pensó. Todo se basaba en la práctica. Aprendería a vivir sin preocupaciones, sin miedos, sin que la persiguiese la oscuridad.

—La Ciudad de México, pues —dijo él—. Tengo entendido que es enorme.

—Ya te acostumbrarás —contestó ella, y ahogó un bostezo con la mano herida.

Los ojos de Francis se fijaron en los dedos rotos de Noemí.

—¿Duele mucho? —preguntó en tono quedo.

—Un poco. De momento no podré tocar sonatas. Quizá podamos hacer un dueto si me ayudas con la mano izquierda.

—En serio, Noemí.

—¿En serio? Me duele todo, pero me recuperaré.

Quizá no. Quizá nunca podría volver a sacar notas de un piano del mismo modo que antes. Quizá nunca llegase a superar toda aquella experiencia. Sin embargo, no quería decir algo así. No tenía sentido decirlo.

—Oí a tu prima decir que te fueras a dormir. Me parece buena idea.

—Bah. Dormir es aburrido —afirmó, al tiempo que jugueteaba con el paquete de cigarrillos.

—¿Tienes pesadillas?

Ella se encogió de hombros, sin responder. Golpeteó el paquete con el dedo índice.

—Yo no he tenido pesadillas sobre mi madre. Quizá las tenga más adelante —dijo Francis—, pero sí soñé que la casa había sanado y que yo estaba en su interior, y que esta vez no había salido. Me encontraba solo en la casa y todas las puertas estaban selladas.

Noemí aplastó el paquete de cigarrillos.

—Se ha terminado todo. Te lo he dicho, se ha acabado.

—Era más majestuosa que antes. Era la casa antes de estar tan descuidada. Los colores eran vívidos. En el invernadero crecían las plantas. Había bosques de hongos por las escaleras, en las habitaciones —dijo él, con una calma infinita en la voz—. Mientras yo caminaba, brotaban hongos por donde pasaba.

—Calla, por favor —le pidió ella.

Ojalá hubiera soñado con asesinatos, con sangre y vísceras. Aquel otro sueño era mucho más inquietante. Dejó caer el paquete de cigarrillos. Ambos miraron al suelo, al lugar donde había caído, entre la silla y la cama.

—¿Y si no acaba nunca? ¿Y si la tengo dentro? —preguntó con un atisbo de miedo en la voz.

—No lo sé —dijo ella.

Habían hecho todo lo que habían podido. Habían quemado los hongos, habían destruido la tiniebla, habían ingerido el brebaje de Marta. Tenía que haberse acabado. Y, sin embargo, la sangre...

Francis negó con la cabeza y soltó un pesado suspiro.

—Si la tengo dentro, deberías terminar con todo, no deberías acercarte tanto a mí, no es...

—Fue un sueño.

—Noemí... no me estás escuchando.

—¡No! Fue un sueño. Los sueños no pueden hacer daño.

—Entonces, ¿por qué no te vas a dormir?

—Porque no quiero, y no tiene nada que ver con esto. Las pesadillas no significan nada.

Él intentó protestar, pero ella se le acercó, se sentó en la cama y, por último, se metió bajo las cobijas. Lo abrazó y le pidió que se callara con un gesto. Noemí sintió la mano de Francis en su pelo, notó el latido de su corazón, primero agitado y luego, poco a poco, más calmado.

Alzó la mirada hacia él. Los ojos de Francis brillaban con lágrimas no derramadas.

—No quiero ser como él —le susurró—. Quizá me muera pronto. Quizá puedas incinerarme.

—No vas a morir.

—Eso no me lo puedes prometer.

—Seguiremos juntos —dijo ella con firmeza—. Seguiremos juntos y no estarás solo. Te lo prometo.

—¿Cómo puedes prometer algo así?

Ella le susurró que la ciudad era brillante y maravillosa, que había zonas en las que crecían los edificios, frescos, nuevos, lugares que hasta entonces habían sido campo abierto y que no albergaban historias secretas. Había otras ciudades también, en las que el sol abrasaba la tierra y coloreaba las mejillas. Podrían vivir junto al mar, en un edificio con ventanas enormes y sin cortinas.

—Eso no son más que cuentos de hadas —murmuró él, pero la abrazó.

Era Catalina quien se inventaba cuentos de hadas. Cuentos de yeguas negras y jinetes enjoyados, de princesas en sus torres, de mensajeros de Kublai Kan. Sin embargo, Francis necesitaba una historia y ella necesitaba contarla, así que se la contó hasta que a él no le importó si mentía o decía la verdad.

Se estrechó contra él con más fuerza y hundió la cara en el hueco de su cuello.

Al cabo, Noemí se durmió y no soñó. Al despertar con la media luz del alba, Francis bajó su pálido rostro hacia ella y ambos se miraron a los ojos. Noemí se preguntó si, algún día, al mirar aquellos ojos con atención, se percataría de que tenían un lustre dorado. Quizá captaría su propio reflejo mirándola en el espejo con ojos de oro líquido. Puede que el mundo no fuese más que un círculo maldito; la serpiente se tragaba su propia cola y no había final, solo una perdición eterna, un devorar sin fin.

—Creo que he soñado contigo —dijo él, somnoliento.

—Soy real —replicó ella en un murmullo.

Permanecieron en silencio. Despacio, Noemí se inclinó hacia delante y lo besó en la boca para que supiera que estaba allí y era real. Él suspiró. Entrelazó sus dedos con los de Noemí y cerró los ojos.

El futuro, pensó ella, no podía predecirse. No se podía adivinar la forma de las cosas. Pensar de otra manera era absurdo. Sin embargo, aquella mañana eran jóvenes y podían aferrarse a la esperanza. La esperanza de que pudiera rehacerse el mundo, un mundo más placentero, más amable. Así pues, volvió a besarlo, un beso para la suerte. Cuando Francis volvió a mirarla, su rostro estaba lleno de una alegría extraordinaria y la tercera vez que Noemí lo besó fue por amor.

AGRADECIMIENTOS

Gracias a mi agente, Eddie Schneider; a mi editora, Tricia Narwani; y al equipo de Del Rey. Gracias también a mi madre por dejarme ver películas de miedo y leer libros de terror cuando era una niña. Y, como siempre, gracias a mi marido, que lee cada una de las palabras que escribo. La inspiración de esta novela es un pueblo ubicado en el estado de Hidalgo, México, llamado Real del Monte, al cual llegaron mineros británicos en el siglo XIX. Es cierto que los hongos en la vida real establecen redes subterráneas que les permiten enviar información a través de un bosque. El apellido Taboada se lo debo al director de cine Enrique Taboada, que filmó un ciclo de películas góticas. Originalmente iba a ponerle un título rimbombante a esta novela, inspirada por los títulos que él utilizó para sus películas, pero en inglés terminé poniéndole *Mexican Gothic* y ahora aquí está simplemente *Gótico*. Que es lo que finalmente es este libro: Gótico. Gracias.